Acht Millionen Wege zu sterben ist der fünfte Roman mit Lawrence Blocks fesselndster Figur, Matthew Scudder. Von heftigen Schuldgefühlen geplagt, hat der NYPD-Detective Frau und Kinder verlassen und den Dienst quittiert. Seitdem haust er in einem Hotel in New Yorks Hell's Kitchen, hat Jimmy Armstrong's Saloon, eine Kneipe um die Ecke, zu seinem zweiten Wohnzimmer erklärt und ernährt sich vorwiegend von Kaffee und Bourbon. Das wenige Geld, das er zum Leben braucht, verdient er sich als Privatdetektiv, der, wie er es selbst nennt, »Freunden hin und wieder einen Gefallen tut.«

Scudder ist an einem Punkt angekommen, an dem er von Jahren ausgiebigen Alkoholkonsums eingeholt und zunehmend häufiger von Blackouts und massiven Gedächtnislücken heimgesucht wird. Als er von einem Zuhälter beauftragt wird, den Tod eines Callgirls aufzuklären, gerät er bei seinem privaten Kampf, nüchtern zu bleiben, in eine Welt, die nicht weniger gefährlich und aus den Fugen geraten ist als sein eigenes Leben. Und das alles in einer Stadt mit acht Millionen Wegen zu sterben.

Dazu ein Amazon-Rezensent: »Was Blocks Bücher so einzigartig macht, ist die atmosphärische Dichte der Welt, in der sie spielen. Block verfügt über John D. MacDonalds Gabe, prägnante Dialoge zu schreiben, gepaart mit Charles Dickens' Charakterzeichnung, und das alles in einer Film-noir-Atmosphäre, die für ein unvergessliches Leseerlebnis sorgt. Besonders packend ist, wie Block die gängige Figur des saufenden Detektivs zeichnet, der sich mit der Frage herumschlägt, ob er seinem Laster abschwören und trocken werden soll. Ich habe dieses Buch an eine ganze Reihe von Freunden verschenkt, und es war keiner unter ihnen, der danach nicht die meisten oder alle Matt-Scudder-Romane gelesen hat.«

Acht Millionen Wege zu sterben wurde 1986 mit Jeff Bridges in der Hauptrolle verfilmt. In jüngerer Vergangenheit wurde Matt Scudder in *Ruhet in Frieden – A Walk Among the Tombstones* von Liam Neeson verkörpert.

MATTHEW SCUDDER #5

Acht Millionen Wege zu sterben

LAWRENCE BLOCK

Aus dem Amerikanischen übersetzt von Sepp Leeb

Im Gedenken an
BILLY DUGAN CLIFF
BOSTON JOHN
BAMBI
MARK THE DWARF
und
RED-HAIRED MAGGIE

A LAWRENCE BLOCK PRODUCTION

Der Tod einer schönen Frau ist zweifellos das poetischste aller literarischen Themen.

Edgar Allan Poe

Kapitel 1

Sie war schwer zu übersehen, als sie zur Tür hereinkam. Ihr blondes Haar hatte fast einen Stich ins Weiße und war in kräftigen Zöpfen um ihren Kopf geschlungen. Unter ihrer hohen, glatten Stirn hatte sie deutlich hervortretende Backenknochen und einen Mund, der nur eine Spur zu breit war. In ihren Westernboots kam sie sicher auf eins achtzig, und einen Großteil davon machten ihre Beine aus. Zu ihrer burgunderroten Jeans trug sie eine kurze champagnerfarbene Pelzjacke. Obwohl es den ganzen Tag in Strömen geregnet hatte, trug sie weder eine Kopfbedeckung, noch hatte sie einen Schirm. Die Wassertropfen auf ihrem Haar blitzten wie Diamanten.

Einen Augenblick lang blieb sie im Eingang stehen, um sich umzusehen. Es war an einem Mittwochnachmittag gegen halb vier. Um diese Zeit war es im Armstrong's fast leer. Die letzten Mittagsgäste waren längst wieder an die Arbeit gegangen, und bis Feierabend war es noch eine Weile. Zwar würden in einer Viertelstunde ein paar Lehrer auf einen kurzen Drink vorbeikommen und dann einige Krankenschwestern aus dem Roosevelt Hospital auftauchen, deren Dienst um vier endete; aber im Augenblick hielten sich nur drei, vier Männer in der Bar auf, und an einem Tisch am Eingang unterhielt sich ein Paar. Und dann saß da natürlich noch ich – an meinem Stammplatz im hinteren Teil des Lokals.

Sie machte mich sofort aus, und ich ließ das Blau ihrer Augen keine Sekunde aus den Augen, als sie die Bar durchquerte. Allerdings stoppte sie noch kurz an der Theke, um sich Gewissheit bezüglich meiner Person zu verschaffen, bevor sie sich zwischen den Tischen hindurch auf mich zuschlängelte.

»Mr. Scudder? Ich bin Kim Dakkinen, eine Freundin von Elaine Mardell«, stellte sie sich vor.

»Ja, sie hat mir bereits Bescheid gesagt. Bitte nehmen Sie doch Platz.«
»Danke.«

Sie setzte sich mir gegenüber, stellte ihre Handtasche zwischen uns auf den

Tisch und nahm eine Packung Zigaretten und ein einfaches Wegwerffeuerzeug heraus. Statt die Zigarette jedoch anzustecken, fragte sie mich, ob es mich stören würde, wenn sie rauchte. Ich versicherte ihr, dass ich nichts dagegen hätte.

Ihre Stimme war anders, als ich erwartet hatte. Sie war eher weich, und ihr leichter Akzent deutete auf eine Herkunft aus dem Mittelwesten hin. Aufgrund der Stiefel und des Pelzes, des auffällig geschnittenen Gesichts und des exotischen Namens hatte ich mir eher den Inbegriff der Wunschträume eines passionierten Masochisten ausgemalt – forsch, gebieterisch und skandinavisch kühl. Außerdem war sie jünger, als ich auf den ersten Blick angenommen hatte. Keinesfalls älter als fünfundzwanzig.

Sie zündete sich ihre Zigarette an und legte das Feuerzeug auf das Päckchen. Evelyn, die Bedienung, hatte während der letzten zwei Wochen tagsüber gearbeitet, da sie eine kleine Rolle in einer Off-Broadway-Produktion bekommen hatte. Entsprechend sah sie aus, als müsste sie ständig ein Gähnen unterdrücken: Kim Dakkinen bestellte ein Glas Weißwein. Als Evelyn mich fragte, ob ich noch eine Tasse Kaffee wollte, und ich dies bejahte, änderte Kim ihre Bestellung: »Oh, Sie haben Kaffee? Könnte ich dann vielleicht anstatt des Weins auch eine Tasse haben?«

Als der Kaffee kam, ergingen wir uns erst eine Weile über Kims Gewohnheit, den Kaffee mit reichlich Sahne und Zucker zu trinken. Sie hatte keinerlei Probleme mit ihrer Figur und konnte essen, was ihr schmeckte.

Konnte sie sich darüber nicht glücklich schätzen?

Aber selbstverständlich.

Und dann kamen wir auf Elaine zu sprechen. Ob ich sie schon lange kannte? Seit Jahren, antwortete ich. Auf Kim traf dies nicht zu; wie sie überhaupt erst seit kurzem in New York war. Sie kannte Elaine nicht allzu gut, fand sie aber trotzdem ausgesprochen sympathisch. Ob ich das nicht auch fand? Natürlich war ich diesbezüglich einer Meinung mit Kim. Elaine war eine sehr vernünftige und gleichzeitig verständnisvolle Frau, und das war doch schon etwas, oder nicht?

Ich drängte sie nicht. Sie erging sich erst einmal ausgiebig in oberflächlicher Konversation. Aber wenn sie mich so beim Sprechen anlächelte und mir in die Augen sah, hätte ich ihr auch durchaus noch länger zuhören können, zumal ich nichts Besseres zu tun hatte.

Schließlich kam sie zum Thema. »Sie waren doch mal bei der Polizei.«

»Das ist schon einige Jahre her.«

»Und jetzt sind Sie Privatdetektiv.«

»So würde ich es nicht unbedingt nennen.« Überrascht weiteten sich ihre auffallend blauen Augen. Ihr ungewöhnlicher Farbton rief in mir die Überlegung wach, ob sie vielleicht Kontaktlinsen trug.

»Ich habe keine Lizenz«, erklärte ich. »Nachdem ich einmal zu dem Schluss gelangt war, dass ich kein Abzeichen mehr tragen wollte, hielt ich es für leicht widersinnig, mir stattdessen eine Lizenz zu beschaffen.« Oder Unmengen von Formularen auszufüllen, Buch zu führen und brav meine Einkommenssteuererklärung abzuliefern. »Ich arbeite also nur höchst inoffiziell.«

»Aber auf diese Weise verdienen Sie doch Ihren Lebensunterhalt?«

»Das ist richtig.«

»Und wie würden Sie Ihre Beschäftigung dann bezeichnen?«

»Sagen wir mal, ich tue allen möglichen netten Leuten einen Gefallen.«

Obwohl sie viel gelächelt hatte, seit sie die Bar betreten hatte, bedachte sie mich nun mit dem ersten Lächeln, das auch auf ihre Augen übergriff. »Aber das ist ja großartig«, schwärmte sie. »Ich könnte wirklich jemanden gebrauchen, der mir einen Gefallen tut.«

»Und wo liegt das Problem?«

Um Zeit zum Nachdenken zu gewinnen, steckte sie sich eine frische Zigarette an. Dann senkte sie ihre Augen, um ihre Hände zu betrachten, während sie das Feuerzeug sorgsam wieder auf die Zigarettenschachtel legte. Sie hatte lange, gepflegte Hände; die Nägel waren in einem bräunlichen Rotton lackiert. Am Mittelfinger ihrer linken Hand trug sie einen goldenen Ring mit einem großen, quadratischen grünen Stein. Schließlich rückte sie mit der Sprache heraus. »Sie wissen sicher, dass ich derselben Beschäftigung nachgehe wie Elaine.«

»Das habe ich mir zumindest gedacht.«

»Ich bin eine Prostituierte.«

Ich nickte. Sie streckte sich in ihren Schultern und öffnete den Kragen ihrer Pelzjacke, sodass ein Hauch ihres Parfüms an meine Nase drang. Der würzige Duft kam mir bekannt vor; allerdings konnte ich mich nicht mehr an die Gelegenheit erinnern, bei der ich ihm zum ersten Mal begegnet war. Ich griff nach meiner Tasse und trank den letzten Schluck Kaffee.

»Ich möchte Schluss machen.«

»Mit Ihrem Job?«

Sie nickte. »Ich mache das nun schon vier Jahre. Genauer gesagt: vier

Jahre und vier Monate. Ich bin dreiundzwanzig. Ziemlich jung, finden Sie nicht auch?«

»Ja.«

»Allerdings fühle ich mich keineswegs so jung.« Als sie den Kragen ihrer Jacke wieder schloss, blitzte ihr Ring kurz auf. »Als ich vor vier Jahren in New York aus dem Bus stieg, hatte ich in der einen Hand einen Koffer, in der anderen eine abgewetzte Jeansjacke. Inzwischen habe ich mich etwas verbessert. Das ist ein Nerz.«

»Er steht Ihnen sehr gut.«

»Trotzdem würde ich das Ding liebend gern wieder gegen meine alte Jeansjacke eintauschen, wenn ich damit diese letzten vier Jahre ungeschehen machen könnte. Trotzdem, das hätte auch keinen Sinn, weil ich all dieselben Fehler von neuem machen würde. Aber lassen wir das. Jedenfalls habe ich dieses Leben gründlich satt.«

»Und was haben Sie nun vor? Zurück nach Minnesota zu gehen?«

»Wisconsin. Nein, es gibt nichts, was mich veranlassen könnte, dorthin zurückzugehen. Die Tatsache, dass ich die Nase voll habe, besagt noch nicht, dass mir keine andere Wahl bleibt, als nach Hause zurückzugehen.«

»Das ist durchaus richtig, aber wo komme ich nun ins Spiel, Kim?«

»Ach so. Ja, natürlich.«

Ich wartete.

»Da ist dieser Lude.«

»Will er Sie nicht gehen lassen?«

»Bis jetzt habe ich ihm noch nicht von meinen Plänen erzählt. Möglicherweise ahnt er jedoch bereits etwas und...« Für einen Moment geriet ihr gesamter Oberkörper ins Zittern, und auf ihrer Oberlippe blitzten winzige Schweißperlen auf.

»Haben Sie Angst vor ihm?«

»Wie kommen Sie darauf?«

»Hat er Ihnen gedroht?«

»Nicht wirklich.«

»Was soll das heißen?«

»Nun, er hat mir nie gedroht. Aber ich fühle mich bedroht.«

»Haben auch schon andere Mädchen versucht, bei ihm auszusteigen?«

»Das weiß ich nicht. Über seine anderen Mädchen weiß ich so gut wie nichts. Er ist anders als die Zuhälter, die ich sonst kenne.«

Das sagte jedes Mädchen von seinem Luden. »Ach ja?«

»Ja, er hat irgendwie eine feinere, vornehmere Art!«

Natürlich. »Und wie heißt er?«

»Chance.«

»Ist das ein Vor- oder Nachname?«

»Das weiß ich nicht. Jedenfalls habe ich noch nie gehört, dass ihn jemand anders genannt hätte. Vielleicht ist es also auch nur ein Spitzname.«

»Ist Kim denn Ihr richtiger Name?«

Sie nickte. »Ich hatte aber auch mal einen speziellen Namen. Damals gehörte ich noch zu Duffys Stall. Ach ja, Duffy...« In Gedanken versunken, lächelte sie vor sich hin. »Sie müssen entschuldigen, aber plötzlich kommen all diese Erinnerungen wieder hoch.«

»Ist er ein Schwarzer?«

»Wer? Duffy? Klar. Und Chance natürlich auch. Duffy ist damals oft mit mir nach Long Island City rübergefahren.« Sie schloss kurz die Augen, um schließlich fortzufahren. »Damals nannte ich mich Bambi. Mein Gott das waren vielleicht noch Zeiten. Ich habe die Freier reihenweise in ihren Autos abgefertigt. War ich damals noch naiv! Heute kann ich mir beim besten Willen nicht mehr vorstellen, wie man so naiv sein kann. Ich war keineswegs unschuldig – schließlich wusste ich genau, weshalb ich damals nach New York kam – aber fürchterlich naiv war ich trotzdem.«

»Und wie sind Sie dann an Chance geraten?«

»Ich war mit Duffy in einer Bar, einem Jazz Club, und dann setzte sich Chance an unseren Tisch, und wir unterhielten uns eine Weile. Plötzlich haben die beiden mich dann allein am Tisch zurückgelassen, und als Duffy dann wiederkam, hat er gesagt, ich sollte mit Chance mitkommen. Darüber war ich erst ganz schön sauer, weil das eigentlich unser gemeinsamer Abend war und ich Chance für einen Freier hielt. Aber dann hat mir Duffy erklärt, dass ich künftig für Chance arbeiten sollte. Ich kam mir vor wie ein Auto, das eben seinen Besitzer gewechselt hatte.«

»Hat dieser Duffy Sie denn wirklich an Chance verkauft?«

»Ich weiß nicht, wie sie sich einig geworden sind. Jedenfalls arbeitete ich von da an für Chance. Mit ihm war es wesentlich besser als mit Duffy. Er hat mich von der Straße und diesen einschlägigen Häusern weggeholt und mir ein Apartment mit einem Telefon besorgt. Tja, das liegt inzwischen auch schon wieder drei Jahre zurück.«

»Und Sie wollen also, dass ich Sie da jetzt raushaue?«

»Trauen Sie sich das denn zu?«

»Ich weiß nicht. Vielleicht schaffen Sie's sogar auf eigene Faust. Haben Sie ihm gegenüber schon irgendwelche Andeutungen gemacht?«

»Dazu habe ich viel zu viel Angst.«

»Wovor genau?«

»Dass er mich umbringt oder mich entstellt oder mir sonst etwas antut.« Sie beugte sich vor und legte mir ihre schmalen, rotbraun lackierten Finger aufs Handgelenk. Diese Geste war eindeutig berechnender Natur; dennoch verfehlte sie ihre Wirkung nicht. Ich spürte neuerlich den würzigen Duft ihres Parfüms in meinen Nasenflügeln und fühlte das leichte Prickeln, das von ihr ausging. Nicht, dass ich erregt gewesen wäre oder sie gewollt hätte, aber ich konnte mich doch der sexuellen Anziehung nicht ganz entziehen, die sie auf mich ausübte. »Glauben Sie, Sie können mir helfen, Matt?« Sie hatte diese Frage kaum gestellt, als sie sich hinzuzufügen beeilte: »Ich darf Sie doch Matt nennen?«

Ich musste lachen. »Aber natürlich.«

»Ich verdiene zwar nicht schlecht, aber dummerweise kann ich mit Geld nicht umgehen. Trotzdem habe ich es geschafft, etwas auf die hohe Kante zu legen.«

»Ja?«

»Ich habe tausend Dollar.«

Ohne dass ich darauf etwas entgegnete, öffnete sie ihre Handtasche. Sie holte einen weißen Umschlag daraus hervor und riss ihn mit der Spitze ihres Zeigefingers auf. Dann nahm sie ein Bündel Banknoten heraus und legte es zwischen uns auf den Tisch.

»Sie könnten doch mal mit ihm sprechen«, schlug sie vor.

Ich ergriff das Bündel und wog es in meiner Hand. Man bot mir also an, als Vermittler zwischen einer blonden Nutte und einem schwarzen Zuhälter zu fungieren – eine Rolle, auf die ich noch nie sonderlich scharf gewesen war.

Ich wollte das Geld bereits wieder zurückgeben, aber ich war nun schon neun oder zehn Tage aus dem Krankenhaus und blieb das Geld für meinen dortigen Aufenthalt weiterhin schuldig. Außerdem hatte ich Anita und den Kindern schon länger keinen Scheck mehr zukommen lassen, als ich zurückdenken konnte.

Also zählte ich die Scheine. Es waren Hunderter, keineswegs neu und ihrer zehn. Fünf davon ließ ich vor mir auf dem Tisch liegen. Den Rest gab ich ihr zurück. Ihre Augen weiteten sich etwas, und diesmal gelangte ich zu der Überzeugung, dass sie Kontaktlinsen trug. Niemand hatte Augen von solchem Blau.

»Die erste Hälfte nehme ich als Anzahlung. Den Rest können Sie mir geben, wenn die ganze Geschichte bereinigt ist.«

»Einverstanden«, erwiderte sie mit einem plötzlichen Grinsen. »Sie hätten aber gern alles nehmen können.«

»Ich brauche eben immer einen gewissen Ansporn für meine Arbeit. Noch einen Kaffee?«

»Wenn Sie auch noch einen trinken. Außerdem hätte ich Lust auf was Süßes. Haben sie hier auch Kuchen?«

»Den Nusskuchen kann ich Ihnen nur wärmstens ans Herz legen. Aber auch der Käsekuchen ist ganz passabel.«

»Ich werde einen Nusskuchen nehmen. Das ist jetzt genau das richtige. Wissen Sie, ich bin eine fürchterliche Naschkatze, aber zum Glück schlägt das bei mir nicht an.«

Kapitel 2

Da war ein kleines Problem. Um mit Chance sprechen zu können, musste ich erst einmal herausbekommen, wo der Bursche steckte; aber genau das konnte sie mir nicht sagen.

»Ich weiß nicht, wo er wohnt«, erklärte sie. »Niemand weiß das.«

»Niemand?«

»Zumindest keines der Mädchen. Es gehörte übrigens zu unseren Lieblingsbeschäftigungen, uns auszumalen, wo Chance wohl wohnen könnte. Sie können sich vorstellen, dass wir dabei schon auf die verrücktesten Ideen gekommen sind.«

»Und was ist, wenn Sie ihn aus irgendeinem Grund mal dringend erreichen müssen?«

»Er hat uns die Nummer seines Auftragsdienstes gegeben, sodass wir eine Nachricht für ihn hinterlassen können. Er ruft dort mindestens einmal die Stunde an.«

Ich ließ mir die Nummer von Kim geben und schrieb sie in mein Notizbuch. Aber damit brach der Informationsfluss bereits wieder abrupt ab. Kim wusste weder seine Autonummer, noch wo er den Wagen abgestellt hatte.

»Ich weiß nur, dass er einen Cadillac fährt.«

»Na, das ist aber eine Überraschung. Wo treibt er sich denn in der Regel rum? Geht er öfter mal zum Football? Spielt er? Was macht er denn so in seiner Freizeit?«

Kim überlegte kurz. »Das ist bei ihm schwer zu sagen, da es in seinem Fall ganz davon abhängt, mit wem er zusammen ist. Ich höre zum Beispiel gern Jazz; also führt er mich meistens in irgendwelche Jazzclubs aus. Mit einem anderen Mädchen geht er dagegen in Konzerte – Sie wissen schon, so richtig mit klassischer Musik. Und mit Sunny, das ist wieder ein anderes Mädchen, geht er zu Sportveranstaltungen.«

»Wie viele Mädchen hat Chance denn eigentlich?«

»Ich weiß nicht. Jedenfalls Sunny und Nan und das Mädchen, das auf klassische Musik steht. Vielleicht gibt es noch ein paar mehr. Chance redet nicht sehr viel, wissen Sie.«

»Sie wissen also nur, dass er Chance heißt?«

»Ja.«

»Sie arbeiten nun schon – wie viele? – drei Jahre für ihn und wissen lediglich die Hälfte seines Namens und die Nummer seines telefonischen Auftragsdiensts? Keine Adresse, keine Autonummer, nichts?«

Sie versank in die Betrachtung ihrer Hände.

»Wie kommt er denn an sein Geld?«

»Meinen Sie, von mir? Er kommt einfach hin und wieder vorbei.«

»Ruft er vorher an?«

»Nicht unbedingt. Manchmal allerdings schon. Ab und zu ruft er mich auch an und sagt, ich soll ihm das Geld bringen. Er holt mich dann in einem Café oder einer Bar oder an einer bestimmten Straßenecke ab.«

»Geben Sie ihm Ihre gesamten Einnahmen?«

Ein Nicken. »Er hat mir das Apartment beschafft, und er kommt für die Miete, das Telefon und die sonstigen Kosten auf. Wenn ich zum Beispiel neue Kleider brauche, kommt er mit und zahlt dann auch. Ich gebe ihm meine gesamten Einnahmen, und er lässt mir einen Teil davon – sozusagen als Taschengeld.«

»Und Sie zweigen nichts für sich ab?«

»Natürlich. Woher, glauben Sie, hätte ich sonst die tausend Dollar? Aber viel behalte ich wirklich nicht zurück.«

Als sie schließlich ging, blieb ich noch eine Weile über meiner letzten Tasse Kaffee sitzen, während sich die Bar langsam füllte. Ich hatte also ihre Adresse und Telefonnummer zusammen mit der Nummer von Chances Auftragsdienst. Doch was hätte ich auch schon mehr gebraucht? Früher oder später würde mir dieser Bursche schon über den Weg laufen, und dann würde ich ihm – wenn möglich – ein Quäntchen mehr Angst machen, als er Kim gemacht hatte. Und wenn mir das nicht gelingen sollte, hatte ich immer noch fünfhundert Dollar mehr als am Tag zuvor.

Ich bezahlte die Rechnung mit einem von ihren Hundertern. Das Armstrong's liegt gleich um die Ecke von meinem Hotel, wo ich nun hinging, um mich an der Rezeption zu erkundigen, ob jemand nach mir verlangt oder angerufen hatte. Dann ging ich in die Telefonzelle im hinteren Teil der Eingangshalle und wählte die Nummer von Chances Auftragsdienst.

Am anderen Ende der Leitung meldete sich eine Frauenstimme.

»Könnte ich bitte Mr. Chance sprechen«, sagte ich.

»Er sollte jeden Augenblick hier vorbeikommen.« Die Stimme klang, als wäre ihre Inhaberin nicht mehr die jüngste. »Möchten Sie eine Nachricht hinterlassen?«

Ich gab ihr meinen Namen und die Telefonnummer des Hotels. Als die Frau – sie schien auch noch Kette zu rauchen – wissen wollte, worum es sich handelte, erklärte ich, der Anruf wäre privat.

Als ich den Hörer wieder auflegte, fühlte ich mich etwas weich in den Knien. Möglicherweise lag das an den Unmengen von Kaffee, die ich schon den ganzen Tag über in mich hineingeschüttet hatte. Ich hätte einen kräftigen Schluck brauchen können. Ich dachte schon daran, in Polly's Cage drüben auf der anderen Straßenseite schnell einen zu heben oder mir in dem Getränkemarkt zwei Häuser weiter eine Flasche Bourbon zu besorgen. Ich konnte bereits den Geschmack von einem anständigen Schluck Jim Beam auf meiner Zunge spüren.

Aber dann sagte ich mir: Was soll's – draußen regnet es doch, und weshalb solltest du dich wegen eines Schlucks Whisky nass machen? Also steuerte ich nicht auf den Eingang zu, sondern auf den Lift. Oben auf meinem Zimmer zog ich mir einen Stuhl ans Fenster und sah in den Regen hinaus. Auf diese Weise verflog nach einer Weile das Bedürfnis, etwas Alkoholisches zu trinken. Wenig später kam es wieder zurück, um neuerlich zu verschwinden. So ging es noch eine Weile weiter – wie eine Leuchtreklame, die ständig an- und ausgeht. Ich blieb unbeirrt am Fenster sitzen und starrte in den Regen hinaus.

Gegen sieben Uhr rief ich von dem Apparat in meinem Zimmer Elaine Mardell an. Allerdings antwortete mir nur ihr Anrufbeantworter, und nach dem Pfeifton sagte ich: »Hier spricht Matt. Ich habe mich mit deiner Freundin getroffen und wollte mich für die Empfehlung bedanken. Vielleicht kann ich dir eines Tages ebenfalls einen Gefallen erweisen.« Dann legte ich auf und wartete eine weitere halbe Stunde. Chance rief jedoch nicht zurück.

Obwohl ich nicht sonderlich hungrig war, raffte ich mich auf, etwas essen zu gehen. Der Regen hatte aufgehört. Ich ging ins Blue Jay, wo ich mir einen

Hamburger mit Fritten bestellte. Zwei Tische weiter spülte ein Mann sein Sandwich mit einem Bier hinunter, was mich auf die Idee brachte, mir auch eines zu bestellen. Bis dann allerdings die Bedienung wieder an meinen Tisch kam, hatte ich es mir anders überlegt. Als ich mit dem Essen fertig war – sogar die Fritten hatte ich zur Hälfte geschafft – und zwei Tassen Kaffee getrunken hatte, bestellte ich mir zum Nachtisch noch einen Kirschkuchen, den ich ebenfalls fast ganz aufaß.

Als ich schließlich wieder ging, war es kurz vor halb neun. Ich fragte kurz an der Rezeption meines Hotels, ob jemand angerufen hatte – nichts – und ging dann zu Fuß weiter zur Ninth Avenue. Ich passierte das Krankenhaus und St. Paul's, bis ich schließlich vor einem Haus eine schmale Treppe zum Souterrain hinunterstieg. Am Türgriff hing ein unauffälliges Pappschild.

AA, stand darauf.

Als ich eintrat, fingen sie gerade an. In Form eines U waren drei Tische aneinandergerückt. Die Anwesenden saßen um diese Tische und entlang der Wände. Auf einem separaten Tisch standen verschiedene Erfrischungsgetränke. Ich nahm mir einen Styroporbecher und schenkte mir aus einer großen Kanne Kaffee ein. Als ich auf einem Stuhl an der Rückwand des Raums Platz nahm, nickten mir einige der Anwesenden zu. Ich nickte zurück.

Der Sprecher war ein Mann in meinem Alter. Er trug ein Flanellhemd und darüber eine Jacke mit Fischgrätmuster und erzählte gerade seine Lebensgeschichte, angefangen von seiner ersten Bekanntschaft mit dem Alkohol als Dreizehnjähriger bis zu seinem Entzug, der nun vier Jahre zurücklag. Er war mehrere Male geschieden, hatte verschiedene Autos zu Schrott gefahren und mehrere Arbeitsstellen verloren. Dann hatte er zu trinken aufgehört und angefangen, die Treffen zu besuchen. Von da an ging es wieder aufwärts. »Ja, es ging wieder aufwärts mit mir«, bekräftigte er.

Dies und ähnliches bekam man bei diesen Gelegenheiten häufig zu hören. Trotzdem waren die meisten Geschichten durchaus interessant. Wie diese Leute sich einfach vor die versammelte Menge hinstellten und die intimsten Dinge über sich und ihr Leben erzählten.

Der Mann sprach etwa eine halbe Stunde. Dann wurde eine zehnminütige Pause eingeschoben, während derer ein Korb für die gemeinsamen Unkosten herumging. Nachdem ich einen Dollar hineingelegt hatte, genehmigte ich mir eine zweite Tasse Kaffee und ein paar Kekse. Ein Mann in einer alten

Armeejacke grüßte mich beim Namen. Mir fiel ein, dass er Jim hieß, und ich erwiderte seinen Gruß. Er fragte, wie es mir ging, und ich versicherte ihm, nicht schlecht.

»Jedenfalls sind Sie hier, und Sie sind nüchtern«, erklärte er darauf. »Das ist das Wichtigste.«

»Kann schon sein.«

»Jeder Tag, an dem ich nichts trinke, ist ein guter Tag. Und für einen Alkoholiker gibt es nichts Schwereres, als nichts zu trinken. Und jeden Tag wieder von neuem solch eine Leistung zu vollbringen, ist doch immerhin etwas.«

Nur traf das auf mich nicht ganz zu. Seit meiner Entlassung aus der Klinik waren neun oder zehn Tage verstrichen, und ich hatte es nie länger als drei Tage ausgehalten, keinen Alkohol anzurühren. Über ein oder zwei oder drei Gläser ging das allerdings nie hinaus. Nur am Sonntagabend hatte ich dann fürchterlich über die Stränge geschlagen. Ich konnte mich nicht mehr erinnern, wie ich aus dieser Bar und dann nach Hause gekommen war, und am Montagmorgen ging es mir dann auch entsprechend hundeelend.

Davon erzählte ich Jim allerdings nichts.

Nach zehn Minuten ging es dann wieder weiter. Verschiedene Leute gingen von einem zum anderen, nannten ihren Namen und bezeichneten sich als Alkoholiker; gleichzeitig äußerten sie sich anerkennend über den Redner vor der Pause. Und dann erzählten sie, wie sie sich mit diesem Mann identifizierten und wie es ihnen in ihrem Leben ähnlich ergangen war. Ein Mädchen, kaum älter als Kim Dakkinen, sprach über ihre Probleme mit ihrem Liebhaber, und ein Schwuler, Mitte Dreißig, berichtete von einer Auseinandersetzung mit einem Kunden seines Reisebüros. Letztere Geschichte war tatsächlich ziemlich witzig und trug ihm heiteres Gelächter ein.

Eine Frau erklärte: »Nüchtern zu bleiben, ist die einfachste Sache auf der ganzen Welt. Man braucht nichts weiter zu tun, als nicht zu trinken, zu den Treffen zu gehen und das ernsthafte Bemühen zu zeigen, sein verdammtes Scheißleben zu ändern.« Als ich an die Reihe kam, sagte ich nur: »Mein Name ist Matt. Ich passe.«

Um zehn war das Treffen zu Ende. Auf dem Heimweg machte ich Zwischenstation im Armstrong's, wo ich mir an der Bar einen Platz ergatterte. Zwar wurde mir immer wieder gesagt, ich sollte um jede Bar einen weiten Bogen machen, da dort die Versuchung, etwas zu trinken, besonders stark wäre, aber ich fühle mich in dieser Umgebung einfach wohl, und außerdem ist der Kaffee wirklich gut. Wenn ich wirklich wieder zu saufen anfange, dann tue ich das, ganz egal, wo ich mich gerade aufhalte. Als ich schließlich nach Hause ging, nahm ich mir eine Spätausgabe der *News* mit auf mein Zimmer. Kim Dakkinens Lude hatte sich immer noch nicht gemeldet. Als ich seinen Auftragsdienst anrief, bestätigte man mir, dass er über meinen Anruf informiert worden war. Ich hinterließ deshalb eine zweite Nachricht, die Angelegenheit sei dringend, und er solle mich unverzüglich anrufen.

Danach duschte ich und nahm mir die Zeitung vor.

Das Telefon klingelte nicht, wobei ich dies auch gar nicht erwartet hätte. Welchen Grund – außer purer Neugier – hätte Chance schon haben sollen, mich anzurufen?

Das hieß also, dass ich mich auf die Suche nach ihm machen musste. Auf diese Weise hatte ich wenigstens etwas zu tun. Zumindest würde sich mein Name mit jedem Anruf nachhaltiger in sein Gedächtnis eingraben.

Ach ja, der geheimnisumwitterte Mr. Chance. Vermutlich hatte er neben der Bar, den Pelzbezügen und der Sonnenblende aus rosa Samt auch noch ein Autotelefon in seinem Zuhälterschlitten. Die typischen Rangabzeichen eines Luden, der auf sich hielt.

Nachdem ich die Sportseiten gründlich studiert hatte, stieß ich auf einen kurz abgefassten Bericht über die Ermordung einer Prostituierten im Village. Das Alter des Opfers wurde mit fünfundzwanzig Jahren angegeben; sonst enthielt der Bericht keinerlei weitere Angaben zur Person.

Ich rief in der Redaktion der *News* an, um mich nach dem Namen des Opfers zu erkundigen. Allerdings wurde mir diese Auskunft verweigert. Darauf rief ich im Sechsten Revier an; Eddie Koehler war jedoch gerade nicht im Dienst, und sonst fiel mir niemand mehr ein, der mich noch gekannt hätte. Ich hatte schon mein Notizbuch herausgezogen, als mir bewusst wurde, dass es bereits zu spät war, Kim anzurufen, zumal sich die halbe weibliche Bevölkerung der Stadt aus Nutten zusammensetzte und nicht der geringste Anlass zu der Annahme bestand, dass ausgerechnet Kim unter dem West Side Highway aufgeschlitzt worden sein sollte. Ich steckte das Notizbuch wieder weg, um es zehn Minuten später erneut herauszuholen und ihre Nummer zu wählen.

»Hier spricht Matt Scudder«, meldete ich mich, als sie den Hörer abnahm.

»Ich wollte nur fragen, ob Sie vielleicht doch mit Ihrem Freund gesprochen haben, nachdem Sie bei mir waren.«

»Nein. Wieso?«

»Ich habe ihn über seinen Auftragsdienst zu erreichen versucht, aber er meldet sich nicht. Folglich werde ich mich wohl morgen auf die Suche nach ihm machen müssen. Sie haben ihm also wirklich noch nichts davon gesagt, dass Sie aussteigen wollen?«

»Nicht ein Wort.«

»Gut. Falls Sie ihn zufällig vor mir treffen sollten, tun Sie bitte so, als ob nichts wäre. Und falls er Sie anruft, um sich irgendwo mit Ihnen zu treffen, verständigen Sie mich bitte auf der Stelle.«

»Sind Sie unter der Nummer, die Sie mir gegeben haben, immer zu erreichen?«

»Ja. Falls ich zu Hause bin, werde ich an Ihrer Stelle zu der Verabredung erscheinen. Ansonsten treffen Sie sich mit ihm und tun so, als ob nichts wäre, ja?«

Danach unterhielt ich mich noch eine Weile mit ihr, um sie wieder zu beruhigen, nachdem ich ihr durch meinen Anruf doch einen leichten Schreck eingejagt hatte. Zumindest wusste ich jetzt, dass sie noch am Leben war, und würde beruhigt schlafen können.

Von wegen. Ich schaltete das Licht aus und legte mich ins Bett, um dort eine ganze Weile wach zu liegen, bis ich es schließlich aufgab, aufstand und mich wieder der Zeitung zuwandte. Dabei kam mir immer wieder die glorreiche Idee, dass ich nach ein paar Drinks sicher wesentlich leichter Schlaf finden würde. Doch obwohl dieser Gedanke die ganze Zeit über nicht von mir ließ, schaffte ich es, zu bleiben, wo ich war. Um vier Uhr konnte ich mir schließlich beruhigt sagen, dass nun sowieso alle Bars geschlossen hatten. Zwar gab es da noch diese Kneipe in der Eleventh Avenue, die bis in den Morgen hinein aufhatte; aber die vergaß ich der Bequemlichkeit halber einfach.

Ich machte das Licht wieder aus und schlüpfte ins Bett. Dabei dachte ich an das, was ich in der Zeitung gelesen hatte. Das stieß mich auf die Frage, wie um alles in der Welt jemand auf die Idee kommen konnte, man sollte in dieser Stadt alles daran setzen, nüchtern zu bleiben. An diesen Gedanken hielt ich mich, bis ich schließlich einschlief.

Kapitel 3

Nach sechs Stunden nicht gerade tiefem Schlaf stand ich um halb elf erstaunlich ausgeruht auf. Nachdem ich mich geduscht und rasiert hatte, frühstückte ich kurz und ging dann zu St. Paul's rüber. Diesmal suchte ich allerdings nicht den Versammlungsraum im Souterrain auf, sondern die richtige Kirche, wo ich mich für etwa zehn Minuten auf einer Bank niederließ, um dann ein paar Kerzen anzustecken und einen Fünfzigdollarschein in den Opferstock zu schieben. Dann ging ich zur Post und überwies meiner geschiedenen Frau in Syosset zweihundert Dollar. Ich wollte der Überweisung noch eine kurze Nachricht beifügen. Aber sie würde auch ohne meine Erklärungen wissen, dass das Geld zu wenig war und zu spät kam. Also ließ ich es lieber gleich bleiben.

Es sah wieder nach Regen aus. Zudem hatte der Wind merklich aufgefrischt. Als vor dem Coliseum ein Mann fluchend hinter seinem Hut herrannte, griff ich instinktiv nach der Krempe von meinem, um ihn mir fester auf den Kopf zu drücken.

Zurück im Hotel, zahlte ich erst einmal die Zimmermiete für die nächsten zwei Wochen im Voraus. Unter der Post – die üblichen Drucksachen – befand sich keine Nachricht von Chance, was nicht hieß, dass ich mit einer solchen gerechnet hätte.

Ich rief erneut seinen Auftragsdienst an und hinterließ eine Nachricht.

Danach durchstreifte ich ziellos die Stadt, trank Kaffee in Cafés, Coca-Cola in Bars, sah mir einen Film mit Clint Eastwood an und aß in einem kubanisch-chinesischen Restaurant in der Eighth Avenue gebratenen Reis mit Schweinefleisch und Gemüse. Währenddessen rief ich immer wieder in meinem Hotel und bei Kim an, ob ich nicht vielleicht doch dringend benötigt wurde.

Auf diese Weise brachte ich den Tag herum, sodass ich um halb neun wieder diese Treppe zu dem Raum im Souterrain hinunterstieg.

An diesem Abend sprach eine Hausfrau, die sich dumm und dämlich gesoffen hatte, während ihr Mann im Büro und die Kinder in der Schule waren. Als ihr kleiner Sohn sie eines Tages völlig betrunken auf dem Küchenboden fand, konnte sie ihn davon überzeugen, sie mache gerade eine Yoga-Übung für ihren Rücken. Alle lachten.

Als ich an der Reihe war, erklärte ich: »Mein Name ist Matt. Ich möchte heute Abend nur zuhören.«

Das Kelvin Small's ist ein schmaler, langgezogener Raum mit einem riesigen Tresen entlang der einen und einer Reihe kleiner Tische entlang der anderen Wand. Im hinteren Ende befindet sich eine kleine Bühne, auf der zwei extrem dunkelhäutige Schwarze mit kurzgeschorenem Haar und Hornbrillen und schnieken Brooks Brothers-Anzügen auf Klavier und Schlagzeug, letzteres dezent mit Besen bearbeitet, ruhigen Jazz spielten. Sie klangen und sahen aus wie die eine Hälfte des Modern Jazz Quartet.

Ich hatte keinerlei Probleme, die Musik zu hören, da es im Zuschauerraum augenblicklich totenstill wurde, sobald ich die Tür hinter mir geschlossen hatte. Ich war der einzige Weiße im Raum und wurde von allen Seiten mit forschenden Blicken bedacht. Lediglich an den Tischen gegenüber der Bar saßen ein paar weiße Frauen, die sich jedoch ausnahmslos in Begleitung von Schwarzen befanden.

Ich durchquerte den Raum und betrat die Toilette. Als ich sie – ich hatte mir nur kurz die Hände gewaschen – wieder verließ, brach neuerlich jede Unterhaltung im Raum abrupt ab. Gemächlich und mit lässig rollenden Schultern strebte ich wieder auf den Ausgang zu. Bezüglich der Musiker war ich mir nicht sicher, aber sonst hielt sich in der Bar sicher kein einziger Kerl auf, der nicht schon aus dem einen oder anderen Grund Bekanntschaft mit der Polizei gemacht hatte.

Und dann stach mir ein Mann an der Bar in die Augen. Es bedurfte eines zweiten Blicks meinerseits, um ihn schließlich einordnen zu können. Früher hatte er sich nämlich das Haar entkrausen lassen, während er jetzt eine Afrofrisur trug. Zu seinem limettengrünen Anzug trug er Schuhe aus der Haut irgendeines Reptils, vermutlich einer vom Aussterben bedrohten Spezies.

Ich wandte meinen Blick wieder der Tür zu und verließ die Bar. Draußen blieb ich zwei Häuser weiter unter einer Straßenlaterne stehen. Nach einigen

Minuten kam auch er aus der Bar und ging schlaksig auf mich zu. »Na, Matthew«, er streckte seine Hand zum Gruß aus, »wie geht's denn so?«

Als ich seine Hand nicht ergriff, verdrehte er nur gelangweilt die Augen. »Lange nicht mehr gesehen, was? Seit wann kommst du übrigens nach Harlem, um aufs Klo zu gehen?«

»Du scheinst dich ja nicht schlecht gemacht zu haben, Royal.«

»Nun ja, wie die Geschäfte eben so gehen. Aber was führt dich in diese Gegend, Matthew?«

»Ich suche jemanden.«

»Na, vielleicht hast du ihn schon gefunden. Bist du nicht mehr bei der Polizei?«

»Schon ein paar Jahre nicht mehr.«

»Und du möchtest was kaufen? Was möchtest du haben, und wieviel darf die Sache kosten?«

»Was hast du anzubieten?«

»'Ne ganze Menge.«

»Immer noch mit diesen Kolumbianern im Geschäft?«

»Erzähl mir doch keinen Scheiß, Mann«, schnaubte Royal verächtlich. »Du bist doch nicht hierhergekommen, um dir etwas Stoff zu besorgen. Also, was willst du?«

»Ich suche einen Luden.«

»Das ist ja 'n Ding, Mann. Du bist doch eben an mindestens zwanzig Kerlen von der Sorte vorbeistolziert.«

»Ich suche aber einen ganz bestimmten. Er heißt Chance.«

»Chance.«

»Kennst du ihn?«

»Könnte sein, dass ich weiß, wen du meinst.«

»Weißt du, wo ich ihn finden kann?«

»Schwer zu sagen, Matthew. Er taucht überall dort auf, wo man ihn am wenigsten erwartet.«

»Das hat man mir inzwischen schon mehrfach erzählt.«

»Wo hast du denn schon überall nach ihm gesucht?«

Ich war in einem Café in der Sixth Avenue gewesen, in einer Bar mit Klaviermusik im Village und in verschiedenen Kneipen in den westlichen Vierzigerstraßen. Royal hörte sich das alles an und nickte nachdenklich.

»Hast du nicht ein paar Tipps, wo ich nach ihm suchen könnte, Royal?«

Er nannte mir verschiedene Stellen, die ich mir kurz notierte, um Royal schließlich zu fragen: »Was ist dieser Chance für ein Typ?«

»Na, ein Lodde eben, Mann.« Royal zuckte mit den Achseln.

»Du magst ihn nicht.«

»Was heißt hier mögen oder nicht mögen, Matthew. Alle meine Freunde sind Geschäftsfreunde, und Chance und ich verkehren geschäftlich nicht miteinander. Er kauft von mir keinen Stoff und ich von ihm keine Möse.« Er bleckte in einem kurzen, hämischen Grinsen die Zähne. »Wenn du die Taschen voller Stoff hast, brauchst du nun mal für eine Möse nicht zu zahlen.«

Eine der Bars, die Royal mir genannt hatte, lag in Harlem. Der Club Cameroon lag nur ein paar Blocks weiter, sodass ich mich zu Fuß auf den Weg machte. Der Schuppen war eine billigere Ausführung des Kelvin Small's mit einer Musikbox anstelle der Band. Auch die Toilette war wesentlich unappetitlicher.

Als ich dann an der Bar vor einem Glas Sodawasser stand und meine Blicke über die fünfzehn bis zwanzig schwarzen Gesichter schweifen ließ, die sich in dem riesigen Spiegel hinter dem Tresen reflektierten, kam mir wie schon mehrere Male an diesem Abend wieder einmal zu Bewusstsein, dass ich möglicherweise Chance direkt vor mir hatte, ohne mir darüber im Klaren zu sein. Die Beschreibung, die ich von ihm hatte, traf mindestens auf ein Drittel der Anwesenden zu.

Die Männer links und rechts von mir hatten sich abgewendet, sodass mein Blick auf mein Spiegelbild fiel – ein bleicher Mann in einem farblosen Anzug und einem grauen Mantel. Meinem Anzug hätte es sicher nicht geschadet, einmal ordentlich gebügelt zu werden, und mein Hut hätte kaum ramponierter aussehen können, wenn ihn mir der Wind vom Kopf gerissen hätte. Und da stand ich nun, einsam und verlassen, zwischen diesen beiden Modegecken mit ihren mächtig ausgestopften Schultern, den überdimensionalen Aufschlägen und den stoffbezogenen Knöpfen.

Der Kerl zu meiner Rechten krümmte seinen langen Zeigefinger nach dem Barkeeper. »Schenk ruhig ins gleiche Glas nach, das ist gut für den Geschmack.« Der Mann hinter der Theke goss ihm einen Schuss Hennessy mit einer gehörigen Portion Milch ein. Früher hieß dieses Gesöff White Cadillac. Vielleicht war das immer noch so.

Vielleicht sollte ich mich langsam wieder verziehen. Ich konnte förmlich spüren, wie die Luft aufgrund meiner Anwesenheit merklich dicker wurde. Und es würde sicher nicht lange dauern, bis einer dieser Kerle auf mich zukam und wissen wollte, was ich hier zu suchen hätte, in welchem Fall ich nicht unbedingt gleich eine passende Antwort gehabt hätte.

Also ging ich, bevor dieser Fall eintrat. Draußen auf der Straße wartete an einer roten Ampel gerade ein Taxi. Die Tür auf meiner Seite war ziemlich verbeult, und auch die Stoßstange hatte einige Schrammen. Unschlüssig, ob das etwas über die Fahrkünste des Fahrers aussagte, stieg ich ein.

Ich ließ mich zu einer Bar in der Ninety-sixth fahren, die Royal mir ebenfalls genannt hatte. Es war inzwischen kurz nach zwei, und ich fühlte mich müde. Ich betrat also wieder einmal eine Bar, in der ein Schwarzer am Klavier saß. Das Instrument klang übrigens ziemlich verstimmt, aber möglicherweise lag das auch an mir. Die Zuhörerschaft setzte sich zu etwa gleichen Teilen aus Weißen und Schwarzen zusammen. Es gab auch eine Menge gemischter Paare, wobei jedoch die weißen Mädchen in Begleitung schwarzer Männer nicht den Eindruck von Prostituierten machten. Zwar waren einige Kerle ziemlich auffällig gekleidet, aber es war keiner darunter, dem der Zuhälter bereits auf zehn Kilometer Entfernung anzusehen gewesen wäre.

Vom Fernsprecher aus rief ich in meinem Hotel an. Niemand hatte etwas für mich hinterlassen. Der Nachtportier war ein hustensaftsüchtiger Mulatte, der Abend für Abend das Kreuzworträtsel der *Times* mit einem Füllfederhalter löste. »Könnten Sie mir einen Gefallen tun, Jacob«, bat ich ihn. »Rufen Sie doch mal diese Nummer an und verlangen Sie nach Chance.« Ich gab ihm die Nummer durch, die auf der Wählscheibe stand.

»Und was ist, wenn er ans Telefon kommt?«

»Dann hängen Sie einfach auf.«

Fast hätte ich ein Bier bestellt, als ich an die Bar zurückkehrte, um mich dann im letzten Augenblick doch noch für ein Coke zu entscheiden. Wenig später klingelte das Telefon. Ein junger Bursche, der aussah, als ginge er aufs College, ging dran. Er rief ins Lokal, ob ein gewisser Chance anwesend wäre. Niemand reagierte. Währenddessen behielt ich den Barkeeper im Auge. Falls ihm der Name geläufig war, zeigte er das jedenfalls nicht. Vielleicht hatte er auch gar nicht hingehört.

Mein Gott, ich war vielleicht eine Kanone von Detektiv. Dass ich auf diese

Idee nicht schon früher gekommen war! Da soff ich nun sämtliche Coca-Cola-Vorräte von Manhattan leer und war nicht in der Lage, so einen mickrigen Zuhälter aufzuspüren.

In der Musikbox war gerade eine Platte zu Ende, und es folgte ein Stück von Sinatra. Und das löste etwas in mir aus. Ich ließ mein Coke stehen und nahm mir ein Taxi in die Columbus Avenue. Dort stieg ich an der Seventy-second Street aus und ging den halben Block zu Poogan's Pub zu Fuß weiter. Hier war die Kundschaft eher weiß, aber schließlich war ich nicht hierhergekommen, um Chance zu treffen. Ich suchte Danny Boy Bell.

Er war jedoch nicht da. Als ich den Barkeeper nach ihm fragte, meinte er: »Danny Boy? Der ist schon gegangen. Aber versuchen Sie's doch mal im Top Knot. Das ist gleich auf der anderen Straßenseite.«

Und dort war er auch. Er saß ganz hinten an der Bar. Zwar hatte ich ihn Jahre nicht mehr gesehen, aber ich hatte trotzdem keine Schwierigkeiten, ihn wiederzuerkennen. Er war weder größer noch dunkler geworden.

Danny Boys Eltern waren beide extrem dunkelhäutige Schwarze. Allerdings hatte er von ihnen nur die Gesichtszüge geerbt, nicht aber die Hautfarbe. Er war Albino und hatte so viel Farbe im Gesicht wie eine weiße Maus. Er war zierlich und sehr klein. Zwar behauptete er, eins fünfundfünfzig zu sein, aber ich hatte ihn immer schon im Verdacht gehabt, dass er dabei insgeheim ein paar Zentimeter draufschlug.

Er trug einen dreiteiligen grauen Anzug und das erste weiße Hemd, das ich seit langem gesehen hatte. Die schwarze Krawatte mit den Streifen in gedämpftem Rot passte vorzüglich zu seinem Anzug. Seine schwarzen Schuhe waren blitzblank poliert. Ich konnte mich nicht erinnern, Danny Boy je ohne Anzug und Krawatte oder mit nicht geputzten Schuhen gesehen zu haben.

»Matt Scudder! Was für eine Überraschung«, begrüßte er mich. »Man braucht wirklich nur lange genug zu warten, und irgendwann trifft man jeden mal wieder.«

»Wie geht's, Danny?«

»Man wird älter. Schließlich ist es schon eine Ewigkeit her, dass wir uns zum letzten Mal gesehen haben.«

»Du hast dich trotzdem kaum verändert.«

Er taxierte mich kurz. »Du auch nicht.« Seiner Stimme mangelte es jedoch etwas an Überzeugungskraft. »Bist du eben zufällig hier reingeschneit? Oder hast du etwa nach mir gesucht?«

»Ich war schon drüben im Poogan's. Dort hat man mir allerdings gesagt, ich sollte es hier versuchen.«

»Welche Ehre. Der Grund deines Besuches ist doch sicherlich rein privater Natur.«.

»Nicht ganz.«

»Wieso setzen wir uns nicht an einen Tisch? Dort können wir uns in Ruhe über die guten alten Zeiten und tote Freunde unterhalten – und über den Grund deines Kommens.«

Wir nahmen an einem der Tische Platz. Als die quirlige kleine Bedienung unsere Getränke brachte – für Danny Boy einen eisgekühlten Wodka, für mich eine Cola – senkte Danny Boys Blick sich kurz auf mein Glas.

»Weißt du, ich trete in letzter Zeit etwas langsamer«, erklärte ich dazu.

»Das kann nie schaden.«

»Tja.«

»Das rechte Maß ist alles«, fuhr Danny Boy nachdenklich fort. »Ich kann dir sagen, Matt, diese alten Griechen wussten, wovon sie reden. Das rechte Maß ist alles.«

Er nahm einen kräftigen Schluck von seinem Wodka, während ich an meiner Cola nippte.

Und dann kamen wir ins Reden. Danny Boys Metier, wenn er eines hatte, war die Vermittlung von Informationen. Alles, was man ihm sagte, wurde in seinem Kopf registriert und gespeichert. Und indem er diese unzähligen Detaildaten bei Bedarf wieder in den richtigen Zusammenhang brachte, verdiente er genügend Geld, um seine Schuhe spiegelblank und sein Glas voll zu halten. Als ich noch bei der Polizei war, hatte er zu meinen besten Informanten gezählt, wobei ich ihn meinerseits immer nur mit weiteren Informationen bezahlt hatte und nie in bar.

Nach einigen amüsanten und traurigen Geschichten über gemeinsame alte Bekannte, kam Danny Boy schließlich zum Thema. »Also, was kann ich für dich tun, Matt?«

»Ich bin auf der Suche nach einem bestimmten Zuhälter.«

»Diogenes war auf der Suche nach einem ehrenhaften Menschen. Im Vergleich zu ihm stehen deine Chancen also eindeutig höher. Hat der Herr auch einen Namen?«

»Chance.«

»Na, den kenne ich«, erwiderte Danny Boy.

»Weißt du auch, wo ich ihn treffen kann?«

Stirnrunzelnd ergriff Danny Boy sein leeres Glas, um es wieder abzustellen. »Schwierig. Chance hat keine Stammlokale.«

»Das habe ich inzwischen schon mehrfach zu hören bekommen.«

»Trotzdem entspricht es der Wahrheit. Ich finde, jeder Mann sollte einen festen Ausgangspunkt haben, von dem aus er operieren kann. Nimm mich. Ich bin immer in Poogan's Pub anzutreffen; und du im Jimmy Armstrong's – oder zumindest war das bis vor kurzem noch so.«

»Das ist auch jetzt noch der Fall.«

»Na, siehst du? Ich weiß sogar über dich Bescheid, wenn ich dich nicht zu sehen bekomme. Aber zurück zu Chance. Lass mich mal überlegen. Was haben wir heute? Donnerstag?«

»Freitagmorgen.«

»Natürlich, aber fang jetzt nicht mit deinen Haarspaltereien an. Was willst du von ihm, wenn diese Frage gestattet ist?«

»Ich möchte mit ihm sprechen.«

»Ich weiß zwar nicht, wo er jetzt steckt, aber ich könnte unter Umständen in Erfahrung bringen, wo er in achtzehn bis zwanzig Stunden anzutreffen ist. Ich muss mal kurz telefonieren. Und bestell doch noch einen Drink für mich, wenn das Mädchen an unserem Tisch vorbeikommt, ja?«

Ich fing den Blick der Bedienung auf und bestellte für Danny Boy einen Wodka. Als sie mich fragte, ob ich noch eine Cola wollte, verspürte ich ein leichtes Würgen in meinem Hals, sodass ich mich für ein Ginger Ale entschied. Danny telefonierte noch, als sie die Drinks brachte. Ich versuchte angestrengt, nicht auf Danny Boys Glas zu starren. Wenn er doch nur bald zurückkommen und diesen verfluchten Wodka wegtrinken würde.

»Wusste ich's doch«, riss Danny Boy mich aus meinen inneren Kämpfen, als er wieder mir gegenüber Platz nahm. »Er wird morgen Abend im Garden sein.«

»Ich dachte, die Knicks spielen auswärts.«

»Nicht im Stadion. Dort findet im Übrigen irgendein Rockkonzert statt. Chance wird sich im Felt Forum die Freitagskämpfe ansehen.«

»Sieht er sich die denn regelmäßig an?«

»Nein, aber morgen Abend erhält dort ein gewisser Kid Bascomb in einem

Ausscheidungskampf seine erste Chance. Der Junge ist ein aussichtsreicher Weltergewichtler, für den Chance sich interessiert.«

»Ist er an ihm beteiligt?«

»Könnte sein, aber möglicherweise ist sein Interesse ausschließlich geistiger Natur. Wieso grinst du so?«

»Na, ein Zuhälter mit einem rein geistigen Interesse für einen Weltergewichtler.«

»Du kennst eben Chance nicht.«

»Allerdings nicht.«

»Jedenfalls wird Kid Bascomb morgen Abend dort einen Kampf bestreiten, was nicht unbedingt heißt, dass Chance ebenfalls dort auftauchen wird, aber die Chancen stehen zumindest sehr hoch. Wenn du dir also eine Eintrittskarte besorgen kannst, kannst du mit ihm sprechen.«

»Wie soll ich ihn erkennen?«

»Du kennst ihn gar nicht? Ach ja, das hast du eben gesagt. Du würdest ihn auch nicht erkennen, wenn du ihn vor dir hättest?«

»Nicht bei einem Boxkampf, wo das halbe Publikum aus Zuhältern und Spielern besteht.«

Danny Boy überlegte kurz. »Dieses Gespräch, das du mit Chance führen willst – wird er darüber sehr in Rage geraten?«

»Ich hoffe nicht.«

»Ich will damit sagen: Ist er der Person, die dich auf ihn angesetzt hat, sehr übel gesonnen?«

»Ich wüsste nicht, weshalb.«

»Dann kostet dich die Sache eben zwei Eintrittskarten. Du kannst von Glück reden, dass morgen keine Meisterschaftskämpfe stattfinden. Du bekommst also für fünfzehn Dollar einen anständigen Platz. Das wären dreißig Dollar für uns beide.«

»Du willst mitkommen?«

»Warum nicht? Dreißig Dollar für den Eintritt und fünfzig für den zeitlichen Aufwand. Ich darf doch wohl annehmen, dass dein Budget dieser kleinen Belastung gewachsen ist?«

»Wenn es unbedingt sein muss.«

»Tut mir leid, dich für mein Kommen zahlen zu lassen. Wenn es sich um einen Termin auf der Rennbahn gehandelt hätte, hätte dich das Ganze keinen Cent gekostet. Aber ich mache mir nun mal nichts aus Boxen. Aber falls dir das ein Trost ist – für ein Hockeyspiel hättest du mindestens einen Hunderter springen lassen müssen.«

»Dann kann ich also noch von Glück reden. Wo sollen wir uns treffen?«

»Direkt am Eingang. Um neun. Einverstanden?«

»Gut.«

»Und ich werde mich ganz besonders herausstaffieren, damit du mich auch wirklich wiedererkennst.«

Kapitel 4

Und er war dann auch wirklich nicht schwer wiederzuerkennen. Zu einem taubengrauen Flanellanzug trug Danny Boy eine leuchtend rote Weste und eine schwarze Krawatte. Außerdem zierte eine dunkle Sonnenbrille mit Metallgestell sein Gesicht. Da die Sonne sowohl seinen Augen wie seiner Haut Qualen bereitete, schlief Danny Boy ausnahmslos tagsüber, und wenn er sich doch einmal hellerem Licht aussetzen musste, trug er immer eine Sonnenbrille.

Nachdem ich seinem Anzug die gebührende Bewunderung gezollt hatte, erkundigte er sich: »Wie findest du die Weste? Zwar habe ich das Ding schon seit Jahren nicht mehr angezogen, aber schließlich wollte ich doch heute etwas auffallen.«

Ich hatte die Karten bereits besorgt. Der Preis für die Ringplätze betrug fünfzehn Dollar. Ich hatte allerdings nur zwei Karten für vier Dollar fünfzig gekauft. Als uns hinter dem Eingang ein Platzanweiser die Karten abnahm, schob ich dem Mann gleichzeitig einen zusammengefalteten Geldschein in die Hand, worauf er uns zwei Plätze in der dritten Reihe zuwies.

»Kann sein, dass Sie noch mal Ihre Plätze wechseln müssen, Gentlemen«, erklärte der Mann. »Aber ich garantiere Ihnen, dass Sie auf jeden Fall in Ringnähe sitzen werden.«

Nachdem er sich entfernt hatte, meinte Danny Boy: »Was doch so ein kleines Bakschisch immer wieder für Wunder wirken kann. Wieviel hast du ihm denn gegeben?«

»Fünf Dollar.«

»Demnach haben dich unsere Plätze also nur vierzehn Dollar gekostet anstatt dreißig. Wieviel, glaubst du, verdient dieser Kerl auf diese Weise an einem Abend?«

»An einem Abend wie heute sicher nicht sehr viel. Wenn allerdings die

Knicks oder die Rangers spielen, dürfte er damit sicher auf das Fünffache seines regulären Gehalts kommen.«

»Jeder muss eben sehen, wie er über die Runden kommt.«

»Sieht ganz so aus.«

»Ich habe eben ›jeder‹ gesagt; das schließt auch mich ein.«

Ich verstand das als Zahlungsaufforderung und drückte Danny Boy fünfzig Dollar in die Hand. Nachdem er das Geld weggesteckt hatte, sah er sich zum ersten Mal wirklich im Publikum um. »Im Augenblick sehe ich ihn noch nicht«, erklärte er. »Aber vermutlich kommt er erst zu Bascombs Kampf. Ich werde inzwischen mal einen kleinen Rundgang machen.«

»Aber natürlich.«

Danny Boy stand auf und verschwand in der Menge. Darauf ließ auch ich meine Blicke gemächlich über die Ränge wandern – nicht etwa in der Absicht, Chance zu erspähen, sondern einfach nur, um mir einen ungefähren Eindruck von meiner Umgebung zu verschaffen.

Schließlich wandte ich mich mit mäßigem Interesse dem Ring zu, wo sich gerade zwei lateinamerikanisch aussehende Burschen ohne große Begeisterung prügelten.

Als der Kampf zu Ende war, kam Danny Boy wieder zurück, um neben mir Platz zu nehmen. Und wenig später kletterte dann Kid Bascomb in den Ring, um zum Aufwärmen etwas herumzuhampeln. Der junge Schwarze hatte extrem dunkle Haut und einen mächtigen Brustkasten. Im gleißenden Licht der Ringscheinwerfer glänzte sein Körper, als wäre er von oben bis unten eingeölt. Sein Kontrahent war ein junger Italiener aus South Brooklyn namens Vito Canelli. Er hatte einen deutlich sichtbaren Speckring um die Hüfte und machte auch sonst einen ziemlich schlaffen Eindruck, aber ich hatte ihn schon einmal boxen gesehen, weshalb ich wusste, dass sein Äußeres seine Qualitäten als Fighter eindeutig Lügen strafte.

Plötzlich stieß mich Danny Boy an. »Da kommt er.«

Ich wandte mich in der angegebenen Richtung um. Der Platzanweiser, dem wir unsere vorzüglichen Plätze zu verdanken hatten, führte einen Mann und eine Frau den Mittelgang herunter. Sie war etwa eins fünfundsiebzig groß; außerdem hatte sie schulterlanges, kastanienbraunes Haar und eine Haut wie feinstes Porzellan. Er war etwa eins fünfundachtzig groß und wog schätzungsweise knapp neunzig Kilo. Breite Schultern, schmale Hüften, kräftige Beine. Er trug sein Haar ziemlich kurz und natürlich, und seine Haut war von einem tiefen Braun. In seinem Kamelhaarblazer und der braunen Flanellhose wirkte er am ehesten wie ein erfolgreicher Sportler, ein gefragter Anwalt oder ein aufstrebender Geschäftsmann.

Ich wusste nichts Besseres zu entgegnen als: »Bist du auch sicher?«

Danny Boy musste lachen. »Nicht gerade der typische Zuhälter, was? Aber du kannst mir glauben. Das ist Chance. Wollen wir nur hoffen, dass uns dein Freund nicht seine Plätze zugewiesen hat.«

Das hatte er nicht. Denn Chance und sein Mädchen nahmen in der ersten Reihe Platz. Nachdem er Grüße aus verschiedenen Richtungen mit einem leichten Nicken beantwortet hatte, stand er noch einmal auf und ging in Bascombs Ecke, um sich eine Weile mit dem Boxer und seinen Betreuern zu unterhalten. Dann kehrte er wieder an seinen Platz zurück.

»Ich glaube, ich verdrücke mich, bevor der Kampf anfängt«, erklärte Danny Boy. »Jedenfalls habe ich keine Lust, mir anzusehen, wie sich diese beiden Blödmänner gegenseitig die Visage polieren. Du hast doch hoffentlich nicht erwartet, dass ich dich auch noch vorstelle, oder?« Ich schüttelte den Kopf.

»Dann also bis bald…« Danny Boy stand auf und strebte auf den Mittelgang zu.

Währenddessen stellte der Ansager die beiden Boxer vor. Bei dieser Gelegenheit erfuhr ich, dass Bascomb zweiundzwanzig und bislang ungeschlagen war. Canelli machte nicht den Eindruck, als könnte er diese Erfolgsserie durchbrechen.

Neben Chance waren zwei Plätze frei. Ich überlegte schon, ob ich mich dorthin setzen sollte, blieb aber dann doch, wo ich war.

Dann ertönte der Gong für die erste Runde, die ziemlich harmlos verlief. Gegen Ende waren die Plätze neben Chance immer noch frei. Also ging ich nach vorn und setzte mich neben ihn. Er starrte unverwandt auf den Ring. Sicher war er sich meiner Gegenwart bewusst, wenn er sich auch nichts davon anmerken ließ.

Ich sprach ihn an: »Chance? Mein Name ist Scudder.«

Jetzt erst wandte er sich mir zu. Seine braunen Augen waren golden gesprenkelt. Das erinnerte mich an das unwirkliche Blau von Kims Augen. Sie hatte mich übrigens mittags im Hotel angerufen, um mir mitzuteilen, dass er am Abend zuvor, während ich mich in den Bars herumgetrieben hatte, in ihrem Apartment aufgekreuzt war, um die Einnahmen einzukassieren. Offensichtlich hatte er jedoch keinerlei Verdacht geschöpft, wie Kim mir versichert hatte.

»Sie sind also dieser Matthew Scudder, der mich über meinen Auftragsdienst zu erreichen versucht hat.«

»Sie haben leider nicht zurückgerufen.«

»Ich kenne Sie nicht, und ich rufe niemanden an, den ich nicht kenne. Außerdem haben Sie nach mir herumgefragt.« Seine Stimme war tief und voll, und er hatte eine Aussprache, als hätte er eine Schule für Rundfunksprecher besucht. »Und jetzt möchte ich mir weiter diesen Kampf ansehen.«

»Ich möchte nur ein paar Minuten mit Ihnen sprechen.«

»Nicht während des Kampfes und auch nicht in den Pausen.« Seine Stirn legte sich kurz in Falten. »Ich möchte mich konzentrieren. Außerdem habe ich für den Platz, auf dem Sie sitzen, bezahlt, um nicht gestört zu werden.«

In diesem Augenblick ertönte der Gong für die zweite Runde. Kid Bascomb war bereits aufgestanden, und die Betreuer nahmen seinen Hocker aus dem Ring. Chance wandte seinen Blick nach vorn und sagte, ohne mich anzusehen: »Gehen Sie wieder auf Ihren alten Platz zurück. Ich werde nach dem Kampf mit Ihnen sprechen.«

»Geht der Fight über zehn Runden?«

»Ja, aber so lange wird er nicht dauern.«

Das tat er dann auch nicht. In der dritten oder vierten Runde setzte Bascomb den Italiener mächtig unter Druck. Der wehrte sich zwar tapfer, aber der Schwarze war jung und schnell und durchtrainiert, sodass Canelli schließlich in der sechsten Runde auf den Brettern landete. Zwar war er bei drei wieder auf den Beinen, aber dann hagelte ein Feuerwerk von Schlägen auf ihn ein, das ihn neuerlich in die Knie zwang. Als der Italiener sich auch nach diesem Niederschlag wieder hochrappelte, ging der Ringrichter jedoch dazwischen und brach den Kampf ab.

Kid Bascomb vollführte den obligatorischen Kriegstanz des Siegers, verbeugte sich in alle Richtungen und kletterte aus dem Ring.

Auf dem Weg in die Umkleidekabine blieb er kurz bei Chance stehen, um ein paar Worte mit ihm zu wechseln. Das Mädchen mit dem kastanienbraunen Haar beugte sich leicht vor und ließ ihre Hand auf dem schimmernden Arm des schwarzen Boxers ruhen.

Sobald Bascomb endgültig den Rückzug in die Umkleidekabine angetreten hatte, stand ich auf und gesellte mich zu Chance und seiner Begleiterin. Auch sie waren bereits aufgestanden, als ich sie erreichte. »Wir bleiben nicht bis zum Hauptkampf«, erklärte Chance, als er mich sah. »Falls Sie ihn noch ansehen wollten, muss ich Sie…«

»Nein, nein«, fiel ich ihm ins Wort. »Ich wollte gerade gehen.«

»Dann kommen Sie doch mit uns«, schlug er vor. »Ich bin mit meinem Wagen hier.«

Mit dem Mädchen an seiner Seite ging er den Mittelgang zum Ausgang hoch. Mehrere Leute grüßten ihn oder ließen eine Bemerkung fallen, dass Kid eine gute Figur gemacht hätte. Chance gab sich eher wortkarg, sodass wir binnen kurzem den Ausgang erreicht hatten. Erst jetzt wurde mir bewusst, wie schlecht und verraucht die Luft in der Halle gewesen war.

Und nun machte mich Chance sogar mit seiner Begleiterin bekannt. »Sonya, das ist Matthew Scudder. Mr. Scudder, Sonya Hendryx.«

»Freut mich«, meinte sie dazu, auch wenn ich ihr das nicht unbedingt glaubte. Ihre Augen verrieten mir, dass sie erst einmal damit wartete, ein Urteil über mich zu fällen, bis Chance sich diesbezüglich in der einen oder anderen Richtung geäußert hatte. Ich fragte mich, ob es sich bei ihr wohl um diese Sunny handelte, von der Kim erzählt hatte, dass sie Chance zu Sportveranstaltungen begleitete. Außerdem fragte ich mich, ob ich wohl auf die Idee gekommen wäre, sie könnte eine Nutte sein, wenn ich sie unter anderen Umständen kennengelernt hätte.

Wir gingen zu Fuß zu dem Parkplatz, wo Chance seinen Wagen abgestellt hatte. Wie bereits seine Kleidung und seine Manieren, stellte nun auch sein Gefährt eine Überraschung dar. Ich hatte einen dieser übermäßig aufgemotzten Zuhälterschlitten erwartet, doch stattdessen stiegen wir in einen silbernen Seville, das kleine Cadillac-Modell, mit schwarzen Ledersitzen. Das Mädchen nahm auf dem Rücksitz Platz, während ich den Beifahrersitz zugewiesen bekam.

Wir glitten fast geräuschlos dahin. Das Wageninnere roch nach Holzpolitur und Leder. »Für Kid Bascomb wird natürlich eine kleine Siegesfeier veranstaltet werden«, erklärte Chance. »Ich werde Sonya dort gleich mal vorbeibringen und mich dann später ebenfalls dazugesellen, sobald wir mit unserer Unterredung fertig sind. Wie fanden Sie übrigens den Kampf?«

»Mir wurde eigentlich die ganze Zeit nicht so recht klar, was da eigentlich gespielt wurde.«

»Wie meinen Sie das?«

»Anfangs sah das Ganze ziemlich nach Schiebung aus, aber an dem K.o. schien mir dann eigentlich doch nichts auszusetzen zu sein.«

»Wie kommen Sie darauf?« In seinen goldgesprenkelten Augen blitzte zum ersten Mal so etwas wie Interesse auf, als er mich von der Seite kurz ansah.

»Canelli hatte zu Beginn der vierten Runde zwei hervorragende Chancen, die er allerdings nicht wahrgenommen hat. Und dafür hat der Mann einfach zu viel Erfahrung. Andererseits wollte er ganz offensichtlich über die sechste Runde kommen, ohne dass er das jedoch geschafft hätte. Zumindest sah es von meinem Platz so aus.«

Chance schwieg einen Augenblick, bis er schließlich sagte: »Ja, Canelli sollte sich in der achten Runde auszählen lassen, aber bis dahin Kid einen erbitterten Fight liefern.«

»Von dieser Abmachung wusste Kid jedoch offensichtlich nichts.«

»Natürlich nicht.« Chance lachte. »Und der K.o. in der sechsten Runde war wirklich echt. Was halten Sie übrigens von dem Burschen?«

»Ich finde, er hat Talent.«

»Das kann man wohl sagen.«

Wir sprachen noch eine Weile übers Boxen, bis Chance in die 104th Street einbog und am Straßenrand parkte. Er schaltete den Motor ab, ließ aber die Schlüssel stecken. »Ich bin gleich wieder da«, wandte er sich an mich. »Ich bringe nur Sonya kurz rauf.«

Seit ihrer Behauptung, es hätte sie gefreut, meine Bekanntschaft zu machen, hatte das Mädchen kein Wort mehr gesprochen. Chance ging um den Wagen herum und öffnete ihr die Tür. Dann schlenderten sie gemeinsam auf den Eingang eines großen Wohnblocks zu. Als die beiden verschwunden waren, notierte ich mir die Adresse. Nach knapp fünf Minuten kam Chance wieder zurück, und wir fuhren in Richtung Downtown los. Für eine ganze Weile sprach keiner von uns ein Wort. Schließlich brach Chance das Schweigen. »Sie wollten doch mit mir sprechen. Aber sicher nicht über Kid Bascomb, oder?«

»Allerdings nicht.«

»Worum geht es also?«

»Kim Dakkinen.«

Sein Blick war unverwandt auf die Straße gerichtet, sodass ich keine Veränderung in seinen Augen feststellen konnte. »Und was soll mit ihr sein?«

»Sie möchte raus.«

»Raus? Woraus?«

»Aus diesem Leben, aus der Beziehung, die Sie zu Ihnen hat. Sie möchte Ihr Einverständnis, das – das Ganze abzubrechen, zu beenden.«

Wir mussten an einer Ampel halten. Er sagte nichts. Die Ampel wurde grün und wir fuhren weiter. Zwei oder drei Blocks weiter sagte er schließlich: »Welcher Art ist Ihre Beziehung zu Kim?«

»Sie ist eine Freundin von mir.«

»Könnten Sie das etwas genauer umreißen? Ich meine, Freundin ist ein ziemlich weit gefasster Begriff. Gehen Sie mit ihr ins Bett? Wollen Sie sie heiraten?«

»Nein, keines von beidem. Sie hat mich lediglich um einen Gefallen gebeten.«

»Dass Sie mit mir reden?«

»Ganz richtig.«

»Wieso konnte sie mir das nicht selbst sagen? Wie Sie sicher wissen, sehen wir uns doch recht häufig. Sie hätte nicht durch die halbe Stadt rennen müssen, um mich zu treffen. Übrigens war ich gestern Abend bei ihr.«

»Ich weiß.«

»Tatsächlich? Warum hat sie mir dann bei dieser Gelegenheit nichts gesagt?«

»Sie hat Angst.«

»Vor mir?«

»Sie hat Angst, Sie könnten sich nicht einverstanden erklären, wenn sie aussteigt.«

»Hat sie Angst, ich könnte sie schlagen? Sie irgendwie entstellen? Zigaretten auf ihren Brüsten ausdrücken, etwas in der Art?«

»Vermutlich.«

Chance verfiel wieder in Schweigen. Der Wagen glitt mit hypnotischer Geräuschlosigkeit dahin. Schließlich sagte er unvermittelt: »Sie kann gehen.«

»Einfach so?«

»Wie sonst? Ich bin kein weißer Sklavenhalter.« Bei den letzten Worten schlich sich ein ironischer Unterton in seine Stimme. »Meine Mädchen bleiben aus freien Stücken bei mir. Sie stehen unter keinerlei Zwang. Haben Sie schon mal was von Nietzsche gehört, Scudder? ›Frauen sind wie Hunde; je mehr man sie schlägt, desto mehr lieben sie einen.‹ Aber ich schlage meine

Mädchen nicht, Scudder. Irgendwie erweist sich das nie als nötig. Wie kommt es übrigens, dass Sie mit Kim befreundet sind?«

»Wir haben eine gemeinsame Bekannte.«

Er warf mir einen kurzen Blick zu. »Sie waren doch mal bei der Polizei – als Detective, soviel ich weiß. Das ist allerdings schon einige Jahre her. Sie haben den Tod eines Kindes verschuldet und deshalb Ihren Abschied eingereicht.«

Das entsprach soweit den Tatsachen, dass ich mich nicht bemüßigt fühlte, diese Feststellung weiter klarzustellen. Ein Querschläger aus meiner Dienstwaffe hatte ein kleines Mädchen namens Estrellita Rivera getötet. Ob ich jedoch genau deshalb meinen Job hingeschmissen hatte, war eine andere Sache. Zumindest hatte der Vorfall bewirkt, dass ich von da an die Welt und auch meine Arbeit bei der Polizei mit anderen Augen sah, sodass ich nicht nur meinem Dasein als Detective den Rücken kehrte, sondern auch meiner Rolle als liebender Gatte und Familienvater. Der Vorfall mit dem Mädchen hatte diesen Prozess zwar sicher beschleunigt, aber nicht unmittelbar ausgelöst.

»Und jetzt sind Sie so eine Art Privatdetektiv«, fuhr Chance fort. »Arbeiten Sie richtig für Kim?«

»Mehr oder weniger.«

»Was soll das heißen?« Ohne jedoch auf eine Erklärung meinerseits zu warten, fuhr er fort. »Nehmen Sie das bitte nicht persönlich, aber sie hätte sich ihr Geld sparen können – oder auch meines, je nachdem wie Sie das Ganze betrachten. Falls sie unser Abkommen beenden möchte, braucht sie doch nichts weiter zu tun, als mir das zu sagen. Sie kann doch allein reden. Was hat sie denn nun vor? Ich hoffe doch, sie will nicht wieder nach Hause zurück.«

Ich schwieg.

»Vermutlich bleibt sie in New York. Aber womit will sie ihren Lebensunterhalt verdienen? Sie hat doch außer ihrem Job nichts gelernt. Und wo soll sie wohnen? Ich beschaffe den Mädchen ein Apartment, zahle die Miete und helfe ihnen bei der Auswahl ihrer Kleider. Aber das wissen Sie sicher selbst. Im Übrigen kann ich mir nicht vorstellen, dass Ibsen je gefragt wurde, wo Nora eine Wohnung bekommen könnte. Ich glaube, wir sind da – wenn mich nicht alles täuscht.«

Zum ersten Mal seit längerer Zeit achtete ich wieder auf meine Umgebung. Wir standen direkt vor meinem Hotel.

»Ich nehme an, Sie werden sich gleich mit Kim in Verbindung setzen«, fuhr Chance fort. »Wenn Sie wollen, können Sie ihr gern erzählen, Sie hätten mich dermaßen eingeschüchtert, dass ich mit eingezogenem Schwanz das Weite gesucht hätte.«

»Weshalb sollte ich das tun?«

»Damit sie das Gefühl hat, für ihr Geld wenigstens etwas bekommen zu haben.«

»Das hat sie in jedem Fall, wobei es mir völlig egal ist, ob sie sich dessen bewusst ist oder nicht. Ich werde ihr nur erzählen, was Sie mir gesagt haben.«

»Tatsächlich? Könnten Sie ihr bei dieser Gelegenheit auch gleich mitteilen, dass ich sie gleich mal persönlich aufsuchen werde – nur um mich zu vergewissern, dass das alles auch wirklich nur ihre Idee ist.«

»Ich werd's ihr ausrichten.«

»Und sagen Sie ihr auch, es bestünde keinerlei Grund, Angst vor mir zu haben.« Er seufzte. »Sie halten sich doch alle für unersetzlich. Wenn sie auch nur ahnen würde, wie leicht ein Ersatz für sie zu finden ist, würde sie sich vermutlich auf der Stelle aufhängen. Ganze Busladungen von Mädchen, bereit, sich zu verkaufen, strömen Tag für Tag in die Stadt. Und ebenso gelangen Tag für Tag unzählige andere, die bereits hier leben, zu der Überzeugung, dass es angenehmere Möglichkeiten des Gelderwerbs gibt, als sich als Bedienung oder Verkäuferin die Beine in den Bauch zu stehen.«

Ich öffnete die Tür. »Es war mir eine Freude, besonders zu Beginn der Fahrt«, fuhr Chance fort. »Sie haben wirklich Ahnung vom Boxen. Und bitte sagen Sie dieser dummen kleinen blonden Nutte, dass kein Mensch beabsichtigt, sie umzubringen.«

»Das werde ich tun.«

»Und falls Sie mich in Zukunft wieder einmal sprechen wollen, rufen Sie einfach meinen Auftragsdienst an. Nachdem ich Sie nun ja kennengelernt habe, werde ich bestimmt zurückrufen.«

Ich stieg aus und schloss die Tür. Chance wartete auf eine Lücke im Verkehr, um zu wenden und in der Richtung, aus der wir gekommen waren, zurückzufahren. Ich machte eine kurze Eintragung in mein Notizbuch und betrat das Hotel.

Ich rief Kim sofort von der Eingangshalle aus an. Allerdings meldete sich nur ihr Anrufbeantworter. Ich sprach gerade meine Neuigkeiten auf Band, als sie den Hörer abnahm und mich unterbrach. »Manchmal lasse ich den

Anrufbeantworter auch an, wenn ich zu Hause bin«, erklärte sie mir, »damit ich sehen kann, wer dran ist, bevor ich antworte. Seit ich das letzte Mal mit Ihnen gesprochen habe, habe ich von Chance nichts mehr gehört.«

»Ich habe mich eben von ihm verabschiedet.«

»Sie haben ihn getroffen?«

»Ja, er hat mich in seinem Wagen mitgenommen.«

»Und was für einen Eindruck hat er auf Sie gemacht?«

»Ich finde, er ist ein guter Fahrer.«

»Ich meinte doch...«

»Ich weiß, was Sie meinen. Er schien sich über die Tatsache, dass Sie auszusteigen beabsichtigen, nicht sonderlich aufzuregen. Außerdem hat er mir versichert, Sie hätten nicht das Geringste von ihm zu befürchten. Er meinte, Sie hätten das auch genauso gut ohne mich abwickeln können und nur mit ihm zu sprechen gebraucht.«

»Dass er das sagen würde, war mir von vornherein klar.«

»Glauben Sie denn nicht, dass das auch stimmt?«

»Ich weiß nicht.«

»Er meinte, er wollte das Ganze auch aus Ihrem Mund hören. Zudem nehme ich an, dass er die Übergabe des Apartments persönlich regeln will. Haben Sie eigentlich Angst, allein mit ihm zu sein?«

»Ich weiß nicht so recht.«

»Sie können sich ja durch die verschlossene Tür mit ihm unterhalten.«

»Er hat einen Wohnungsschlüssel.«

»Haben Sie denn keine Sicherheitskette?«

»Doch.«

»Dann legen Sie doch die vor.«

»Gut.«

»Soll ich bei Ihnen vorbeikommen?«

»Nein, das ist nicht nötig. Ach, da fällt mir ein, Sie wollen sicher das restliche Geld.«

»Erst, wenn Sie mit ihm gesprochen haben und die ganze Sache endgültig bereinigt ist. Aber ich komme trotzdem gern zu Ihnen, wenn Sie lieber nicht allein sind, wenn er auftaucht.«

»Kommt er denn schon heute Abend?«

»Das weiß ich nicht. Vielleicht ruft er Sie auch nur an.«

»Möglicherweise taucht er erst morgen auf.«

»Na und? Ich kann es mir doch solange auf Ihrer Couch bequem machen.«

»Halten Sie das wirklich für nötig?«

»Nun, wenn Sie es für nötig halten, würde ich sagen: ja. Wenn Ihnen bei der Sache nicht ganz wohl ist...«

»Glauben Sie, es besteht irgendein Grund zur Besorgnis?«

Ich dachte kurz nach, um mir noch einmal meine Unterhaltung mit Chance ins Gedächtnis zurückzurufen. »Nein«, sagte ich schließlich. »Eigentlich glaube ich das nicht. Allerdings kenne ich Chance auch nicht sehr gut.«

»Das gleiche gilt für mich.«

»Wenn Sie ein ungutes Gefühl haben...«

»Nein, Blödsinn. Außerdem ist es schon spät. Ich sehe mir noch diesen Film im Fernsehen zu Ende an, und dann werde ich sowieso schlafen. Und ich werde die Sicherheitskette vorlegen. Das ist eine gute Idee.«

»Und Sie haben ja meine Telefonnummer. Für alle Fälle.«

»Ja.«

»Rufen Sie mich einfach an, wenn irgendetwas ist oder wenn Sie doch noch Angst bekommen. Ja?«

»Gut.«

»Und noch was – zu Ihrer Beruhigung. Ich glaube, Sie haben da unnötigerweise Geld ausgegeben, aber nachdem es sich dabei sowieso um Geld handelt, das Sie schwarz eingesteckt haben, dürfte der Verlust auch nicht weiter schlimm sein.«

»Ja, natürlich.«

»Ich glaube wirklich, Sie sind aus dem Schneider. Er wird Ihnen nichts antun.«

»Ich finde auch, dass Sie recht haben. Vielleicht rufe ich Sie morgen noch mal an. Und noch etwas, Matt. Vielen Dank.«

»Schlafen Sie gut.« Ich legte auf und ging nach oben, um zu schlafen. Aber ich war zu überdreht. Also stand ich wieder auf und stattete dem Armstrong's einen kurzen Besuch ab. Eigentlich wollte ich etwas essen, aber die Küche war bereits geschlossen. Trina bot mir an, mir ein Stück Pastete zu besorgen. Aber ich hatte keine Lust auf Pastete.

Ich wollte nichts weiter als ein ordentliches Glas Bourbon und einen kräftigen Schuss in meinen Kaffee, zumal mir nicht ein einziger vernünftiger Grund einfiel, der dagegen gesprochen hätte. Davon wäre ich doch nicht besoffen geworden. Und ich wäre deswegen auch nicht gleich wieder in der Klinik gelandet. Dazu bedurfte es schon einer anständigen Kneipentour. Und immerhin bestand doch ein nicht unbeträchtlicher Unterschied zwischen einem kleinen Schlaftrunk und einem besinnungslosen Besäufnis, oder etwa nicht.

Man soll neunzig Tage lang keinen Tropfen Alkohol anrühren, hieß es. Und während dieser neunzig Tage soll man Abend für Abend an diesen Treffen im Souterrain von St. Paul's teilnehmen. Und wenn man das einmal geschafft hat, soll man selbst entscheiden, wie es weitergehen soll.

Sonntagabend hatte ich zum letzten Mal etwas getrunken. Seitdem hatte ich vier Treffen besucht, und wenn ich heute ohne einen Drink ins Bett kam, wären es fünf Tage.

Na und?

Ich trank eine Tasse Kaffee, und auf dem Rückweg zum Hotel kaufte ich mir in einem griechischen Laden ein Käsesandwich und einen halben Liter Milch. Darüber machte ich mich dann auf meinem Zimmer her.

Als ich schließlich das Licht ausschaltete und ins Bett stieg, waren es fünf Tage. Na und?

Kapitel 5

Nach dem Frühstück ging ich zum YMCA in der Sixty-third Street, wo sie auch tagsüber Treffen der Anonymen Alkoholiker abhielten. Auch dieses Treffen ging zu Ende, ohne dass ich mich zu Wort meldete.

Danach machte ich einen ausgiebigen Spaziergang durch den Central Park.

Zurück im Hotel, wartete eine Nachricht auf mich, ich sollte Kim anrufen. Der Portier hätte auf dem Zettel eigentlich den Zeitpunkt des Anrufs vermerken sollen, aber ich wohnte nun einmal nicht im Waldorf. Ich fragte ihn, ob er sich noch erinnern könnte, wann Kim angerufen hatte. Er konnte nicht.

Als ich sie anrief, zwitscherte sie mir entgegen: »Schön, dass Sie endlich anrufen, Matt. Warum kommen Sie nicht mal gleich vorbei und holen sich das restliche Geld ab?«

»Haben Sie schon von Chance gehört?«

»Er war vor etwa einer Stunde hier. Wir sind uns in allen Punkten einig geworden. Können Sie gleich vorbeikommen?«

Ich bat sie, mir eine Stunde Zeit zu lassen. Darauf ging ich auf mein Zimmer, um zu duschen und mich zu rasieren. Ich hatte mich bereits angezogen, als ich es mir wieder anders überlegte und neue Sachen herauskramte. Erst als ich mich mit dem Knoten meiner Krawatte abmühte, wurde mir bewusst, was ich da eigentlich tat. Ich zog mich für eine Verabredung an.

Ich musste über mich selbst lachen.

Ich schlüpfte in meinen Mantel, drückte mir den Hut auf den Kopf und verließ das Hotel. Ich ging zur Fifth und nahm einen Bus. Das letzte Stück ging ich wieder zu Fuß. Sie wohnte in einem Apartmenthaus aus der Vorkriegszeit, ein vierzehnstöckiger Ziegelbau mit Palmen in der Eingangshalle. Ich nannte dem Türsteher meinen Namen, worauf der Mann oben anrief, um dann mit einem betont neutralen Lächeln auf den Lift zu deuten. Vermutlich war er über Kims

Tätigkeit im Bilde und hielt mich für einen Freier, sodass er möglichst jedes mitwisserische Grinsen von seinen Lippen zu verbannen versuchte.

Im zwölften Stock stieg ich aus und schritt den Flur hinunter. Die Tür ging auf, und Kim erschien im Eingang. Für einen Augenblick konnte ich sie mir mit ihren blonden Zöpfen, den blauen Augen und den vorstehenden Backenknochen als Galionsfigur eines Wikingerschiffs vorstellen. »Ach, Matt«, seufzte sie und fiel mir glücklich in die Arme. Sie war etwa meine Größe, und ich konnte ganz deutlich den Druck ihrer festen Brüste und Schenkel spüren. Und da war auch wieder der würzige Duft ihres Parfüms. »Mein Gott, Matt.« Sie zog mich nach drinnen und schloss die Tür. »Sie können sich gar nicht vorstellen, wie dankbar ich Elaine bin, dass sie mich an Sie weiterempfohlen hat. Sie sind einfach ein Engel.«

»Aber ich habe doch nur mit Chance gesprochen.«

»Jedenfalls hat es den gewünschten Erfolg gehabt. Mehr wollte ich doch gar nicht. Nehmen Sie doch einen Moment Platz. Darf ich Ihnen etwas zu trinken bringen?«

»Nein, danke.«

»Eine Tasse Kaffee vielleicht?«

»Schon eher. Aber nur, wenn es Ihnen keine Umstände macht.«

»Wenn Sie mit einem Pulverkaffee vorliebnehmen wollen, gerne.«

Ich war auch mit Pulverkaffee einverstanden. Ich setzte mich auf die Couch und wartete, bis sie mit dem Kaffee fertig war. Der Raum war bequem und geschmackvoll, wenn auch ziemlich spärlich möbliert. Auf dem Plattenteller drehte sich eine Scheibe mit leiser Klaviermusik – Jazz. Eine pechschwarze Katze lugte kurz um eine Ecke des Raums, um jedoch sofort wieder zu verschwinden.

Auf dem Couchtisch lagen verschiedene Zeitschriften – *People, TV Guide, Cosmopolitan, Natural History*. Die Wand über der Stereoanlage zierte ein gerahmtes Poster von der jüngsten Hopper-Ausstellung im Whitney. An einer anderen Wand hingen verschiedene afrikanische Masken. Die Mitte des Fußbodens aus gekalkter Eiche nahm ein skandinavischer Teppich mit einem abstrakten Muster aus Grün- und Blautönen ein.

Als Kim mit dem Kaffee zurückkam, zollte ich erst einmal der geschmackvollen Einrichtung die gebührende Bewunderung. »Ja, ich würde die Wohnung gern behalten«, erwiderte sie. »Aber andererseits ist es auch ganz gut so, dass ich nicht hier bleiben kann. Stellen Sie sich nur vor – die Leute, die ständig hier auftauchen würden. Ich meine natürlich, die Männer.«

»Klar.«

»Dazu kommt noch, dass hier nichts mir gehört. Der einzige Einrichtungsgegenstand, den ich selbst ausgesucht habe, ist das Poster von der Hopper-Ausstellung. Sie hat mir so gut gefallen, dass ich ein Stück davon mit nach Hause nehmen wollte. Einfach großartig, wie Hopper in seinen Bildern die Einsamkeit der Menschen zum Ausdruck bringt. Die Figuren in seinen Gemälden sind zwar mit anderen zusammen, aber doch auch wieder nicht. Alle sehen in eine andere Richtung. Das hat mich sehr berührt; ja, es hat mich betroffen gemacht.«

»Wo werden Sie denn jetzt wohnen?«

»Ich werde mir eine hübsche kleine Wohnung suchen«, erklärte sie zuversichtlich. Sie hatte neben mir auf der Couch Platz genommen, die langen Beine übereinandergeschlagen, die Kaffeetasse auf dem Knie balancierend. Sie trug dieselben weinroten Jeans, in der ich sie bei unserem ersten Treffen im Armstrong's gesehen hatte, und dazu einen zitronengelben Pullover, unter dem sie sonst nichts anzuhaben schien. Sie trug keine Strümpfe, und ihre Zehennägel waren in demselben Farbton lackiert wie ihre Fingernägel. Ihre Pantoffeln hatte sie mit zwei kurzen Bewegungen abgelegt, bevor sie sich neben mich setzte.

Ich versank in der Betrachtung des Blaus ihrer Augen und des Grüns ihres Ringes, um plötzlich wie magisch vom Muster des Teppichs angezogen zu werden. Es schien, als fänden sich diese beiden Farben dort genau wieder.

Sie blies in ihren Kaffee und stellte die Tasse auf den Couchtisch, nachdem sie einen vorsichtigen Schluck daraus genommen hatte. Sie fischte eine Zigarette aus dem Päckchen, das dort lag, und steckte sie sich an. Schließlich sagte sie: »Ich weiß zwar nicht, was Sie Chance erzählt haben, aber Sie scheinen mächtigen Eindruck auf ihn gemacht zu haben.«

»Na, ich weiß nicht.«

»Er rief heute Morgen an, dass er vorbeikommen wollte, und als er dann hier auftauchte, wusste ich plötzlich irgendwie, dass ich nichts von ihm zu befürchten hatte. Sie kennen dieses Gefühl doch auch – wenn man sich aus irgendeinem Grund einer Sache plötzlich ganz sicher ist?«

Und ob ich dieses Gefühl kannte. Der Würger von Boston hatte nicht in eine einzige Wohnung gewaltsam einzudringen gebraucht. Alle seine Opfer hatten ihm bereitwilligst die Tür geöffnet.

Sie spitzte die Lippen und blies etwas Rauch aus. »Er war sogar ausgesprochen nett. Er meinte, er hätte gar nicht gemerkt, dass ich unzufrieden wäre, und er beabsichtigte in keiner Weise, mich gegen meinen Willen zurückzuhalten. Er schien sogar etwas beleidigt, dass ich so etwas von ihm hatte denken können. Wissen Sie was? Er hatte mich schon fast so weit, dass ich ein schlechtes Gewissen bekam. Und dann hat er mir natürlich eingeredet, ich würde einen großen Fehler machen, das alles einfach hinzuwerfen. Wissen Sie, er hat mir nämlich versichert, dass er kein Mädchen, das ihn einmal verlassen hat, wieder unter seine Fittiche nimmt. Er hat mich wirklich so weit gebracht, dass ich es mir fast noch einmal anders überlegt hätte. Können Sie sich das vorstellen?«

»Ich denke schon.«

»Er hat eine besondere Art, mit Leuten umzugehen.«

»Wann müssen Sie denn die Wohnung räumen?«

»Er hat gesagt, bis zum Monatsende. Aber vermutlich werde ich schon früher ausziehen. Viel zu packen habe ich nicht. Außer den Kleidern und den Platten und dem Poster gehört mir ja nichts. Aber soll ich Ihnen mal was sagen? Das Poster kann hier bleiben, und mit ihm lasse ich auch die damit verbundenen Erinnerungen hier zurück.«

Ich nahm einen Schluck Kaffee. Er war für meinen Geschmack ein bisschen dünn. Währenddessen erzählte Kim von neuem, welchen Eindruck ich auf Chance gemacht hatte. »Er wollte wissen, wie ich auf Sie gekommen wäre«, schwatzte sie drauflos. »Ich habe ihm nur ganz vage gesagt, wir hätten gemeinsame Bekannte. Er meinte auch, ich hätte Sie gar nicht zu beanspruchen brauchen, da ich doch selbst alles mit ihm hätte klären können.«

»Damit hat er vermutlich recht.«

»Kann schon sein. Aber so ganz kann ich es doch nicht glauben. Nehmen wir einmal an, ich hätte tatsächlich selbst mit ihm gesprochen. Sobald ich ihm von meinem Vorhaben erzählt hätte, hätte er das ganze Gespräch sicher einfach in eine andere Richtung abgebogen, ohne dass wir beide dazu gekommen wären, uns richtig auszusprechen. Und gleichzeitig hätte er mir – ohne dies natürlich je auszusprechen – den Eindruck vermittelt: ›Jetzt hör mal gut zu, du Miststück; du bleibst, wo du bist, oder du wirst dein Gesicht nicht wiedererkennen.‹ Er hätte so etwas sicher nie gesagt, aber genau das hätte ich herausgehört.«

»Haben Sie es denn auch heute Vormittag herausgehört?«

»Nein, eben nicht. Genau das ist doch der Punkt. Verstehen Sie nicht?«
Ihre Hand legte sich um meinen Arm. »Oh, bevor ich's vergesse.« Und damit

stand sie auf und durchquerte den Raum, um in ihrer Handtasche zu kramen. Dann kam sie zur Couch zurück und reichte mir fünf Hundertdollarscheine – vermutlich dieselben, die ich ihr vor drei Tagen zurückgegeben hatte.

»Ich finde, Sie haben eine kleine Belohnung verdient«, erklärte sie.

»Der Vorschuss, den Sie mir gegeben haben, stellt bereits eine ausreichende Entschädigung für meine Bemühungen dar.«

»Aber Sie haben Ihren Auftrag doch bestens erfüllt.«

Sie hatte einen Arm um die Rückenlehne der Couch drapiert und neigte sich mir entgegen. Der Anblick ihrer blonden, um den Kopf geschlungenen Zöpfe erinnerte mich an das Medusenhaupt einer befreundeten Bildhauerin. Kim hatte dieselben hohen Backenknochen wie diese Skulptur, wenn deren Kopf auch keine Haare, sondern Schlangen zierten.

Und auch ihr Gesichtsausdruck war nicht der gleiche. Während die Medusa zutiefst enttäuscht schien, waren Kims Gefühlsregungen wesentlich schwieriger zu entschlüsseln. Deshalb fragte ich sie unvermittelt: »Tragen Sie eigentlich Kontaktlinsen?«

»Wie? Ach so, Sie fragen wegen meiner Augen. Nein, sie sind wirklich so blau. Ziemlich ungewöhnlich, finden Sie nicht auch?«

»Ja, so ein Blau habe ich tatsächlich noch nie gesehen.«

Und nun wusste ich plötzlich auch ihren Gesichtsausdruck zu deuten. Es war Vorfreude, was in ihren Augen stand.

»Sie haben wirklich wunderbare Augen.«

Ihr Mund öffnete sich ganz leicht, und ihre Lippen deuteten den Anflug eines Lächelns an. Und als ich etwas näher an sie heranrückte, lag sie plötzlich in meinen Armen – zärtlich, anschmiegsam und erregend. Ich bedeckte sie mit Küssen – ihren Mund, ihren Hals, ihre geschlossenen Augen.

Ihr großes Schlafzimmer war von Sonnenlicht überflutet. Der Boden war mit einem dicken, weichen Teppich ausgelegt. Das breite Doppelbett war nicht gemacht, und die schwarze Katze spielte an den Kissen auf dem Sessel vor dem Schminktisch herum. Kim zog die Vorhänge zu, warf mir einen scheuen Blick zu und begann sich auszuziehen.

Und so machten wir uns an die Erforschung unserer Körper. Sie hatte eine herrliche Figur, wie man sie sich sonst nur zu träumen wagt, und ihre Hingabe war unverkennbar. Ich war selbst überrascht über die Intensität meines Begehrens, und doch war es fast rein körperlicher Natur. Mein Verstand schien auf unerklärliche Weise von mir und meinem Körper losgelöst, als wohnte ich unserem Liebesakt wie ein unbeteiligter Dritter bei.

Der Höhepunkt schließlich war mit Erleichterung und Entspannung und köstlicher Lust verbunden. Als ich mich von ihr löste, hatte ich plötzlich das Gefühl, als befände ich mich inmitten einer Öde aus Sand und vertrocknetem Strauchwerk. Einen Augenblick lang überfiel mich unendliche Traurigkeit. Ich spürte ein heftiges Pochen in meiner Kehle und war den Tränen nahe.

Doch das Gefühl verflog wieder. Ich hätte nicht sagen können, wodurch es hervorgerufen worden war und wie es sich wieder auflöste.

»So«, sagte sie mit einem Lächeln und drehte sich auf die Seite, um mich anzusehen und mir eine Hand auf den Arm zu legen. »Es war sehr schön, Matt.«

Nachdem ich mich angezogen und eine Einladung zu einer weiteren Tasse Kaffee abgeschlagen hatte, ergriff sie an der Tür noch einmal meine Hand, um mir zu danken. Nach dem Umzug wollte sie mir sofort ihre neue Adresse und Telefonnummer mitteilen. Ich gab ihr zu verstehen, ich würde mich über einen Anruf von ihr immer freuen. Zum Abschied küssten wir uns nicht.

Im Lift fielen mir wieder ihre Worte von vorhin ein. »Ich finde, Sie haben eine kleine Belohnung verdient«. Tja, so konnte man es wirklich nennen.

Ich ging den ganzen Weg zum Hotel zu Fuß zurück. Nachdem ich mir ein Sandwich und eine Tasse Kaffee genehmigt hatte, machte ich kurz in einer Kirche in der Madison Avenue halt. Ich wollte fünfzig Dollar in den Opferstock stecken, als ich merkte, dass Kim mich in Hundertern bezahlt hatte und ich keine kleineren Scheine besaß.

Ich weiß selbst nicht, wie ich mir diesen Tick mit den Spenden angewöhnt hatte. Jedenfalls entwickelte sich die Angewohnheit, zehn Prozent meiner Einkünfte der einen oder anderen Kirche zu spenden, zu einer Art Aberglauben. Irgendwie hatte ich das Gefühl, dass etwas Schreckliches passieren würde, wenn ich einmal damit aufhörte, auch wenn ich das Geld sicher nötiger brauchte als die jeweilige Kirche. Aber das war nun einmal eine Marotte, die ich nicht mehr loswerden konnte.

Nachdem ich auch an diesem Abend beim Treffen der Anonymen Alkoholiker im Souterrain von St. Paul's wieder gepasst hatte, ging ich früh zu Bett. Ich fand problemlos Schlaf, wenn ich auch immer wieder aus meinen Träumen hoch-schreckte. Am nächsten Morgen frühstückte ich ausgiebig und las die Sonn-tagsausgabe der Zeitung von vorne bis hinten. Danach stattete ich dem Arms-trong's einen Besuch ab. Aber ohne einen Schuss Alkohol vertrieb einem der Kaffee die Zeit einfach nicht in der gewohnten Eile.

Gegen drei wurde der Gedanke an Kim immer stärker. Ich musste mich mit allem Nachdruck zurückhalten, sie anzurufen. Wir waren miteinander ins Bett gegangen, weil das ihre Art war, sich erkenntlich zu zeigen. Aber das machte uns noch lange nicht zu einem Liebespaar. Was auch immer zwischen uns gewesen war, es war damit ein für alle Mal erledigt.

Nach dem obligatorischen abendlichen Treffen in St. Paul's nahm ich im Arms-trong's ein einsames Abendmahl zu mir, ohne jedoch ein einziges Mal von dem Verlangen nach etwas Alkoholischem geplagt zu werden.

Ich ging wieder früh nach Hause und zu Bett. Am nächsten Morgen wachte ich mit einem Gefühl der Angst auf, das ich einem in die Tiefen des Unter-bewusstseins zurückgeglittenen Albtraum zuschrieb. Allerdings wollte es auch nach dem Duschen und Rasieren nicht verfliegen. Ich zog mich an und brachte meine schmutzige Wäsche zur Reinigung, bevor ich fürs Frühstück einkauf-te. Während ich dann bei der ersten Tasse Kaffee die Seiten der *Daily News* überflog, wollte dieses ungute Gefühl immer noch nicht von mir weichen. Da sich meiner eine leichte Katerstimmung bemächtigt hatte, musste ich mir ge-waltsam ins Gedächtnis zurückrufen, dass ich am Tag zuvor keinen einzigen Tropfen angerührt hatte.

Danach ging ich zur Bank, um einen Teil meines Honorars auf mein Konto einzuzahlen und den Rest in Zehner und Zwanziger wechseln zu lassen. Als ich dann in St. Paul's meine fünfzig Dollar loswerden wollte, war dort gerade eine Messe im Gange. Deshalb ging ich in die Sixty-third Street, um im dortigen YMCA an einem Mittagstreffen teilzunehmen.

Danach kaufte ich mir an einem Stand einen Hot Dog, den ich auf einer Parkbank verzehrte. Um drei ging ich zurück ins Hotel, um ein kurzes Nicker-chen zu machen und gegen halb fünf erneut auszugehen. Ich kaufte mir eine Abendausgabe der Post und machte mich auf den Weg ins Armstrong's. Dabei hatte ich mit Sicherheit die Schlagzeile auf der Titelseite überflogen, ohne dass sie mir gleich in die Augen gesprungen wäre. Das tat sie erst, als ich an einem Tisch im Armstrong's Platz genommen und einen Kaffee bestellt hatte.

CALLGIRL ZERSTÜCKELT, prangte mir von der ersten Seite in riesigen Lettern entgegen.

Für einen Augenblick saß ich mit geschlossenen Augen da, als könnte ich die Schlagzeile allein durch meine Willenskraft ändern. Hinter meinen geschlossenen Lidern zuckte für einen Moment das unwirkliche Blau von Kims skandinavischen Augen auf. Meine Brust schnürte sich zusammen, und meine Kehle pochte wie wild.

Ich schlug die Zeitung auf, und auf Seite drei stand dann auch schwarz auf weiß, was ich erwartet hatte. Sie war tot. Dieser Dreckskerl hatte sie umgebracht.

Kapitel 6

Kim Dakkinen hatte in einem Zimmer im siebzehnten Stock des Galaxy Downtowner, eines dieser neuen Hotels in der Sixth Avenue, den Tod gefunden. Das Zimmer war auf einen Mr. Charles Owen Jones aus Fort Wayne, Indiana, eingetragen, der nach seiner Ankunft um 21 Uhr 15 für eine Nacht im Voraus bezahlt hatte, nachdem er sich das Zimmer eine halbe Stunde vorher telefonisch hatte reservieren lassen. Da sich bei flüchtiger Überprüfung herausstellte, dass in Fort Wayne weder ein Mr. Charles Owen Jones noch die im Anmeldeformular angegebene Adresse existierte, ging die Polizei davon aus, dass der Betreffende das Zimmer unter falschem Namen gemietet hatte.

Mr. Jones hatte keinerlei Anrufe von seinem Zimmer aus getätigt, noch hatte er sonst irgendwelche Dienstleistungen des Hotels in Anspruch genommen, die auf seiner Rechnung Niederschlag gefunden hätten. Irgendwann im Verlauf der Nacht hatte Jones sein Zimmer wieder verlassen, ohne jedoch an der Rezeption den Schlüssel zu hinterlassen. Dagegen hinterließ er an seiner Zimmertür ein Schild mit der Aufschrift BITTE NICHT STÖREN. An diese Aufforderung hatte sich das Hotelpersonal auch gehalten. Erst am Montagmorgen gegen elf Uhr – kurz vor dem Zeitpunkt also, zu dem Jones das Zimmer hätte räumen sollen – versuchte das zuständige Zimmermädchen dort anzurufen. Als sich niemand meldete, klopfte sie an die Zimmertür; und als auch darauf keine Reaktion erfolgte, schloss sie die Tür mit ihrem Schlüssel auf.

Sie betrat das Zimmer, wo sich ihr, wie der Reporter der *Post* es schilderte, ein »Bild unbeschreiblichen Grauens« bot. Vor dem ungemachten Bett lag eine nackte Frau auf dem Teppichboden, der wie das Bett von Blut überströmt war. Die Frau war an unzähligen Hieb- und Stichverletzungen gestorben, die ihr, wie eine gerichtsmedizinische Untersuchung ergab, mit einem Bajonett oder einer Machete beigebracht worden waren. Das Gesicht des Opfers war zur Unkenntlichkeit entstellt gewesen, aber ein rühriger Reporter hatte aus Miss

Dakkinens »luxuriösem Apartment in Murray Hill« ein Foto aus besseren Tagen aufgetrieben, auf dem Kim ihr blondes Haar offen trug und sich nur einen einzelnen Zopf um den Kopf geschlungen hatte. Mit ihrem strahlenden Gesichtsausdruck wirkte sie wie eine erwachsen gewordene Heidi.

Die Frau war anhand ihrer Handtasche identifiziert worden, die am Tatort gefunden worden war. Die beträchtliche Summe Bargeld, die die Handtasche enthielt, veranlasste die mit dem Fall betrauten Detectives zu dem Schluss, dass es sich kaum um einen Raubmord handeln konnte.

Na, so was.

Ich legte die Zeitung auf den Tisch. Ohne allzu große Überraschung stellte ich fest, dass meine Hände zitterten. Und das war nichts im Vergleich zu dem Aufruhr, der in meinem Innern herrschte. Ich fing Evelyns Blick auf, und als sie an meinen Tisch kam, bestellte ich einen doppelten Bourbon.

»Sind Sie auch ganz sicher, Matt?«, fragte sie leicht besorgt.

»Warum sollte ich das nicht sein?«

»Sie haben doch schon seit einiger Zeit nichts mehr getrunken. Wollen Sie jetzt wirklich wieder damit anfangen?«

Was interessiert das dich denn, Mädchen, dachte ich unwillkürlich, um dann mit einem tiefen Seufzer zu antworten: »Na ja, vielleicht haben Sie recht.«

»Soll ich Ihnen noch Kaffee bringen?«

»Ja, bitte.«

Ich wandte mich wieder der Zeitungsmeldung zu. Erste Untersuchungen hatten ergeben, dass der Zeitpunkt des Todes um Mitternacht herum anzusetzen war. Ich versuchte mich zu erinnern, was ich gerade getan hatte, als dieser Kerl sie umgebracht hatte. Nach dem Treffen der Anonymen Alkoholiker war ich ins Armstrong's gegangen; doch wann war ich dann nach Hause gekommen? Es war zwar noch ziemlich früh gewesen, aber bis ich dann im Bett lag, war es sicher nicht mehr lange bis Mitternacht gewesen. Möglicherweise hatte ich also sogar schon geschlafen, als es mit ihr zu Ende ging.

Ich saß da, trank einen Kaffee nach dem anderen und las den Bericht immer und immer wieder von neuem durch.

Schließlich ging ich nach St. Paul's, wo ich meine vergeblichen fünfzig Dollar in den Opferstock steckte und eine Kerze anzündete, als erwartete ich, in ihrer zuckenden Flamme eine Antwort zu finden. Dann ließ ich mich auf einer Bank nieder, wo ich, in Gedanken an meine beiden Treffen mit Kim versunken, so lange sitzen blieb, bis ein junger Priester auf mich zutrat und mir höflich zu verstehen gab, dass die Kirche nun für die Nacht geschlossen würde. Ich nickte und stand auf.

»Sie scheinen Sorgen zu haben«, sagte er darauf. »Kann ich Ihnen irgendwie zur Seite stehen?«

»Ich glaube nicht.«

»Ich habe Sie schon des Öfteren hier gesehen. Manchmal ist es eine große Hilfe, wenn man mit einem anderen Menschen sprechen kann.«

Wirklich, dachte ich. »Ich bin doch nicht mal katholisch, Father.«

»Das macht doch nichts. Wenn Sie irgendetwas bedrückt…«

»Ach, wissen Sie, Father, ich habe eben vom unerwarteten Tod einer Freundin erfahren.«

»So etwas ist immer sehr hart.«

Ich befürchtete schon, er könnte mir mit einem Vortrag über Gottes unerforschliche Ratschlüsse kommen; aber er schien darauf zu warten, dass ich weitersprach. Ich verließ also die Kirche, um dann draußen auf dem Gehsteig kurz stehenzubleiben und zu überlegen, wohin ich als nächstes gehen sollte.

Es war etwa halb sieben. Bis zum Treffen der AA waren es noch zwei Stunden. Zwar konnte man sich dort schon eine Stunde früher einfinden, um herumzusitzen, Kaffee zu trinken und sich mit den anderen zu unterhalten. Allerdings hatte ich das bis dahin noch nie getan. Es galt also, noch zwei Stunden totzuschlagen, ohne dass ich gewusst hätte, wie ich das bewerkstelligen sollte.

Obwohl ich seit dem Hot Dog im Park nichts mehr zu mir genommen hatte, drehte sich mein Magen bereits beim ersten Gedanken an Essen zur Hälfte um.

Als ich schließlich ins Hotel zurückging, schien es mir, als passierte ich eine Bar nach der anderen. Ich begab mich auf mein Zimmer und blieb dort.

Zum Treffen fand ich mich ein paar Minuten zu früh ein. Mindestens ein halbes Dutzend der Anwesenden grüßten mich beim Namen. Ich holte mir einen Becher Kaffee und setzte mich.

Dann stand ein Mann auf und erzählte, was ihm alles widerfahren war und wie er trotzdem nicht wieder zu trinken angefangen hatte. »Ich kann Ihnen sagen: Manchmal habe ich einfach aus reiner Sturheit keinen Alkohol angerührt.

Aber was soll's? Es hat bestens funktioniert, und darauf kommt es doch schließlich an.«

Eigentlich wollte ich in der Pause wieder gehen. Aber dann holte ich mir doch einen Kaffee und ein paar Kekse, was mich plötzlich an Kim erinnerte, wie sie mir erzählt hatte, dass sie gern Süßes aß. »Wissen Sie, ich bin eine fürchterliche Naschkatze. Aber zum Glück schlägt es bei mir nicht an.«

Ich aß die Kekse. Genauso gut hätte ich auf einem Strohhalm herumkauen können, aber ich kaute doch tapfer weiter und spülte Bissen für Bissen mit kräftigen Schlucken Kaffee hinunter.

Als sich dann nach der Pause eine Frau in endlosen, ewig gleichen Klagen über ihre Beziehung erging, konnte ich mich nicht mehr länger konzentrieren und begann wieder, meinen Gedanken nachzuhängen.

Mein Name ist Matt, dachte ich, und ich bin Alkoholiker. Gestern Nacht wurde eine Frau, die ich kannte, ermordet. Sie hat sich mit der Bitte um Hilfe an mich gewandt, und ich habe ihr versichert, es wäre alles in bester Ordnung und sie hätte nichts zu befürchten. Sie hat mir geglaubt. Ihr Mörder hat mich jedoch hinters Licht geführt, und jetzt ist sie tot, und es gibt nichts, was ich noch tun könnte. Und das wiederum macht mich völlig fertig, und ich weiß auch nicht, was ich dagegen tun könnte. Wohin ich auch gehe, komme ich auf Schritt und Tritt an einer Bar oder einem Getränkemarkt vorbei. Und wenn ich sie auch nicht wieder zum Leben erwecken kann, indem ich zu trinken anfange, nützt es ihr auch nichts mehr, wenn ich nüchtern bleibe. Warum muss ich das alles durchmachen? Warum?

Und ich dachte: Mein Name ist Matt, und ich bin Alkoholiker, und wir sitzen Abend für Abend in diesem Versammlungsraum herum und leiern Tag für Tag den gleichen Quatsch herunter, während sie draußen wie die wilden Tiere übereinander herfallen und sich gegenseitig umbringen. Wir erzählen uns Abend für Abend: Du darfst nicht trinken; du sollst zu den Treffen erscheinen; Hauptsache, du bleibst nüchtern. Und wir sagen: Mit der Zeit wird es schon, und immer schön einen Tag nach dem anderen. Und während wir so Abend für Abend wie hirnamputierte Zombies unsere Sprüche herunterbeten, geht draußen die Welt unter.

Und ich dachte: Mein Name ist Matt, ich bin Alkoholiker und ich brauche Hilfe.

Als ich dann an die Reihe kam, sagte ich: »Mein Name ist Matt. Vielen

Dank, dass ich an diesem Treffen teilnehmen durfte. Es hat mir viel gebracht. Aber ich möchte heute Abend lieber nur zuhören. «

Nach dem Gebet ging ich. Weder das Cobb's Corner noch das Armstrong's konnten mich locken. Stattdessen marschierte ich schnurstracks zu meinem Hotel und daran vorbei bis zur Fifty-eighth Street, wo das Joe Farrell's lag.

Die Bar war halb leer. Aus der Musikbox säuselte eine Platte von Tony Bennett. Den Barkeeper kannte ich nicht.

Ich ließ meine Blicke über die Wand hinter dem Tresen gleiten, bis sie an einer Flasche Bourbon haften blieben. Ich bestellte mir einen Doppelten pur. Der Barkeeper stellte das Glas vor mich auf den Tresen.

Ich ergriff es und betrachtete es prüfend. Was ich dabei eigentlich zu sehen erwartete, hätte ich nicht sagen können.

Und dann stürzte ich seinen Inhalt hinunter.

Kapitel 7

Die erwartete Wirkung blieb allerdings aus. Erst spürte ich gar nichts und dann einen Anflug von Kopfschmerzen und Übelkeit.

Ich war eben nicht mehr daran gewöhnt. Immerhin hatte ich seit einer Woche keinen Tropfen Alkohol mehr angerührt. Wie lange war es eigentlich schon her, dass ich eine Woche ohne Alkohol ausgekommen war?

Vielleicht fünfzehn Jahre, dachte ich vage. Vielleicht auch zwanzig oder noch mehr.

Ich stand also da, einen Arm auf den Tresen gestützt, einen Fuß auf der unteren Sprosse des Barhockers neben mir und versuchte, mir darüber klarzuwerden, was ich nun eigentlich fühlte. Jedenfalls gelangte ich zu der Feststellung, dass irgendetwas nicht mehr ganz so schmerzte wie noch wenige Minuten zuvor. Andererseits verspürte ich ein eigenartiges Gefühl des Verlustes. Doch von was?

»Noch einen?«

Ich wollte schon nicken, um jedoch die bereits angefangene Kopfbewegung in ein Schütteln umzuwandeln. »Nicht gleich«, sagte ich. »Später. Könnten Sie mir vielleicht ein paar Münzen zum Telefonieren geben. Ich möchte erst noch ein paar Anrufe machen.«

Der Barkeeper wechselte mir einen Dollar und deutete dann auf den Fernsprecher. Nachdem ich die Tür der Zelle hinter mir geschlossen hatte, holte ich mein Notizbuch und einen Stift heraus und brachte mehrere Anrufe hinter mich. Es kostete mich einiges Kleingeld, bis ich herausgefunden hatte, wer mit dem Fall Dakkinen betraut worden war und ich den zuständigen Detective schließlich ans Telefon bekam.

Doch nach einigem Hin und Her brummte eine mürrische Stimme: »Einen Augenblick bitte«, in den Hörer und dann, beiseite gewandt: »Joe, für dich«, bis sich schließlich eine andere Stimme meldete: »Ja, Joe Durkin am Apparat.«

»Guten Abend, mein Name ist Matt Scudder«, stellte ich mich vor. »Ich hätte gern gewusst, ob Sie im Mordfall Dakkinen bereits einen Verdächtigen festgenommen haben.«

»Wer ist bitte am Apparat?«

»Matthew Scudder. Ich möchte Ihnen keine Informationen abluchsen, sondern vielmehr welche geben. Falls Sie diesen Zuhälter noch nicht verhaftet haben, könnte ich Ihnen vielleicht ein paar nützliche Tipps geben.«

Nach kurzer Pause antwortete der Detective: »Bis jetzt haben wir noch niemanden festgenommen.«

»Sie hatte einen Zuhälter.«

»Das wissen wir auch.«

»Wissen Sie auch, wie er heißt?«

»Hören Sie, Mr. Scudder...«

»Ihr Zuhälter ist ein gewisser Chance. Allerdings kann ich Ihnen nicht sagen, ob es sich dabei nun um einen Vor –, Nach- oder Spitznamen handelt. Jedenfalls steht er unter diesem Namen nicht in Ihren Akten.«

»Woher wollen Sie das denn wissen?«

»Ich war mal bei der Polizei. Und jetzt hören Sie, Durkin, ich habe Ihnen einiges höchst Wissenswertes mitzuteilen. Ich würde also vorschlagen, dass Sie mich erst mal in Ruhe ausreden lassen und mir dann Ihre Fragen stellen.«

»Gut.«

Darauf erzählte ich ihm alles, was ich über Chance wusste. Ich gab ihm eine genaue Personenbeschreibung sowie seine Autonummer. Außerdem teilte ich ihm mit, dass Chance mindestens vier Mädchen in seinem Stall hatte, von denen eine Sonya Hendryx, unter Freunden Sunny genannt, hieß. »Er hat sie Freitagabend in die Central Park West, Nummer 444, gefahren. Möglicherweise wohnt sie dort, aber vermutlich hat sie nur eine Party zur Feier eines Sieges von Kid Bascomb, einem Boxprofi, besucht. Chance hat ein gewisses Interesse an diesem Bascomb, und vermutlich hat jemand, der in diesem Haus wohnt, anlässlich seines K.o.-Siegs eine Party veranstaltet.«

Der Detective wollte mich unterbrechen, aber ich fuhr unbeirrt fort: »An besagtem Freitagabend erfuhr Chance, dass Kim Dakkinen auszusteigen vorhatte. Samstagnachmittag hat er sie in ihrem Apartment in der Thirty-eighth Street aufgesucht, um ihr mitzuteilen, dass er nichts dagegen einzuwenden hätte. Er bat sie lediglich, bis Monatsende die Wohnung zu räumen, die er gemietet und eingerichtet hatte.«

»Einen Augenblick, bitte«, unterbrach mich Durkin erneut. Ich hörte das Rascheln von Papier. »Als offizieller Mieter für das Apartment tritt ein gewisser David Goldman auf. Auf diesen Namen war übrigens auch Miss Dakkinens Telefon eingetragen.«

»Konnten Sie diesen David Goldman schon ausfindig machen?«

»Bisher noch nicht.«

»Dann werden Sie damit auch in Zukunft kaum Erfolg haben, es sei denn, dieser Goldman entpuppt sich als ein Anwalt, der als Chances Strohmann fungiert. Jedenfalls sieht Chance nicht so aus, als könnte er David Goldman heißen.«

»Sie sagten, er ist ein Schwarzer.«

»Allerdings.«

»Und Sie haben sich mit ihm getroffen.«

»Auch richtig. Seinen festen Wohnsitz konnte ich bisher allerdings noch nicht ausfindig machen. Er treibt sich überall und nirgends herum.« Ich gab Durkin eine Liste der Orte durch, die Chance mit einer gewissen Regelmäßigkeit aufsuchte. »Der Kerl scheint tatsächlich sehr schwer festzunageln zu sein.«

»Das ist weiter kein Problem«, meinte Durkin. »Wir werden anhand seiner Telefonnummer seine Adresse ausfindig machen.«

»Das ist nur die Nummer seines Auftragsdienstes.«

»Na, aber die werden doch seine richtige Nummer haben.«

»Möglich.«

»Sie klingen nicht sehr überzeugt.«

»Allerdings«, stimmte ich ihm zu. »Chance scheint es sich zur Gewohnheit gemacht zu haben, schwer auffindbar zu sein.«

»Wie haben Sie ihn dann aufgespürt? Und was haben Sie überhaupt mit der ganzen Geschichte zu tun, Scudder?«

An diesem Punkt hätte ich am liebsten aufgelegt. Ich hatte ihm alles erzählt, was ich wusste, und hatte keine Lust, irgendwelche Fragen zu beantworten. Allerdings war ich wesentlich leichter zu finden als Chance, und es wäre für Durkin kein Problem gewesen, mich ausfindig zu machen, wenn ich einfach aufgelegt hätte.

Deshalb sagte ich: »Ich habe mich Freitagabend mit ihm getroffen. Miss Dakkinen bat mich, sich bei ihm für sie einzusetzen?«

»Sich für sie einzusetzen?«

»Ja, ich sollte ihm sagen, dass sie ihren Job an den Nagel hängen wollte. Sie hatte nämlich Angst, ihm das persönlich mitzuteilen.«

»Und deshalb haben Sie mit ihm gesprochen?«

»Richtig.«

»Sind Sie selbst Zuhälter, Scudder? Wollte sie von seinem Stall in Ihren überwechseln?«

Meine Hand krampfte sich für einen Moment fester um den Hörer, als ich antwortete: »Nein, leider verdiene ich meinen Lebensunterhalt nicht auf diese Weise. Aber wieso interessiert Sie das? Sucht Ihre Mutter einen neuen Job?«

»Was bilden Sie sich...«

»Hüten Sie künftig Ihre Zunge, Durkin. Mehr wollte ich damit nicht sagen. Sie bekommen hier von mir wertvolle Informationen, obwohl meinerseits nicht der geringste Anlass bestanden hätte, Sie anzurufen.«

Als ihm darauf nichts mehr einfiel, fuhr ich fort: »Kim Dakkinen war mit einer Bekannten von mir befreundet. Falls Sie genauer über mich Bescheid wissen wollen, erkundigen Sie sich doch bei einem Detective namens Guzik nach mir. Er kennt mich noch von früher.«

»Sind Sie ein Freund von Guzik?«

»Wir mochten uns eigentlich nicht besonders, aber er wird Ihnen trotzdem versichern, dass auf mich Verlass ist. Aber zurück zum Thema. Ich erzählte Chance, dass das Mädchen aufhören wollte, worauf er mir versicherte, er hätte nichts dagegen. Am nächsten Tag hat er sie aufgesucht und ihr dasselbe erzählt. Und dann wurde sie gestern Nacht umgebracht. Gehen Sie immer noch davon aus, dass sie gegen Mitternacht starb?«

»Ja, aber diese Zeitangabe ist nicht sehr genau. Wir haben sie immerhin erst zwölf Stunden später gefunden. Und wie die Leiche zugerichtet war, haben die sich bei der Obduktion vielleicht auch etwas beeilt, um zum nächsten Fall zu kommen.«

»Sah sie so schlimm aus?«

»Mir tut vor allem das Zimmermädchen leid, das sie gefunden hat«, schnaubte der Detective. »Wollen Sie sich die Leiche mal ansehen? Vielleicht können Sie sie ja für uns identifizieren.«

»Konnten Sie das denn bisher noch nicht?«

»Doch, doch«, erwiderte Durkin. »Wir haben ihre Fingerabdrücke. Sie wurde vor Jahren mal in Long Island City vorübergehend festgenommen.« Als ich nichts darauf sagte, fuhr er fort: »Sonst noch was, Scudder? Ach ja, und wie kann ich Sie erreichen, falls ich Sie noch einmal brauchen sollte?«

Da ich ihm alles Wissenswerte erzählt hatte, gab ich ihm meine Adresse und Telefonnummer. Darauf legten wir in etwas besserem Einvernehmen als zu Beginn unseres Gesprächs auf. Ich kehrte an die Bar zurück und bestellte einen weiteren Bourbon.

Dieses Glas schmeckte bereits wesentlich besser als das erste, und obwohl ich nun befürchtete, mich würde der unwiderstehliche Drang überkommen, mich sinnlos zu betrinken, wie es einem bei den Treffen der Anonymen Alkoholiker Abend für Abend eingebläut wurde, zeigten sich keinerlei Regungen dieser Art bei mir. Zwar fühlte ich mich wesentlich besser als zuvor, aber ich verspürte nicht das Bedürfnis, weiterzutrinken.

Um auch ganz sicherzugehen, wartete ich noch ein paar Minuten, bevor ich zahlte und mich auf den Nachhauseweg machte. Ich kam am Armstrong's vorbei, aber ich hatte nicht die geringste Lust, dort noch kurz hineinzuschauen oder gar etwas zu trinken.

Die Morgenausgabe der News war inzwischen schon draußen. Sollte ich noch zum Zeitungsstand an der Ecke gehen und mir eine holen?

Nein, zum Teufel damit.

Ich blieb kurz an der Rezeption stehen. Niemand hatte nach mir verlangt. Jacob war mit seinem Kreuzworträtsel beschäftigt.

»Übrigens, Jacob«, sprach ich ihn an. »Ich wollte Ihnen noch wegen neulich danken – als Sie für mich diesen Anruf gemacht haben.«

»Aber ich bitte Sie«, wimmelte Jacob meinen Dank ab.

»Nein, nein, dafür bin ich Ihnen wirklich sehr dankbar«, beharrte ich.

Dann ging ich nach oben auf mein Zimmer und legte mich schlafen. Ich fühlte mich müde und erschöpft. Und kurz bevor mich der Schlaf überkam, hatte ich wieder dieses eigenartige Gefühl, etwas verloren zu haben. Aber was könnte ich verloren haben?

Sieben Tage, dachte ich. Du hast es sieben Tage und fast den ganzen achten ohne einen Tropfen Alkohol geschafft, und jetzt hast du sie alle wieder verloren. Einfach weg.

Kapitel 8

Am nächsten Morgen kaufte ich mir doch noch eine Ausgabe der *News*, wo jedoch Kim Dakkinen bereits durch eine neue Gräueltat von der Titelseite vertrieben worden war. Der Bericht über den Callgirlmord stand auf der zweiten Seite; allerdings war ihm nichts zu entnehmen, was ich nicht schon am vorigen Abend von Durkin erfahren hatte.

Ich verbrachte fast den ganzen Tag damit, ziellos durch die Stadt zu streifen, bis ich mich kurz vor halb neun vor St. Paul's einfand, ohne jedoch die Stufen zum Souterrain hinabzusteigen. Stattdessen ging ich ins Hotel und auf mein Zimmer, wo ich für den Rest des Abends zu bleiben beschloss. Zwar hatte ich noch Lust auf einen Drink, aber da ich mir im Lauf des Tages bereits zwei Bier geleistet hatte, beschloss ich, darauf zu verzichten. Zwei Drinks sollten in Zukunft als Tagesration genügen.

Am darauffolgenden Tag, einem Mittwoch, schlief ich lange und nahm dann im Armstrong's ein spätes Frühstück zu mir. Dann ging ich eine Weile in die Bibliothek, um zu lesen, und dann in den Park, wo mir allerdings nach einiger Zeit die Drogendealer dermaßen auf die Nerven gingen, dass ich das Weite suchte. Nach dem abendlichen Treffen in St. Paul's zog ich bereits in Erwägung, nüchtern zu Bett zu gehen, um dann aber doch noch dem Polly's Cage einen kurzen Besuch abzustatten und mir zwei Drinks zu genehmigen. Dabei kam ich mit einem anderen Gast ins Gespräch, der mich auf ein drittes Glas einladen wollte. Aber ich blieb standhaft und bestellte mir ein Coke. Ich kannte meine Grenzen und hielt mich daran, stellte ich voller Stolz fest.

Donnerstags trank ich zum Mittagessen ein Bier. Das abendliche Treffen verließ ich dann allerdings schon während der Pause. Ich ging erst ins Armstrong's. Irgendetwas hielt mich jedoch davon ab, mir etwas zu bestellen, sodass ich wenig später wieder ging. Ruhelos suchte ich hintereinander verschiedene

Bars auf, ohne mir jedoch irgendwo einen Drink zu genehmigen. Der Getränkemarkt neben Polly's Cage war noch offen, und ich kaufte mir eine Flasche J.W. Dant, die ich mit auf mein Zimmer nahm.

Ich nahm erst eine Dusche; doch bevor ich endgültig zu Bett ging, köpfte ich die Flasche und schenkte mir ein Glas Bourbon ein. Nachdem ich es getrunken hatte, legte ich mich schlafen.

Am Freitagmorgen genehmigte ich mir nach dem Aufstehen als erstes ein Glas Bourbon. Diesmal spürte ich wirklich etwas, und es ging mir gleich wesentlich besser. Ich brachte den ganzen Tag über die Runden, ohne ein Glas anzurühren. Erst vor dem Schlafengehen genehmigte ich mir dann noch einen kräftigen Schluck.

Samstagmorgen wachte ich mit einem ungewohnt klaren Kopf auf. Ich verspürte keinerlei Bedürfnis nach einem Morgentrunk. Ich konnte es gar nicht fassen, wie gut ich mich unter Kontrolle hatte. Fast wäre ich zum Treffen gegangen, um mein kleines Geheimnis hinauszuposaunen. Aber als ich mir dann die Reaktionen der Anwesenden – ihre wissenden Blicke, ihr nachsichtiges Lächeln – vorstellte, kam ich doch wieder davon ab.

Diesmal sparte ich mir meine zwei Drinks bis zum Schlafengehen auf. Ich merkte kaum etwas davon. Als ich jedoch am nächsten Morgen aufwachte, fühlte ich mich etwas bematscht, sodass ich mir gleich einen kräftigen Wachmacher einschenkte, der seine Wirkung dann auch keineswegs verfehlte. Ich las die Zeitung und studierte dann das Verzeichnis der AA-Treffen. Schließlich besuchte ich ein Nachmittagstreffen im Village, an dem fast ausschließlich Schwule teilnahmen.

Nach der Pause ging ich zurück ins Hotel und machte ein kurzes Nickerchen. Nach dem Abendessen las ich die Zeitung zu Ende und schenkte mir dann mein zweites Glas Bourbon ein. Danach las ich weiter in der Zeitung, ohne mich jedoch richtig konzentrieren zu können. Ich dachte schon daran, mir noch ein Glas einzuschenken, aber der Gedanke, dass dies schon das dritte an diesem Tag sein würde, brachte mich schließlich wieder von diesem Vorhaben ab.

Und dann fiel mir etwas ein. Es waren bereits mehr als zwölf Stunden verflossen, seit ich meinen Morgentrunk zu mir genommen hatte. Der Zeitraum, der seitdem verstrichen war, war länger als die Zeit, die seit meinem letzten Drink am Abend zuvor verflossen war. Dieses Glas war also schon längst ›verdaut‹ und zählte demnach eigentlich gar nicht zu den heutigen Drinks.

Das bedeutete nichts anderes, als dass mir vor dem Schlafengehen noch ein Glas zustand.

Voller Zufriedenheit über meine gedankliche Leistung beschloss ich, mich mit einem besonders reichlich bemessenen Quantum Bourbon zu belohnen. Also füllte ich mein Zahnputzglas bis einen Zentimeter unter den Rand und machte es mir in meinem Sessel bequem. Ich ließ mir beim Trinken Zeit. Also hatte ich auch Zeit zum Nachdenken, was mich unter anderem auf den glorreichen Gedanken brachte, dass nur die Anzahl der Drinks zählte, nicht das jeweilige Quantum. Ich hatte mich also selbst betrogen. Mein erstes Glas, wenn man es so bezeichnen wollte, war relativ knapp bemessen gewesen. Ich hatte demnach also noch mindestens zwei Fingerbreit Bourbon gut.

Ich schenkte mir also die entsprechende Menge nach und leerte das Glas in einem Zug.

Zu meiner Zufriedenheit konnte ich feststellen, dass der Bourbon keinerlei erkennbare Wirkung auf mich ausübte. Ich war nicht im Geringsten betrunken. Im Gegenteil – ich fühlte mich besser denn seit langem. Und in solch blendender Laune konnte ich doch unmöglich den Rest des Abends auf meinem Zimmer verbringen. Ich würde mich nach einer gemütlichen Bar umsehen und mir dort ein Coke oder einen Kaffee genehmigen – natürlich keinen Drink, denn erstens hatte ich fürs erste genug, und zweitens, was wesentlich wichtiger war, hatte ich meine zwei Glas für diesen Tag bereits getrunken.

Im Polly's Cage bestellte ich eine Cola. In einer Schwulenbar in der Ninth Avenue trank ich ein Ginger Ale. Einige der Gäste kamen mir irgendwie bekannt vor. Vielleicht hatten ein paar von ihnen an dem Nachmittagstreffen im Village teilgenommen.

Wieder unterwegs, wurde mir etwas bewusst. Ich hatte mich nun schon seit Tagen bestens unter Kontrolle, was meinen Alkoholkonsum betraf. Und das bewies doch etwas! Verdammt, wenn ich mich auf zwei Glas pro Tag beschränken konnte, dann war dies doch der eindeutige Beweis dafür, dass es gar nicht nötig hatte, mich auf zwei Glas pro Tag zu beschränken. Natürlich hatte ich früher meine Probleme mit dem Alkohol gehabt – das ließ sich keineswegs leugnen –, aber offensichtlich hatte sich das nun endgültig gelegt.

Also durfte ich mir auf jeden Fall noch ein Glas genehmigen, wenn ich eines wollte, weil ich es nämlich nicht mehr wirklich nötig hatte. Und dass ich noch Lust auf einen Drink hatte, stand völlig außer Zweifel. Warum also nicht?

Ich betrat die nächste Bar und bestellte mir einen doppelten Bourbon. Ich kann mich noch genau erinnern, dass der Barkeeper eine spiegelblanke Glatze hatte, und ich kann mich auch noch erinnern, wie er das Glas einschenkte und wie ich es dann ergriff.

Aber das ist das letzte, woran ich mich erinnern kann.

Kapitel 9

Ich wachte abrupt auf. Mein Bewusstsein schien mit einem Mal auf voller Lautstärke eingeschaltet. Ich lag in einem Krankenhausbett.

Das war der erste Schock. Der zweite folgte etwas später, als ich feststellte, dass es bereits Mittwoch war. Seit ich an jenem Sonntagabend nach dem dritten Glas gegriffen hatte, konnte ich mich an nichts mehr erinnern.

Natürlich war es während der letzten Jahre schon des Öfteren zu einem kurzen Filmriss gekommen. Manchmal hatte ich mich an eine halbe Stunde – in seltenen Fällen an ein paar Stunden – nicht mehr erinnern können.

Aber zwei ganze Tage war ich noch nie weg gewesen.

Sie wollten mich noch fünf Tage dabehalten.

Ein Arzt erklärte mir: »Selbst jetzt, nach zwei Tagen, hat Ihr Körper den Alkohol noch nicht ganz verarbeitet. Wenn wir Sie jetzt entlassen, kommen Sie höchstens bis zur nächsten Straßenecke, und in fünf Minuten sind Sie wieder voll wie eine Strandhaubitze.«

»Ich werde bestimmt keinen Tropfen anrühren.«

»Sie haben doch erst vor ein paar Wochen einen Entzug gemacht. Das steht in Ihrer Akte. Und jetzt sehen Sie doch selbst, wie lange Sie es ausgehalten haben.«

Darauf wusste ich nichts zu erwidern.

»Sie hätten mal sehen sollen, in welchem Zustand Sie vorgestern Nacht hier eingeliefert wurden. Wenn Sie so weitermachen, sind Ihre Tage bereits gezählt, falls Sie nicht zuvor schon an etwas anderem zugrunde gehen.«

»Hören Sie doch auf.«

Der Arzt packte mich an der Schulter. »Wieso? Können Sie die Wahrheit nicht ertragen? Sehen Sie mich gefälligst an und hören Sie mir vor allem gut zu! Sie sind Alkoholiker. Wenn Sie weiter trinken, überleben Sie das nicht mehr lange. «

Als ich darauf nichts erwiderte, erklärte er mir, was im Weiteren mit mir geschehen sollte.

»Ich bleibe aber nicht hier«, erklärte ich. »Ich rühre keinen Tropfen mehr an.«

»Das sagen sie alle.«

»In meinem Fall stimmt es aber. Außerdem können Sie mich nicht gegen meinen Willen hier behalten.«

»Wenn Sie unbedingt gehen wollen, müssen Sie uns allerdings eine Bestätigung unterschreiben, dass dies gegen ausdrücklichen ärztlichen Rat geschah.«

»Die Unterschrift können Sie gern haben, wenn es weiter nichts ist.«

Für einen Moment sah er mich wütend an, um dann jedoch mit den Schultern zu zucken. »Wie Sie meinen. Vielleicht hören Sie nächstes Mal eher auf meinen Rat.«

»Ein nächstes Mal wird es nicht geben.«

»Das wird es sehr wohl geben.« Er lächelte süffisant. »Verlassen Sie sich darauf. Es sei denn, Sie fallen vor einer anderen Klinik auf die Schnauze oder Sie sterben vor der Einlieferung.«

Meine Kleider befanden sich in einem verheerenden Zustand; sie waren nicht nur ziemlich verdreckt, sondern auch blutverschmiert. Das Blut rührte von einer Kopfverletzung her, die ich mir irgendwann in meinem Suff zugezogen hatte und die dann in der Klinik genäht worden war.

Zum Glück hatte ich genügend Bargeld eingesteckt, um meine Krankenhausrechnung sofort zu begleichen. Allein das stellte schon ein kleines Wunder dar.

Es hatte den ganzen Vormittag lang geregnet, und die Straßen glänzten noch vor Nässe. Ich stand auf dem Gehsteig und spürte, wie meine Zuversicht zusehends schwand. Auf der anderen Straßenseite war eine Bar. Ich hatte genügend Geld für einen Drink in der Tasche, und mir war klar, dass es mir danach gleich besser gehen würde.

Aber ich riss mich zusammen und ging ins Hotel. Es kostete mich einige Überwindung, an der Rezeption nach meiner Post und irgendwelchen Anrufen zu fragen, als hätte ich etwas sehr Verwerfliches getan und wäre dem Portier dafür eine Erklärung schuldig. Das Schlimmste war allerdings, dass ich keine Ahnung hatte, was ich während meines Filmrisses alles angestellt hatte.

Die Miene des Portiers ließ diesbezüglich keinerlei Rückschlüsse zu. Vielleicht hatte ich einfach nur einsam und allein auf meinem Zimmer ein Glas nach dem anderen in mich hineingeschüttet. Möglicherweise war ich jedoch auch gar nicht mehr ins Hotel zurückgekehrt, nachdem mein Gedächtnis ausgesetzt hatte.

Oben auf meinem Zimmer stellte sich dann heraus, dass letztere Annahme nicht zutraf. Ich musste ganz offensichtlich ins Hotel zurückgekehrt sein, da die Flasche J.W. Dant leer war und auf dem Nachttisch eine halbvolle Flasche Jim Beam stand.

Tja, dachte ich, so ist das also. Entweder man lässt das Trinken ganz bleiben, oder das ganze Theater fängt wieder von vorn an.

Ich schüttete den restlichen Bourbon in den Ausguss und warf beide Flaschen in den Abfallkorb.

Dorthin ließ ich wenig später auch die gesamte Post folgen, da nichts Brauchbares darunter war. Dann sah ich mir die Liste der Anrufe an. Montagvormittag hatte mich Anita sprechen wollen. Dienstagabend hatte ein gewisser Jim Faber angerufen und seine Nummer hinterlassen. Außerdem hatte Chance mich zu erreichen versucht – einmal gestern Abend und einmal heute früh.

Ich duschte sehr heiß und ausgiebig, rasierte mich sorgfältig und zog mir frische Sachen an. Dann nahm ich mir noch einmal die Liste mit den Anrufen vor.

Meine geschiedene Frau Anita. Chance, der Lude, der Kim Dakkinen auf dem Gewissen hatte. Und ein gewisser Faber. Ich kannte keinen Faber; es sei denn, es handelte sich dabei um einen Saufkumpan, den ich während der zwei Tage, die hartnäckig aus meinem Gedächtnis verschwunden blieben, kennengelernt hatte.

Ich legte den Zettel mit seiner Nummer beiseite und überlegte mir, ob ich mir die Mühe machen sollte, das Gespräch durch die Rezeption vermitteln zu lassen, oder ob ich nicht lieber gleich zu dem Fernsprecher in der Halle runtergehen sollte. An diesem Punkt hätte ich bereits wieder einen Drink vertragen können, wenn ich den Bourbon nicht schon weggeschüttet hätte. Ich begab mich also nach unten und rief Anita von der Zelle aus an.

Das Gespräch verlief etwas eigenartig. Beide bedienten wir uns ausgesuchter Höflichkeiten, und nachdem wir uns erst eine Weile wie zwei Boxer während der ersten Runde vorsichtig abgetastet hatten, fragte sie mich schließlich nach dem Grund meines Anrufs. »Du hast doch ausrichten lassen, ich sollte zurückrufen«, erklärte ich. »Entschuldige, dass ich dich so lange habe warten lassen.«

»Wie? Ich verstehe nicht recht.«

»An der Rezeption haben sie mir mitgeteilt, du hättest Montag angerufen.«

Nach einer kurzen Pause sagte Anita schließlich: »Aber Matt, wir haben doch Montagabend miteinander telefoniert. Du hast mich zurückgerufen. Weißt du das denn nicht mehr?«

Mir lief es eiskalt den Rücken hinunter, als wäre jemand mit einem Stück Kreide über eine Schiefertafel gefahren. »Natürlich weiß ich das noch«, beeilte ich mich zu erklären. »Aber wie kommt dann dieser Zettel in mein Fach? Ich dachte, du hättest noch mal angerufen.«

»Das habe ich aber nicht.«

»Na ja, vielleicht habe ich den Zettel mit deiner Nachricht verloren und irgendein besonders hilfsbereiter Idiot hat ihn wieder in mein Fach gesteckt. Jedenfalls hat ihn mir der Portier eben vorhin noch mal gegeben, und deshalb dachte ich, du hättest noch mal angerufen.«

»Ja, so war es vielleicht.«

»Sicher. Übrigens, Anita, ich hatte neulich schon ein paar Glas intus, deshalb kann ich mich an den Inhalt unseres Gesprächs nicht mehr so genau erinnern. Worüber haben wir uns eigentlich unterhalten, nicht dass ich etwas Wichtiges vergesse.«

Wir hatten über Mickeys Zahnkorrektur gesprochen. Jetzt konnte ich mich wieder daran erinnern, versicherte ich ihr. Und sonst noch etwas? Ja, ich hatte versprochen, künftig mehr Geld zu schicken. Auch daran konnte ich mich selbstverständlich erinnern. Und das war es dann eigentlich gewesen – nein, ich hatte noch mit den Kindern gesprochen. Selbstverständlich wusste ich noch, was ich den Jungen erzählt hatte. Mein Gedächtnis war also doch nicht so schlecht, oder?

Als ich schließlich auflegte, zitterte ich am ganzen Körper. Ich musste mich erst einmal setzen, bevor ich den Versuch unternahm, das Telefongespräch, von dem sie mir eben erzählt hatte, zu rekonstruieren. Aber es war hoffnungslos. Von dem Augenblick an, bevor ich am Sonntagabend den dritten Drink hinuntergekippt hatte, bis zu dem Moment, da ich im Krankenhaus wieder zu mir gekommen war, war in meinem Gedächtnis nichts als ein riesiges Loch. Jede Erinnerung an irgendein Ereignis dieser zwei Tage war weg, in Luft aufgelöst.

Ich zerriss den Zettel mit Anitas Nachricht in zig kleine Fetzen, die ich schließlich fein säuberlich in meine Tasche steckte. Dann sah ich mir Chances Nachricht an. Die Nummer, die er hinterlassen hatte, war die seines Auftragsdienstes. Ich rief jedoch erst einmal die Mordkommission an. Durkin war nicht im Dienst, aber sie gaben mir seine Privatnummer.

Er klang leicht benommen, als er den Hörer abnahm. »Einen Augenblick, lassen Sie mich erst mal eine Zigarette holen«, bat er mich. Als er wieder an den Apparat kam, machte er bereits wieder einen recht munteren Eindruck. »Ich bin nur eben kurz vor dem Fernseher eingeschlafen«, entschuldigte er sich. »Was gibt's Neues, Scudder?«

»Dieser Zuhälter – Chance – hat versucht, sich mit mir in Verbindung zu setzen.«

»Auf welchem Wege?«

»Telefonisch. Er hat eine Nummer für mich hinterlassen. Die seines Auftragsdienstes. Demnach hält er sich also in der Stadt auf. Falls Sie also wollen, dass ich mich mit ihm treffe, damit Sie ihn schnappen...«

»Wir sind an dem Kerl schon lange nicht mehr interessiert«, unterbrach mich der Detective.

Für einen schmerzlich langen Augenblick dachte ich, ich hätte während meines Filmrisses mit Durkin gesprochen, aber als er dann weitersprach, wurde mir klar, dass dem doch nicht so gewesen sein konnte.

»Wir haben den Burschen auf dem Revier ganz schön in die Mangel genommen«, erzählte Durkin weiter. »Wir wollten ihm schon eine Vorladung zuschicken, aber er hat sich sogar freiwillig bei uns gemeldet. Er hatte einen verdammt cleveren Anwalt dabei, und Chance selbst ist ja auch nicht gerade auf den Kopf gefallen.«

»Sie haben ihn wieder laufen lassen?«

»Was hätten wir ihm denn anhängen sollen? Er hatte ein allem Anschein nach hieb- und stichfestes Alibi, an dem vorerst nicht das Geringste auszusetzen ist. Der Portier kann sich an den Charles Jones, der das Zimmer gemietet hat, nicht mehr erinnern. Er glaubt nur, dass es eher ein Weißer gewesen sein dürfte. Wie wollen Sie damit also den Staatsanwalt beeindrucken?«

»Er könnte das Zimmer doch durch eine andere Person anmieten haben lassen. In diesen großen Hotels achtet doch kein Mensch darauf, wer da ein und aus geht.«

»Natürlich. Er könnte sie sogar durch so einen Strohmann umbringen haben lassen.«

»Vermuten Sie das denn?«

»Ich werde nicht dafür bezahlt, vage Vermutungen anzustellen. Ich weiß nur eins: Wir haben absolut nichts, was wir gegen diesen Kerl vorbringen können.«

Nach kurzem Überlegen fragte ich: »Wieso könnte er mich angerufen haben?«

»Woher soll ich das wissen?«

»Weiß er, dass ich Sie auf ihn aufmerksam gemacht habe?«

»Ich habe es ihm zumindest nicht unter die Nase gerieben.«

»Was will er dann also von mir?«

»Wieso fragen Sie ihn das nicht selbst?«

In der Zelle war es ziemlich stickig. Ich öffnete die Tür einen Spalt, um etwas frische Luft hereinzulassen. »Vielleicht werde ich das tun.«

»Na, sehen Sie. Übrigens, Scudder, treffen Sie sich bitte nicht in einem dunklen Hinterhof mit ihm. Falls er noch einen leichten Groll gegen Sie hegen sollte, würde ich mich an Ihrer Stelle besser in Acht nehmen.«

»Danke, ich werd's mir merken.«

»Und falls er Ihnen unvermutet einen Hinterhalt stellt, versuchen Sie auf jeden Fall, mir noch eine letzte Nachricht zu hinterlassen, wie sie das im Fernsehen immer so schön machen.«

»Ich werd's versuchen.«

Nachdem ich Durkins guten Ratschlägen ein Ende gemacht hatte, indem ich auflegte, wählte ich die Nummer von Chances Auftragsdienst. »Acht – null – neun – zwei«, meldete sich wieder die brüchige Frauenstimme. »Was kann ich für Sie tun?«

»Mein Name ist Scudder«, sagte ich. »Chance hat versucht, mich zu erreichen. Deshalb rufe ich zurück.«

Sie erklärte, sie würde in Kürze mit ihm sprechen, und bat mich um meine Nummer. Ich gab sie ihr und erklärte, dass ich während der nächsten Stunde erreichbar wäre. Dann legte ich auf und ging wieder nach oben, wo ich mich aufs Bett legte.

Nach Ablauf einer knappen Stunde klingelte das Telefon. »Chance am Apparat«, meldete er sich. »Nett von Ihnen, dass Sie zurückgerufen haben.«

»Ich habe Ihre Nachricht – beziehungsweise Ihre Nachrichten – eben erst erhalten.«

»Ich würde gern mit Ihnen sprechen, Scudder. Unter vier Augen.«

»Einverstanden.«

»Ich bin unten, in der Halle Ihres Hotels. Vielleicht könnten wir irgendwo in der Nähe einen Kaffee trinken. Was halten Sie davon?«

»Gut, ich komme.«

Kapitel 10

»Sie glauben doch immer noch, dass ich sie umgebracht habe, stimmt's?«, sagte er.

»Was interessiert es Sie, was ich denke?«

»Es ist mir nun mal nicht gleichgültig, was Sie denken.« Darauf antwortete ich in Anlehnung an einen Spruch Durkins: »Fürs Denken werde ich leider nicht bezahlt.«

Wir saßen an einem kleinen Tisch in einem Café in der Eighth Avenue. Ich trank meinen Kaffee schwarz, während der von Chance eine Spur heller war als der Ton seiner Haut. Da ich fand, etwas zu essen, könnte mir nicht schaden, hatte ich mir ein Nusshörnchen bestellt, aber bis jetzt hatte ich es noch nicht angerührt.

»Ich habe es nicht getan«, versicherte mir Chance.

»Na schön.«

»An meinem Alibi ist nicht das Geringste auszusetzen. Ein ganzes Dutzend Leute kann bestätigen, dass ich während des in Frage kommenden Zeitraums nicht in der Nähe des Hotels war.«

»Wie schön für Sie.«

»Was soll ich davon halten?«

»Genau das, was Sie davon halten.«

»Sie meinen, ich könnte jemanden damit beauftragt haben.«

Als Antwort zuckte ich nur mit den Achseln. Mir war nicht recht wohl in meiner Haut, ihm an einem Tisch gegenüberzusitzen, aber vor allem fühlte ich mich todmüde. Jedenfalls hatte ich keine Angst vor ihm.

»Das hätte ich selbstverständlich tun können«, fuhr er fort. »Aber ich habe es nicht getan.«

»Natürlich, wenn Sie das sagen...«

»Verflucht noch mal«, platzte er unvermittelt heraus. »Hat sie Ihnen doch mehr bedeutet, als Sie damals zugegeben haben?«

»Nein.«

»Nichts weiter als die Freundin einer Bekannten?«

»Ganz richtig.«

Er sah mich unverwandt an. »Sie sind mit ihr ins Bett gegangen.« Und bevor ich etwas entgegnen konnte, fuhr er fort: »Machen Sie mir doch nichts vor. Wie sonst hätte sie sich Ihnen gegenüber auch erkenntlich zeigen können? Diese Frau sprach nur eine Sprache. Allerdings hoffe ich, dass dies nicht die einzige Entschädigung für Ihre Bemühungen war, Scudder. Sie hat Sie doch nicht nur in Nuttenwährung bezahlt?«

»Meine Honorarforderungen sind immer noch meine Sache«, entgegnete ich. »Und dasselbe gilt für das, was zwischen uns war.«

»Na, langsam fange ich an, mir ein Bild von Ihnen zu machen.«

»Was wollen Sie eigentlich?«, brauste ich, langsam etwas ungeduldig, auf. »Meine Klientin ist tot, und wenn Sie mir sagen, Sie hätten mit der Sache nichts zu tun, so muss ich Sie wohl oder übel beim Wort nehmen. Schließlich bin ich nicht die Polizei.«

»Sie waren aber mal bei der Polizei.«

»Das ist lange her. Ich bin weder die Polizei noch der Bruder des toten Mädchens noch irgendein finsterer Racheengel. Glauben Sie wirklich, es könnte mich auch nur im Geringsten interessieren, wer Kim Dakkinen umgebracht hat?«

»Ja.«

Ich sah ihn wortlos an.

»Ja, ich bin sogar überzeugt, dass Ihnen diese Sache alles andere als gleichgültig ist«, sprach Chance weiter. »Und deshalb bin ich hier.« Er lächelte. »Ich möchte, dass Sie, Mr. Matthew Scudder, für mich herausfinden, wer Kim umgebracht hat.«

Es dauerte eine Weile, bis ich glauben konnte, dass er es ernst meinte. Und dann gab ich mir alle Mühe, ihm sein Vorhaben wieder auszureden. Ich versuchte ihn zu überzeugen, dass, wenn überhaupt, noch am ehesten die Polizei Kim Dakkinens Mörder ausfindig machen könnte. Ich befand mich dagegen für diese Aufgabe auf verlorenem Posten.

»Dabei vergessen Sie nur etwas«, meinte Chance.

»Ach ja?«

»Die Polizei wird gar keine weiteren Ermittlungen anstellen, da sie bereits zu wissen glauben, wer das Mädchen auf dem Gewissen hat. Da sie keinerlei Beweise haben, können sie allerdings gegen den Betreffenden nicht vorgehen, aber zumindest haben sie einen Grund, sich in diesem Fall nicht gerade die Beine auszureißen. Sie werden sich sagen: ›Tja, wir wissen zwar, dass Chance sie umgebracht hat; aber da wir das nicht beweisen können, kümmern wir uns lieber um erfolgversprechendere Dinge.‹ Und genügend Arbeit hat die Polizei ja, weiß Gott. Und selbst wenn sie sich weiter mit dem Fall befassen, werden sie so stark auf mich fixiert sein, dass ihnen nicht einmal die Idee kommen wird, als Täter könnten auch noch andere Personen in Frage kommen.«

»Wer zum Beispiel?«

»Genau das sollen Sie herauszufinden versuchen.«

»Warum?«

»Ich käme natürlich nie auf die Idee, Sie zu bitten, dies umsonst zu tun.« Er bedachte mich mit einem gewinnenden Lächeln. »Schließlich verfüge ich über gute Einnahmequellen. Ich zahle ein anständiges Honorar.«

»Das habe ich damit nicht gemeint. Wieso wollen Sie, dass ausgerechnet ich Kims Mörder für Sie ausfindig zu machen versuche? Da Ihnen die Polizei nicht das Geringste anhängen kann, könnte es Ihnen doch völlig egal sein, wer das Mädchen umgebracht hat.«

Er blickte mich unverwandt an. »Vielleicht bin ich in stärkerem Maße auf meinen guten Ruf bedacht, als Sie sich vorstellen können.«

»Wieso? Einen besseren Ruf können Sie in Ihrem Metier doch gar nicht bekommen. Alle Welt wird wissen, dass Sie das Mädchen um die Ecke gebracht haben und ungeschoren davongekommen sind. Das nächste Mädchen, das Ihren Stall zu verlassen beabsichtigt, wird sich ihren Entschluss künftig also noch einmal sehr gut überlegen. Selbst wenn Sie mit dem Mord nichts zu tun haben, ziehen Sie aus diesem Fall doch nur Nutzen für sich und Ihr Geschäft.«

Chance schnippte ein paarmal mit seinem Zeigefinger gegen die leere Kaffeetasse. »Jemand hat eines meiner Mädchen umgebracht. Ich möchte nicht, dass irgendjemand denkt, er könnte dies ebenfalls versuchen und ungeschoren damit davonkommen.«

»Sie gehörte doch gar nicht mehr zu Ihrem Stall, als sie umgebracht wurde.«

»Außer mir und Ihnen weiß das doch kein Mensch. Ansonsten denkt alle

Welt, eines meiner Mädchen ist umgebracht worden und der Mörder ist ungestraft davongekommen.«

»Und das kränkt Sie in Ihrem Stolz?«

»Das ist nicht der einzige Grund. Versetzen Sie sich zum Beispiel in die Lage meiner Mädchen. Der Mörder Kims befindet sich immer noch auf freiem Fuß. Was ist, wenn er ein zweites Mal zuschlägt?«

Der Kellner trat mit einer Kanne Kaffee an unseren Tisch und füllte unsere Tassen nach.

»Na gut, aber warum soll ausgerechnet ich Kims Mörder finden, Chance?«

»Das habe ich Ihnen doch bereits erklärt. Außerdem haben Sie das Mädchen gekannt, was Sie in jedem Fall zusätzlich motivieren wird.«

»Na, ich weiß nicht.«

»Außerdem sind Sie kein Fremder für mich.«

»Weil wir einmal kurz miteinander gesprochen haben?«

»Jedenfalls hat mir Ihre Art gefallen. Das ist doch immerhin etwas.«

»Finden Sie? Sie wissen doch über mich nichts weiter, als dass ich ein wenig vom Boxen verstehe. Und das ist nicht besonders viel, würde ich sagen.«

»Besser als gar nichts ist es auf jeden Fall. Zudem habe ich mich etwas über Sie erkundigt. Offensichtlich kennen Sie eine Menge Leute, und die meisten davon haben sich sehr positiv über Sie geäußert.«

Darauf schwieg ich für ein oder zwei Minuten, bis ich schließlich sagte: »Vielleicht hat sie wirklich ein Psychopath umgebracht. So, wie die Leiche aussah, könnte man zumindest darauf schließen.«

»Am Freitag erfahre ich, dass sie aussteigen will. Am Samstag versichere ich ihr, ich hätte nichts dagegen einzuwenden. Und am Sonntag kommt so ein Irrer aus Indiana daher und zerstückelt das arme Mädchen. Zufälle gibt es manchmal.«

»Tja, oft passieren wirklich die verrücktesten Dinge«, antwortete ich. »Allerdings glaube ich in diesem Fall nicht an Zufall.« Ich fühlte mich hundeelend. »Ich bin an dem Fall wirklich nicht sehr interessiert.«

»Warum nicht?«

Weil ich nichts damit zu tun haben möchte, dachte ich. Am liebsten würde ich mich in eine dunkle Ecke verdrücken und die Welt abstellen. Außerdem möchte ich etwas zu trinken, verdammt noch mal.

»Aber Sie könnten das Geld doch sicher gut gebrauchen«, lockte er weiter.

Damit hatte er allerdings recht. Allzu weit würde ich mit meinem letzten

Honorar nicht mehr kommen, und mein Sohn Mickey brauchte eine Zahnspange.

Deshalb sagte ich: »Ich möchte mir das Ganze erst noch einmal überlegen.«

»Einverstanden.«

»Im Moment habe ich Schwierigkeiten, mich zu konzentrieren. Ich möchte mir alles noch einmal in Ruhe durch den Kopf gehen lassen.«

»Wie lange werden Sie dazu brauchen?«

Monate, dachte ich. »Ein paar Stunden. Ich werde Sie heute Abend anrufen. Haben Sie eine Nummer, unter der ich Sie erreichen kann, oder soll ich es bei Ihrem Auftragsdienst versuchen?«

»Nennen Sie mir einen Zeitpunkt«, schlug er vor. »Dann werde ich Sie vor Ihrem Hotel abholen.«

»Das ist doch nicht nötig.«

»Ach, am Telefon sagt es sich wesentlich leichter nein. Meine Chancen stehen in jedem Fall besser, wenn Sie mir persönlich Bescheid geben. Außerdem gibt es noch einiges zu besprechen, falls Ihre Antwort doch ein Ja sein sollte. Und einen kleinen Vorschuss werden Sie sicher auch sehen wollen.«

Ich zuckte mit den Achseln.

»Also wann?«

»Um zehn?«

»Vor Ihrem Hotel.«

»Damit Sie nicht enttäuscht sind«, warnte ich ihn. »Wenn ich jetzt auf der Stelle antworten müsste, würde ich nein sagen.«

»Dann kann es auf keinen Fall schaden, wenn Sie sich meinen Vorschlag noch etwas durch den Kopf gehen lassen.«

Nachdem ich mir, ohne Widerstand zu leisten, meinen Kaffee von ihm hatte bezahlen lassen, ging ich zurück zum Hotel. Während ich nun rastlos in meinem Zimmer auf und ab wanderte, ohne einen klaren Gedanken fassen zu können, fragte ich mich immer wieder, weshalb ich nicht einfach von vornherein abgelehnt hatte.

Ohne groß zu überlegen, schlüpfte ich schließlich wieder in meinen Mantel und ging ins Armstrong's. Ich wusste noch nicht, was ich bestellen würde, als ich die Bar betrat. Billie, der hinter dem Tresen stand, schüttelte schon den Kopf, als ich auf ihn zukam. »Tut mir leid, Matt, aber ich darf Sie leider nicht bedienen.«

Ich spürte, wie mir die Farbe ins Gesicht stieg. Ich schämte mich und war zugleich wütend. »Was soll der Blödsinn? Sehe ich vielleicht aus, als wäre ich besoffen?«

»Natürlich nicht.«

»Warum kriege ich dann hier nichts zu trinken?«

Er wich meinem Blick aus. »Ich habe ausdrückliche Anweisung vom Boss, Ihnen keinen Alkohol zu geben. Kaffee oder ein Coke können Sie selbstverständlich jederzeit haben, aber keinen Tropfen Alkohol.«

»Wegen neulich, Billie? Habe ich mich sehr schlimm aufgeführt? Ich kann mich nämlich nicht mal mehr daran erinnern, dass ich hier war.«

»Nein, nein, es war gar nicht weiter schlimm. Außerdem...«

»Wieso dann das ganze Theater?«

»Ich kann nur wiederholen, was ich Ihnen bereits gesagt habe, Matt. Der Boss hat gemeint, wenn dieser Kerl sich zu Tode saufen will – bitte, ich kann ihn nicht daran hindern. Aber von mir bekommt er keinen Tropfen. Wie gesagt, Matt, ich befolge nur seine Anweisungen.«

»Na gut.«

»Wenn es nach mir ginge...«

»Abgesehen davon wollte ich gar keinen Drink«, schnitt ich ihm das Wort ab. »Ich wollte nur eine Tasse Kaffee.«

»Dann ist doch alles in bester Ordnung...«

»Nichts ist in bester Ordnung.« Ich spürte eine ungeheure, reinigende Wut in mir aufsteigen, und im nächsten Moment rauschte ich auch schon durch die Bar und auf die Straße hinaus.

Während ich noch auf dem Gehsteig stand und überlegte, in welcher Bar ich mir einen Drink kaufen sollte, hörte ich jemanden meinen Namen rufen.

Als ich mich umdrehte, lächelte mich ein Mann in einem Parka freundlich an. Erst wusste ich nicht, woher ich ihn kannte. Er trat auf mich zu und fragte, wie es mir ging, und dann fiel mir plötzlich ein, wer er war.

»Hallo, Jim, Sie sind's. Wie geht's?«

»Gehen Sie gerade zum Treffen? Dann komme ich mit.«

»Tut mir leid«, wich ich aus, »aber ich bin heute Abend schon mit jemandem verabredet.«

Er lächelte mich nur an, und in diesem Augenblick ging mir plötzlich ein Licht auf. Ich fragte ihn, ob er mit Nachnamen Faber hieß.

»Ja.« Er nickte.

»Dann haben Sie mich also im Hotel angerufen.«

»Ich wollte nur mal hören, wie's Ihnen geht. Nichts Wichtiges.«

»Der Name hat mir nichts gesagt. Sonst hätte ich sicher zurückgerufen.«

»Klar. Sind Sie sicher, dass Sie nicht zum Treffen kommen wollen, Matt?«

»Ich würde gern, aber leider kann ich nicht.«

Er wartete.

»Wissen Sie, Jim, ich stecke etwas in Schwierigkeiten.«

»Das ist nicht weiter ungewöhnlich, oder?«

Ich konnte ihn nicht anschauen, als ich gestand: »Ich habe wieder zu trinken angefangen. Sieben oder acht Tage habe ich es durchgehalten, aber dann habe ich wieder angefangen. Ich dachte erst, ich hätte alles unter Kontrolle, aber eines Abends hat es mich dann ganz fürchterlich erwischt.«

»Das ist auch der Grund, weshalb ich angerufen habe«, erwiderte er leise. »Ich dachte, Sie könnten vielleicht Hilfe brauchen.«

»Sie haben es gemerkt?«

»Na ja, bei dem Treffen am Montagabend waren Sie ganz schön zu.«

»Ich war beim Treffen?«

»Sie können sich nicht mehr daran erinnern, stimmt's? Ich dachte mir fast, dass Sie einen totalen Blackout hatten.«

»Das ist ja entsetzlich.«

»Ach was.«

»Ich bin besoffen zum Treffen erschienen?«

Er lachte. »Sie sind bestimmt nicht der erste Mensch, der das geschafft hat.«

Am liebsten wäre ich im Erdboden versunken. »Aber wie soll ich mich dort jemals wieder blicken lassen?«

»Ach, so schlimm ist das doch gar nicht. Mit der Zeit gewöhnt man sich auch daran. Im Übrigen haben Sie auch nichts weiter Schlimmes angestellt. Sie haben schön brav den Mund gehalten, nur Ihre Tasse Kaffee haben Sie verschüttet...«

»Mein Gott.«

»Sie haben ihn niemandem über den Anzug geschüttet. Sie waren einfach nur blau, nichts weiter. Im Übrigen haben Sie keinen sehr glücklichen Eindruck gemacht, ganz im Gegenteil.«

Ich brachte den Mut auf, zu gestehen: »Ich bin im Krankenhaus gelandet.«

»Und die haben Sie schon wieder gehen lassen?«

»Ich musste eine Bestätigung unterschreiben.«

Nachdem wir eine Weile schweigend dahingegangen waren, sagte ich: »Ich kann nicht das ganze Treffen über bleiben. Um zehn Uhr bin ich mit jemandem verabredet.«

»Zumindest können Sie fast bis zum Schluss bleiben.«

»Ja.«

Mir schien es, als starrten mich alle an. Ich versuchte, die Mienen der Anwesenden zu deuten, die mich grüßten. Wenn mich jemand nicht beachtete, dachte ich sofort, der Betreffende nähme mir meinen Ausfall übel. Jedenfalls war mir das Ganze so schrecklich peinlich, dass ich am liebsten im Boden versunken wäre. Ich hielt es nie lange auf meinem Sitz aus und wanderte ständig zu dem Tisch, auf dem die Kannen mit Kaffee standen. Diesmal schaffte ich es sogar, ein Haferkeks hinunterzuwürgen.

Als nach der Pause die Diskussion begann, wurde ich zwar äußerlich etwas ruhiger, verlor aber doch ständig den Faden. Um Viertel vor zehn stand ich auf und schlich so unauffällig wie möglich aus dem Raum. Ich glaubte aller Augen auf mich gerichtet und hätte gern eine Erklärung abgegeben, dass ich das Treffen wegen einer wichtigen Verabredung vorzeitig verlassen musste und nicht, weil ich es ohne einen Drink nicht mehr aushielt.

Erst später kam mir zu Bewusstsein, dass ich bis zum Schluss hätte bleiben können, da es von St. Paul's bis zu meinem Hotel nur fünf Minuten waren. Außerdem hätte Chance auch eine Weile gewartet.

Aber vielleicht brauchte ich lediglich vor mir selbst eine Entschuldigung, gehen zu können, bevor die Reihe an mich kam, etwas zu sagen.

Punkt zehn Uhr fand ich mich in der Hotelhalle ein. Als ich Chances Wagen am Randstein halten sah, ging ich nach draußen. Ich öffnete die Tür, stieg ein und schloss sie hinter mir.

Chance sah mich an.

»Gilt Ihr Angebot immer noch?«

Er nickte. »Wenn Sie daran interessiert sind.«

»Ich bin daran interessiert.«

Er nickte wieder und fuhr los.

Kapitel 11

Der Circular Drive um den New Yorker Central Park ist ziemlich genau zehn Kilometer lang. Wir drehten gerade unsere vierte Runde. Der Cadillac glitt lautlos dahin, während Chance redete. Ich beschränkte mich vornehmlich aufs Zuhören und machte mir hin und wieder ein paar Notizen. Zuerst erzählte er von Kim. Sie war als Kind finnischer Einwanderer auf einer einsamen Farm in Wisconsin aufgewachsen. Als sie neun Jahre alt war, fing ihr Bruder an, sie sexuell zu missbrauchen.

»Bei einer Gelegenheit hat sie allerdings erzählt, es wäre ihr Onkel mütterlicherseits gewesen, und ein anderes Mal war es ihr Vater. Möglicherweise hat sie sich das alles nur eingebildet. Oder sie änderte die Geschichte etwas ab, um ihr etwas von ihrer grausigen Realität zu nehmen.«

Nach einer unglücklichen Affäre mit einem verheirateten, älteren Mann, mit dem sie nach Chicago durchgebrannt war, um dort freilich schon nach drei Tagen wieder sitzengelassen zu werden, schlief sie ziemlich wahllos mit mehreren Männern, die ihr zum Teil auch Geld dafür gaben. Nachdem sie sich vergeblich vorgenommen hatte, auch ihre anderen Liebhaber um Geld zu fragen, zog sie bereits in Erwägung, wieder auf die Farm ihrer Eltern zurückzukehren. Dann verbrachte sie jedoch eine Nacht mit einem nigerianischen Delegierten einer Handelsmission.

»Und von da ab gab es für sie kein Zurück mehr«, erklärte Chance. »Sie konnte unmöglich zu ihren Eltern zurück, nachdem sie mit einem Schwarzen geschlafen hatte. Und so setzte sie sich in den nächsten Bus nach New York.«

Nun folgte in etwa die Geschichte, die ich bereits von Kim selbst zu hören bekommen hatte, wie sie von Duffy zu Chance übergewechselt war und das Apartment bezogen hatte.

Dann kam Chance auf seine anderen Mädchen zu sprechen. Nach Kims Tod arbeiten noch fünf für ihn. Er ließ ein paar allgemeine Bemerkungen über sie fallen und gab mir dann eine Reihe von persönlichen Daten, die ich mir alle sorgfältig notierte. Nach Beendigung unserer vierten Runde bog er schließlich nach rechts ab und hielt zwei Blocks weiter vor einer Telefonzelle.

»Ich bin gleich wieder zurück«, wandte er sich mir zu und stieg aus.

Ich blieb sitzen, während er telefonierte. Den Motor hatte er laufen lassen.

Wenig später kam Chance zurück und stieg ein. »Ich habe nur mal meinen Auftragsdienst angerufen«, erklärte er und fuhr wieder los. »Falls irgendetwas Besonderes sein sollte.«

»Wieso legen Sie sich kein Autotelefon zu?«

»Zuviel Umstand.«

Nach längerer Fahrt hielt er vor einem Apartmenthaus in der Seventeenth. »Zeit zum Kassieren«, grinste er mir zu, als er neuerlich ausstieg. Obwohl er auch diesmal den Motor laufen ließ, dauerte es eine Viertelstunde, bis er an dem livrierten Türsteher vorbei ins Freie trat und mit einer eleganten Bewegung neben mir hinters Steuer glitt.

»Hier wohnt Donna«, weihte er mich ein. »Ich habe Ihnen doch von Donna erzählt?«

»Ja, die Dichterin.«

»Sie war eben völlig aus dem Häuschen, weil eine Zeitschrift in San Francisco zwei ihrer Gedichte angenommen hat. Sie wird sechs Gratisexemplare des Hefts zugeschickt bekommen, in dem die Gedichte veröffentlicht werden. Aber das dürfte auch schon alles sein, was sie dafür bekommen wird.«

Er hielt an einer roten Ampel, sah kurz nach links und rechts und fuhr dann bei Rot über die Kreuzung.

»Manchmal hat sie auch schon etwas gezahlt bekommen«, fuhr er fort, »wenn eine Zeitschrift eines ihrer Gedichte veröffentlicht hat. Einmal waren es sogar fünfundzwanzig Dollar. Aber das war ihr absoluter Rekord.«

»Scheint nicht gerade eine sonderlich ergiebige Einkommensquelle zu sein.«

Für eine Weile schwieg Chance, bis er sich mit einem leisen Lachen mir zuwandte: »Möchten Sie wissen, wieviel Geld ich eben von Donna einkassiert habe? Achthundert Dollar. Und das sind nur die Einnahmen der letzten zwei Tage. Natürlich gibt es auch Tage, an denen ihr Telefon nicht ein einziges Mal klingelt.«

»Aber im Durchschnitt fährt sie damit sicher nicht schlecht?«

»Jedenfalls besser als mit ihren Gedichten«, grinste er. »Haben Sie Lust, noch etwas mit mir durch die Gegend zu gondeln?«

»Tun wir das denn nicht schon die ganze Zeit?«

»Bisher sind wir nur im Kreis gefahren«, erwiderte er. »Aber jetzt werde ich Ihnen mal eine völlig andere Welt zeigen.«

Wir fuhren durch die Lower East Side und über die Williamsburg Bridge nach Brooklyn. Hinter der Brücke änderte Chance die Fahrtrichtung so häufig, dass ich schon nach kurzer Zeit jedes Richtungsgefühl verloren hatte. Und die Straßenschilder halfen mir auch nicht weiter, da mir die Straßennamen völlig unbekannt waren. Aber da wir erst durch ein jüdisches, dann durch ein italienisches und schließlich durch ein polnisches Viertel fuhren, wusste ich ungefähr, wo wir uns befanden.

In einer verlassenen, dunklen Straße, die hauptsächlich von Zweifamilienhäusern gesäumt war, hielt Chance schließlich vor einem zweistöckigen Haus. Er holte eine kleine Fernbedienungsanlage aus dem Handschuhfach und öffnete damit das Garagentor. Nachdem er den Wagen in der Garage abgestellt hatte, folgte ich ihm eine Treppe hinauf in einen weitläufigen, hohen Raum.

Als er mich fragte, ob ich eine Ahnung hätte, wo wir wären, tippte ich auf Greenpoint.

»Na, Sie scheinen sich in Brooklyn ganz gut auszukennen«, bemerkte er anerkennend. »Und wissen Sie, wessen Haus das ist? Schon mal was von Dr. Casimir Levandowski gehört?«

»Nicht dass ich wüsste.«

»Na ja, wieso auch. Obwohl er an den Rollstuhl gefesselt ist und deshalb ein sehr zurückgezogenes Leben führt, ist der alte Knabe ganz schön exzentrisch. Früher war das Haus hier mal eine Feuerwache.«

»Das habe ich mir fast gedacht.«

»Zwei Architekten haben das Haus vor ein paar Jahren gekauft und nach ihren Vorstellungen umgebaut. Wie Sie gleich sehen werden, spielte dabei Geld offensichtlich keine Rolle. Dann bekamen sie das Haus – oder vielleicht auch nur sich gegenseitig – satt und boten es zum Verkauf an, sodass es in Dr. Levandowskis Besitz überging.«

»Und jetzt lebt er also hier?«

»Der alte Herr existiert gar nicht.« Chances Sprechweise wechselte ständig zwischen geläufigem Ghettoslang und lupenreinem Hochenglisch hin und her. »Die Nachbarn bekommen den alten Doc nie zu Gesicht. Sie erhaschen nur hin und wieder einen flüchtigen Blick auf seinen treuen schwarzen Diener, wenn er aus der Garage fährt oder zurückkommt. Das ist mein Haus, Matthew. Darf ich es Ihnen mal zeigen?«

Das Haus konnte sich durchaus sehen lassen. Im obersten Stockwerk befand sich ein Fitnessraum mit Sauna. Das Schlafzimmer lag auf derselben Etage. Das große Bett mit dem kostbaren Pelzüberwurf stand direkt unter einem Oberlicht. Die Bibliothek im ersten Stock enthielt neben Unmengen von Büchern auch einen gigantischen Billardtisch.

Überall im Haus hingen afrikanische Masken an den Wänden; in der einen oder anderen Ecke stand eine Gruppe von afrikanischen Skulpturen. Auf bestimmte Stücke machte Chance mich aufmerksam, um ein paar Bemerkungen über ihre Herkunft fallenzulassen. Ich erzählte ihm von den afrikanischen Masken, die ich in Kims Apartment gesehen hatte.

»Das sind Masken des Poro-Geheimbunds«, erklärte er mir. »Vom Stamm der Dan. Jedes der Mädchen hat ein paar afrikanische Sachen in ihrem Apartment. Nicht gerade die kostbarsten Stücke meiner Sammlung, aber auch nicht der letzte Schrott. Qualität ist etwas, auf das ich größten Wert lege.«

Darauf nahm er eine ziemlich derb wirkende Maske von der Wand und reichte sie mir zur näheren Betrachtung. In seiner abstrakt geometrischen Primitivität hatte das Stück eine enorme Wirkung. »Das ist eine Dogon-Maske. Nehmen Sie sie ruhig«, forderte er mich auf. »Skulpturen kann man nur wirklich erfassen, wenn man sie nicht nur betrachtet. Man muss sie auch mit den Händen befühlen.«

Ich nahm die Maske aus seinen Händen entgegen. Ihr Gewicht war größer, als ich erwartet hatte. Offensichtlich war sie aus sehr kompaktem, hartem Holz gefertigt.

Indessen war Chance an ein kleines Tischchen aus Teakholz getreten, auf dem ein Telefon stand. Nachdem er eine Nummer gewählt hatte, sagte er in den Hörer: »Na, mein Schatz, irgendwelche Neuigkeiten?« Er lauschte kurz und legte dann wieder auf. »Alles schön ruhig und friedlich«, wandte er sich wieder mir zu. »Soll ich uns einen Kaffee machen?«

»Nur, wenn es Ihnen keine Umstände macht.«

»Das tut es keineswegs.«

Während er den Kaffee machte, erzählte er mir weiter von seinen afrikanischen Skulpturen, die von ihren Urhebern keineswegs als Kunstwerke betrachtet wurden, sondern eher als magische Objekte. »Was sich wohl diese alten Maskenschnitzer dabei gedacht hätten, wenn sie hier all diese Schätze an meinen Wänden aufgereiht gesehen hätten? Sie hätten sicher gesagt: ›Mann, so ein Quatsch. Was hat dieser bescheuerte Nigger nur mit diesen alten Masken am Hut? Warum hängt er damit seine Wände voll?‹ Ah, der Kaffee ist fertig. Sie trinken Ihren doch schwarz?«

»Wie gehen Sie eigentlich vor, wenn Sie einen Auftrag übernehmen und mit Ihren Ermittlungen beginnen«, wechselte er das Thema, nachdem er uns beiden Kaffee eingeschenkt hatte. »Wo fangen Sie an?«

»Ich rede erst mal mit allen möglichen Leuten. Wenn Kim nicht wirklich zufällig einem Verrückten in die Quere gekommen ist, steht ihr Tod in jedem Fall in irgendeinem Zusammenhang mit ihrem früheren Leben.« Ich tippte auf mein Notizbuch. »Und es gibt in ihrem Leben einiges, worüber Sie nichts wissen.«

»Kann schon sein.«

»Ich werde also mit möglichst vielen Leuten reden und sehen, was ich von ihnen in Erfahrung bringen kann. Vielleicht gerate ich dabei an ein paar Informationen, die, im Zusammenhang betrachtet, einen ersten Anhaltspunkt ergeben und mich auf eine bestimmte Fährte lenken. Das muss aber nicht sein.«

»Ich habe meinen Mädchen gesagt, dass sie ganz offen mit Ihnen sprechen können.«

»Das wird mich sicher irgendwie weiterbringen.«

»Das heißt nicht, dass die Mädchen wirklich etwas wissen.«

»Manchmal wissen Leute etwas, ohne zu wissen, dass sie etwas wissen.«

»Und manchmal erzählen einem Leute etwas, ohne zu wissen, dass sie etwas erzählt haben.«

»Auch das ist richtig.«

Darauf stand Chance auf und stemmte seine Fäuste in die Hüften. »Wissen Sie, eigentlich hatte ich nicht vor, Sie hierherzubringen, da für mich kein Anlass bestand, dass Sie von dem Haus wissen sollten. Ich habe Sie sogar hierhergebracht, ohne dass Sie mich darum gebeten haben.«

»Jedenfalls kann sich Ihr trautes Heim wirklich sehen lassen.«

»Danke.«

»Hat es Kim eigentlich auch gefallen?«

»Sie war nie hier. Keines der Mädchen war hier. Die einzige Frau, die dieses Haus je betreten hat, ist eine alte Deutsche, die einmal die Woche saubermachen kommt.«

Danach rief er noch einmal seinen Auftragsdienst an. Als er wieder auflegte, fragte ich ihn: »Wollen Sie mir nicht Ihre Nummer hier geben? Oder ist das ein Geheimnis, das Sie weiterhin wahren möchten?«

»Ich bin nur viel zu wenig zu Hause.« Er lachte. »Sie erreichen mich in jedem Fall einfacher über meinen Auftragsdienst.«

»Na gut.«

»Außerdem würde Ihnen die Nummer nicht viel nützen.«

»Wieso?«

»Weil das Telefon nicht klingelt. Ich kann zwar von hier aus nach draußen telefonieren, aber ich kann nicht angerufen werden. Als ich hier eingezogen bin, habe ich mir sofort einen Auftragsdienst zugelegt; meine Nummer habe ich niemandem gegeben – nicht einmal meinem Auftragsdienst.«

»Und?«

»Und dann war ich eines Abends zu Hause – ich habe, glaube ich, gerade Billard gespielt –, als plötzlich das verdammte Telefon klingelte. Mir ist halb das Herz stillgestanden, kann ich Ihnen sagen. Und dann war es irgend so ein Kerl, der mir ein Abonnement der *Times* aufschwatzen wollte. Zwei Tage später erhielt ich wieder einen Anruf. Diesmal hatte jemand die falsche Nummer gewählt. Im Lauf der Zeit stellte ich dann fest, dass ich nur Anrufe von Leuten bekam, die sich entweder verwählt hatten oder mir etwas verkaufen wollten. Also habe ich mir einen Schraubenzieher geholt, um das Telefon aufzuschrauben und den Klingelkontakt zu unterbrechen. Auf diese Weise kommt auch nicht das Belegtzeichen, wenn jemand hier anzurufen versucht. Man hat den Eindruck, im Haus würde das Telefon klingeln, nur ist eben die Klingel abgeklemmt.«

»Keine schlechte Idee.«

»Und mit der Türklingel habe ich es genauso gemacht. An der Tür gibt es zwar einen Klingelknopf, aber keine Klingel, die damit verbunden wäre. Seit ich hier eingezogen bin, ist die Eingangstür noch kein einziges Mal geöffnet worden. Durch die Fenster kann man auch nicht ins Haus sehen, und außerdem ist das ganze Haus durch eine Alarmanlage gesichert. Ich bin zwar nicht oft zu

Hause, Matt, aber sobald sich die Garagentür hinter mir geschlossen hat, ist es, als gäbe es die Welt draußen nicht mehr. Hier bin ich absolut unerreichbar.«

»Umso erstaunlicher, dass Sie mir das alles zeigen.«

»Tja, manchmal wundere ich mich darüber selbst ein wenig.«

Die Klärung der finanziellen Seite sparten wir uns bis zuletzt auf. Als er mich schließlich fragte, wieviel ich wollte, sagte ich, zweitausendfünfhundert Dollar.

Darauf wollte er wissen, welche Leistungen er dafür erwarten könnte.

»Mit der Bezahlung ist das bei mir immer so ein Problem«, klärte ich ihn auf. »Ich rechne nicht stundenweise ab und führe auch nicht über meine Spesen Buch. Wenn ich also eine Menge Ausgaben haben sollte oder wenn sich das Ganze länger als erwartet hinzieht, werde ich Sie natürlich um einen Zuschuss bitten. Allerdings werde ich Ihnen keine Rechnung zuschicken, und ich werde Ihnen auch nicht den Gerichtsvollzieher auf den Hals hetzen, falls Sie nicht zahlen sollten.«

»Auf Förmlichkeiten legen Sie offensichtlich nicht allzu großen Wert.«

»Das ist richtig.«

»Das gefällt mir. Die Bezahlung erfolgt in bar; eine Quittung wird nicht ausgestellt. Außerdem drehe ich nicht jeden Dollar erst zweimal um, bevor ich ihn ausgebe. Schließlich bringen mir die Mädchen eine hübsche Stange Geld ein. Die Ausgaben sind natürlich auch nicht ganz unerheblich, aber am Ende bleibt mir doch eine ganz stattliche Summe.«

»Kann ich mir vorstellen.«

»Außerdem habe ich keine kostspieligen Hobbys wie Koks oder Pokern oder was auch immer. Wieviel haben Sie gesagt? Zwo fünf? Wenn ich mir vorstelle, dass ich für diese Dogon-Maske, die ich Ihnen vorhin gezeigt habe, mehr als doppelt so viel gezahlt habe. Das Ding hat mich stolze sechstausendzweihundert Dollar gekostet, plus zehn Prozent Kommission für den Auktionator.«

Als ich dazu nichts sagte, schlug er sich plötzlich kopfschüttelnd gegen die Oberschenkel. »Wieso erzähle ich Ihnen diesen ganzen Blödsinn eigentlich? Um Ihnen zu beweisen, dass ich ein richtiger neureicher Nigger bin? Na ja, was soll's? Warten Sie bitte einen Augenblick.« Er verließ kurz den Raum und kam mit einem Bündel Hunderter zurück, von denen er mir fünfundzwanzig auf den Tisch blätterte. Ich fragte mich, wieviel Bargeld er wohl in der Regel mit sich herumtrug. Vor Jahren hatte ich einmal einen Kredithai gekannt, der es sich zur Gewohnheit gemacht hatte, nie mit weniger als zehntausend Dollar in der Tasche auf die Straße zu gehen. Daraus machte er auch keineswegs ein Geheimnis, sodass jeder, der ihn kannte, von dem Geld wusste, das er bei sich trug.

Eigenartigerweise hat nie jemand versucht, es ihm abzunehmen.

Als Chance mich dann nach Hause fuhr, sprachen wir beide kaum etwas. Ich muss irgendwann unterwegs sogar eingenickt sein, da er mir seine Hand auf die Schulter legte, um mich zu wecken.

Blinzelnd richtete ich mich in meinem Sitz auf. Er hielt vor meinem Hotel.

»Na, ist das kein Service«, meinte er grinsend.

Ich stieg aus und blieb auf dem Gehsteig stehen. Er wartete, bis ein paar Taxis vorübergefahren waren, und wendete dann. Ich sah dem Cadillac nach, bis er verschwand.

Wie erschöpfte Schwimmer zappelten unzählige Gedanken durch meinen Kopf. Allerdings war ich zum Nachdenken eindeutig zu müde. Ich ging auf mein Zimmer und legte mich schlafen.

Kapitel 12

»Eigentlich habe ich sie nicht sonderlich gut gekannt. Ich habe sie vor etwa einem Jahr bei der Kosmetikerin kennengelernt. Wir haben zusammen eine Tasse Kaffee getrunken, und dabei konnte ich zwischen den Zeilen unserer Unterhaltung lesen, dass sie nicht die Avon-Beraterin war. Wir tauschten unsere Telefonnummern aus und haben uns gelegentlich angerufen. Aber man hätte nicht sagen können, dass wir befreundet waren. Und dann hat sie mich vor ein paar Wochen angerufen, ob wir uns nicht treffen könnten. Mich hat das etwas überrascht, da wir schon einige Monate nichts mehr voneinander gehört hatten.«

Wir befanden uns in Elaine Mardells Apartment in der Fifty-first. Ein weißer Flickenteppich auf dem Fußboden, an den Wänden mehrere abstrakte Ölgemälde, und auf dem Plattenteller irgendetwas Unaufdringliches. Ich hatte eine Tasse Kaffee vor mir stehen, während Elaine an einem Glas Mineralwasser nippte.

»Und was wollte sie von dir?«

»Sie hat mir erzählt, sie wollte ihrem Zuhälter den Laufpass geben. Allerdings hatte sie Angst, das Ganze könnte nicht ganz reibungslos verlaufen. Deshalb hat sie dann dich eingeschaltet.«

Ich nickte. »Aber warum hat sie sich damit ausgerechnet an dich gewandt?«

»Keine Ahnung. Ich hatte den Eindruck, sie hatte nicht allzu viele Freunde. Mit einem von Chances Mädchen hätte sie darüber wohl kaum sprechen können, andererseits wollte sie wohl auch niemanden zu Rate ziehen, der nicht irgendwie mit diesem Geschäft zu tun hat. Außerdem war sie, verglichen mit mir, noch sehr jung. Vielleicht hat sie mich als eine in Weisheit ergraute Tante betrachtet.«

»Das ist die treffendste Personenbeschreibung von dir, die ich seit langem gehört habe.«

»Warum nicht? Wie alt war sie denn – fünfundzwanzig vielleicht?«

»Mir hat sie erzählt, dreiundzwanzig. In der Zeitung stand, glaube ich, vierundzwanzig.«

»Mein Gott, so jung.«

»Tja.«

»Noch einen Schluck Kaffee, Matt?«

»Nein, danke.«

»Weißt du, was ich glaube, weshalb sie sich ausgerechnet mit mir aussprechen wollte? Aus dem einfachen Grund, dass ich selbst keinen Zuhälter habe.«

»Haben denn die meisten Mädchen einen?«

»Zumindest die, die sie kannte. Auf dem Straßenstrich halte ich das auch durchaus für erforderlich. Wenn man allerdings von einem Apartment wie diesem hier operiert, ist das eine andere Sache. Trotzdem haben fast alle Mädchen, die ich kenne, einen Freund, der für ihren Schutz zuständig ist.«

»Ist das nicht dasselbe wie ein Zuhälter?«

»Keineswegs. Erstens hat so ein Freund nicht eine ganze Reihe Mädchen für sich arbeiten. Er ist eben nur mal zufällig der Freund eines Mädchens. Außerdem ist man nicht verpflichtet, ihm seine Einkünfte auszuhändigen. Natürlich gibt man ihm bei der einen oder anderen Gelegenheit etwas Geld, aber das beruht auf einer rein freiwilligen Basis, weil man eben befreundet ist.«

»Sowas könnte man also einen Ein-Mädchen-Zuhälter nennen?«

»Das trifft es in ungefähr. Nur behauptet natürlich jedes Mädchen, ihr Freund wäre ganz anders als die anderen, und in ihrer Beziehung spiele es keine Rolle, wer das Geld anschafft.«

»Und du hast noch nie einen Zuhälter gehabt? Auch keinen ›Freund‹?«

»Noch nie. Ich habe mir mal die Hand lesen lassen. ›Sie haben ja eine doppelte Kopflinie‹, hat mir die Frau erstaunt erklärt. ›Bei Ihnen dominiert eindeutig der Verstand über das Herz.‹« Sie streckte mir ihre Handfläche entgegen. »Siehst du diese Linie hier? Siehst du?«

»Nicht übel.«

»Und schnurgerade.« Sie lehnte sich wieder in ihren Sessel zurück, stand dann aber auf und setzte sich zu mir auf die Couch. »Als ich das mit Kim erfuhr, habe ich sofort dich angerufen. Allerdings warst du nicht zu Hause.«

»Im Hotel haben sie mir nicht ausgerichtet, dass du angerufen hast.«

»Ich habe auch keine Nachricht hinterlassen. Ich habe einfach aufgelegt und einen Bekannten angerufen, der Inhaber eines Reisebüros ist. Und ein paar Stunden später saß ich in einer Maschine nach Barbados.«

»Hattest du Angst, du könntest auf irgendjemandes Abschussliste stehen?«

»Eigentlich nicht. Ich ging natürlich davon aus, dass Chance sie umgebracht hat. Allerdings nahm ich nicht an, dass er auch gleich alle ihre Freunde und Bekannten ins Jenseits befördern würde. Nein, ich fühlte mich einfach urlaubsreif. Eine Woche in einem schönen Hotel direkt am Strand war in diesem Augenblick genau das Richtige für mich.«

»Klingt nicht schlecht.«

»Und am zweiten Abend lernte ich dann auch noch einen sehr sympathischen Mann kennen, einen Steuerberater aus Merrick, der knapp zwei Jahre geschieden ist und in dieser Zeit offensichtlich genug von diesen jungen Dingern bekam.«

»Und weiter?«

»Nun, wir verbrachten eine sehr romantische Woche miteinander. Er hat sogar vorgeschlagen, ob wir uns nicht auch hier mal treffen könnten. Was sagst du dazu?«

»Und? Habt ihr euch in der Zwischenzeit schon mal getroffen?«

»Natürlich nicht, Matt. Ich habe ihm eine falsche Telefonnummer gegeben. Denkst du, ich habe Lust, mein Leben aufzugeben? Ich bin damit bisher immer sehr gut gefahren, und ich konnte auch immer eine hübsche Stange Geld auf die hohe Kante legen.«

»Und gewinnbringend investieren«, rief ich ihr ins Gedächtnis zurück. »Oder hast du deine Häuser in Queens etwa nicht mehr?«

»Nicht nur die in Queens, mein Lieber. Inzwischen sind auch noch ein paar andere dazugekommen. Ich könnte mich jederzeit zur Ruhe setzen, ohne dass ich am Hungertuch zu nagen hätte. Aber weshalb sollte ich das und mir stattdessen einen Freund zulegen?«

»Warum wollte eigentlich Kim Dakkinen aussteigen?«

»Hatte sie das denn vor?«

»Ich nehme doch an. Weshalb hätte sie sich sonst von Chance absetzen sollen?«

Elaine dachte kurz nach und schüttelte dann den Kopf. »Ich habe sie nie ausdrücklich danach gefragt.«

»Ich auch nicht.«

»Ich konnte sowieso nie verstehen, wieso ein Mädchen für einen Zuhälter arbeitet. Deshalb habe ich vermutlich auch nicht nach einer Erklärung gefragt, als sie mir erzählte, sie wollte den ihren loswerden.«

»Hatte sie sich vielleicht verliebt?«

»Kim? Zwar hat sie mir gegenüber nichts Derartiges erwähnt, aber für ausgeschlossen halte ich es zumindest nicht.«

»Hatte sie vor, New York zu verlassen?«

»Ich hatte nicht den Eindruck.«

»Verdammt noch mal.« Ich stellte meine leere Tasse auf den Couchtisch. »Ihr Entschluss muss doch auf irgendeine Weise mit einer anderen Person in Zusammenhang gestanden haben. Aber wenn ich nur wüsste, mit wem.«

»Wieso?«

»Weil das die einzige Möglichkeit ist, um herauszufinden, wer sie umgebracht hat.«

»Du glaubst also, so müsste es sein?«

»In der Regel ist es nun mal so.«

»Na gut. Angenommen, ich würde morgen umgebracht. Was würdest du dann tun?«

»Vermutlich Blumen zu deiner Beerdigung schicken.«

»Nein, im Ernst jetzt. Was würdest du tun?«

»Im Ernst? Ich würde mir zuallererst sämtliche Steuerberater in Merrick vorknöpfen.«

»Das dürften vermutlich nicht gerade wenige sein.«

»Allerdings dürften nicht allzu viele ihren letzten Urlaub auf Barbados verbracht haben. Ich glaube nicht, dass es mit allzu großem Aufwand verbunden wäre, den Kerl ausfindig zu machen.«

»Und das alles würdest du tatsächlich für mich tun?«

»Warum nicht?«

»Niemand würde dich dafür bezahlen.«

Ich musste lachen. »Na, diesen Freundesdienst würde ich dir auch kostenlos erweisen, Elaine.«

Ja, wir konnten wirklich auf eine langjährige Freundschaft zurückblicken. Als ich noch bei der Polizei war, stand ich ihr immer zur Seite, wenn sie Hilfe brauchte – sei es, dass sie mit dem Gesetz in Konflikt gekommen war oder sich eines aufdringlichen Freiers zu entledigen hatte. Dafür stand sie mir zu Diensten, wenn ich ihr hin und wieder einen kleinen privaten Besuch abstattete. Welche Funktion, schoss es mir plötzlich durch den Kopf, hatte ich damit ausgeübt? Weder die eines Zuhälters, noch die eines ›Freundes‹; aber welche dann?

»Weshalb hat Chance dich in seine Dienste genommen, Matt?«

»Ich soll herausfinden, wer Kim umgebracht hat.«

»Wieso?«

Ich dachte an die Gründe, die er mir genannt hatte, um jedoch zu antworten: »Ich weiß es nicht.«

»Warum hast du den Auftrag dann angenommen?«

»Weil ich das Geld brauchen kann, Elaine.«

»Aber so viel ist dir doch an Geld gar nicht gelegen.«

»O doch. Es ist langsam an der Zeit, dass ich an meine Altersversorgung denke.«

»Mach mir doch nichts vor.« Elaine bedachte mich mit einem amüsierten Lächeln.

»Na gut, wenn du's unbedingt wissen willst«, rückte ich mit der Sprache heraus. »Kim ist mit mir ins Bett gegangen, nachdem ich den Auftrag erledigt hatte.«

»Na und?«

»Aber hätte sie das wirklich getan? Ich meine, wenn sie in einen anderen verliebt gewesen wäre.«

»Ich glaube, du vergisst eines, Matt.«

Für einen kurzen Augenblick sah sie mich an wie eine weise, alte Tante, so-dass ich sie fragte, was ich vergessen hätte.

»Matt, sie war eine Nutte.«

»Warst du in Barbados eine Nutte?«

»Das lässt sich schwer sagen. Aber eines ist jedenfalls sicher, ich war ver-dammt froh, als die ganze Anmacherei endlich vorüber war und wir im Bett lagen, weil ich zur Abwechslung mal wusste, was ich tat. Und mit Männern ins Bett zu gehen, ist nun mal, was ich tue.«

Ich dachte kurz nach. »Als ich vorhin anrief, hast du mich gebeten, erst in einer Stunde vorbeizukommen.«

»Na und?«

»Du hast doch einen Freier erwartet?«

»Der Gasmann war es jedenfalls nicht.«

»Hast du das Geld wirklich gebraucht?«

»Was soll denn diese Frage? Ich habe es einfach genommen.«

»Aber du hättest die Miete auch ohne das bezahlen können?«

»Ich hätte auch mit dem Essen nicht kürzertreten oder weiter meine alten Strumpfhosen mit Laufmasche tragen müssen. Was soll denn dieser Quatsch?«

»Du hast diesen Mann also heute zu dir bestellt, weil es dein Job ist.«

»So könnte man es vielleicht nennen.«

»Na gut, und du warst es doch, die mich gefragt hat, weshalb ich den Auftrag angenommen habe.«

»Weil es dein Job ist«, kam sie mir mit der Antwort zu vor.

»Ganz genau.«

Sie überlegte kurz und musste dann lachen. »Weißt du, als Heinrich Heine, dieser deutsche Dichter gestorben ist, hat er angeblich gesagt: ›Gott wird mir vergeben. Das ist nämlich sein Job.‹«

»Nicht übel.«

»Ich gehe auf den Strich, du deckst Verbrechen auf, und Gott vergibt.« Sie senkte die Augen. »Ich hoffe nur, er versteht wirklich was von seinem Geschäft und macht nicht gerade Urlaub auf Barbados, wenn ich an der Reihe bin.«

Kapitel 13

Als ich aus Elaines Wohnung kam, wurde es draußen bereits dunkel und die Straßen waren vom Feierabendverkehr verstopft. Außerdem hatte es wieder zu regnen begonnen. Auf dem Weg ins Hotel machte ich in einem Stehimbiss halt, wo ich mir eine Suppe und einen Sandwich bestellte.

Das Polizeirevier von Midtown North, wo Durkin arbeitete, lag nur ein paar Blocks von meinem Hotel entfernt. Als ich kurz nach neun dorthin aufbrach, regnete es immer noch. Am Eingang wies mich ein junger Polizist mit Schnurrbart und geföhntem Haar eine Treppe hinauf, als ich ihn nach dem Bereitschaftsraum der Detectives fragte. In dem Raum standen mehrere Schreibtische; vier davon waren von Männern in Zivil besetzt. Weiter hinten saßen ein paar Detectives vor einem Fernseher. Die einzigen, die mir Beachtung schenkten, als ich eintrat, waren drei junge Schwarze in einer Gitterzelle. Doch auch ihr Interesse verflog sehr rasch wieder, als sie feststellten, dass ich nicht ihr Anwalt war.

Ich ging auf den nächsten Schreibtisch zu. Ein Mann mit schütterem Haar sah von dem Bericht auf, den er gerade tippte. Ich sagte ihm, ich wäre mit Detective Durkin verabredet.

In diesem Augenblick sah einer der Männer an den anderen Schreibtischen auf. »Sie sind also Scudder«, begrüßte er mich. »Ich bin Joe Durkin.«

Sein Händedruck war übertrieben kräftig, als müsste er damit seine Männlichkeit unter Beweis stellen. Er deutete auf einen Stuhl. Nachdem er selbst wieder Platz genommen hatte, drückte er in einem überquellenden Aschenbecher seine Zigarette aus, um sich sofort eine neue anzustecken. Dann lehnte er sich zurück und sah mich an. Seine Augen waren von diesem blässlichen Grau, das einen völlig im Unklaren ließ, was dahinter vor sich ging.

»Regnet es draußen immer noch?«, begann er die Unterhaltung.

»Hin und wieder hört es auf, aber dann fängt es gleich wieder an.«

»Verfluchtes Sauwetter. Wollen Sie einen Kaffee?«

»Nein, danke.«

»Und was kann ich für Sie tun?«

Ich fragte ihn, ob ich Einblick in die vollständigen Unterlagen zum Mordfall Dakkinen haben könnte.

»Wieso?«

»Ich habe jemandem versprochen, sie mir anzusehen.«

»Sie meinen, Sie haben einen Klienten?«

»So könnte man es nennen.«

»Wer ist das?«

»Das kann ich Ihnen nicht sagen.«

Ich sah einen Muskel an seinem Kiefer zucken. Er war Mitte Dreißig, sah jedoch wegen einiger Kilo zu viel etwas älter aus. Sein dunkelbraunes, fast schwarzes Haar war noch auffallend dicht und flach an seinen Kopf geklatscht. Er hätte sich mal den Fön von dem Kerl unten am Eingang ausleihen können.

»Sie sind doch derjenige, der einen kleinen Gefallen von uns will«, entgegnete er ungerührt.

Ich zuckte nur mit den Schultern. »Mein Klient ist eben daran interessiert, dass der Mörder des Mädchens gefasst wird. Jedenfalls kann ich Ihnen seinen Namen nicht nennen.«

»Und er glaubt also, dass Sie das eher schaffen als wir?«

»Offensichtlich.«

»Sind dieser Meinung auch Sie?«

»Ich bin nur der Meinung, dass ich zusehen muss, woher ich mein Geld bekomme.«

»Damit haben Sie allerdings recht«, brummte er. »Wer müsste das nicht.«

Ich hatte also den richtigen Nerv getroffen. Nun stellte ich keine Bedrohung mehr dar. Ich war einfach nur ein Kerl, der die Gelegenheit beim Schopf packte, sich ein paar Dollar zu verdienen. Mit einem Seufzen stand Durkin auf und trat auf eine Reihe von Aktenschränken zu. Er kam mit einem Ordner zurück, ließ sich auf seinen Stuhl niedersinken und klatschte ein Foto auf den Tisch, das er aus der Akte herausgesucht hatte.

»Hier«, sagte er. »Weiden Sie sich mal an dem Anblick.«

Es war eine 18 x 24-Vergrößerung von Kim, die jedoch auf dem Schwarzweißfoto mit dem besten Willen nicht mehr wiederzuerkennen war. Ich fühlte eine

Welle der Übelkeit in mir aufsteigen, als ich die Vergrößerung betrachtete, und musste mich zwingen, meinen Blick nicht sofort wieder abzuwenden.

»Dieser Kerl hat wirklich ganze Arbeit geleistet«, bemerkte ich schließlich.

»Es sind genau sechsundsechzig Verletzungen, die sie nach Auffassung der Ärzte mit einer Machete oder etwas in der Art beigebracht bekommen hat. Ein toller Job, das genau nachzuzählen, finden Sie nicht auch? Da ist mir wirklich meiner noch lieber.«

»Und das Blut überall.«

»Seien Sie froh, dass das ein Schwarzweißfoto ist. In Farbe sieht das Ganze noch viel schlimmer aus.«

»Das kann ich mir vorstellen.«

»Der Kerl hat natürlich mehrere Arterien getroffen. Das Blut ist durch den ganzen Raum gespritzt. Ich glaube, ich habe in meinem ganzen Leben noch nicht so viel Blut gesehen.«

»Demnach muss doch auch der Mörder einiges abgekriegt haben.«

»Das dürfte sich wohl kaum vermeiden haben lassen.«

»Wie konnte er dann das Hotel verlassen, ohne dass jemand auf ihn aufmerksam wurde?«

»In besagter Nacht war es ziemlich kalt. Vielleicht hat er sich einen Mantel übergezogen.« Durkin sog an seiner Zigarette. »Vielleicht hat er auch gar nichts angehabt, als er sie zerstückelt hat. Immerhin war sie ja im Evaskostüm, und wieso soll er sich ihr, was die Garderobe betrifft, nicht angepasst haben. In diesem Fall hätte er sich nur zu duschen brauchen. Das Zimmer verfügt über ein Bad.«

»Waren die Handtücher benutzt?«

Er sah mich mit seinen unergründlichen grauen Augen an, und in seiner Stimme schien plötzlich etwas mehr Respekt mitzuschwingen, als er sagte: »Das kann ich Ihnen auf Anhieb nicht sagen. Aber wofür haben wir denn unsere Unterlagen?«

Darauf begann er in seiner Akte zu blättern, bis er plötzlich innehielt und mit gerunzelter Stirn zu lesen begann: »Ein Badetuch, weiß. Ein Handtuch, weiß. Zwei Waschlappen, weiß. Ob benutzt oder unbenutzt, steht hier nicht.« Dann zog er ein paar Fotos heraus und überflog sie kurz. Über seine Schulter warf auch ich einen Blick auf die Vergrößerungen, unter denen auch eine Aufnahme des Badezimmers war.

»Keine schmutzigen Handtücher zu sehen«, meinte Durkin.

»Weil er sie mitgenommen hat.«

»Wie bitte?«

»Er musste sich auf jeden Fall säubern – selbst wenn er sich nur einen Mantel über seine blutigen Sachen geworfen haben sollte. Zudem sind das eindeutig zu wenig Handtücher. Von jedem müssten mindestens zwei Stück vorhanden sein, oder haben Sie schon mal von einem Luxushotel gehört, wo man in einem Doppelzimmer nur ein Badetuch und ein Handtuch bekommt?«

»Wieso sollte er sie mitgenommen haben?«

»Zum Beispiel, um seine Machete darin einzuwickeln.«

»Aber er muss doch eine Tasche oder einen Behälter dafür gehabt haben, um das Ding ins Hotel zu schmuggeln. Wieso hätte er sie nicht auf dem gleichen Weg wieder nach draußen bringen können?«

Diesem Argument konnte ich mich nicht verschließen.

»Und weshalb hätte er sie in die benutzten Handtücher wickeln sollen? Nehmen wir mal an, Sie hätten gerade geduscht und sich abgetrocknet und wollten nun eine Machete einwickeln, bevor Sie sie in Ihren Koffer packen. Würden Sie sie dann nicht eher in ein sauberes Handtuch wickeln als in ein benutztes?«

»Das ist allerdings richtig.«

»Ich halte es für Zeitverschwendung, sich wegen der verschwundenen Handtücher den Kopf zu zerbrechen.« Durkin tippte mit dem Foto gegen die Schreibtischkante. »Aber trotzdem hätte es mir eigentlich auffallen sollen, dass sie fehlen. Daran hätte ich eigentlich denken müssen.«

Darauf gingen wir gemeinsam die Akte durch. Der Obduktionsbefund barg kaum Überraschungen. Als Todesursache wurden starke Blutungen und extremer Blutverlust infolge der zahlreichen Verletzungen angegeben. Das traf den Nagel auf den Kopf, fand ich.

Ich las die Protokolle der einzelnen Zeugenaussagen und fraß mich durch Unmengen von zusätzlichem Kleinkram, bis es mir langsam vor den Augen zu flimmern begann. Durkin hatte sich inzwischen wieder der Fertigstellung seines Berichts zugewandt.

Als ich schließlich ans Ende gekommen war, klappte ich den Ordner zu und gab ihn Durkin zurück. Der Detective stellte ihn in den Aktenschrank zurück und trat dann an die Kaffeemaschine, um für uns beide eine Tasse Kaffee zu holen.

»Nun wissen Sie also, was wir wissen«, erklärte er, nachdem er wieder Platz genommen hatte. »Mit Ihrem Tipp bezüglich dieses Zuhälters haben Sie uns übrigens eine Menge Zeit und Arbeit erspart. Wir stehen also gewissermaßen in Ihrer Schuld. Wenn wir Ihnen also irgendwie behilflich sein können...«

»Wie wollen Sie denn nun im weiteren vorgehen?«

Er zuckte mit den Schultern. »Wir stellen unsere Ermittlungen an, gehen allen möglichen Hinweisen nach und tragen Beweismaterial zusammen, bis wir der Staatsanwaltschaft etwas Konkretes vorlegen können.«

»Das klingt wie eine Schallplatte, die ich schon verdammt oft gehört habe.«

»Tatsächlich?«

»Was werden Sie als nächstes tun, Joe?«

»Gütiger Gott«, stöhnte er. »Der Kaffee ist verheerend, finden Sie nicht auch?«

»Es geht.«

»Erst dachte ich, es läge vielleicht an diesen Styroporbechern, bis ich mir eines Tages eine richtige Porzellantasse mitgenommen habe. Allerdings hat der Kaffee daraus keinen Deut besser geschmeckt. Naja, und zwei Tage später habe ich diese blöde Tasse dann aus Versehen vom Schreibtisch gestoßen. Haben Sie für heute Abend noch was vor?«

»Nein.«

»Dann würde ich vorschlagen, wir suchen uns mal ein gemütlicheres Plätzchen zum Unterhalten.«

Kapitel 14

Dieses gemütliche Plätzchen lag um die Ecke in der Tenth Avenue und erschien mir wie die letzte Station vor dem Versammlungsraum der Anonymen Alkoholiker. Den Namen der Bar weiß ich nicht mehr, wobei ich mir keineswegs sicher bin, ob sie überhaupt einen hatte. Am Tresen saßen zwei alte Männer in billigen Kaufhausanzügen und tranken stumm vor sich hin. Am hinteren Ende der Bar las ein etwa vierzigjähriger Puerto-Ricaner Zeitung und nippte dabei an einem Glas Rotwein. Der Barkeeper, ein grobknochiger Mann in Jeans und T-Shirt, starrte gebannt auf einen winzigen Schwarzweißfernseher, dessen Ton fast völlig abgedreht war.

Durkin und ich suchten uns einen Tisch aus, und dann ging ich an die Bar, um uns etwas zu trinken zu holen. Für ihn einen doppelten Wodka, für mich ein Ginger Ale. Als ich die Gläser auf den Tisch stellte, registrierte er kurz mein Ginger Ale, ohne jedoch eine Bemerkung dazu fallenzulassen.

Es hätte auch ein mittlerer Scotch mit Soda sein können. Jedenfalls sah der Inhalt des Glases genauso aus.

Nach einem kräftigen Schluck von seinem Wodka seufzte Durkin: »Ah, das tut gut.«

Ich schwieg.

»Um zu Ihrer letzten Frage zurückzukommen, was wir im weiteren machen werden – können Sie sich das nicht selbst zusammenreimen?«

»Eigentlich schon.«

»Na, und zu welchem Ergebnis sind Sie gekommen?«

»Dass Sie nichts weiter unternehmen werden?«

»Ganz richtig. Zumal wir wissen, wer sie ermordet hat.«

»Chance?«

Durkin nickte.

»Ich dachte, er hätte ein hieb- und stichfestes Alibi.«

»Na ja, von Leuten, die jeden Meineid für ihn schwören würden.«

»Sind Sie denn sicher, dass diese Leute falsch für ihn ausgesagt haben?«

»Nein, aber ausgeschlossen ist es zumindest nicht. Wie dem auch sei, wir können ihm nicht das Geringste anhängen. Und über die Möglichkeit, dass er jemanden bezahlt hat, sie umzubringen, haben wir bereits gesprochen. Wenn wir nicht verdammt viel Glück haben, werden wir wohl kaum herausfinden, wen Chance die Drecksarbeit für sich erledigen hat lassen. Wie Sie sicher selbst sehen werden, stehen die Aussichten auf eine Klärung des Mordfalls Dakkinen verdammt schlecht.«

Diese Feststellung überraschte mich keineswegs, dennoch bedrückte sie mich. Ich griff nach meinem Glas Ginger Ale und starrte es wortlos an.

»Ich kann mir denken, wie Ihnen zumute ist«, sagte Durkin. »Aber Sie wissen vermutlich noch aus eigener Erfahrung, dass unsere Arbeit in diesem Chaos aus Verbrechen und Gewalttätigkeit kaum mehr ist als der sprichwörtliche Tropfen auf den heißen Stein. Wissen Sie, wie hoch in New York die Mordrate ist?«

»Sie soll ziemlich gestiegen sein.«

»Was Sie nicht sagen. Sie steht inzwischen auf zweitausend pro Jahr. Wen interessiert da also schon groß diese blöde kleine Nutte, die extra zweitausend Kilometer angereist kommt, um ihren Arsch zu verhökern und sich dann von ihrem Niggerluden zerstückeln zu lassen? Wäre sie doch lieber in Minnesota geblieben.«

»Sie war aus Wisconsin.«

»Ich habe doch Wisconsin gemeint. Nur kommen die meisten Mädchen aus Minnesota.«

An diesem Punkt stand ich auf und holte uns an der Bar frische Drinks – für ihn einen Wodka, für mich Ginger Ale. Als ich die Gläser auf den Tisch stellte, ergriff Durkin das seine und leerte es in einem Zug, um dann einen langen Seufzer von sich zu geben.

»Diese Scheißstadt kann einen wirklich fertig machen«, stöhnte er, um zu einer langen und deprimierenden Tirade über die Aussichtslosigkeit und Vergeblichkeit der Arbeit bei der Polizei anzusetzen. Zwischendurch stand er auf, um an der Bar frische Drinks zu holen. Ich hielt ihn jedoch mit dem Hinweis zurück, die Getränke gingen sowieso auf meine Spesenrechnung.

»Ach, stimmt. Sie haben ja einen Klienten«, brummte er und setzte sich wieder.

Als ich diesmal mit frischen Gläsern an unseren Tisch zurückkam, wollte er allerdings wissen: »Was trinken Sie da eigentlich?«

»Ginger Ale.«

»Hab ich mir's doch fast gedacht. Wieso trinken Sie nicht was Gescheites?«

»Ich halte mich in letzter Zeit etwas zurück.«

»Ach so.«

Seine grauen Augen fixierten mich, während er diese Information einsickern ließ. Dann ergriff er sein Glas, leerte es zur Hälfte und stellte es geräuschvoll auf die abgenutzte Tischplatte zurück. »Sie haben völlig recht«, fuhr er dann fort, und ich dachte erst, er bezöge sich damit auf mein Ginger Ale. Aber er war mit seinen Gedanken bereits wieder beim alten Thema. »Es gibt sicher niemanden, der besser als ich verstehen könnte, wieso Sie Ihren Job bei der Polizei an den Nagel gehängt haben.«

Und dies stellte den Ausgangspunkt für ein neuerliches Klagelied über das Leben eines Polizisten im heutigen New York dar.

Als ich nach einer Weile aufstehen wollte, um unsere Gläser nachschenken zu lassen, hielt er mich zurück. Er stützte sich mit beiden Händen schwer auf der Tischplatte auf und hievte sich etwas mühsam hoch. »Die nächste Runde geht auf meine Rechnung«, kündigte er an. »Ich brauche mir meine Drinks nicht von einem Zuhälter zahlen zu lassen.«

Wieder zurück an unserem Tisch, sah er mich eindringlich an. »Er ist doch Ihr Klient, oder nicht? Ich meine Chance.« Als ich nichts darauf antwortete, platzte Durkin heraus: »Machen Sie mir doch nichts vor. Sie haben sich gestern Abend mit ihm getroffen. Er wollte Sie sprechen, und jetzt haben Sie einen Klienten, dessen Namen Sie nicht nennen wollen. Zwei und zwei ist doch immer noch vier, oder etwa nicht?«

»Das Zusammenzählen muss ich in diesem Fall leider Ihnen überlassen.«

»Einigen wir uns eben darauf, dass ich recht habe und er Ihr Klient ist – einfach, um unsere Unterhaltung in Gang zu halten. Auf diese Weise geben Sie keinerlei Geheimnisse preis, einverstanden?«

»Einverstanden.«

Durkin beugte sich über den Tisch. »Er hat sie doch umgebracht. Warum stellt er Sie dann an, Ermittlungen zu dem Fall anzustellen?«

»Vielleicht hat er sie gar nicht umgebracht.«

»Ach, erzählen Sie das einem anderen Dummen.« Und mit einer wegwerfenden Bewegung seiner Hand wischte er die Möglichkeit von Chances Unschuld ein für alle Mal vom Tisch. »Sie sagt, sie will aussteigen, und er sagt, einverstanden, und am nächsten Tag ist sie tot. Ich bitte Sie, Matt, das sind doch Kindereien.«

»Na gut, aber dann zurück zu unserer ursprünglichen Fragestellung: Warum hat er mich angestellt?«

»Vielleicht, um die Polizei von sich abzulenken.«

»Wie das denn?«

»Vielleicht hat er gedacht, wir würden dann denken, er müsste unschuldig sein.«

»Aber genau das haben Sie doch nicht gedacht.«

»Natürlich nicht.«

»Glauben Sie, dieser Chance ist wirklich so naiv?«

»Na, was weiß ich, was im Kopf so eines bescheuerten Bimbos vorgeht. Aber darf ich Sie vielleicht mal was fragen?«

»Tun Sie sich keinen Zwang an.«

»Glauben Sie, es besteht auch nur die geringste Wahrscheinlichkeit, dass er sie nicht umgebracht hat, beziehungsweise hat umbringen lassen?«

»Ja.«

»Und warum?«

»Einmal, weil er mich eingeschaltet hat. Welcher Anlass sollte für ihn bestanden haben, die Polizei von seiner Person abzulenken? Sie haben doch selbst gesagt, dass Sie keinerlei Handhabe gegen ihn vorbringen können. Sie wollen den Fall so schnell wie möglich abschließen, damit Sie sich Wichtigerem zuwenden können.«

»Das ist selbstverständlich richtig, doch Chance ist das doch vermutlich nicht unbedingt klar.«

Ich ließ es auf diesem Einwand beruhen und versuchte es von einem anderen Gesichtspunkt aus. »Gehen wir mal davon aus, ich hätte Sie nicht angerufen.«

»Wann nicht angerufen?«

»Na, das erste Mal eben. Gehen wir mal davon aus, Sie hätten nicht gewusst, dass das Mädchen sich von ihrem Zuhälter abseilen wollte.«

»Wenn wir das nicht von Ihnen erfahren hätten, dann eben von jemand anderem.«

»Von wem denn? Kim war tot, und Chance hätte es Ihnen wohl kaum erzählt. Und ich weiß nicht, ob es sonst noch einen Menschen gibt, der davon wusste.« Da war natürlich noch Elaine, aber ich wollte sie auf keinen Fall in diese Sache hineinziehen. »Ich bin mir also keineswegs so sicher, ob Sie wirklich darauf gekommen wären.«

»Na und?«

»Welchen Reim hätten Sie sich dann auf den Mord gemacht?«

Durkin antwortete nicht gleich, aber seine Stirn war von einigen zusätzlichen Falten zerfurcht, als er auf sein fast leeres Glas niederstarrte. »Ja, ich verstehe, was Sie meinen.«

»Was hätten Sie also angenommen?«

»Genau das, was wir vor Ihrem Anruf angenommen haben – dass es die Tat eines Irren war.«

»Und was werden Sie unternehmen, falls es tatsächlich ein Irrer war?«

»Tun Sie doch nicht so scheinheilig, Scudder, das wissen Sie doch ganz genau. Nachdem wir in diesem Hotelzimmer zwar mindestens eine halbe Million Fingerabdrücke von fast ebenso vielen Gästen gefunden haben, die dieses Zimmer einmal bewohnt haben, ohne dass einer darunter gewesen wäre, der in irgendeiner Weise mit dem Mörder in Verbindung zu bringen gewesen wäre, wird uns wohl nichts anderes übrigbleiben, als zu warten, bis dieser Irre erneut zuschlägt und er irgendwann einen Fehler macht, sodass wir ihn überführen können.« Er stürzte den restlichen Wodka hinunter. »Und dann plädiert er auf Totschlag und ist nach spätestens drei Jahren wieder draußen, damit das Ganze wieder von vorn anfangen kann. Aber ich habe heute Abend, weiß Gott, schon genug lamentiert. Fangen wir also nicht schon wieder damit an.«

Ich holte die nächste Runde. Etwaige Gewissensbisse, seine Zeche mit dem Geld eines Zuhälters bezahlt zu bekommen, hatte er längst mit dem Wodka hinuntergespült, der sie ursprünglich in ihm geweckt hatte. Er war inzwischen sichtlich betrunken, was ich nicht gemerkt hätte, wenn ich mit ihm mitgehalten hätte. Aber ich war stocknüchtern, sodass sich die Kluft zwischen uns zusehends vergrößerte.

Ich bemühte mich wiederholt, das Gespräch auf Kim Dakkinen zu lenken, aber Durkin schweifte schnellstens wieder zu seinem Lieblingsthema ab – dem Niedergang New Yorks.

»›In dieser Stadt spielen sich täglich acht Millionen Geschichten ab‹«, deklamierte er plötzlich im Ton eines Fernsehsprechers und mit einer Lautstärke, die aller Aufmerksamkeit unweigerlich auf uns lenken musste. »Können Sie sich noch an diese Sendereihe erinnern?«

»Ja, ich weiß. Das ist schon ein paar Jahre her.«

»Und am Ende jeder Sendung kam unweigerlich dieser Satz: ›In dieser Stadt spielen sich täglich acht Millionen Geschichten ab, und eine davon haben Sie eben selbst erlebt.‹«

»Ja, an die Sendung kann ich mich noch erinnern.«

»Acht Millionen Geschichten«, schnaubte er darauf verächtlich. »Wissen Sie, was man in dieser verfluchten Scheißstadt bestenfalls zu erwarten hat? Soll ich Ihnen das mal sagen? Acht Millionen Möglichkeiten zu verrecken – und nichts weiter.«

Ich schaffte es schließlich, ihn zum Gehen zu bewegen. Draußen in der kühlen Nachtluft wurde er plötzlich ganz still, während wir uns auf den Rückweg zum Revier machten. Auf dem Parkplatz stand sein Wagen – ein Mercury, der bereits einige Schrammen und Beulen aufzuweisen hatte.

Ich fragte ihn, ob er sich in der Lage fühlte, nach Hause zu fahren, worauf er barsch erwiderte: »Was wollen Sie denn? Sind Sie vielleicht 'n Bulle?« Im nächsten Augenblick kam ihm auch schon die Absurdität dieser Bemerkung zu Bewusstsein, sodass er schallend loslachte. Er musste sich vor Lachen an der offenen Wagentür festhalten und begann nun, an ihr hin und her zu schwanken. »Was wollen Sie denn?«, wiederholte er glucksend. »Sind Sie vielleicht 'n Bulle?« Seine Heiterkeit verflog jedoch ebenso schnell wieder, wie sie aufgekommen war. Mit einem Schlag wirkte er völlig ernst und nüchtern. Seine Augen verengten sich, und mit vorgeschobenem Kinn fuhr er mich an: »Sie brauchen gar nicht so überlegen zu tun, haben Sie mich verstanden?«

Ich wusste nicht recht, was er damit meinte.

»Sie brauchen gar nicht so scheinheilig zu tun. Sie sind auch nicht besser als ich.«

Damit klemmte er sich hinters Steuer und fuhr los. Soweit ich ihm hinterhersehen konnte, schien an seinem Fahrstil nichts auszusetzen zu sein. Ich hoffte allerdings, dass er nicht zu weit nach Hause hatte.

Kapitel 15

Ich ging zu Fuß zu meinem Hotel zurück. Ohne große Anstrengungen wider-
setzte ich mich sowohl dem Lockruf unzähliger Bars, die ich unterwegs passierte, wie einer Phalanx von Strichmädchen, die sich in der Fifty-seventh Street
postiert hatten. Zurück im Hotel, erklärte mir Jacob, es wären keine Anrufe für
mich eingegangen. Ich ging auf mein Zimmer.

Sie brauchen gar nicht so scheinheilig zu tun. Sie sind auch nicht besser als ich.
Diese Worte hatte Durkin in der beschämten Streitlust eines Betrunkenen her-
vorgestoßen, der zu viel von seinem Innersten preisgegeben hat. Es bestand kein
Grund, mir seine Worte zu Herzen zu nehmen. Sie hatten nur insofern mir
gegolten, als ich zufällig derjenige gewesen war, der ihm in diesem Augenblick
gerade gegenübersaß.

Dennoch wichen sie nicht aus meinem Kopf.

Ich legte mich ins Bett, fand aber keinen Schlaf. Schließlich knipste ich das
Licht wieder an und setzte mich auf, um mir mein Notizbuch vorzunehmen.
Ich überflog meine Notizen, um mir dann noch ein paar Punkte aus meiner
Unterhaltung mit Durkin zu notieren. Darauf machte ich mich daran, anhand
der gegebenen Anhaltspunkte verschiedene Möglichkeiten durchzuspielen,
von denen mich jedoch keine anhaltend zu faszinieren vermochte. Schließlich
griff ich nach einem Taschenbuch, das ich mir vor einiger Zeit gekauft hatte.
Allerdings musste ich auch in diesem Fall feststellen, dass ich ständig denselben
Abschnitt las, ohne dass irgendetwas von seinem Inhalt in meinem Kopf hän-
gengeblieben wäre.

An diesem Punkt bekam ich zum ersten Mal seit Stunden wieder Lust auf
etwas Trinkbares. Ich war schrecklich zapplig und nervös und wollte das gern
abstellen. Nur drei Häuser weiter gab es einen kleinen Laden, wo sie auch eisge-
kühltes Bier verkauften. Und war ich je von Bier besoffen geworden?

Aber ich blieb, wo ich war.

Chance hatte mich nicht nach den Gründen gefragt, weshalb ich schließlich doch eingewilligt hatte, für ihn zu arbeiten. Durkin hatte sich mit der Erklärung zufrieden gegeben, dass ich das Geld brauchte. Und Elaine hatte sich überzeugen lassen, dass ich den Auftrag angenommen hatte, weil das eben mein Job war – genau, wie sie ihre Freier abfertigte und Gott den Sündern vergab. Und tatsächlich war auch an allen diesen Erklärungen etwas Wahres.

Trotzdem gab es noch ein anderes Motiv, und es war möglicherweise wichtiger als die anderen Gründe. Die Suche nach Kims Mörder würde mich vom Trinken ablenken.

Zumindest für eine Weile.

Als ich aufwachte, schien die Sonne. Bis ich mich rasiert, geduscht und das Hotel verlassen hatte, war sie jedoch wieder hinter einer Wolkenbank verschwunden.

Nach einem leichten Frühstück erledigte ich verschiedene Anrufe und machte mich dann auf den Weg zum Galaxy Downtowner, dem Hotel, in dem Kim ermordet worden war. Der Portier, bei dem Charles Jones sich angemeldet hatte, war nicht im Dienst.

Ich hatte seine protokollierte Aussage genau studiert, ohne ihr jedoch mehr entnehmen zu können, als dies vor mir auch der Polizei schon gelungen war.

Einer der Geschäftsführer des Hotels zeigte mir Jones' Anmeldeformular. In die Zeile mit der Unterschrift ›Name‹ stand ›Charles Owen Jones‹, und in der Zeile für die Unterschrift stand ›C.O. Jones‹ – beide Male in Druckschrift. Als ich den Geschäftsführer darauf hinwies; erklärte er mir, das sei keineswegs ungewöhnlich. »Viele Leute geben erst ihren vollen Namen an und dann eine kürzere Version. Daran ist nichts auszusetzen.«

»Aber das ist doch keine Unterschrift.«

»Wieso nicht?«

»Er hat seinen Namen in Druckschrift geschrieben.«

»Manche Leute schreiben alles in Druckschrift«, erklärte mir der Geschäftsführer mit einem Achselzucken. »Nachdem dieser Jones das Zimmer telefonisch hatte reservieren lassen und dann im voraus bezahlte, hätte für meine Leute kein Grund bestanden, an seiner Unterschrift etwas auszusetzen.«

Aber darum ging es mir gar nicht. Mir war vielmehr aufgefallen, dass Jones es vermieden hatte, eine Probe seiner Handschrift zu hinterlassen, und das fand ich durchaus interessant. Dann sah ich mir den voll ausgeschriebenen Namenszug näher an. Die ersten drei Buchstaben von Charles waren dieselben wie die in Chance. Aber was hatte das schon groß zu besagen? Und vor allem – warum sollte ich versuchen, meinen Klienten ans Messer zu liefern?

Ich erkundigte mich, ob Mr. Jones dem Hotel bereits zu einem früheren Zeitpunkt einen Besuch abgestattet hatte.

»Unser Computer speichert sämtliche Buchungen, soweit sie nicht länger als ein Jahr zurückliegen«, versicherte mir der Geschäftsführer. »Einer unserer Detektive hat sofort nach einer früheren Buchung dieses Mr. Jones geforscht – allerdings ohne Erfolg.«

»Wie viele andere Gäste unterschreiben in Blockschrift?«

»Das kann ich Ihnen nicht sagen.«

»Könnte ich mir vielleicht mal die Anmeldeformulare für die letzten zwei, drei Monate durchsehen?«

»Was erwarten Sie sich davon?«

»Vielleicht finde ich eine Anmeldung in derselben Schrift wie die von diesem Jones.«

»Ich weiß nicht«, erklärte der Geschäftsführer mit einem Stirnrunzeln. »Sind Sie sich eigentlich im Klaren, welche Berge von Papier das sind? Wir haben immerhin sechshundertfünfunddreißig Betten, Mr....?«

»Scudder.«

»Mr. Scudder. Das sind im Monat achtzehntausend Formulare.«

»Vorausgesetzt, kein Gast bleibt länger als eine Nacht.«

»Die durchschnittliche Aufenthaltsdauer beträgt drei Tage. Aber selbst dann wären es immer noch sechstausend Formulare pro Monat. Wissen Sie eigentlich, wieviel Zeit das in Anspruch nehmen würde?«

»Selbst eine Person könnte in einer Stunde ein paar tausend Formulare schaffen«, erwiderte ich. »Man brauchte doch nur festzustellen, wer in Druckbuchstaben unterschrieben hat. Das Ganze wäre also lediglich eine Sache von wenigen Stunden. Wenn Sie erlauben, könnte ich es machen, oder Sie könnten auch einen Ihrer Leute damit beauftragen.«

Er schüttelte den Kopf. »Das geht leider nicht. Zum einen sind Sie nicht von der Polizei, und zum anderen überschritte ich damit auch meine Befugnisse. Anders sähe die Sache natürlich aus, wenn seitens der Polizei ein offizieller Antrag...«

»Sie würden mir einen Gefallen damit tun.«

»Leider handelt es sich hierbei nicht um eine Art Gefallen, den zu erweisen ich befugt wäre...«

»Es ist natürlich eine Zumutung«, versuchte ich es weiter, »aber ich wäre selbstverständlich gern bereit, für die Ihnen daraus erwachsenden Unkosten aufzukommen.«

In einem kleineren Hotel hätte diese Methode bestimmt Erfolg gehabt, aber bei diesem Burschen war ich mir nicht einmal sicher, ob er überhaupt merkte, dass ich ihm eine kleine Bestechungszahlung anbot. Er beteuerte nur wieder von neuem, dass er im Fall eines offiziellen Antrags seitens der Polizei gern bereit wäre. Und diesmal ließ ich es auch darauf beruhen. Ich bat ihn nur noch, ob ich das Anmeldeformular kurz ausleihen könnte, um eine Fotokopie davon anzufertigen.

»Wir haben doch gleich hier ein Kopiergerät«, gab er mir dienstbereit zu verstehen. »Wenn Sie sich einen Augenblick gedulden.«

Wenige Augenblicke später kam er mit einer Kopie zurück. Als ich mich dafür bedankte, fragte er, ob er sonst noch etwas für mich tun könnte, wobei er dies in einem Tonfall vorbrachte, als wäre er sicher, dass ich seine Frage mit einem Nein beantworten würde. Ich erklärte ihm jedoch, dass ich mir gern das Zimmer angesehen hätte, in dem Kim Dakkinen ermordet worden war.

»Aber die polizeilichen Ermittlungen sind doch längst abgeschlossen«, meinte er verwundert. »Das Zimmer wird gerade renoviert. Der Teppich musste neu verlegt und die Wände frisch gestrichen werden.«

»Trotzdem würde ich gern einen Blick in das Zimmer werfen.«

»Aber es gibt dort bestimmt nichts mehr zu sehen. Außerdem sind heute sicher Handwerker dabei, den Teppich zu verlegen.«

»Ich werde sie schon nicht bei der Arbeit stören.«

Er gab mir einen Zimmerschlüssel und ließ mich allein nach oben gehen. Ich fand die Tür des Zimmers verschlossen vor. Offensichtlich machten die Teppichverleger gerade Mittagspause. Der alte Teppich war entfernt und der neue etwa zu einem Drittel verlegt.

Ich hielt mich ein paar Minuten in dem Raum auf. Der Geschäftsführer hatte recht gehabt; es gab dort wirklich nichts mehr zu sehen. Nirgendwo eine Spur von Kim. Die Wände waren frisch gestrichen, das Bad blitzblank geputzt. Wie ein Wünschelrutengänger schritt ich mit leicht von mir gestreckten Händen durch den Raum, um vielleicht irgendeine ungewöhnliche Ausstrahlung mit meinen Fingerspitzen aufzufangen. Falls wirklich eine solche Ausstrahlung durch das Zimmer schwirrte, entging sie mir.

Das Fenster lag zur Stadt hin; allerdings war die Aussicht durch die Fassaden einiger Wolkenkratzer etwas getrübt. Zwischen zwei hoch aufragenden Fronten hindurch konnte ich das World Trade Center erkennen.

Ob Kim wohl noch Zeit gehabt hatte, aus dem Fenster zu sehen? Oder hatte Mr. Jones davor oder danach aus dem Fenster geschaut?

Danach fuhr ich mit der U-Bahn in Richtung Downtown. Ich stieg in der West Fourth aus und ging zur Morton Street, wo Fran Schecter im Dachgeschoss eines vierstöckigen Wohnblocks ein kleines Apartment hatte. Ich klingelte und kündigte über die Sprechanlage meinen Besuch an, worauf ich per elektrischem Türöffner eingelassen wurde.

Das Treppenhaus war voller Gerüche – im ersten Stock vornehmlich Küchendunst, der allerdings irgendwann einmal von Katzenpisse abgelöst wurde, und schließlich ganz oben, unter dem Dach, der unverkennbare Duft von Marihuana.

Fran erwartete mich in der Tür stehend. Ein rundliches Babygesicht, umrahmt von kurzgeschnittenem hellbraunem Haar. Sie hatte eine Stupsnase, einen Schmollmund und Backen, auf die selbst ein Hamster stolz gewesen wäre.

»Hi, ich bin Fran«, begrüßte sie mich. »Sie sind wohl Matt. Ich darf Sie doch Matt nennen?« Ich versicherte ihr, dass nicht das Geringste dagegen spräche, worauf sie mir ihre Hand auf den Arm legte, um mich nach drinnen zu führen.

Der Marihuanadunst nahm an Intensität zu. Die Wohnung bestand aus einem einzigen riesigen Studio mit einer offenen Kochnische in einer Ecke. Das Mobiliar setzte sich aus einem Liegestuhl, einem alten Sofa und einem riesigen Wasserbett mit einer Tagesdecke aus imitiertem Pelz zusammen. Ein paar übereinandergestapelte Plastikträger für Milchflaschen dienten als Aufbewahrungsregal für Bücher und Kleider. An der Wand über dem Wasserbett hing ein Poster von einem Gemälde, das die Wand eines Zimmers darstellte. Und durch den Kamin brach gerade eine Lokomotive.

Da ich nichts Alkoholisches wollte, brachte mir Fran schließlich eine Dose Sodawasser. Damit ließ ich mich dann auf dem Sofa nieder, das wesentlich bequemer war, als es aussah. Sie setzte sich in den Liegestuhl, der anscheinend ebenfalls bequemer war, als er aussah.

»Chance hat mir schon erzählt, dass Sie wegen Kim Ermittlungen anstellen«, begann sie. »Er hat gesagt, wir sollten Ihnen alles erzählen, was Sie wissen wollen.«

Ihrer Stimme haftete eine gewisse Kleinmädchenatemlosigkeit an, wobei ich mir nicht ganz sicher war, in welchem Maß sie aufgesetzt war. Ich fragte sie, was sie über Kim wusste.

»Nicht gerade viel. Ich hatte nur ein paarmal mit ihr zu tun. Manchmal geht Chance nämlich mit zweien von uns aus. Auf diese Weise habe ich zumindest jedes seiner anderen Mädchen schon mal kennengelernt. Donna zum Beispiel habe ich überhaupt erst ein einziges Mal zu sehen bekommen. Die zieht ganz ihren eigenen Trip durch, als ob sie irgendwo ganz allein durchs All schweben würde. Haben Sie Donna schon kennengelernt?« Ich schüttelte den Kopf. »Sunny mag ich. Ich weiß nicht, ob man uns als Freundinnen bezeichnen könnte, aber sie ist die einzige, die ich ab und zu anrufe, um mich ein bisschen zu unterhalten. Wissen Sie, wir telefonieren ein –, zweimal die Woche miteinander, einfach ein bisschen plaudern.«

»Und Kim haben Sie nie angerufen?«

»Nein, ich hatte nicht mal ihre Nummer.« Sie dachte kurz nach. »Sie hatte wunderbare Augen. Ich kann mir ihre Farbe noch genau vorstellen, wenn ich die Augen schließe.«

Ihre eigenen Augen waren auffallend groß; der Farbton wäre am ehesten irgendwo zwischen braun und grün anzusetzen gewesen. Ihre Wimpern waren extrem lang, und erst nachdem ich dies registriert hatte, kam mir zu Bewusstsein, dass sie möglicherweise falsch waren. Sie war ein eher untersetzter Typ, trug einfache Jeans mit umgestülptem Aufschlag und einen knallrosa Pullover, der sich über der Fülle ihrer Brüste sichtlich spannte.

Sie hatte nicht gewusst, dass Kim Chance hatte verlassen wollen, und fand diese Neuigkeit recht interessant. »Ich kann das natürlich verstehen«, erklärte sie nach kurzem Nachdenken. »Ihm war nicht wirklich etwas an ihr gelegen, wissen Sie, und man bleibt doch schließlich nicht bei einem Mann, dem man eigentlich egal ist.«

»Wie kommen Sie darauf, ihm wäre nichts an ihr gelegen gewesen?«

»So etwas merkt man doch. Ich nehme an, dass er sie gern um sich hatte, zumal sie keine Scherereien machte und ordentlich Geld anbrachte, aber er hatte nicht wirklich Gefühle für sie.«

»Hat er denn für die anderen Mädchen Gefühle?«

»Für mich hat er jedenfalls Gefühle«, erklärte sie bestimmt.

»Und wie sieht es mit den anderen aus?«

»Sunny mag er. Eigentlich kann ich mir nicht vorstellen, dass es jemanden geben könnte, der Sunny nicht mag. Allerdings weiß ich nicht, ob ihm wirklich etwas an ihr gelegen ist. Oder Donna. Ich bin mir sicher, dass ihm nichts an Donna gelegen ist, aber ich glaube auch nicht, dass sie etwas an ihm findet. In diesem Fall dürfte das Verhältnis von beiden Seiten rein geschäftlicher Natur sein. Bei Donna denkt man manchmal, sie merkt gar nicht, dass es außer ihr noch andere Menschen auf der Welt gibt.«

»Und was ist mit Ruby?«

»Kennen Sie sie?« Ich hatte noch nicht das Vergnügen gehabt. »Ach ja, sie ist eben, wissen Sie, sie ist eben einfach exotisch. Das gefällt ihm natürlich. Und Mary Lau ist verdammt intelligent und gebildet. Die beiden gehen öfter gemeinsam ins Konzert – klassische Musik, wissen Sie; aber das heißt noch lange nicht, dass er irgendwelche Gefühle für sie hat.«

Unvermittelt begann Fran zu kichern. Ich fragte sie, was denn so komisch sei. »Ach, mir schoss nur eben der Gedanke durch den Kopf, dass Sie mich jetzt bestimmt für die typische bescheuerte Nutte halten, die sich einbildet, ihr Zuhälter wäre einzig und allein in sie verliebt. Aber wissen Sie was? Ich bin zumindest die einzige, bei der er sich so richtig entspannen kann. Bei mir kann er sich einfach so richtig schön entspannen und abschalten. Wissen Sie, was karmische Bande sind?«

»Nein.«

»Das hat etwas mit Reinkarnation zu tun. Ich weiß nicht, ob Sie an so was glauben.«

»Über so etwas habe ich mir noch nie den Kopf zerbrochen.«

»Na ja, ich bin mir eigentlich auch nicht so sicher, ob ich nun daran glaube oder nicht. Aber manchmal glaube ich plötzlich, dass Chance und ich uns schon in einem anderen Leben gekannt haben. Nicht unbedingt als Liebespaar oder Mann und Frau. Wir könnten auch Geschwister gewesen sein oder Vater und Tochter oder umgekehrt.«

Ihre Spekulationen wurden an diesem Punkt durch das Telefon unterbrochen. Sie stand auf, um dranzugehen. Eine Hand in die Hüfte gestemmt, hatte sie mir den Rücken zugewandt. Was sie sagte, konnte ich nicht hören. Jedenfalls hielt sie den Hörer zu, nachdem sie einige Worte hineingesprochen hatte, und drehte sich um.

»Ich möchte Sie keinesfalls unter Druck setzen, Matt«, flüsterte sie. »Aber haben Sie vielleicht eine Ahnung, wie lange wir noch brauchen werden?«

»Nicht lange.«

»Könnte ich also jemandem sagen, es wäre okay, wenn er in einer Stunde vorbeikommt?«

»Klar.«

Sie drehte sich wieder um und legte wenig später auf, nachdem sie das Gespräch beendet hatte. »Das war einer meiner Stammkunden«, erklärte sie. »Ein wirklich netter Kerl. Ich habe ihm gesagt, in einer Stunde könnte er vorbeikommen.«

Darauf nahm sie wieder Platz. Ich fragte sie, ob sie das Apartment schon gehabt hätte, bevor sie bei Chance eingestiegen sei. Nein, sie hätte das Studio von Chance gestellt bekommen. Sie wäre jetzt zwei Jahre und acht Monate bei ihm, und vorher hätte sie mit drei anderen Mädchen eine größere Wohnung in Chelsea geteilt. Sie hatte hier nur einzuziehen brauchen.

»Ich habe nur die Couch und den Sessel mitgebracht«, erklärte sie weiter. »Das Wasserbett war schon hier. Deshalb habe ich mein altes Bett verkauft. Die Masken waren auch schon hier; nur das Magritte-Poster habe ich selbst gekauft.« Die Masken waren mir bis dahin noch gar nicht aufgefallen, sodass ich mich umdrehte, um sie zu begutachten.

»Er weiß wirklich alles über diese Dinger.« Fran zeigte auf die Gruppe von drei Ebenholzmasken, die an der Wand hinter mir hingen. »Von welchem Stamm sie sind und so. Über diese Masken weiß Chance wirklich eine Menge.«

Als ich sie darauf hinwies, dass ihr Apartment in Hinblick auf seinen Verwendungszweck recht ungewöhnlich aussah, runzelte sie kurz verwundert die Stirn.

»Die meisten Mädchen wohnen doch in schicken Apartmenthäusern mit Türsteher, Lift und allen Schikanen«, sagte ich.

»Ach so, jetzt verstehe ich, was Sie meinen. Ja, das ist allerdings richtig.« Auf ihren Lippen breitete sich ein amüsiertes Grinsen aus. »Bei mir ist das ja auch etwas anderes. Die Freier, die hier antanzen, kommen sich keineswegs wie Freier vor.«

»Ich fürchte, jetzt verstehe ich nicht recht, was Sie meinen.«

»Na, sie glauben eher, sie wären Freunde von mir«, erklärte sie mir. »Sie halten mich für irgendeine ausgeflippte Tusnelda aus dem Village, was ich ja auch bin, und gleichzeitig bilden sie sich ein, mit mir befreundet zu sein, was ja in gewisser Weise auch stimmt. Ich meine, sie kommen natürlich zum Vögeln hierher, daran gibt es nichts zu rütteln; aber das könnten sie in einem herkömmlichen Massagesalon wesentlich bequemer und schneller haben, wenn Sie verstehen, was ich meine. Aber bei mir können sie einfach unters Dach hochkommen und sich aufs Bett flezen und in Ruhe einen durchziehen, und sie kommen sich dabei vor wie in so 'ner typischen Studentenbude im Village. Für sie gehört das zu 'ner Art Studentenromantik, erst in den dritten Stock hochzusteigen und dann auf 'nem Wasserbett rumzuknutschen. Für sie bin ich keine Nutte, sondern eine Freundin. Sie müssen bei mir nicht zahlen. Sie geben mir Geld, weil ich die Miete bezahlen und mir mühsam mein Schauspielstudium finanzieren muss. So läuft das, wissen Sie. Ich muss mir zum Beispiel auch nie irgendwelche Getränke kaufen – im Gegenteil, das meiste, was mir meine ›Freunde‹ mitbringen, verschenke ich wieder, weil ich selbst nicht trinke. Und Gras habe ich mir schon seit Jahren nicht mehr gekauft. Soll ich Ihnen mal sagen, wer das beste Gras hat? Die Typen aus der Wall Street. Ehrlich. Sie bringen zehn Gramm mit. Davon rauchen wir dann etwas, und den Rest lassen sie mir dann da.« Sie klimperte mit ihren langen Wimpern. »Ich ziehe nämlich hin und wieder furchtbar gern einen durch.«

»Das habe ich mir schon gedacht.«

»Wieso? Sehe ich denn bekifft aus?«

»Nein, aber es ist bereits im Treppenhaus zu riechen.«

»Ach so. Ich rieche es natürlich nicht mehr, weil ich den Geruch ständig um mich habe. Aber wenn ich mal aus war und zurückkomme – mein lieber Schwan! Eine Freundin von mir hat zum Beispiel vier Katzen, und sie behauptet steif und fest, davon wäre absolut nichts zu riechen; dabei kann einem von dem Gestank regelrecht schlecht werden. Es ist einfach nur, weil sie daran gewöhnt ist.« Sie veränderte ihre Stellung in ihrem Sessel. »Rauchen Sie ab und zu, Matt?«

»Nein.«

»Sie trinken nicht, Sie rauchen nicht – das ist ja irre. Darf ich Ihnen übrigens noch ein Soda bringen?«

»Nein, danke.«

»Wirklich nicht? Würde es Ihnen was ausmachen, wenn ich mir mal kurz einen drehe? Nur so, zur Entspannung.«

»Lassen Sie sich durch mich nicht stören.«

»Nachher kommt nämlich dieser Typ vorbei, und auf diese Weise komme ich schon ein bisschen in Stimmung.«

Ich versicherte ihr, dass ich nichts dagegen hätte. Darauf holte sie von einem Küchenregal eine Plastiktüte mit Marihuana und drehte sich mit unverkennbarem Geschick eine Zigarette. »Vermutlich will er auch was rauchen«, erklärte sie mir, als sie noch zwei zusätzliche Zigaretten drehte. Sie steckte sich eine an, räumte alles wieder weg und nahm in ihrem Liegestuhl Platz. Während sie den Joint bis auf einen winzigen Stummel herunterrauchte, den sie für später beiseitelegte, erzählte sie mir weiter von sich, ohne dass ihr irgendeine Veränderung anzumerken gewesen wäre. Vielleicht hatte sie bereits vorher ein paar durchgezogen, sodass sie schon bei meinem Eintreffen bekifft gewesen war. Oder vielleicht merkte man ihr die Wirkung des Grases nicht an, wie man ja auch manchen Trinkern nicht ansieht, wieviel sie schon intus haben.

Ich fragte sie, ob Chance Gras rauchte, wenn er sie besuchen kam. Diese Vorstellung brachte sie zum Lachen. »Er raucht und trinkt nicht – genau wie Sie. Kennen Sie ihn vielleicht aus einer dieser Abstinenzlerbars?«

Es gelang mir, das Gespräch wieder auf Kim zu lenken. Falls Chance an Kim nichts gelegen war, hielt Fran es dann für möglich, dass sie vielleicht einen Freund gehabt hatte?

»Er hat sich nicht für sie interessiert«, erwiderte sie. »Die einzige, die er wirklich liebt, bin ich.«

Inzwischen machte sich das Gras doch bemerkbar. Ihre Stimme blieb zwar unverändert, aber ihre Gedanken verliefen plötzlich in anderen als den gewohnten Bahnen.

»Glauben Sie, Kim hatte einen Freund?« Ich brachte meine Frage ein zweites Mal vor.

»Freunde habe nur ich. Kim hatte nur Freier. Auch die anderen Mädchen haben nur Freier.«

»Falls Kim irgendeinen speziellen...«

»Klar, ich weiß schon, was Sie meinen. Einen Kerl, der kein Freier war und wegen dem sie dann mit Chance brechen wollte. Das meinen Sie doch, oder?«

»Ja, etwas in der Art.«

»Und dann hat er sie umgebracht.«

»Chance?«

»Sind Sie verrückt? Chance war nicht genug interessiert an ihr, um sie umzubringen.«

»Sie meinen also, Kims neuer Freund könnte sie umgebracht haben?«

»Klar.«

»Warum?«

»Na, weil er sich plötzlich in die Enge getrieben sah. Sie verlässt Chance, und da steht sie nun vor seiner Tür, um ein Leben in trauter Zweisamkeit mit ihm zu führen. Aber das passt ihm natürlich gar nicht in den Kram. Ich meine, er hat schließlich Frau und Kinder, ein Haus in Scarsdale, einen verantwortungsvollen Posten...«

»Woher wissen Sie das alles?«

Sie seufzte. »Ich lasse doch nur meiner Fantasie freien Lauf, nichts weiter. Aber können Sie sich das nicht vorstellen? Er ist verheiratet und tatsächlich ein bisschen auf Kim abgefahren. Ist doch mal was ganz Besonderes, sich in eine Nutte zu verknallen – vor allem, wenn sie seine Gefühle erwidert. Auf diese Weise muss man nicht mal dafür bezahlen. Aber deshalb ist man noch lange nicht gewillt, sich sein ganzes Leben umkrempeln zu lassen. Und dann kommt sie plötzlich an und sagt: Ich bin jetzt frei, Schatz. Wann lässt du dich scheiden? Und, schwupp, schon ist sie tot und er brav wieder zurück in Larchmont.«

»Vor einer Minute hat er noch in Scarsdale gewohnt.«

»Meinetwegen.«

»Und wer könnte er sein, Fran?«

»Wer? Ihr Freund? Keine Ahnung. Irgendjemand.«

»Ein Freier?«

»In einen Freier verliebt man sich nicht.«

»Wo hätte sie sonst einen Mann kennenlernen können? Und was für ein Mann konnte das sein?«

Fran dachte eine Weile angestrengt nach, gab aber schließlich achselzuckend auf. Damit war unsere Unterhaltung dann auch beendet. Ich fragte, ob ich ihr Telefon benutzen könnte. Nachdem ich die Nummer gewählt hatte, sprach ich kurz in den Hörer und schrieb dann meinen Namen mit meiner Telefonnummer auf einen Notizblock, der neben dem Telefon lag.

»Ich lasse Ihnen meine Nummer da, falls Ihnen noch etwas einfallen sollte.«

»Ja, ich werde anrufen, falls ich auf irgendetwas Interessantes stoßen sollte. Gehen Sie schon? Wollen Sie nicht doch noch ein Soda?«

»Nein, danke.«

»Na gut.« Sie trat auf mich zu und sah durch ihre langen Wimpern zu mir hoch. »Ich finde es wirklich nett, dass Sie vorbeigekommen sind. Wenn Sie mal gerade nichts Besseres zu tun haben, rufen Sie mich doch einfach an, einverstanden? Einfach so, auf einen gemütlichen Plausch.«

»Mach ich.«

»Das fände ich schön.« Sie stellte sich auf die Zehenspitzen und drückte mir überraschend einen Kuss auf die Wange. »Doch, das fände ich wirklich schön, Matt«, sagte sie noch einmal.

Auf der Treppe musste ich plötzlich lachen. Wie sie zum Abschied ganz automatisch ihre Nuttenmasche abgezogen hatte – ganz Wärme und Verständnis. Und vor allem, wie gut sie ihre Rolle gespielt hatte. Kein Wunder, dass es diesen Börsenmaklern nichts ausmachte, ein paar Treppen zu steigen. Aber von wegen Schauspielschule – sie war doch bereits eine hervorragende Schauspielerin. Was hätte Fran noch viel dazulernen können?

Zwei Blocks weiter glaubte ich immer noch, den Abdruck ihrer Lippen auf meiner Wange zu spüren.

Kapitel 16

Donna Campions Wohnung lag im zehnten Stock eines Hauses in der East Seventeenth Street. Das große Fenster des Wohnzimmers lag nach Westen hin, und die Sonne hatte gerade wieder einmal einen ihrer flüchtigen Auftritte, als ich eintrat. Der ganze Raum war von Sonnenlicht durchflutet. Überall waren Pflanzen; im Fenster hängend, auf Boden und Fensterbrett, auf Tischen und Schränken stehend, verbreiteten sie ihre grüne Pracht im Raum. Und durch dieses Filigran aus unterschiedlichstem Blattwerk fiel nun die Sonne und zeichnete raffinierte Muster auf den dunklen Parkettfußboden.

Ich hatte es mir mit einer Tasse Kaffee in einem Korbstuhl bequem gemacht. Donna saß mit seitlich hochgezogenen Beinen auf einer breiten Eichenbank, die ehemals Bestandteil eines jakobitischen oder gar elisabethanischen Kirchengestühls gewesen war und von jahrhundertelanger Abnutzung durch fromme Hinterteile in dunklem Glanz schimmerte. Da sich irgendein Vikar im ländlichen Devon zu einer Modernisierung seines Gotteshauses entschlossen hatte, hatte Donna dieses geschichtsträchtige Stück bei einer Auktion ersteigern können.

Sie hatte übrigens das genau dazu passende Gesicht; länglich und schmal, lief es von der hohen, breiten Stirn in einem spitzen Kinn aus. Ihre Haut war sehr blass, so, als würde sie nur von dem Licht berührt, das, vom Blattwerk ihrer Pflanzen gefiltert, in den Raum fiel. Zu einer gestärkten weißen Bluse mit Peter Pan-Kragen trug sie einen kurzen Faltenrock aus grauem Flanell und dazu schwarze Strümpfe. Ihre spitzen Pantoffeln waren aus Hirschleder.

Lange, schmale Nase; kleiner, schmallippiger Mund. Dunkelbraunes Haar, schulterlang, straff nach hinten gekämmt. Ringe unter den Augen, an zwei Fingern der rechten Hand Nikotinflecken. Kein Nagellack, kein Schmuck, kein erkennbares Make-up. Sie war nicht hübsch, weiß Gott nicht, aber ihr haftete eine Aura von Mittelalter an, die man ohne weiteres als Schönheit zu bezeichnen geneigt war.

Jedenfalls sah sie nicht gerade so aus, wie ich mir eine Prostituierte vorstellte. Eher wäre sie schon meiner Vorstellung von einer Dichterin nahegekommen.

»Chance hat mir zu verstehen gegeben, Ihnen nichts zu verschweigen«, erklärte sie. »Er meinte, Sie versuchten herauszufinden, wer unsere Schönheit vom Land umgebracht hat.«

»Die Schönheit vom Land?«

»Na, sie war doch wirklich eine Schönheit. Und als ich dann hörte, dass sie aus Wisconsin kam, drängte sich mir diese Bezeichnung geradezu auf.« Sie lächelte entschuldigend. »Aber das sind natürlich die Eskapaden meiner Fantasie. Ehrlich gestanden, habe ich sie kaum gekannt.«

»Haben Sie je ihren Freund kennengelernt?«

»Ich wusste gar nicht, dass sie einen hatte.«

Ebenso wenig hatte sie gewusst, dass Kim vorgehabt hatte, Chance zu verlassen. Diese Information schien ihr Interesse zu wecken. »Ob sie wohl eine Emigrantin war oder eine Immigrantin?«

»Wie meinen Sie das?«

»Ging sie von etwas weg oder auf etwas zu? Als ich zum ersten Mal nach New York kam, kam ich *wirklich* hierher. Ich hatte zwar auch mit meiner Familie und der Stadt gebrochen, in der ich groß geworden war, aber das war in diesem Fall nur von sekundärer Bedeutung. Später, als ich mich von meinem Mann trennte, rannte ich vor etwas davon. Der Akt des Weggehens war wichtiger als der Zeitpunkt.«

»Sie waren mal verheiratet?«

»Ja, drei Jahre. Das heißt, wir waren drei Jahre zusammen – ein Jahr einfach so und zwei als Ehepaar.«

»Wie lange ist das schon her?«

»Vier Jahre?« Sie rechnete kurz nach. »Dieses Frühjahr werden es fünf Jahre. Offiziell bin ich immer noch verheiratet. Es war mir zu viel Aufwand, mich scheiden zu lassen.«

»Und wie lange sind Sie schon bei Chance?«

»An die drei Jahre. Warum?«

»Sie sind eigentlich nicht der Typ für so etwas.«

»Was heißt schon der Typ für so was? Glauben Sie etwa, dafür wird man geboren?«

»Stört es Sie eigentlich nicht, dass Chance Ihren gesamten Verdienst einstreicht?«, fragte ich sie dann.

»Sollte es das?«

»Ich weiß nicht.«

»Außerdem ist schnell verdientes Geld nie von Dauer. Sonst müsste doch Wall Street längst in der Hand der Rauschgifthändler sein.« Sie schwang ihre Beine von der Kirchenbank. »Abgesehen davon, habe ich alles, was ich brauche. Das Einzige, was ich je wollte, war, in Ruhe gelassen zu werden. Alles, was ich brauche, ist eine anständige Wohnung und Zeit zum Arbeiten. Damit meine ich meine Gedichte.«

»Das habe ich mir fast gedacht.«

»Wissen Sie, wozu sich die meisten Lyriker herablassen müssen? Sie unterrichten oder haben sonst irgendeinen Job, oder sie ziehen den Dichtertrip durch – Lesungen, Vorträge, Stipendienanträge und der ganze Kram. Und dann kommt es natürlich vor allem darauf an, die richtigen Leute zu kennen und in die richtigen Arschlöcher zu kriechen. Dazu hatte ich noch nie Lust. Ich wollte immer nur Gedichte schreiben.«

»Was wollte denn Kim tun?«

»Keine Ahnung.«

»Ich glaube, sie hatte sich auf jemanden eingelassen. Und ich glaube auch, dass sie das das Leben gekostet hat.«

»Na, dann habe ich ja nichts zu befürchten«, erwiderte Donna. »Ich lasse mich auf niemanden ein. Natürlich könnten Sie dem entgegenhalten, dass ich unweigerlich gezwungen bin, mich mit der gesamten Menschheit auseinanderzusetzen. Aber glauben Sie, dass das mit ernsthaften Gefahren verbunden sein könnte?«

Ich wusste nicht recht, was sie damit meinte. Mit geschlossenen Augen fuhr sie fort: »›Jedes Menschen Tod beeinträchtigt mich, weil ich Teil der Menschheit bin.‹ Das ist von John Donne. Wissen Sie denn, mit wem sie sich eingelassen hatte und in welcher Weise?«

»Nein.«

»Würden Sie sagen, ihr Tod beeinträchtigt mich? Eigentlich habe ich sie überhaupt nicht gekannt, und doch habe ich ein Gedicht über sie geschrieben.«

»Dürfte ich es mal lesen?«

»Wenn Sie wollen. Allerdings kann ich mir nicht vorstellen, dass Sie das groß weiterbringen wird. Gedichte handeln nie von ihrem Gegenstand, sondern immer nur von der Person, die sie geschrieben hat.«

»Ich würde es trotzdem gern mal lesen.«

Sichtlich geschmeichelt stand sie auf, um an einen modernen Sekretär zu treten. Sie musste kaum suchen und kam mit einem kunstvoll von Hand beschriebenen Blatt Büttenpapier zurück. »Ich tippe meine Gedichte natürlich auch ab«, erklärte sie mir, »aber ich möchte auch gern sehen, wie sie handgeschrieben wirken. Deshalb habe ich mir Kalligraphie beigebracht. Es ist übrigens wesentlich einfacher, als es aussieht.«

Ich las:

Bade sie in Milch, lass fließen den weißen Strom
Rein in seiner kühernen Taufe,
Heile das letzte Schisma
Unter der baldigsten Sonne. Nimm ihre
Hand, sag ihr, es macht nichts,
Milch ist kein Grund zu weinen. Verspritze
Samen aus silbernem Gewehr. Zermahle ihre
Knochen in einem Mörser, zerschmettere
Weinflaschen zu ihren Füßen, lass grünes Glas
funkeln auf ihrer Hand. Lass es geschehen.
Lass die Milch fließen.
Lass sie fließen, hinab in das alte Gras.

Ich fragte sie, ob ich mir das Gedicht abschreiben dürfte.

»Warum?«, fragte sie mit einem hellen Lachen. »Finden Sie darin irgendwelche Hinweise auf ihren Tod?«

»Das kann ich im Moment noch nicht sagen. Aber vielleicht bringt es mich doch auf die eine oder andere Idee, wenn ich es öfter durchlese.«

»Falls Sie seinen Sinn entschlüsselt haben, würde ich mich sehr freuen, wenn Sie ihn mir erklären könnten. Na ja, das ist vielleicht doch etwas übertrieben. Ich weiß natürlich irgendwie, worauf ich hinauswill. Aber sparen Sie sich die Mühe, es abzuschreiben. Sie können es haben.«

»Aber das kann ich doch unmöglich annehmen.«

Sie schüttelte entschieden den Kopf. »Es ist ja noch gar nicht fertig. Ich will es noch überarbeiten. Vor allem ihre Augen möchte ich noch irgendwie hineinbringen. Falls Sie Kim gekannt haben, dann sind Ihnen doch sicher ihre Augen aufgefallen.«

»Ja.«

»Ursprünglich wollte ich den blauen Augen das grüne Glas gegenüberstellen; auf diese Weise ist letzteres Bild überhaupt in das Gedicht gelangt. Aber irgendwann beim Schreiben sind dann die Augen verschwunden. In einer früheren Skizze sind sie noch enthalten.« Sie lächelte. »Mit einem Augenzwinkern waren sie plötzlich weg. Jetzt habe ich zwar das Silber und das Grün und das Weiß, aber die Augen habe ich herausgelassen.« Sie hatte ihre Hand auf meine Schulter gestützt und sah auf das Gedicht hinab. »Es sind wie viel – zwölf Zeilen? Ich finde, es sollten auf jeden Fall vierzehn sein – in Anlehnung an die Sonettform.«

Auf diese Weise redete sie noch eine ganze Weile weiter, mehr zu sich selbst als zu mir, und ging mögliche Verbesserungen des Gedichts durch. »Jedenfalls, behalten Sie es«, schloss sie endlich. »Es hat noch lange nicht seine endgültige Form gefunden. Übrigens komisch – ich habe es kein einziges Mal mehr angesehen, seit sie umgebracht wurde.«

»Sie haben es geschrieben, bevor sie ermordet wurde?«

»Ja. Aber ich hielt es nie wirklich für abgeschlossen, obwohl ich es bereits mit Feder und Tinte geschrieben habe. Ich mache das mit meinen Skizzen öfter; auf diese Weise bekomme ich ein besseres Gefühl für die schwachen Stellen. Wenn sie nicht ermordet worden wäre, hätte ich sicher weiter an dem Gedicht gearbeitet.«

»Was hat sie davon abgehalten? Der Schock?«

»Ich weiß nicht, ob ich wirklich schockiert war. ›Das hätte auch dir passieren können.‹ Aber letztlich glaube ich doch nicht daran. Das ist wie mit Lungenkrebs; den kriegen auch nur andere Leute. Ich glaube nicht, dass Kims Tod mich wirklich betroffen hat.«

»Aber warum haben Sie das Gedicht dann beiseitegelegt?«

»Ich habe es nicht beiseitegelegt; ich ließ es einfach beiseite. Aber das sind wohl arg spitzfindige Wortklaubereien.« Sie dachte kurz nach. »Infolge ihres Todes habe ich Kim plötzlich anders gesehen. Ich wollte noch an dem Gedicht arbeiten, aber ich wollte nicht ihren Tod miteinbeziehen. Da ich bereits genügend Farben hatte, brauchte ich das Blut nicht mehr.«

Kapitel 17

Von Donna fuhr ich mit dem Taxi zu dem Haus in der Thirty-seventh, in dem Kim gewohnt hatte. Als ich den Fahrer bezahlte, wurde mir bewusst, dass ich es noch nicht bis zur Bank geschafft hatte. Da an diesem Tag Freitag war, würde ich also das ganze Wochenende mit Chances Geld in meinen Taschen durch die Gegend laufen. Es sei denn, irgendein Ganove machte einen glücklichen Fang.

Ich verringerte meinen Ballast etwas, indem ich dem Türsteher fünf Dollar für einen Schlüssel zu Kims Wohnung zusteckte. Die fünf Dollar allein hätten hierfür selbstverständlich nicht genügt; ich begleitete sie mit einer Geschichte, dass ich die rechtlichen Belange der Mieterin verträte. Jedenfalls nahm er sie mir für die fünf Dollar bereitwillig ab. Ich fuhr im Lift nach oben und schloss die Tür auf.

Natürlich war vor mir bereits die Polizei dagewesen. Ich wusste weder, wonach sie gesucht haben könnten, noch hätte ich sagen können, ob sie etwas gefunden hatten. Die Aktennotiz, die Durkin mir gezeigt hatte, war nicht sonderlich aufschlussreich gewesen, aber wer vermerkt in so einem Bericht schon alles, was ihm auffällt.

Ich verbrachte eine geschlagene Stunde in der Wohnung. Ohne zu wissen, was ich eigentlich suchte, durchstöberte ich Schubladen und Schränke. Ich wurde nicht sonderlich fündig. Falls Kim je eines von diesen kleinen Notizbüchern voller Telefonnummern besessen hatte, wie sie zum unvermeidlichen Handwerkszeug eines jeden Callgirls gehörten, hatte es vor mir schon jemand anderer gefunden. Nicht dass ich Grund zu der Annahme gehabt hätte, Kim hätte sich im Besitz solch eines Büchleins befunden. Während zum Beispiel Elaine eines hatte, hatten mir sowohl Fran wie Donna versichert, dass sie kein Notizbuch besaßen.

Ich fand keinerlei Rauschgift oder Gegenstände, die in eindeutigem Zusammenhang damit gestanden wären. Das besagte jedoch so gut wie nichts.

Vielleicht hatte es ein Polizist eingesteckt – oder auch Chance. Er hatte mir nämlich erzählt, dass er nach Kims Tod noch einmal in ihrer Wohnung gewesen war. Die afrikanischen Masken hatte er jedenfalls nicht mitgenommen. Sie stierten mich von der Wand herab an, als bewachten sie die Wohnung bereits für die arbeitswillige junge Nutte, die in Kürze Kims Stelle einnehmen würde.

Das Hopper-Poster hing immer noch über der Stereoanlage. Würde es die nächste Bewohnerin des Apartments dort hängen lassen?

Kims Spur zog sich durch die ganze Wohnung. Ich roch sie, als ich zwischen ihren Kleidern im Schrank und in der Kommode stöberte. Das Bett war nicht gemacht. Ich sah unter die Matratze. Zweifellos hatten dies vor mir schon andere getan. Jedenfalls entdeckte ich nichts, was meine Aufmerksamkeit auf sich gelenkt hätte. Als ich die Matratze zurückklappte, stieg mir der Duft von Kims würzigem Parfüm von den zerknüllten Laken in die Nase.

Im Wohnzimmer stieß ich in einem Schrank auf ihre Pelzjacke. Neben einer Reihe weiterer Jacken und Mäntel enthielt der Schrank auch noch ein Regal voller Wein und Schnapsflaschen. Vor allem eine Flasche Wild Turkey stach mir ins Auge, und ich hätte schwören können, dass ich Stufe für Stufe schmecken konnte, wie dieser aromatische Bourbon mit einem leichten Brennen in meinen Magen hinabströmte, sodass sich von dort eine wohlige Wärme bis in meine Finger und Zehenspitzen ausbreitete. Ich schloss die Schranktür und setzte mich auf die Couch. Seit Stunden hatte ich nicht einmal an einen Drink gedacht, und nun warf mich der unerwartete Anblick einer Flasche Bourbon völlig aus dem Sattel.

Ich begab mich wieder ins Schlafzimmer, wo ich das Schmuckkästchen auf ihrem Schminktisch durchsuchte. Eine Unmenge von Ohrringen, ein paar Halsketten, eine davon aus nicht sonderlich überzeugenden Perlen. Verschiedene Armreifen, darunter ein sehr schöner aus Elfenbein. Schließlich ein auffälliger Klassenring von der LaFolette High-School in Eau Claire, Wisconsin. Der Ring war aus vierzehnkarätigem Gold und allein aufgrund seines Gewichts einiges wert.

Wer würde das alles bekommen? In ihrer Handtasche im Galaxy Downtowner waren, den Angaben in ihrer Polizeiakte zufolge, etwas mehr als vierhundert Dollar in bar gefunden worden. Sie würden vermutlich ihren Eltern in Wisconsin zugeschickt werden. Doch würden die nach New York reisen, um die Kleider ihrer Tochter abzuholen? Würden sie ihre Ansprüche auf die Pelzjacke, auf den Highschool-Ring und auf den Elfenbeinarmreif geltend machen?

Ich machte mir noch ein paar Notizen und schaffte es schließlich, die Wohnung zu verlassen, ohne den Schrank im Wohnzimmer noch einmal zu öffnen.

Ich fuhr im Lift nach unten. Als ich das Haus verließ, kam mir eine ältere Frau mit einem winzigen Pinscher entgegen, der mich todesmutig ankläffte. In diesem Augenblick fragte ich mich zum ersten Mal, was wohl aus Kims schwarzer Katze geworden war. In der Wohnung hatte ich keine Spuren von dem Tier entdeckt; sogar das Katzenklo im Bad war weg. Irgendjemand musste sich ihrer angenommen haben.

Ich fuhr mit dem Taxi in mein Hotel zurück. Als ich zahlen wollte, stellte ich fest, dass ich dem Türsteher den Wohnungsschlüssel zurückzugeben vergessen hatte.

An der Rezeption wurde mir eine Nachricht übermittelt. Joe Durkin hatte angerufen und seine Nummer auf dem Revier hinterlassen. Als ich dort anrief, teilte man mir mit, dass er jeden Augenblick zurückerwartet würde, worauf ich meinerseits meinen Namen und meine Telefonnummer hinterließ.

Müde und erschöpft ging ich auf mein Zimmer. Ich legte mich aufs Bett, fand aber keine Ruhe, da sich mein Kopf nicht abstellen lassen wollte. Also ging ich wieder nach unten, wo ich mir ein Käsesandwich mit Fritten und Kaffee genehmigte. Bei der zweiten Tasse Kaffee holte ich Donna Campions Gedicht aus meiner Tasche. Ich wurde das Gefühl nicht los, dass mir diese Zeilen irgendeinen geheimen Sinn übermitteln wollten. Doch mir fehlte jeder Anhaltspunkt, worin dieser zu finden sein könnte. Ich las das Gedicht noch einmal von vorn durch. Ich hätte nicht sagen können, was diese Zeilen bedeuten sollten, vorausgesetzt, sie hatten überhaupt eine wörtliche Bedeutung. Aber trotzdem schien irgendetwas in diesem Gedicht meine Aufmerksamkeit auf sich lenken und mir etwas mitteilen zu wollen. Nur bekam ich nicht heraus, was das nun genau sein sollte.

Am Abend besuchte ich das Treffen der Anonymen Alkoholiker, ging aber bereits in der Pause wieder.

An der Rezeption teilte man mir mit, dass Durkin in der Zwischenzeit wieder angerufen hatte. Ich rief sofort zurück, doch nun war er wieder weg. Ich hinterließ Namen und Adresse und ging nach oben. Ich saß schon wieder über Donnas Gedicht, als das Telefon klingelte.

Es war Durkin. »Hallo, Matt, ich wollte Ihnen eigentlich nur sagen, dass ich Ihnen hoffentlich gestern Abend keinen falschen Eindruck vermittelt habe.«

»Worüber?«

»Ach, über die Dinge im allgemeinen«, erwiderte er. »Hin und wieder wächst mir das Ganze einfach über den Kopf, wenn Sie verstehen, was ich meine. Dann muss ich einfach mal so richtig über die Stränge schlagen und mich ordentlich auskotzen. Ich mache mir das zwar nicht zur Gewohnheit, aber hin und wieder muss es eben sein.«

»Klar.«

»Die meiste Zeit macht mir mein Job durchaus Spaß, aber manchmal passiert doch etwas, was einem verdammt nahe geht, und das muss man sich dann irgendwie vom Hals schaffen. Ich hoffe nur, ich bin zum Schluss nicht etwa ausfällig geworden.«

Ich versicherte ihm, er brauchte sich diesbezüglich keine Sorgen zu machen.

»Außerdem kann so was jedem mal passieren«, tröstete ich ihn.

»Schon möglich.«

»Kommen Sie mit Ihren Ermittlungen weiter? Irgendwelche neuen Anhaltspunkte?«

»Schwer zu sagen.«

»Schon gut. Ich weiß, was Sie meinen. Falls da irgendetwas ist, was ich für Sie...«

»Stellen Sie sich vor, Sie können wirklich etwas für mich tun.«

»Tatsächlich?«

»Ich war gestern im Galaxy Downtowner«, begann ich darauf. »Habe mich dort mit dem Geschäftsführer unterhalten. Er hat mir die Anmeldekarte von diesem Mr. Jones gezeigt.«

»Ach ja, der berühmte Mr. Jones.«

»Er hat leider keine Unterschrift hinterlassen. Er hat nämlich in Druckschrift unterschrieben.«

»Das passt.«

»Ich habe darum gebeten, mir die Anmeldeformulare der letzten Monate ansehen zu dürfen, ob sich noch andere darunter befanden, die in Druckbuchstaben unterschrieben sind. Ich hätte diese Unterschriften dann mit der von Jones verglichen. Er meinte allerdings, das könnte er nicht gestatten.«

»Hätten Sie ihm doch ein paar Dollar zugesteckt.«

»Habe ich doch versucht. Aber der Kerl hat nicht mal kapiert, worauf ich hinauswollte. Sie könnten ihn allerdings dazu bringen, die Formulare herauszurücken. Falls jemand von der Polizei mit einem Durchsuchungsbeschluss ankommt, ließe er sich gern breitschlagen, aber bei mir sträubt er sich, weil ich keinerlei offiziellen Status vorweisen kann.«

Durkin schwieg eine Weile, bevor er mich schließlich fragte, ob ich denn glaubte, dass uns das irgendwie weiterbringen könnte.

»Ich halte es zumindest nicht für ausgeschlossen«, erwiderte ich.

»Sie glauben also, der Täter ist schon früher einmal in diesem Hotel abgestiegen? Unter irgendeinem anderen Namen?«

»Möglich, ja.«

»Aber glauben Sie denn, er hätte sich in diesem Fall mit seinem richtigen Namen eingetragen? Wir wüssten demnach doch nichts weiter als einen zweiten falschen Namen des Täters. Und das brächte uns wohl kaum weiter.«

»Es gibt übrigens noch etwas, das Sie für mich tun könnten, nachdem wir schon mal dabei sind.«

»Und was wäre das?«

»Lassen Sie die anderen Hotels in der Umgebung des Galaxy nach etwaigen Anmeldungen überprüfen.«

»Nach was? Nach Unterschriften in Druckschrift? Jetzt machen Sie aber mal einen Punkt, Matt. Sie wissen doch ganz genau, dass wir hier, weiß Gott, Wichtigeres zu tun haben.«

»Nein, in diesem Fall interessieren mich nicht die gedruckten Unterschriften. Ich möchte eine Liste aller Personen mit dem Namen Jones erstellen, die während der letzten Monate in Hotels von der Preisklasse des Galaxy abgestiegen sind. Hotels dieser Größenordnung haben ihre Anmeldungen doch per Computer gespeichert, sodass sie die Anmeldungen auf den Namen Jones binnen fünf Minuten parat hätten. Allerdings werden sie sich dazu nur bereit erklären, wenn jemand von offizieller Seite sie darum ersucht.«

»Und was wollen Sie damit anfangen?«

»Man sieht sich die Formulare für sämtliche Personen namens Jones, vorzugsweise mit den Initialen C, beziehungsweise CO, an, und überprüft, ob auf irgendeiner Karte die Schrift mit dem Anmeldeformular aus dem Galaxy übereinstimmt. Und falls Sie dabei fündig werden, wird sich von selbst zeigen, wohin uns das weiterführt. Oder muss ich Ihnen noch ausdrücklich erklären, wie man einer Spur nachgeht?«

Durkin verfiel erneut in Schweigen. »Na, ich weiß nicht«, brummte er schließlich. »Klingt verdammt mager.«

»Vielleicht ist es das ja auch.«

»Wissen Sie, was es meiner Meinung nach ist – gottverdammte Zeitverschwendung.«

»So viel Zeitverschwendung wäre es doch nun auch wieder nicht, zumal das Ganze auch keineswegs so aussichtslos ist, wie Sie mir einreden wollen, Joe. Wenn Sie den Fall für sich nicht bereits zu den Akten gelegt hätten, würden Sie bestimmt tun, was ich eben vorgeschlagen habe.«

»So sicher bin ich mir dessen keineswegs.«

»Doch, doch, Sie können mir in diesem Punkt ruhig glauben. Sie sind doch der Überzeugung, der Täter war entweder ein gedungener Killer oder ein Verrückter. Im ersten Fall würden Sie die Sache auf sich beruhen lassen, im zweiten würden Sie so lange warten, bis der Täter erneut zuschlägt.«

»So weit würde ich nicht unbedingt gehen.«

»Zumindest sind Sie gestern Abend so weit gegangen.«

»Gestern Abend war gestern Abend, Herrgott noch mal. Ich dachte, das mit gestern Abend wäre geklärt.«

»Es war kein Auftragskiller«, sagte ich. »Und es war auch kein Verrückter, dessen Wahl rein zufällig auf dieses Mädchen gefallen ist.«

»Sie klingen, als wären Sie sich Ihrer Sache verdammt sicher.«

»Zumindest relativ sicher.«

»Und warum?«

»Kein gedungener Killer verfällt plötzlich in einen wahren Blutrausch. Wie oft hat er mit dieser Machete auf sie eingeschlagen – sechzigmal?«

»Meines Wissens sechsundsechzigmal.«

»Sechsundsechzigmal also.«

»Und es muss nicht unbedingt eine Machete gewesen sein – nur irgendwas wie eine Machete.«

»Er hat sie sich erst ausziehen lassen, und dann hat er sie niedergemetzelt, dass sie die Wände neu streichen mussten, weil sie über und über mit Blut bespritzt waren. Haben Sie schon mal von einem Profi gehört, der seine Opfer auf diese Weise um die Ecke bringt?«

»Man kann doch nie wissen, was für eine Bestie so ein Zuhälter für ein

Einschüchterungsmanöver in seine Dienste nimmt. Vielleicht hat er dem Kerl sogar ausdrücklich gesagt, er sollte eine ordentliche Sauerei veranstalten. Auf diese Weise ist der Abschreckungseffekt doch eindeutig größer. Wer weiß, was im Kopf von diesem Kerl alles vorgeht?«

»Und dann wendet er sich an mich, ich soll mich der Sache mal ein wenig annehmen?«

»Zugegebenermaßen, das klingt etwas absonderlich, Matt, aber...«

»Es kann auch kein Irrer gewesen sein. Es war jemand, der *währenddessen* durchgedreht ist. Jedenfalls war es kein Irrer, der auf diese Weise seine Befriedigung findet.«

»Woher wollen Sie das so genau wissen?«

»Dazu ist er mit zu großer Vorsicht vorgegangen. Er hat in Druckschrift unterschrieben. Er hat die schmutzigen Handtücher mitgenommen. Der Täter war jemand, der es sich einige Mühe hat kosten lassen, sämtliche Spuren fein säuberlich zu verwischen.«

»Ich dachte, er hätte die Handtücher benutzt, um seine Machete darin einzuwickeln.«

»Weshalb hätte er das tun sollen? Nachdem er die Machete gewaschen hatte, konnte er sie doch problemlos wieder in dem Behälter verstauen, in dem er sie ins Hotel geschmuggelt hatte. Oder wenn er sie tatsächlich in ein Handtuch hätte einwickeln wollen, hätte er bestimmt ein sauberes genommen. Die Handtücher mitzunehmen, kann nur einen Grund gehabt haben: er wollte vermeiden, dass sie in Ihre Hände gelangen. Handtücher können eine ganze Menge Spuren aufweisen – ein Haar, einen Blutfleck –, und deshalb wäre es eindeutig zu gefährlich gewesen, die Handtücher zurückzulassen.«

»Wir wissen doch gar nicht mit Sicherheit, dass die Handtücher benutzt waren, Matt. Ebenso wenig wissen wir, dass der Täter geduscht hat.«

»Er hat sie so bestialisch niedergemetzelt, dass sogar die Wände ringsum voll Blut waren. Glauben Sie wirklich, dieser Kerl könnte das Hotel verlassen haben, ohne sich vorher ein bisschen sauberzumachen?«

»Na ja, vermutlich nicht.«

»Würden Sie ein paar nasse Handtücher einfach nur so als Andenken nach Hause mitnehmen? Er muss irgendeinen triftigen Grund dafür gehabt haben.«

»Also meinetwegen.« Darauf trat wieder eine Pause ein. »Ein Verrückter hätte vermutlich nicht mit dieser Gründlichkeit alle Spuren der Tat verwischt. Damit sagen Sie also, der Täter hat das Mädchen gekannt, und er hatte auch einen Grund, sie umzubringen. Aber woher wollen Sie das mit Sicherheit wissen?«

»Warum hätte er sie sonst zu sich ins Hotel kommen lassen?«

»Weil er dort auf sie gewartet hat – mit seiner entzückenden kleinen Machete.«

»Warum hat er seine entzückende kleine Machete nicht in ihre Wohnung in der Thirty-seventh Street mitgenommen?«

»Anstatt sie einen Hausbesuch machen zu lassen?«

»Langsam verstehen Sie, was ich meine, Joe. Ich habe mich heute den ganzen Tag mit allen möglichen Prostituierten unterhalten. Und die Mädchen sind nicht gerade scharf darauf, Hausbesuche zu machen. Natürlich lehnen sie sie nicht grundsätzlich ab, aber in der Regel versuchen sie erst mal, den Freier dazu zu bringen, sie in ihrer eigenen Wohnung aufzusuchen. Kim scheint das allerdings nicht geglückt zu sein.«

»Schließlich hatte der Kerl ja auch schon für sein Zimmer bezahlt. Wieso also sein Geld einfach so zum Fenster hinauswerfen?«

»Aber wieso hat er sie nicht von Anfang an in ihrer Wohnung aufgesucht?«

Diese Frage ließ sich Durkin eine Weile durch den Kopf gehen. »In dem Haus, in dem diese Kim Dakkinen wohnte, haben sie doch einen Türsteher. Vielleicht wollte er nicht von ihm gesehen werden.«

»Um stattdessen an der Rezeption eines großen Hotels unter den Augen vielleicht sogar mehrerer Portiers ein Anmeldeformular auszufüllen? Nein, aber vielleicht war der Türsteher deshalb ein Problem für ihn, weil er ihn schon einmal bei einer früheren Gelegenheit gesehen hatte. Ansonsten wäre jedenfalls ein Türsteher wesentlich weniger gefährlich als ein ganzes Hotel.«

»Na, ich weiß nicht, Matt.«

»Aber überlegen Sie doch mal. Der Täter hat eine Reihe von Dingen getan, die eigentlich nur einen Sinn ergeben, wenn er das Mädchen gekannt hat und persönliche Gründe hatte, ihren Tod zu wünschen. Damit ist natürlich nicht ausgeschlossen, dass der Täter nicht doch psychisch ziemlich gestört ist. Immerhin veranstalten einigermaßen normale Leute kein Schlachtfest mit einer Machete. Umgekehrt kann der Täter aber nicht nur irgendein Psychopath sein, der seine Opfer ganz nach Belieben aussucht.«

»Wie kommen Sie darauf? Tippen Sie auf einen Liebhaber?«

»Etwas in der Richtung.«

»Sie löst sich von ihrem Zuhälter, und als sie ihrem Liebhaber erzählt, sie wäre nun frei, dreht er durch?«

»Etwas in der Art habe ich mir tatsächlich zusammengereimt, muss ich zugeben.«

»Und dann langt er mit seiner Machete auch noch besonders ordentlich zu? Wie wollen Sie das mit Ihrer Vorstellung von einem Kerl vereinbaren, der letztlich doch dem trauten Heim und seiner Frau den Vorzug gibt?«

»Ich weiß auch nicht.«

»Wissen Sie eigentlich sicher, dass sie einen Freund hatte?«

»Nein«, gestand ich.

»Und diese Anmeldeformulare. Charles O. Jones, und was dieser Kerl sich sonst noch für Namen zugelegt haben mag – glauben Sie denn wirklich, das könnte uns irgendwie weiterbringen?«

»Möglich wäre es schon.«

»Das habe ich Sie nicht gefragt, Matt.«

»In diesem Fall muss ich leider mit Nein antworten. Ich glaube nicht, dass uns diese Namensgeschichte weiterbringt.«

»Aber Sie finden trotzdem, es wäre einen Versuch wert?«

»Ich hätte mir die Formulare im Galaxy Downtowner doch selbst angesehen«, erinnerte ich ihn. »Wenn ich also jemandem die Zeit gestohlen hätte, dann nur mir. Aber dieser Geschäftsführer wollte mich ja nicht an sie ranlassen.«

»Dann werden wir uns eben mal die Anmeldungen vornehmen.«

»Danke, Joe.«

»Und was die andere Geschichte betrifft, die Registrierung der Personen mit dem Namen Jones, die während der letzten Monate in einem Hotel von der Preisklasse des Galaxy abgestiegen sind, wird sich vielleicht auch etwas tun lassen. Übrigens, dem Obduktionsbericht zufolge hatte die Tote Sperma in der Kehle und in der Speiseröhre. Haben Sie das eigentlich mitbekommen?«

»Ich habe es gestern Abend in Ihrer Akte gelesen.«

»Erst hat er sich von ihr einen blasen lassen, und dann hat er sie mit seinem Fahrtenmesser zerstückelt. Ein sauberer Liebhaber, kann ich da nur sagen.«

»Das Sperma könnte doch auch von einem früheren Freier stammen. Immerhin hat das Mädchen als Prostituierte gearbeitet.«

»Na ja.« Er seufzte. »Übrigens gibt es verschiedene Spermagruppen, die sich ähnlich den Blutgruppen eindeutig bestimmen lassen. Das erweist sich hin und wieder als nützliches Indiz. Aber Sie haben natürlich recht; bei dem Beruf des Mädchens ließe sich mit der Samengruppe kaum etwas anfangen.«

»Leider.«

»Wenn sie diesen Scheißkerl wenigstens ordentlich gekratzt hätte, damit sich ein paar Hautspuren unter ihren Fingernägeln gefunden hätten. So etwas stellt immer eine große Hilfe für die Beweisführung dar.«

»Wem sagen Sie das. Nachdem sie ihm schon einen geblasen hat, könnte sich doch wenigstens das eine oder andere Härchen zwischen ihren Zähnen verfangen haben. Aber nein – dazu war sie wohl zu sehr feine Dame.«

»Tja, das ist wohl das Problem bei diesem Fall.«

»Mein Problem ist, dass ich langsam zu glauben beginne, dass wir es hier tatsächlich mit einem Fall zu tun haben – sozusagen mit einem Täter am Ende des Regenbogens. Ich habe hier meinen Schreibtisch voller Scheißkram liegen, und jetzt kommen Sie mir auch noch mit diesem blöden Fall daher.«

»Aber stellen Sie sich doch mal vor, was sein wird, wenn sich die ganze Mühe nicht als umsonst erweist.«

»Sie meinen wohl, ich werde mir meinen nächsten Urlaub sparen können, weil ich mich zur Abwechslung mal im Glanz meines wohlverdienten Ruhmes werde sonnen können?«

»Na, zumindest etwas in der Art.«

Ich musste noch mit drei Mädchen sprechen – mit Sunny, Ruby und Mary Lou. Ihre Telefonnummern standen in meinem Notizbuch. Doch für heute hatte ich bereits mit genügend Prostituierten gesprochen. Deshalb hinterließ ich bei Chances Auftragsdienst eine Nachricht, er solle mich zurückrufen. Es war Freitagabend. Vielleicht war er im Garden und sah ein paar Bubis dabei zu, wie sie sich gegenseitig die Birne weichklopften. Oder ließ er sich dort nur sehen, wenn Kid Bascomb in den Ring stieg?

Ich nahm mir erneut Donnas Gedicht vor. In meiner Fantasie waren sämtliche Farben des Gedichts von Blut überdeckt, grellrotem, spritzendem Blut, dessen Ton allmählich von Scharlach in Rostrot überging. Ich rief mir ins Gedächtnis zurück, dass Kim noch am Leben gewesen war, als diese Zeilen geschrieben wurden. Weshalb glaubte ich darin schon Vorzeichen drohenden Unheils zu erkennen? Hatte Donna unbewusst etwas gespürt? Oder bildete ich mir das alles nur ein?

Warum hatte sie Kims golden schimmerndes Haar nicht erwähnt? Oder stand dafür die Sonne in der vierten Zeile? Wie von selbst erstanden die um Kims Kopf geschlungenen Zöpfe vor meinem inneren Auge, und ich wurde unwillkürlich an das Medusenhaupt meiner Bildhauerfreundin Jan Keane erinnert. Ohne groß nachzudenken, griff ich nach dem Telefon und wählte ihre Nummer. Obwohl es lange zurücklag, dass ich Jan das letzte Mal angerufen hatte, schob mir mein Gedächtnis die Ziffernreihe bereitwilligst unter.

Nach viermaligem Klingeln wollte ich schon wieder einhängen, als plötzlich eine tiefe Frauenstimme, hörbar außer Atem, aus dem Hörer drang.

»Jan, ich bin's, Matt Scudder.«

»Matt! Gerade vorhin habe ich an dich gedacht. Warte bitte einen Augenblick. Ich bin gerade nach Hause gekommen. Ich muss erst noch meinen Mantel ausziehen... So! Schön, wieder mal was von dir zu hören. Und wie geht's?«

»Ich kann nicht klagen. Und was treibst du so?«

»Bei mir geht es voran. Tag für Tag.«

Diese Ausdrucksweise kam mir doch bekannt vor. »Gehst du immer noch zu diesen Treffen?«

»Mhm. Ich komme sogar gerade von einem. Und wie geht es dir?«

»Nicht schlecht.«

»Das ist schön.«

Was hatten wir heute? Freitag. Also Mittwoch, Donnerstag, Freitag. »Ich habe drei Tage geschafft«, erklärte ich.

»Matt, das ist doch toll!«

Was sollte daran schon toll sein? »Na ja«, wusste ich darauf nur zu erwidern.

»Warst du immer bei den Treffen?«

»Ja, so einigermaßen. Aber ich weiß nicht recht, ob ich wirklich schon reif dafür bin.«

Wir unterhielten uns noch eine Weile, wobei sie meinte, eines Tages würden wir uns noch bei einem Treffen treffen. Das hielt ich ebenfalls nicht für unmöglich. Jan war nun schon fast sechs Monate nüchtern geblieben und hatte auch bei mehreren Treffen gesprochen. Ich sagte, es wäre sicher interessant, ihre Geschichte zu hören, worauf Jan erstaunt entgegnete: »Aber du bist doch ein wesentlicher Bestandteil meiner Geschichte. Wozu willst du sie dann noch hören?«

Sie widmete sich wieder verstärkt der Bildhauerei. Zwar hatte sie nach der langen Pause noch Probleme damit, ihre Vorstellungen zu verwirklichen. Aber sie gab sich Mühe und arbeitete hart. Zudem galt ihre Hauptanstrengung dem Bemühen, nüchtern zu bleiben. Und soweit ihr das gelang, würde sich auch ihr übriges Leben allmählich wieder einrenken.

Und was war mit mir? Ich erzählte ihr, dass ich einen Auftrag hatte, ohne jedoch ins Detail zu gehen. Da sie diesbezüglich nicht weiter in mich drang, erlahmte unsere Unterhaltung allmählich, sodass ich nach einigen Pausen schließlich erklärte: »Na ja, ich dachte, rufst du eben kurz mal an und fragst, wie es Jan geht.«

»Das war eine gute Idee, Matthew.«

»Vielleicht treffen wir uns ja tatsächlich zufällig mal bei einem Treffen.«

»Das fände ich schön.«

Ich legte auf und verlor mich dann in Erinnerungen an den Abend in ihrer Wohnung in der Lispenard Street. Wir hatten gemeinsam getrunken, und der Whisky hatte seinen sanften Zauber über uns gebreitet. Was für ein wunderbarer Abend war das doch gewesen.

Bei den Treffen hört man die Redner immer sagen: »Mein schlimmster Tag in nüchternem Zustand ist immer noch besser als mein bester in betrunkenem!« Und dazu nicken dann alle wie diese Plastikhunde auf den Rückfensterablagen irgendwelcher Kadettfahrer. Ich dachte an diese Nacht mit Jan, und dann sah ich mich in meinem Kabuff um, um einen Grund zu finden, weshalb diese Nacht besser hätte sein sollen als der Abend damals mit Jan.

Ich sah auf meine Uhr. Die Bars hatten noch lange nicht geschlossen.

Aber ich blieb, wo ich war. Unten auf der Straße raste ein Streifenwagen mit eingeschalteter Sirene vorbei. Das Geräusch erstarb langsam, die Minuten verflossen, und mein Telefon klingelte.

Es war Chance. »Wie ich sehe, haben Sie sich bereits an die Arbeit gemacht«, erklärte er anerkennend. »Waren die Mädchen eine Hilfe?«

»Ja, sie waren sehr zuvorkommend.«

»Und kommen Sie voran?«

»Schwer zu sagen. Man stößt hier auf einen möglichen Anhaltspunkt und da auf einen möglichen Anhaltspunkt, ohne jedoch recht zu wissen, ob sich die einzelnen Teile letztendlich zu einem Ganzen zusammenfügen lassen. Was haben Sie übrigens aus Kims Wohnung entfernt?«

»Nur etwas Geld. Warum?«

»Wie viel?«

»Ein paar Hunderter. Sie hatte ihr Bargeld in der obersten

Kommodenschublade. Das war eigentlich kein richtiges Versteck, sondern nur der Platz, an dem sie ihr Geld aufbewahrte. Ich habe mich außerdem noch ein wenig umgesehen, ob sie noch irgendwo schwarzes Geld versteckt hatte. Ich habe allerdings nichts gefunden. Ich bin auch nicht auf ein Sparbuch oder einen Safeschlüssel gestoßen. Haben Sie denn etwas in der Art gefunden?«

»Nein.«

»Und haben Sie Geld gefunden? Sie können es natürlich behalten. Ich frage nur interessehalber.«

»Nein, ich habe auch kein Geld gefunden. Und sonst haben Sie nichts mitgenommen?«

»Nur noch ein Foto von Kim und mir, das mal in einem Nachtclub aufgenommen wurde. Ich sah keinen Grund, weshalb ich es der Polizei hätte in die Hände fallen lassen sollen. Aber wieso interessiert Sie das?«

»Einfach nur so. Sind Sie eigentlich in der Wohnung gewesen, bevor die Polizei Sie festgenommen hat?«

»Sie haben mich nicht festgenommen. Ich habe mich freiwillig gestellt. Aber ich war zuvor bereits in der Wohnung. Sonst wäre das Geld auch sicher nicht mehr da gewesen.«

Damit hatte er vermutlich recht. »Haben Sie die Katze auch mitgenommen?«

»Die Katze?«

»Kim hatte doch eine kleine schwarze Katze.«

»Ach ja, natürlich. Daran habe ich überhaupt nicht mehr gedacht. Nein, ich habe sie nicht mitgenommen. Wenn ich daran gedacht hätte, hätte ich ihr höchstens was zu fressen hingestellt. Wieso? Ist sie denn weg?«

»Ja, mitsamt dem Katzenklo.«

Ich fragte ihn, ob die Katze in der Wohnung gewesen wäre, als er zum letzten Mal dort war. Chance hatte jedoch weder die Anwesenheit der Katze noch ihr Fehlen bewusst bemerkt, da er nicht an sie gedacht hatte.

»Außerdem habe ich mich ziemlich beeilt«, erklärte er mir. »Ich war höchstens fünf Minuten in der Wohnung. Die Katze könnte also sogar um meine Beine gestreift sein, ohne dass ich darauf geachtet hätte. Aber wieso ist das so wichtig? Die Katze hat sie doch sicher nicht umgebracht.«

»Allerdings nicht.«

»Sie glauben doch nicht etwa, sie hat die Katze mit ins Hotel genommen?«

»Warum hätte sie das tun sollen?«

»Woher soll *ich* das wissen? Ich verstehe überhaupt nicht, was das ganze Gerede mit dieser dämlichen Katze soll?«

»Irgendjemand muss die Katze mitgenommen haben. Irgendjemand muss nach Kims Tod in der Wohnung gewesen sein und die Katze mitgenommen haben.«

»Sind Sie absolut sicher, dass die Katze heute nicht mehr in der Wohnung war? Katzen haben doch manchmal schreckliche Angst vor Fremden und verstecken sich irgendwo.«

»Die Katze war nicht da.«

»Vielleicht ist sie aus der Wohnung gelaufen, als die Polizei dort war.«

»Haben Sie schon mal von einer Katze gehört, die auch gleich ihr Katzenklo mitnimmt?«

»Vielleicht hat es ein Nachbar aus der Wohnung geholt. Er hat die Katze miauen gehört und sich ihrer angenommen.«

»Ein Nachbar mit einem Schlüssel?«

»Manche Leute tauschen doch mit einem Wohnungsnachbarn die Schlüssel aus, falls sie sich mal selbst aussperren. Vielleicht hat sich der Nachbar den Schlüssel auch vom Türsteher besorgt.«

»Genau, so war es wahrscheinlich.«

»Na, sehen Sie.«

»Ich werde morgen gleich mal mit den Nachbarn von Kim deswegen reden.«

Er stieß einen leisen Pfiff aus. »Sie gehen aber auch der geringsten Spur nach, was? So viel Umstände, und das nur wegen einer kleinen Katze.«

»Nur so kommt man in diesem Job weiter.«

»Na, dann viel Erfolg.«

Kapitel 18

Samstag war genau der richtige Tag, sich etwas umzuhören. An diesem Tag sind nämlich in der Regel mehr Leute zu Hause als unter der Woche. Zudem war an diesem Samstag auch noch das Wetter keineswegs dazu geschaffen, die Menschen aus ihren Häusern zu locken. Es regnete, und dazu blies ein kräftiger, unfreundlicher Wind.

Meine erste Station war das Haus, in dem Kim gewohnt hatte. Ich nickte dem Türsteher kurz zu und schritt mit dem Schlüssel in meiner Hand an ihm vorbei. Ich hatte den Mann noch nie zuvor gesehen, sodass ich ihm wohl kaum vertrauter sein konnte als er seinerseits mir, aber dennoch stellte er mich nicht zur Rede. Ich fuhr mit dem Lift nach oben und ging in Kims Wohnung.

Möglicherweise wollte ich mich noch einmal vergewissern, dass die Katze tatsächlich verschwunden war. Welchen Grund hätte ich sonst gehabt, noch einmal dorthin zurückzukehren. Ich fand die Wohnung, soweit ich das beurteilen konnte, im selben Zustand vor, in dem ich sie am Tag zuvor verlassen hatte, und ich stieß auch nach ausgiebigem Suchen weder auf eine kleine, schwarze Katze noch auf deren Klo. Ebenso wenig konnte ich irgendwo in der Wohnung Anzeichen entdecken, dass sich hier je eine Katze aufgehalten hatte; keine Dosen mit Katzennahrung, kein Trockenfutter, keine Katzenstreu, kein Futternapf. Da es auch nicht im Geringsten nach Katze roch, begann ich mich bereits zu fragen, ob mir vielleicht mein Gedächtnis einen Streich gespielt und ich mir die Katze nur eingebildet hatte. Doch stieß ich zu guter Letzt im Kühlschrank auf eine halbleere Dose Katzenfutter.

Na so etwas, dachte ich. Hat der große Detektiv doch noch einen Anhaltspunkt gefunden.

Wenig später fand der große Detektiv sogar eine Katze. Ich klopfte an jede Tür im selben Stockwerk. Nicht alle Bewohner waren zu Hause – garstiges

Wetter hin oder her –, und die ersten drei, die ich schließlich sprach, wussten nicht einmal, dass Kim eine Katze gehabt hatte.

Die vierte Tür, die sich auf mein Klopfen öffnete, gehörte einer zierlichen, etwa fünfzig Jahre alten Frau namens Alice Simkins, die mir mit unverhohlenem Argwohn begegnete, bis ich auf Kims Katze zu sprechen kam.

»Ach, Panther«, rief sie und taute mit einem Mal auf. »Sie kommen wegen Panther. Wissen Sie, ich hatte schon Angst, dass früher oder später jemand kommen würde, um ihn abzuholen. Kommen Sie doch bitte rein.«

Sie ließ mich auf einem Polsterstuhl Platz nehmen, brachte mir eine Tasse Kaffee und entschuldigte sich für die Unmengen an Mobiliar in der Wohnung. Sie war Witwe, erzählte sie mir, und war deshalb aus ihrem kleinen Haus in einer Vorstadtsiedlung in diese Wohnung umgezogen. Und obwohl sie sich mühsam von einem Großteil ihres Besitzes getrennt hatte, hatte sie doch den Fehler begangen, zu viele Möbel zu behalten.

»Man kommt sich hier vor wie bei einem Hindernisrennen«, klagte sie. »Glauben Sie nicht, dass ich erst vor kurzem eingezogen wäre. Ich wohne nun schon fast zwei Jahre hier. Aber da nun einmal kein wirklicher Anlass besteht, endlich Ordnung zu schaffen, schiebe ich das Ganze immer weiter vor mir her.« Irgendein Mitbewohner hatte ihr von Kims Tod erzählt. Und dann fiel ihr am Tag danach, mitten unter der Arbeit, plötzlich ein, dass sich doch jemand um Kims Katze kümmern musste.

»Ich brachte es gerade noch über mich, bis zur Mittagspause zu warten«, erzählte sie. »Schließlich konnte ich doch nicht während der Arbeitszeit nach Hause fahren, nur damit eine kleine Katze eine Stunde früher zu ihrem Fressen kommt. Ich fütterte also die Katze, gab ihr frisches Wasser und säuberte das Katzenklo, und als ich am Abend wieder nach ihr sah, stellte ich fest, dass niemand in der Wohnung gewesen war, um sich um sie zu kümmern. Als ich dem armen Tier dann am nächsten Morgen sein Futter brachte, kam mir die Idee, dass ich es doch bis auf weiteres bei mir aufnehmen könnte.« Sie lächelte. »Panther scheint sich ganz gut eingewöhnt zu haben. Glauben Sie, dass das Tier sie sehr vermisst?«

»Ich weiß nicht.«

»Ich nehme nicht an, dass Panther mich vermissen wird; aber mir wird er sehr fehlen. Jetzt werde ich Ihnen noch das ganze Katzenfutter zusammenpacken, das ich aus ihrer Wohnung geholt habe. Panther hat sich bestimmt irgendwo versteckt, aber wir werden ihn schon finden.«

Ich versicherte ihr darauf, dass ich nicht gekommen sei, um die Katze abzuholen, und dass sie das Tier gern behalten könnte, wenn sie wollte. Sie war überrascht und offensichtlich auch erfreut. Aber wenn ich nicht der Katze wegen gekommen sei – warum dann? Ich weihte sie kurz in mein Vorhaben ein und fragte sie dann, wie sie sich Zugang zu Kims Wohnung verschafft hätte.

»Aber ich habe doch einen Schlüssel für die Wohnung. Wissen Sie, als ich vor einigen Monaten für längere Zeit verreisen musste, habe ich dem Mädchen meinen Schlüssel gegeben und sie gebeten, meine Pflanzen zu gießen. Und als ich dann wieder zurückkam, hat sie mir ihren Schlüssel gegeben. An den Grund kann ich mich allerdings nicht mehr erinnern. Sollte ich Panther füttern? Nein, ich weiß es wirklich nicht mehr. Glauben Sie, ich kann ihm einen anderen Namen geben?«

»Wie bitte?«

»Mir gefällt der Name Panther nicht besonders, aber ich weiß nicht, ob man den Namen einer Katze einfach so ändern kann. Vermutlich hört sie sowieso nicht drauf. Das Einzige, worauf so ein Tier hört, ist das Summen des elektrischen Dosenöffners, wenn das Abendessen serviert wird.« Sie lächelte. »T.S. Eliot hat geschrieben, dass jede Katze einen geheimen Namen hat, den nur sie selbst kennt. Demzufolge dürfte es ziemlich gleichgültig sein, wie ich Panther künftig nenne.«

Ich brachte unser Gespräch wieder auf Kim und erkundigte mich, ob die beiden Frauen näher miteinander befreundet gewesen wären.

»Als Freundinnen hätte man uns eigentlich nicht bezeichnen können«, antwortete Alice Simkins. »Wir waren eben Nachbarinnen – gute allerdings. Die Tatsache, dass ich einen Schlüssel für ihre Wohnung hatte, heißt noch nicht, dass wir Freundinnen waren.«

»Wussten Sie, dass Kim eine Prostituierte war?«

»Ich habe es zumindest vermutet. Erst hielt ich sie allerdings für ein Fotomodell. Wegen ihres Aussehens.«

»Allerdings.«

»Aber irgendwann kam ich dann doch darauf, womit sie ihr Geld verdiente. Sie selbst hat nie darüber gesprochen. Vermutlich war es vor allem der Umstand, dass sie nie über ihre Arbeit sprach, der mich schließlich auf die richtige Fährte führte. Und dann war da noch dieser Schwarze, der sie regelmäßig besuchen kam. Irgendwie hatte ich den Eindruck, dass er ihr Zuhälter war.«

»Hatte Kim Dakkinen denn einen Freund, Mrs. Simkins?«

»Außer dem Schwarzen?« Während sie kurz nachdachte, schoss plötzlich ein schwarzer Blitz durch den Raum und sprang auf ein Sofa, um jedoch sofort wieder zu verschwinden. »Sehen Sie?«, sagte die Frau. »Panther hat absolut nichts mit einem Panther gemein. Ich weiß nicht, welchem Tier er am ehesten ähnelt, aber sicher nicht einem Panther. Ach ja, Sie wollten wissen, ob sie einen Freund hatte.«

»Ja.«

»Ich überlege gerade. Jedenfalls musste sie irgendetwas Bestimmtes vorgehabt haben, da sie bei unserem letzten Gespräch gewisse Andeutungen machte – von wegen, sie wollte ausziehen und ihr Leben sollte eine Wendung zum Besseren erfahren. Ich hielt das allerdings eher für einen ziemlich unausgegorenen Wunschtraum von ihr.«

»Wieso?«

»Weil ich annahm, dass sie sich einbildete, ihr Zuhälter würde eines Tages allein mit ihr die Stadt verlassen und irgendwo eine neue Existenz mit ihr aufbauen, eine Familie gründen und so weiter. Sie kennen doch diese Mädchenträume oder nicht? Mir gegenüber hat sie natürlich nie erwähnt, dass sie als Prostituierte arbeitete und einen Zuhälter hatte. Jedenfalls kann ich mir gut vorstellen, dass die meisten dieser Zuhälter ihren Mädchen erzählen, all die anderen Mädchen würden ihnen absolut nichts bedeuten, und sobald sie genügend Geld beisammen hätten, würden sie gemeinsam nach Australien auswandern und sich dort eine Schaffarm – oder irgendetwas ähnlich Realistisches kaufen.«

Unwillkürlich musste ich an Fran Schecter denken, die fest davon überzeugt war, sie und Chance seien durch ihr Karma unauflöslich miteinander verbunden und hätten noch unzählige gemeinsame Leben vor sich.

»Sie hatte vor, ihrem Zuhälter den Laufpass zu geben«, sagte ich.

»Wegen eines anderen Mannes?«

»Das versuche ich im Augenblick noch herauszufinden.«

Sie hatte Kim nie mit einem speziellen Mann zusammen gesehen, wie sie überhaupt den Männern, die Kim in ihrer Wohnung aufgesucht hatten, wenig Beachtung geschenkt hatte. Nachts hatte Kim sowieso kaum Besucher gehabt, und tagsüber war Mrs. Simkins im Büro und folglich nicht zu Hause.

»Ich dachte immer, sie hätte sich den Pelz selbst gekauft«, erzählte Mrs. Simkins weiter. »Sie war so stolz darauf, als hätte ihn ihr ein Verehrer geschenkt, obwohl ich nie das Gefühl loswurde, dass sie damit nur zu überdecken versuchte, dass sie sich das Stück selbst hatte kaufen müssen. Trotzdem möchte ich wetten, dass sie einen Freund hatte. Sie zeigte sich damit in einer Art, als wäre es ein Geschenk eines Verehrers, wenn sie auch nie etwas dergleichen äußerte.«

»Vermutlich hielt sie diese Beziehung streng geheim.«

»Natürlich. Aber sie war sehr stolz auf den Pelz und den Schmuck. Sie haben gesagt, sie wollte sich von ihrem Zuhälter trennen. Ist sie deshalb umgebracht worden?«

»Das weiß ich nicht.«

»Ich habe die ganze Zeit versucht, nicht daran zu denken, dass sie ermordet wurde und wie oder warum sie umgebracht wurde. Haben Sie mal *Unten am Fluss* gelesen?« Hatte ich nicht. »In diesem Buch gibt es eine Kolonie von halb domestizierten Kaninchen. Sie verfügen über ausreichend Lebensmittelvorräte und leben sozusagen in einer Art Kaninchenparadies. Allerdings verdanken die Kaninchen ihren Überfluss den Menschen, die ihnen Fallen stellen, um hin und wieder in den Genuss eines leckeren Kaninchenbratens zu gelangen. Die Kaninchen, die diesen Fallen entgangen sind, erwähnen kein einziges Mal die Existenz dieser Fallen oder auch die Artgenossen, die ihnen zum Opfer gefallen sind. Unter ihnen herrscht das ungeschriebene Gesetz, so zu tun, als existierten diese Fallen gar nicht und als hätte es ihre toten Gefährten nie gegeben.« Sie hatte beim Sprechen den Blick gesenkt, doch nun sah sie mir in die Augen. »Wissen Sie, ich glaube, die New Yorker sind genau wie diese Kaninchen. Wir leben hier inmitten des Überflusses, den diese Stadt uns bietet, und gleichzeitig wenden wir unseren Blick ab, wenn eben diese Stadt einen Freund oder Nachbarn dahinrafft. Natürlich lesen wir darüber in den Zeitungen, und für ein paar Tage ist es Gesprächsthema Nummer eins, aber schon nach kurzem haben wir alles schön verdrängt, da wir sonst nämlich etwas gegen diesen Wahnsinn unternehmen müssten, ohne dass uns dies möglich ist. Oder wir müssten an einen anderen Ort ziehen, aber das wollen wir auch nicht. Im Grunde sind wir genau wie diese Kaninchen, finden Sie nicht auch?«

Ich gab Mrs. Simkins meine Telefonnummer und bat sie, mich anzurufen, falls ihr noch etwas einfiel, was für mich von Interesse hätte sein können. Dann fuhr ich mit dem Lift nach unten. Als ich jedoch im Erdgeschoss ankam, stieg ich nicht aus, sondern fuhr wieder zum zwölften Stock hoch. Der Umstand, dass ich die schwarze Katze ausfindig gemacht hatte, besagte noch lange nicht, dass ich meine Zeit verschwenden würde, wenn ich noch mit ein paar weiteren Hausbewohnern sprach.

Aber im Nachhinein lässt sich immer leicht reden. Ich hätte mir die Mühe sparen können. Zwar unterhielt ich mich mit mindestens einem Dutzend Mietern, ohne jedoch mehr in Erfahrung zu bringen, als dass sie sich ausnahmslos herzlich wenig in die Angelegenheiten anderer Leute einmischten. Ein Mann wusste nicht einmal, dass eine Mitbewohnerin ermordet worden war, während die restlichen Mieter immerhin darüber informiert waren, wenn auch nicht über viel mehr.

Als ich schließlich sämtliche Wohnungen in Kims Stockwerk durchhatte, fand ich mich unvermittelt, den Schlüssel in der Hand, vor Kims Wohnungstür wieder. Was hatte mich hierhergeführt? Vielleicht die Lockungen der Flasche Whisky im Wohnzimmerschrank?

Ich steckte den Schlüssel in meine Tasche zurück und machte mich auf die Socken.

In meinem Verzeichnis von AA-Treffen stellte ich fest, dass nur wenige Blocks von Kims Wohnung entfernt ein Mittagstreffen stattfand. Die Rednerin schloss gerade mit ihrem Vortrag, als ich eintrat. Im ersten Moment dachte ich, es wäre Jan, aber bei näherem Hinsehen konnte ich eigentlich keine Ähnlichkeit mehr feststellen. Ich holte mir eine Tasse Kaffee und nahm ziemlich weit hinten Platz.

Der Raum war sehr voll und rauchig. Die Diskussion drehte sich vor allem um die spirituellen Aspekte des Programms, wobei mir allerdings im Verlauf des Gesprächs keineswegs klarer wurde, was es nun eigentlich damit auf sich hatte.

Ein Mann allerdings, ein Riesenkerl mit einer Stimme wie eine Fuhre Kies, machte eine witzige Bemerkung: »Ich bin eigentlich hierhergekommen, um meinen Arsch ins Trockene zu bringen, um dann allerdings feststellen zu müssen, dass er an meiner Seele befestigt war.«

Wenn Samstag ein guter Tag war, an Wohnungstüren zu klopfen, dann war er das nicht minder, um Prostituierten einen Besuch abzustatten. Ein Samstagnachmittagsfreier war zwar nichts gänzlich Unerhörtes, aber doch ziemlich außergewöhnlich.

Nach dem Mittagessen fuhr ich mit der U-Bahn zur Sixty-eighth Street, um dann noch ein Stückchen zu Fuß zu gehen. Ruby Lee und Mary Lou Barcker wohnten in zwei gegenüberliegenden Wohnblocks. Zuerst suchte ich Ruby Lee auf. Nachdem der Türsteher mein Kommen über die Sprechanlage gemeldet hatte, fuhr ich zusammen mit einem Jungen, der einen gigantischen Strauß Rosen auslieferte, im Lift nach oben. Der ganze Lift war vom Duft der Blumen erfüllt.

Auf mein Klopfen öffnete mir Ruby die Tür und bat mich mit einem kühlen Lächeln herein. Die Wohnung war ebenso spärlich wie geschmackvoll möbliert. Das Mobiliar war modern und neutral, aber ein paar Einrichtungsgegenstände verliehen den Räumen ein fernöstliches Flair – ein chinesischer Teppich, eine Gruppe japanischer Drucke in schwarzen Lackrahmen, ein Bambuswandschirm. Diese Gegenstände allein hätten noch nicht ausgereicht, eine exotische Atmosphäre zu verbreiten, aber schließlich war da auch noch Ruby.

Fast so groß wie Kim, hatte sie einen gertenschlanken, geschmeidigen Körper, der in dem engen, schwarzen Seidenkleid mit dem seitlichen Schlitz bestens zur Geltung kam. Als sie mir etwas zu trinken anbot, hörte ich mich doch tatsächlich nach einer Tasse Tee verlangen. Sie lächelte und kam kurz darauf mit einer Kanne und zwei Tassen zurück.

Ihre Mutter war Chinesin, ihr Vater halb Franzose, halb Senegalese. In Hongkong geboren, hatte sie einige Zeit in Macao gelebt, um schließlich über Paris und London nach Amerika zu gelangen. Sie sagte mir nicht, wie alt sie war, und ich fragte sie auch nicht danach, obwohl ich Mühe hatte, ihr Alter zu schätzen. Sie hätte ebenso gut zwanzig wie fünfundvierzig sein können.

Sie hatte Kim ein einziges Mal getroffen und wusste demzufolge kaum etwas über sie, auch die anderen Mädchen kannte sie kaum. Sie arbeitete schon seit einiger Zeit für Chance und fand ihr Verhältnis durchaus befriedigend.

Ob Kim einen Freund hatte, konnte sie nicht sagen, wie sie überhaupt verwundert meinte, aus welchem Grund eine Frau irgendein Interesse daran haben könnte, zwei Männer in ihrem Leben zu haben. Schließlich hätte sie in diesem Fall beiden Geld geben müssen.

Ich hielt dem entgegen, dass Kims Beziehung zu ihrem Freund anders beschaffen gewesen sein könnte und dass er ihr vielleicht Geschenke gemacht hatte. Diese Vorstellung fand Ruby höchst verblüffend. Meinte ich damit einen Freier? Ich erklärte, dass ich es nicht für ausgeschlossen hielt. Aber ein Freier ist doch etwas anderes als ein Freund, meinte sie. Ein Freier war einfach nur ein weiterer Mann in einer langen Reihe von Männern. Wie hätte sie für einen Freier irgendwelche Gefühle aufbringen können?

Drüben auf der anderen Straßenseite stellte Mary Lou Barcker ein Coke und einen Teller mit Käse und Crackern vor mich auf den Tisch. »Dann haben Sie also die Bekanntschaft unserer Drachenlady gemacht«, meinte sie. »Ganz schön irre, was?«

»Das kann man wohl sagen.«

»Drei Rassen, vereint in einer atemberaubend schönen Frau. Der Schock folgt jedoch auf dem Fuß. Man macht die Tür auf und stellt fest, dass niemand zu Hause ist. Kommen Sie doch mal her.«

Ich trat neben sie ans Fenster und sah in die Richtung, in die sie zeigte.

»Das ist ihr Fenster«, erklärte sie. »Man kann ihre Wohnung von meiner aus sehen. Man könnte doch meinen, dass wir uns zumindest ab und zu auf einen kleinen Schwatz treffen würden, finden Sie nicht auch?«

»Und? Ist das denn nicht so?«

»Sie ist zwar nie unfreundlich, aber irgendwie ist sie einfach nicht da. Es ist unmöglich, zu dieser Frau irgendeine Beziehung herzustellen. Ich kenne eine ganze Menge Freier, die schon mal bei ihr waren. Im Übrigen schicke ich auch immer welche zu ihr rüber. Manchmal erzählt mir ein Mann, dass er ständig Fantasien von asiatischen Mädchen hat. Oder ich schicke einen Freier rüber und sage ihm, dass Ruby ihm vielleicht gefallen könnte. Aber wissen Sie was? Dadurch habe ich, glaube ich, noch nicht einen einzigen Freier verloren. Sie schwärmen dann zwar davon, wie toll sie aussieht und wie schrecklich exotisch sie ist, und im Bett braucht sie sich sicher auch nichts nachsagen zu lassen, aber trotzdem geht keiner ein zweites Mal zu ihr. Stattdessen geben sie ihre Nummer an ihre Kumpel weiter. Ich bin mir zwar sicher, dass sie nicht über mangelnde Nachfrage zu klagen hat, aber gleichzeitig möchte ich wetten, dass sie nicht die geringste Ahnung hat, was ein fester Freier ist. Vermutlich hat sie noch nie einen gehabt.«

Mary Lou war eine dunkelhaarige, schlanke Frau mit scharfen Gesichtszügen und kleinen, ebenmäßigen Zähnen. Ihr Haar hatte sie streng nach hinten gebunden, und sie trug eine leicht getönte Pilotenbrille. Die Art, wie sie das Haar trug, und die Brille verliehen ihr ein ziemlich strenges Aussehen, doch sie schien sich dieser Wirkung sehr wohl bewusst zu sein. »Wenn ich mein Haar offen trage und die Brille abnehme«, erklärte sie irgendwann im Verlauf unseres Gesprächs, »sehe ich wesentlich fraulicher und weniger bedrohlich aus. Allerdings mögen es einige Freier ganz gern, wenn man bedrohlich aussieht.«

Über Kim sagte sie Folgendes: »Ich kannte sie nicht sehr gut. Und im Grunde gilt das auch für die anderen Mädchen. Mein Gott, das ist vielleicht ein Verein! Sunny zum Beispiel bildet sich tatsächlich ein, ihr gesellschaftliches Ansehen wäre beträchtlich gestiegen, seit sie Prostituierte geworden ist. Ruby ist eine Art autistische Minderjährige, für den normalen menschlichen Verstand jenseits jeglichen Begreifens. Ich bin mir sicher, dass sie regelmäßig eine hübsche Stange Geld beiseiteschafft, um sich eines Tages nach Macao oder Port Said aus dem Staub zu machen und dort eine Opiumhöhle aufzumachen. Chance weiß vermutlich, dass sie Geld zurückbehält; aber er ist wohl auch vernünftig genug, es ihr durchgehen zu lassen.«

Sie belegte einen Cracker mit einer Scheibe Käse, reichte ihn mir und machte sich dann auch selbst einen. Dazu trank sie Rotwein. »Fran ist die bezaubernde, freche kleine Göre. Ich nenne sie immer die Village-Nudel. Sie hat ihren Selbstbetrug zu einer Art Kunstform hochstilisiert. Vermutlich muss sie monatlich mehrere Tonnen Gras rauchen, um ihre gigantische Illusion aufrechtzuerhalten. Noch ein Coke?«

»Nein, danke.«

»Wollen Sie auch bestimmt kein Glas Wein? Oder etwas Hochprozentigeres?«

Ich schüttelte den Kopf. Aus dem Radio drang leise klassische Musik. Mary Lou nahm ihre Brille ab, hauchte auf die Gläser und rieb sie mit einem Tuch ab.

»Und Donna«, fuhr sie fort, »könnte man als Antwort des Nuttentums auf Edna St. Vincent Millay bezeichnen. Was für Fran das Gras ist, ist für Donna die Lyrik. Aber sie schreibt hervorragende Gedichte.«

Da ich Donnas Gedicht bei mir hatte, zeigte ich es Mary Lou. Ihre Stirn legte sich in Falten, als sie die Zeilen überflog.

»Es ist noch nicht fertig«, bemerkte ich dazu. »Sie will noch daran feilen.«

»Woher wissen diese Dichter eigentlich, wann ein Gedicht fertig ist? Woher wissen sie, dass sie aufhören können? So etwas werde ich wohl nie begreifen. Soll das Gedicht über Kim sein?«

»Ja.«

»Ich weiß zwar nicht, was das alles bedeuten soll, aber irgendetwas hat sie damit trotzdem zum Ausdruck gebracht.« Den Kopf leicht zur Seite geneigt, dachte sie kurz nach. »Für mich war Kim vermutlich immer die typische Hure. Eine aufsehenerregend schöne, eisige Blondine aus dem Norden des Mittelwestens, regelrecht dazu geschaffen, am Arm eines schwarzen Zuhälters durchs Leben zu schreiten. Wissen Sie was? Ich war, ehrlich gestanden, nicht sonderlich überrascht, als ich erfuhr, dass sie ermordet worden war.«

»Warum nicht?«

»Dessen bin ich mir nicht so recht sicher. Ich war zwar schockiert, aber nicht überrascht. Bei Kim hatte ich schon immer das Gefühl, dass es mit ihr eines Tages ein böses Ende nehmen würde. Dabei dachte ich nicht unbedingt an Mord, vielleicht eher an Selbstmord oder an diese unselige Kombination von Alkohol und Tabletten. Nicht etwa, dass sie Tabletten genommen oder viel getrunken hätte. Irgendwie hielt ich sie wohl für eine Selbstmordkandidatin. Und Mord liegt doch in einer ähnlichen Richtung. Irgendwie konnte ich mir einfach nicht vorstellen, dass sie immer so weitermachen würde. Sobald sie die Unschuld vom Lande einmal endgültig abgestreift hätte, hätte sie das Ganze nicht mehr im Griff gehabt. Und ich sah keine Möglichkeit, wie sie einen Ausweg aus diesem Schlamassel hätte finden können.«

»Sie hatte vor, ihren Job an den Nagel zu hängen. Sie sagte Chance, dass sie aussteigen wollte.«

»Sind Sie da ganz sicher?«

»Ja.«

»Und wie hat er darauf reagiert?«

»Er versicherte ihr, er würde sie nicht daran hindern.«

»Einfach so?«

»Ja.«

»Und dann wurde sie umgebracht. Steht das in irgendeinem Zusammenhang?«

»Ich bin überzeugt, dass irgendein Zusammenhang bestehen muss. Ich vermute, dass Kim einen Freund hatte. Und dieser Freund dürfte das Bindeglied sein. Er war vermutlich der Grund, weshalb sie bei Chance aufhören wollte, und vermutlich war er auch der Grund, weshalb sie ermordet wurde.«

»Aber Sie wissen nicht, wer dieser Mann ist?«

»Nein.«

»Haben Sie schon irgendwelche Anhaltspunkte?«

»Bisher noch nicht.«

»Nun, ich werde Ihnen wohl auch keine geben können. Ich weiß zwar nicht mehr, wann ich Kim zum letzten Mal gesehen habe, aber zumindest kann ich mich nicht erinnern, einen verliebten Schimmer in ihren Augen bemerkt zu haben. Trotzdem kann ich mir vorstellen, dass ein Mann schuld war, zumal sie es vermutlich kaum allein geschafft hätte, von Chance loszukommen.«

Und dann erzählte mir Mary Lau, wie sie selbst in dieses Geschäft hineingeraten war. Ich hatte nicht im Traum daran gedacht, sie danach zu fragen, aber trotzdem erzählte sie mir alles bis ins kleinste Detail.

Bei einer Vernissage in einer Galerie am West Broadway hatte irgendjemand sie auf Chance aufmerksam gemacht, der dort in Donnas Begleitung erschienen war. Die betreffende Person hatte ihr auch zu verstehen gegeben, dass Chance ein Zuhälter war. Nachdem sie sich mit ein paar Glas von dem billigen Wein, den sie dort ausschenkten, Mut angetrunken hatte, war Mary Lou auf Chance zugetreten, um sich vorzustellen und ihm zu erklären, dass sie gern einen Artikel über ihn schreiben würde.

An sich war sie keine Journalistin. Sie hatte damals mit einem Mann zusammengelebt, der in der Wall Street irgendeinen undurchsichtigen Job hatte. Mary Lous Geliebter war zwar geschieden, hing aber noch sehr an seiner Frau. Außerdem nahm er jedes Wochenende seine furchtbar verzogenen Kinder zu sich. Das Ganze hatte für sie wenig Zukunft. Sie arbeitete für einen Verlag und hatte in einer feministischen Zeitschrift ein paar Artikel veröffentlicht.

Chance verabredete sich mit ihr zum Abendessen, und während Mary Lou ihn bei dieser Gelegenheit zu interviewen versuchte, wurde ihr bewusst, dass sie eigentlich nur ins Bett mit ihm wollte, wobei dieser Wunsch eher Neugier als sexuellem Begehren entsprang. Bevor der Abend sich dem Ende entgegenneigte, hatte Chance den Vorschlag gemacht, sie sollte sich nicht mit einem oberflächlichen Artikel zufriedengeben, sondern aus dem realen Blickwinkel einer echten Prostituierten berichten. Er wies sie darauf hin, dass dieses Leben sie doch offensichtlich sehr faszinierte. Weshalb also nicht etwas aus dieser Faszination machen und sich für ein paar Monate tatsächlich auf dieses Leben einlassen, um es wirklich kennenzulernen?

Sie fasste diesen Vorschlag selbstverständlich als Witz auf. Als er sie dann nach Hause brachte, machte er ihr keinerlei Avancen und zeigte auch keine Reaktion hinsichtlich irgendwelcher versteckter Andeutungen ihrerseits. Und nun ging ihr die ganze folgende Woche Chances verrückter Vorschlag nicht mehr aus dem Kopf. Alles an ihrem Leben erschien ihr schal und lasch. Ihre Beziehung war am Ende, und manchmal hatte sie das Gefühl, dass sie nur bei ihrem Geliebten blieb, weil sie sich nicht auf eigene Faust eine Wohnung suchen wollte. Beruflich befand sie sich ebenfalls in einer Sackgasse, und zudem verdiente sie nicht einmal genügend Geld zum Leben.

»Und plötzlich bedeutete mir das Buch einfach alles«, erzählte sie. »De Maupassant hatte sich aus dem Leichenschauhaus Menschenfleisch besorgt und es verzehrt, um seinen Geschmack genau beschreiben zu können. Konnte ich also nicht einen Monat als Callgirl arbeiten, um dann das beste Buch zu schreiben, das je zu diesem Thema erschienen war?«

Sobald sie Chances Vorschlag akzeptiert hatte, musste sie sich um nichts mehr kümmern. Chance besorgte ihr die Wohnung, in der sie jetzt immer noch lebte. Er ging mit ihr aus und dann mit ihr ins Bett. Dort sagte er ihr genau, was sie tun sollte, was sie überraschenderweise höchst stimulierend empfand. Bis dahin hatte sie die Erfahrung gemacht, dass ihre Liebhaber in diesem Punkt sich eher nebulös gegeben hatten und im Grunde davon ausgingen, dass sie ihre Gedanken lesen konnte. Selbst Freier, meinte sie, hatten oft Schwierigkeiten, zu äußern, was sie eigentlich gern wollten.

Während der ersten paar Monate bildete sie sich noch ein, sie würde für ihr Buch recherchieren. Jedes Mal wenn ein Freier sie verließ, notierte sie ihre Eindrücke. Sie führte Tagebuch. Ähnlich wie Donna ihre Gedichte und Fran ihr Marihuana hatte, schob Mary Lou ihre journalistische Objektivität zwischen sich und das, was sie tat.

Als sie sich jedoch zunehmend weniger der Erkenntnis entziehen konnte, dass es ihr genügte, Prostituierte zu sein, durchlief sie eine schwere emotionale Krise. Obwohl sie nie zuvor in ihrem Leben ernsthaft an Selbstmord gedacht hatte, rückte diese Möglichkeit plötzlich in gefährliche Nähe. Schließlich kam sie aber doch wieder auf die Beine. Die Tatsache, dass sie als Prostituierte ihr Geld verdiente, besagte noch lange nicht, dass sie sich selbst als solche abstempeln musste. Das hatte sie nämlich eine Weile getan. Und das Buch, das nur eine Entschuldigung gewesen war, den Einstieg in dieses Metier zu finden, würde sich eines Tages vielleicht als etwas entpuppen, das sie wirklich machen wollte. Aber darauf kam es im Augenblick nicht an. Sie führte ein angenehmes Leben, und wenn sie etwas beunruhigte, dann war es der Gedanke, bis an ihr Lebensende so weitermachen zu müssen. Aber dazu würde es nicht kommen. Sobald der richtige Zeitpunkt gekommen war, würde sie dieses Leben ebenso mühelos hinter sich lassen, wie sie darin eingetaucht war.

»So bewahre ich mir also meine Selbstachtung, Matt. Ich bin keine Hure.

Ich führe nur ›Das Leben einer Hure‹. Und ich kann Ihnen wirklich sagen, es gibt schlechtere Arten, sein Leben zu leben.«

»Dessen bin ich mir sicher.«

»Ich habe eine Menge Zeit für mich. Ich lese viel, gehe oft ins Kino, in Museen und -zusammen mit Chance – auch in Konzerte. Kennen Sie zufällig diese Geschichte von den Blinden und dem Elefanten? Einer bekommt den Schwanz des Elefanten zu fassen und denkt, es wäre eine Schlange; der andere berührt die Seite des Elefanten und denkt, er steht vor einer Mauer.«

»Und?«

»Ich glaube, Chance ist der Elefant und seine Mädchen die Blinden. Jede von uns sieht einen anderen Menschen in ihm.«

»Und sie haben alle seine afrikanischen Masken in ihren Wohnungen hängen.«

In Mary Lous Fall handelte es sich um eine fünfundsiebzig Zentimeter hohe Statue eines kleinen Mannes mit einem Bündel Stöcke in der Hand. Gesicht und Hände waren mit roten und blauen Perlen verziert, während der restliche Körper mit winzigen Muscheln bedeckt war.

»Mein Hausgott«, erläuterte sie. »Das ist eine Batum-Ahnenfigur aus Kamerun. Das sind übrigens Kauri-Muscheln. Sie dienen innerhalb primitiver Gesellschaften, und zwar in allen Teilen der Welt, als Zahlungsmittel. Sozusagen der Schweizer Franken der Stammesgesellschaften. Erinnert Sie die Form dieser Muscheln an etwas Bestimmtes?«

Ich trat auf die Statue zu und nahm sie genauer in Augenschein.

»Die Ähnlichkeit mit den weiblichen Genitalien ist doch unverkennbar«, hörte ich Mary Lau hinter mir weiterreden. »Was gäbe es also für Männer Naheliegenderes, als diese Muscheln zu kaufen und zu verkaufen? Darf ich Ihnen noch einen Happen Käse anbieten?«

»Nein, danke.«

»Noch ein Coke?«

»Nein.«

»Na gut«, meinte sie darauf. »Falls ich noch irgendetwas für Sie tun kann, dann lassen Sie es mich wissen.«

Kapitel 19

Gerade als ich aus dem Haus trat, hielt vor dem Eingang ein Taxi, und ein Fahrgast stieg aus. Ich ließ mich in mein Hotel zurückfahren.

Auf der Fahrerseite funktionierte der Scheibenwischer nicht. Der Fahrer war ein Weißer; das Foto auf der an das Handschuhfach geklebten Lizenz zeigte jedoch einen Schwarzen. Ein Schild warnte RAUCHEN VERBOTEN / FAHRER ALLERGISCH. Im Wageninnern roch es deutlich nach Marihuana.

»Ich sehe absolut nichts«, schimpfte der Fahrer.

Ich machte es mir in meinem Sitz bequem und genoss die Fahrt.

Im Hotel rief ich als erstes Chance aus der Zelle unten an, um dann auf mein Zimmer zu gehen. Eine Viertelstunde später rief er zurück. »Na, an wie viele Türen haben Sie denn in der Zwischenzeit geklopft?«

»An einige.«

»Und?«

»Sie hatte einen Freund, der ihr Geschenke gemacht hat, die sie voller Stolz herumgezeigt hat.«

»Wem? Den anderen Mädchen?«

»Nein, und genau das ist auch der Grund, weshalb ich annehme, dass sie das Ganze geheim halten wollte. Von den Geschenken hat mir eine Wohnungsnachbarin erzählt.«

»Ist das dieselbe, die auch die Katze zu sich genommen hat?«

»Ganz richtig.«

»Das nenne ich gute Arbeit. Sie fangen mit einer verschwundenen Katze an, und plötzlich haben Sie den ersten Anhaltspunkt. Was waren das für Geschenke?«

»Ein Pelz und Schmuck.«

»Ein Pelz«, schnaubte Chance. »Meinen Sie vielleicht diese Kaninchenjacke?«

»Kim hat gesagt, es wäre ein Nerz.«

»Das war nichts weiter als gefärbtes Kaninchen. Ich habe ihr doch das Ding gekauft. Das war letzten Winter. Und die Nachbarin hat diesen Fummel für einen Nerz gehalten? Meine Fresse, der müsste ich doch fast mal ein paar Nerzmäntel anbieten. Vielleicht könnten wir ganz gut ins Geschäft kommen.«

»Kim hat behauptet, es wäre ein Nerz.«

»Wem gegenüber? Der Nachbarin?«

»Nein, sie hat es zu mir gesagt.« Ich schloss die Augen und stellte sie mir vor, wie sie mir damals im Armstrong's gegenübergesessen hatte. »Sie hat erzählt, sie wäre mit einer Jeansjacke in der Stadt angekommen und nun trüge sie einen echten Nerz. Sie hätte ihn jedoch gern wieder gegen die alte Jeansjacke eingetauscht, wenn sie damit die letzten Jahre ungeschehen machen könnte.«

Sein Lachen gellte durch die Leitung. »Es war gefärbtes Kaninchenfell«, versicherte er mir erneut. »Vielleicht etwas wertvoller als der Fetzen, mit dem sie aus dem Bus gestiegen ist, aber nicht gerade ein königliches Geschenk. Und mit Sicherheit hatte sie das Ding nicht von einem Freund, sondern von mir.«

»Tja…«

»Es sei denn, ich war dieser Freund, von dem sie gesprochen hat.«

»Ich halte das Ganze trotzdem nicht für ausgeschlossen.«

»Und Schmuck hat er ihr auch gekauft, haben Sie gesagt? Sie hatte doch nur billigen Schund, Mann. Haben Sie das Zeug in ihrem Schmuckkästchen nicht gesehen? Absolut nichts Wertvolles darunter.«

»Ich weiß.«

»Falsche Perlen, ein Highschool-Ring. Das einzige schöne Stück hat sie ebenfalls von mir bekommen. Vielleicht ist Ihnen dieser Armreif aufgefallen?«

»Aus Elfenbein?«

»Genau, aus echtem, *altem* Elfenbein mit einem Verschluss aus Gold.«

»Haben Sie ihr den gekauft?«

»Das Ding hat mich nur einen Hunderter gekostet, obwohl Sie in einem Laden sicher das Dreifache dafür hinblättern müssten, wenn nicht sogar noch mehr.«

»War der Armreif gestohlen?«

»Sagen wir einfach, der Kerl, der ihn mir verkauft hat, hat mir keine Quittung dafür ausgestellt. Dass er gestohlen war, hat er nie behauptet; nur, dass er hundert Dollar dafür wollte. Eigentlich hätte ich das Ding mitnehmen sollen, als ich das Foto geholt habe. Schließlich habe ich ihr das Ding gekauft. Ich fand, es würde ihr gut stehen, was ja auch tatsächlich der Fall war. Und Sie glauben immer noch, dass sie einen Freund hatte?«

»Ja.«

»Sonderlich überzeugt klingen Sie aber inzwischen nicht mehr. Oder sind Sie einfach nur müde?«

»Ja.«

»Vermutlich haben Sie einen anstrengenden Tag hinter sich. Was soll dieser Freund von Kim sonst noch getan haben, außer dass er ihr Geschenke gekauft hat, die gar nicht existieren?«

»Er wollte für sie sorgen.«

»Na, so was. Das habe ich doch getan, Mann. Was sollte ich für Kim denn sonst getan haben, wenn ich nicht für sie gesorgt habe?«

Ich legte mich aufs Bett und schlief in voller Kleidung ein. Ich hatte an zu viele Türen geklopft und mit zu vielen Menschen gesprochen. Eigentlich war ich mit Sunny Hendryx verabredet, aber stattdessen machte ich nun ein kleines Nickerchen. Ich träumte von Blut und einer schreienden Frau, bis ich endlich schweißgebadet und mit einem metallischen Geschmack im Mund aufwachte.

Ich duschte und zog frische Sachen an. Dann sah ich in meinem Notizbuch Sunnys Nummer nach und rief sie von der Zelle unten an. Niemand ging dran.

Ich war erleichtert. Ich sah auf meine Uhr und ging rüber nach St. Paul's.

Der Sprecher war ein sanft wirkender Mann mit einem jungenhaften Gesicht und schütterem, braunem Haar. Erst hielt ich ihn für einen Geistlichen.

Wie sich herausstellte, war er jedoch ein Mörder. Er war homosexuell und hatte eines Nachts im Totalsuff dreißig bis vierzig Mal mit einem Küchenmesser auf seinen Geliebten eingestochen. Er hatte, wie er mit ruhiger Stimme berichtete, nur sehr vage Erinnerungen an den Vorfall, da er sich nur bruchstückhaft an ihn erinnern konnte. Plötzlich war er, mit dem Messer in der Hand, wieder zu sich gekommen, um voller Entsetzen festzustellen, was er tat. Dann war jedoch plötzlich jede Erinnerung wieder wie abgerissen. In den drei Jahren, die er sich wieder in Freiheit befand, hatte er keinen Alkohol mehr angerührt.

Ihm zuzuhören, wühlte mich ziemlich auf. Ich wusste nicht recht, was ich von dem Mann halten sollte, ob ich nun froh sein sollte, dass er am Leben und in Freiheit war, oder nicht.

Während der Pause unterhielt ich mich mit Jim. Vielleicht war es eine Reaktion auf den Redner von vorhin, vielleicht bedrückte mich auch Kims Tod, jedenfalls fing ich unvermittelt an, von all der Gewalttätigkeit und all den Morden zu erzählen. »Es macht mich einfach fertig«, klagte ich. »Ich brauche nur die Zeitung in die Hand zu nehmen.«

»Sie kennen doch sicher diesen abgedroschenen Spruch? ›Herr Doktor, es tut immer so weh, wenn ich das mache.‹ ›Dann lassen Sie es eben bleiben.‹«

»Na und?«

»Vielleicht sollten Sie aufhören, Zeitung zu lesen.« Als ich ihn mit einem ärgerlichen Blick bedachte, fuhr er fort: »Ich meine das durchaus ernst. Auch mir schlagen diese ständigen Schreckensmeldungen aufs Gemüt. Schließlich stünde dieser ganze Kram ja auch nicht in der Zeitung, wenn es sich dabei um gute Nachrichten handelte. Jedenfalls kam mir eines Tages der Gedanke – vielleicht hat es mir auch jemand gesagt –, dass mich niemand zwingt, diesen ganzen Mist zu lesen.«

»Sie meinen also, man sollte das Ganze einfach ignorieren?«

»Warum nicht?«

»So was nennt man doch Vogel-Strauß-Politik, oder nicht? Was ich nicht weiß, macht mich nicht heiß.«

»Schon möglich, aber Sie können es doch auch mal von einer anderen Seite zu betrachten versuchen. Wieso soll ich mich über Dinge aufregen, an denen ich sowieso nichts ändern kann?«

»Ich für meine Person kann mir jedenfalls nicht vorstellen, das alles einfach so beiseite zu schieben.«

»Warum nicht?«

An diesem Punkt musste ich an Donna denken. »Weil mir an der Menschheit etwas gelegen ist.«

»Mir auch«, stimmte mir Jim bei. »Schließlich besuche ich regelmäßig diese Treffen, höre zu und unterhalte mich mit den Leuten hier. Und ich bleibe nüchtern. Das ist meine Art zu zeigen, dass mir etwas an der Menschheit gelegen ist.«

Ich holte mir noch etwas Kaffee und ein paar Kekse. Während der anschließenden Diskussion erklärten immer wieder Leute, wie sehr sie die Aufrichtigkeit des Sprechers geschätzt hätten.

Mein Gott, dachte ich, ich habe nie etwas Derartiges getan. Und meine Augen wanderten zur Wand. Da hängen sie diese schlauen Sprüche auf, Perlen der Weisheit wie *Immer schön langsam* und *Eins nach dem anderen* und *Wir verdanken unsere Existenz der Gnade Gottes.*

Bleibt mir bloß damit vom Hals, dachte ich. Ich werde nicht zum Mörder, wenn ich mich mal bewusstlos gesoffen habe. Erzählt mir also nichts von der Gnade Gottes.

Und als ich an der Reihe war, passte ich.

Kapitel 20

Danny Boy hob sein Glas mit russischem Wodka hoch, um die klare Flüssigkeit gegen das Licht betrachten zu können. »Reinheit, Klarheit, Präzision.« Er sprach jedes einzelne Wort mit genüsslicher Deutlichkeit aus. »Guter Wodka ist wie ein Rasiermesser, Matthew. Ein geschärftes Skalpell in der Hand eines geschickten Chirurgen.«

Er neigte das Glas etwas zur Seite und schluckte dann ein ordentliches Quantum Reinheit und Klarheit hinunter. Wir saßen im Poogan's, und Danny Boy trug einen marineblauen Anzug mit feinen roten Streifen, die im Halbdämmer der Bar kaum zu erkennen waren. Ich hatte mir Soda mit Zitrone bestellt.

»Um das Ganze noch einmal zu rekapitulieren«, begann Danny Boy. »Diese Kim Dakkinen war eine große Blondine, Anfang Zwanzig. Sie wohnte in Murray Hill und wurde vor zwei Wochen im Galaxy Downtowner umgebracht.«

»Nicht ganz zwei Wochen.«

»Na gut. Sie war eins von Chances Mädchen. Und sie hatte einen Freund. Und für diesen Freund interessierst du dich also?«

»Richtig.«

»Und du bist bereit, für einen Hinweis auf diesen Burschen in barer Münze zu bezahlen. Wieviel genau?«

Ich zuckte mit den Schultern. »Ein paar Dollar eben.«

»Könntest du dich nicht etwas präziser ausdrücken?«

»Ich weiß nicht, Danny. Das hängt doch auch von der Art des betreffenden Tipps ab, und was sich damit anfangen lässt. Ich habe weder eine Million Dollar zur Verfügung, noch bin ich völlig blank.«

»Du hast gesagt, sie hat für Chance gearbeitet.«

»Ja.«

»Du hast doch noch vor etwas mehr als zwei Wochen selbst nach Chance gesucht, Matthew, und ich habe ihn dir dann bei diesem Boxturnier im Garden gezeigt.«

»Richtig.«

»Und ein paar Tage später machte deine große Blonde plötzlich Schlagzeilen. Du hast dich nach ihrem Zuhälter umgehört. Sie ist inzwischen umgebracht worden, und jetzt suchst du ihren Freund.«

»Na und?«

Danny Boy leerte sein Glas. »Ist Chance darüber im Bilde?«

»Ja, er weiß Bescheid.«

»Hast du mit ihm darüber gesprochen?«

»Ja.«

»Interessant.« Danny Boy hob sein leeres Glas gegen das Licht und blinzelte hindurch. Zweifellos überprüfte er es auf Reinheit, Klarheit und Präzision. Und dann fragte er: »Wer ist dein Klient?«

»Das ist vertraulich.«

»Na gut, ich werde mich mal umhören. Das ist es doch, was du möchtest?«

»Ganz genau.«

»Weißt du irgendetwas über diesen Freund?«

»Was zum Beispiel?«

»Ist er jung oder alt, dumm oder intelligent, verheiratet oder alleinstehend? Geht er zu Fuß zur Arbeit? Har er sein Mittagessen immer brav in seiner Aktentasche dabei?«

»Möglicherweise hat er ihr Geschenke gemacht.«

»Das engt das Feld der in Frage kommenden Personen enorm ein.«

»Na ja«, seufzte ich. »Was kann ich dafür.«

»Also gut«, meinte Danny Boy darauf. »Wir können es zumindest versuchen.«

Das war mit Sicherheit das einzige, was mir zu tun übrigblieb. Als ich nach dem Treffen ins Hotel kam, wartete dort bereits eine Nachricht auf mich. Sie lautete, Sunny anrufen; der Nachricht war die Nummer beigefügt, die ich bereits früher anzurufen versucht hatte. Als ich von der Zelle im Foyer aus anrief, ging niemand ans Telefon. Hatte sie denn keinen Anrufbeantworter?

Ich ging auf mein Zimmer, ohne es dort jedoch lange auszuhalten. Ich war nicht müde, und außerdem hatte ich beim Treffen so viel Kaffee in mich hineingeschüttet, dass ich jetzt total überdreht war. Ich überflog mein Notizbuch. Als ich bei dieser Gelegenheit auch Donnas Gedicht wieder einmal las, kam mir plötzlich der Gedanke, dass ich höchstwahrscheinlich nach einer Antwort suchte, die ein anderer bereits parat hatte.

So verhielt es sich bei der polizeilichen Ermittlungsarbeit ziemlich häufig. Die einfachste Möglichkeit, etwas in Erfahrung zu bringen, bestand darin, jemanden zu fragen, der Bescheid wusste. Die eigentliche Schwierigkeit liegt also darin, herauszufinden, wer die Person, die die Antwort parat hat, sein könnte.

Wen könnte Kim ins Vertrauen gezogen haben? Mit Sicherheit nicht ihre Kolleginnen, mit denen ich bisher gesprochen hatte. Auch nicht ihre Wohnungsnachbarin in der Thirty-seventh Street. Wen also dann?

Sunny? Vielleicht. Aber Sunny ging nicht ans Telefon. Ich versuchte es noch einmal.

Auch diesmal keine Antwort. Na gut. Außerdem hatte ich keine Lust, schon wieder mit einer Nutte Ginger Ale zu schlürfen.

Was hatten sie in ihren gemeinsamen Stunden getrieben, Kim und ihr unbekannter Freund? Falls sie die ganze Zeit hinter verschlossenen Türen und zugezogenen Vorhängen im Bett zugebracht hatten, um sich ewige Liebe zu schwören, stand ich ganz schön dumm da. Aber vielleicht waren sie auch gemeinsam ausgegangen, und er hatte sie in bestimmten Kreisen vorgezeigt. Möglicherweise hatte er irgendjemandem von ihr erzählt, der dann seinerseits mit einem Dritten darüber gesprochen hatte und...

Die Antwort auf diese Fragen würde ich jedoch mit Sicherheit nicht in meinem Hotelzimmer finden, zumal das Hundewetter draußen sich etwas gebessert hatte. Seit dem Treffen hatte der Regen merklich nachgelassen, und auch der Wind war schwächer geworden. Es war also an der Zeit, mich auf die Socken zu machen, mir ein paar Taxis zu nehmen und etwas Geld unter die Leute zu bringen.

Und das hatte ich dann auch getan, Poogan's Pub war ungefähr das neunte Lokal, das ich aufgesucht, und Danny Boy Bell die fünfzehnte Person, mit der ich gesprochen hatte.

Und damit machte ich auch nach meiner Unterhaltung mit Danny Boy weiter, ohne dass ich freilich irgendetwas in Erfahrung gebracht hätte. Man tut so etwas natürlich immer in der Hoffnung, irgendwann auf jemanden zu stoßen, der einem auf die Schulter klopft und sagt: »Klar, Mann, den kenne ich doch; das ist ihr Freund – der Kerl dort hinten in der Ecke.«

Allerdings kommt es eigentlich nie so. Wenn man Glück hat, macht das Ganze bestenfalls die Runde unter den Leuten. Man glaubt nicht, wieviel in dieser Stadt mit ihren acht Millionen Menschen getratscht wird. Wenn ich es richtig anstellte, würde es nicht lange dauern, bis ein nicht unbeträchtlicher Teil dieser acht Millionen wusste, dass eine tote Prostituierte einen Freund gehabt hatte und ein Kerl namens Scudder nach ihm suchte.

Zwei Taxifahrer weigerten sich, mich nach Harlem zu fahren, obwohl sie dazu gesetzlich verpflichtet waren. Allerdings beharrte ich nicht auf meinen Rechten, sondern zog es vor, ein Stück zu Fuß zu gehen und dann die U-Bahn zu nehmen.

Der Bahnsteig war menschenleer. Die Fahrscheinverkäuferin saß in ihrer kugelsicheren Bude. Ich hätte gern gewusst, ob sie sich dort wirklich sicher fühlte. Die New Yorker Taxis sind zum Schutz der Fahrer mit dicken Trennscheiben aus Plexiglas ausgerüstet, doch die zwei Fahrer vorhin waren trotzdem nicht willens gewesen, mich nach Harlem zu fahren.

Vor kurzem hatte ein Fahrscheinverkäufer in seiner einbruchsicheren Bude einen Herzanfall erlitten, und da es das Notarztteam nicht geschafft hatte, an ihn heranzukommen, war der Mann in seinem Sicherheitskokon gestorben. Trotzdem retteten diese Vorkehrungen vermutlich mehr Menschen das Leben als umgekehrt.

Nicht zugetroffen hatte dies jedoch auch auf die zwei Frauen in der Broad-Channel-Station. Ein paar Jungen waren sauer auf sie, weil sie sie wegen Schwarzfahrens gemeldet hatte, sodass sie einen Feuerlöscher mit Benzin füllten, es in ihr Häuschen spritzten und dann ein Streichholz hinterher warfen. Das Häuschen flog in die Luft, und die Frauen erlagen ihren Verbrennungen. Auch eine Art zu sterben. Dieser Vorfall hatte vor einem Jahr in der Zeitung gestanden. Natürlich gab es kein Gesetz, das einen verpflichtete, die Zeitung zu lesen.

Ich kaufte mir eine Fahrkarte und fuhr ein paar Stationen in Richtung Uptown. Nachdem ich mir das Kelvin Small's und ein paar ähnliche Schuppen in der Lenox Avenue vorgenommen hatte, traf ich mich in einem Stehimbiss mit Royal Waldron. Meine Unterhaltung mit ihm verlief keinen Deut anders als die anderen Gespräche, die ich bisher an diesem Abend geführt hatte. Dann trank ich in einem Café in der 125th Street einen Kaffee, ging zu Fuß zum Club Cameroon und bestellte mir dort ein Ginger Ale.

Die Statue in Mary Laus Apartment stammte aus Kamerun – eine Ahnenfigur, überzogen von Kaurimuscheln.

An der Bar stand niemand, den ich gut genug kannte, um mich auf ein Gespräch mit ihm einzulassen. Ich sah auf meine Uhr. Es wurde langsam spät. Samstagnacht schließen in New York die Bars immer schon eine Stunde früher als normal, und zwar um drei, anstatt um vier. Den Grund hierfür konnte ich allerdings nie recht begreifen. Vielleicht wollten sie damit erreichen, dass jeder, der an diesem Abend zu tief ins Glas geschaut hatte, auch bestimmt wieder bis zum Gottesdienst am Sonntagmorgen nüchtern war.

Ich winkte den Barkeeper heran und erkundigte mich nach ein paar Bars, die länger aufhatten. Er sah mich nur mit ausdruckslosem Gesicht an, sodass ich mich dabei überraschte, wie ich plötzlich meine alte Leier wieder herunterbetete. Mir war zwar klar, dass ich von diesem Burschen keine Antwort zu erwarten hatte, aber zumindest würde er mit anderen Leuten darüber sprechen, und darauf kam es mir schließlich an.

»Ich fürchte, dass ich Ihnen da nicht helfen kann«, erklärte er. »Und ich würde auch sagen, dass Sie für den Kerl, nach dem Sie suchen, ein bisschen zu sehr Uptown suchen.«

Ich nehme an, der Junge folgte mir aus der Bar. Ich achtete jedoch nicht auf ihn, obwohl ich das selbstverständlich hätte tun sollen. So etwas darf man nie außer auch lassen.

Während ich nun die Straße hinunterging, war ich in Gedanken ganz woanders, nämlich bei Kims geheimnisvollem Geliebtem und bei dem Homosexuellen, der seinen Freund erstochen hatte. Als ich dann plötzlich eine Bewegung neben mir bemerkte, war es bereits zu spät, etwas dagegen zu unternehmen. Ich begann gerade, mich umzuwenden, als eine Hand mich an der Schulter packte und in den Eingang eines Hinterhofs stieß.

Er war ein paar Zentimeter kleiner als ich, wenn er dies auch durch seinen üppigen Afro wieder wettmachte. Sein Alter schätzte ich zwischen achtzehn und zweiundzwanzig; er hatte einen finster nach unten gezogenen Schnurrbart und eine Brandnarbe auf der Wange. In seiner Hand hielt er einen kleinen Revolver, der genau auf mich gerichtet war.

Er fuhr mich an: »Los, du Arschloch. Rück schon dein Geld raus, du blöde Sau. Los, her damit, aber ein bisschen dalli, sonst leg ich dich um, du Arschloch.«

Dazu fiel mir nichts Besseres ein als: Warum bin ich nur nicht zur Bank gegangen? Warum habe ich nicht einen Teil des Geldes im Hotel gelassen? Scheiße, jetzt kann Mickey seine Zahnspange und St. Paul's meine zehn Prozent vergessen.

Und ich konnte meine Sorgen für morgen vergessen.

»Du verdammtes weißes Arschloch, blöde Sau...«

Dieser Kerl würde mich nämlich glatt umlegen. Dessen war ich mir ganz sicher, während ich nach meiner Brieftasche tastete und in seine Augen sah. Sein Finger zuckte nervös am Abzug und ließ keinen Zweifel daran, dass er es kaum erwarten konnte, abzudrücken. Daran würde auch die Tatsache nichts ändern, dass er mit meinen zwei Riesen einen außergewöhnlich dicken Fang an Land ziehen würde. Mein Tod war in seinem Hirn bereits vorprogrammiert.

Wir befanden uns in einem knapp zwei Meter breiten Durchgang zwischen zwei Gebäuden, der durch das Licht einer Straßenlaterne notdürftig erhellt war. Auf dem Boden lagen vom Regen durchnässte Papierfetzen, Bierdosen, zerbrochene Flaschen und allerlei sonstiger Müll herum.

Genau der richtige Platz zum Sterben. Auch eine feine Art zu sterben und nicht einmal sonderlich originell. Von einem Straßenräuber über den Haufen geknallt, eine winzige Notiz irgendwo auf den hinteren Seiten der Zeitung.

Ich zog die Brieftasche aus meiner Tasche. »Sie können alles haben – alles, was ich habe. Bedienen Sie sich.« Ich sagte das, obwohl ich wusste, dass er mich abknallen würde – ganz gleich, ob ich ihm nun fünf Dollar gab oder fünftausend. Mit zitternder Hand streckte ich ihm die Brieftasche entgegen, um sie plötzlich fallen zu lassen.

»Entschuldigung. Das tut mir leid.« Ich bückte mich, um sie aufzuheben. Dabei hoffte ich, er würde sich ebenfalls leicht vornüber neigen. Ich ging in die Knie, und dann dachte ich Jetzt! Und im nächsten Augenblick richtete ich mich abrupt auf und schlug ihm die Waffe aus der Hand, während mein Kopf mit voller Wucht gegen sein Kinn stieß.

Aus dem Revolver löste sich ein Schuss. In der Enge des Durchgangs war der Lärm ohrenbetäubend. Ich bildete mir ein, getroffen worden zu sein, obwohl ich keinen Schmerz spürte. Dann stieß ich ihn unsanft gegen die Wand. Seine Augen wirkten glasig; der Revolver hing schlaff in seiner Hand. Und als ich ihm einen kräftigen Schlag gegen sein Handgelenk versetzte, flog die Waffe in hohem Bogen davon.

Mordlust in den Augen, löste er sich nun von der Wand. Ich täuschte mit der Linken eine Attacke vor, um ihm jedoch mit der Rechten einen Schlag in die Magengrube zu versetzen. Mit einem würgenden Laut sackte er in sich zusammen, worauf ich ihn mit einer Hand an seiner dünnen Windjacke packte, während meine andere in seinem dichten Kraushaar Halt suchte. Und so rannte ich mit ihm drei rasche Schritte gegen die Wand, sodass er den Schwung voll mit dem Gesicht abfing. Ich zog ihn noch ein paarmal an den Haaren zurück, um sein Gesicht gegen die Ziegelwand zu schmettern. Als ich ihn schließlich losließ, sackte er wie eine Marionette, der man die Schnüre durchgeschnitten hatte, auf den Boden des Durchgangs nieder.

Mein Herz pochte, als wäre ich eben zehn Stockwerke im Eiltempo hochgerannt. Mühsam nach Atem ringend, ließ ich mich gegen die Wand sinken und wartete auf die Polizei.

Allerdings kam kein Mensch. Verdammt nochmal, es war doch zu einem Handgemenge gekommen, ein Schuss war gefallen. Und trotzdem ließ sich kein Mensch blicken. Ich sah zu dem jungen Burschen hinunter, der mich umbringen wollte. Er lag mit offenem Mund da. Mehrere Zähne waren direkt über dem Zahnfleisch abgebrochen. Seine Nase war platt gegen sein Gesicht gedrückt, und aus beiden Nasenlöchern kam ein dicker Schwall Blut.

Dann vergewisserte ich mich, dass ich keinen Treffer abbekommen hatte. Manchmal wird man nämlich von einer Kugel getroffen, ohne es sofort zu spüren. Der Schock und das Adrenalin betäuben den Schmerz. Aber er hatte mich tatsächlich nicht getroffen. Als ich darauf die Wand hinter mir untersuchte, entdeckte ich ein frisch abgesplittertes Stück. Er konnte mich nur ganz knapp verfehlt haben.

Und was nun?

Ich hob meine Brieftasche vom Boden auf und steckte sie wieder ein. Bis ich seinen Revolver fand, musste ich erst eine Weile suchen. Dann kniete ich nieder, um ihn zu durchsuchen. In einer Tasche steckte ein Klappmesser; ein weiteres Messer hatte er in seiner Socke versteckt. Keine Brieftasche und kein Ausweis, aber dafür hatte er ein dickes Bündel Geldscheine im Gürtel stecken.

Ich zählte die Scheine kurz. Dieser Dreckskerl hatte über dreihundert Dollar bei sich gehabt. Demnach hatte er also keineswegs die Miete eintreiben müssen.

Was sollte ich jetzt mit ihm anfangen?

Die Polizei rufen? Und was dann? Es gab keine Zeugen und keinerlei Indizien, und zudem war der Kerl am Boden der Leidtragende. Es hätte nichts gegen ihn vorgebracht werden können, um ihn vor Gericht zu bringen. Stattdessen würden sie ihn ins Krankenhaus bringen, ihn wieder hochpäppeln und ihm sogar sein Geld zurückgeben, da sich nicht beweisen lassen würde, dass es gestohlen war.

Nur den Revolver würden sie ihm abnehmen, ohne jedoch Anklage wegen unerlaubten Waffenbesitzes zu erheben, da ich nicht beweisen konnte, dass er die Waffe bei sich getragen hatte.

Also steckte ich das Geld in meine Tasche und nahm den Revolver heraus, den ich vorher dort untergebracht hatte. Ich wog die Waffe ziemlich lange in meiner Hand, während ich nachdachte, wann ich das letzte Mal von so einem Ding Gebrauch gemacht hatte. Das lag schon einige Zeit zurück.

Er lag auf dem Boden. Sein Atem gurgelte durch das Blut in seiner Nase und seiner Kehle. Ich kniete neben ihm nieder und schob den Lauf des Revolvers zwischen seine zerschundenen Zähne. Mein Finger krümmte sich um den Abzug.

Warum eigentlich nicht?

Doch irgendetwas hielt mich zurück. Es war jedoch nicht die Angst vor der Strafe, weder in dieser Welt noch im Jenseits. Was es jedoch genau war, hätte ich nicht sagen können. Jedenfalls zog ich nach ziemlich langer Zeit den Revolver wieder aus seinem Mund und seufzte. Blutspuren überzogen den Lauf, der im gedämpften Licht des Durchgangs wie Messing schimmerte. Ich wischte die Waffe an seiner Jacke ab und steckte sie in meine Tasche.

Ich dachte: Verdammte Scheiße, was mach ich nur mit dir, du Dreckskerl?

Ich konnte ihn weder töten, noch konnte ich ihn der Polizei ausliefern. Was sollte ich also tun? Ihn einfach liegenlassen?

Was sonst?

Ich richtete mich auf. Schwindel überkam mich, sodass ich mich an der Wand abstützen musste. Doch dann ging es mir gleich wieder besser. Ich atmete tief durch und ließ die Luft geräuschvoll aus meinen Lungen fahren. Dann bückte ich mich, packte ihn an den Füßen und schleppte ihn ein paar Meter weiter in den Hinterhof bis zu einer gemauerten Umrahmung eines Kellerfensters. Ich hievte sein Bein auf die erhöhte Ummauerung.

Und dann trat ich mit aller Kraft auf sein Knie. Allerdings musste ich erst mit beiden Beinen auf seinen Schenkel niederspringen, bis sein linkes Bein wie ein Streichholz abknickte. Bei seinem rechten Bein benötigte ich dafür drei oder vier Versuche. Er blieb die ganze Zeit über bewusstlos und stöhnte nur ganz leise vor sich hin. Als ich ihm das rechte Bein brach, entfuhr ihm jedoch ein lauter Schrei.

Ich stolperte, fiel zu Boden und stand wieder auf. Ein neuerlicher Schwindel- anfall überkam mich, diesmal begleitet von heftiger Übelkeit. Ich rang mühsam nach Atem und zitterte am ganzen Körper. Ich streckte meine Hand aus und beobachtete, wie sie zitterte. So etwas hatte ich noch nie zuvor gesehen. Als ich die Brieftasche hervorgeholt und fallen gelassen hatte, hatte ich das Zittern nur vorgetäuscht, aber dieses Zittern war absolut echt, und ich bekam es beim bes- ten Willen nicht unter Kontrolle. Meine Hände hatten ihren eigenen Willen, und im Augenblick wollten sie zittern.

Und das Zittern in meinem Innern war sogar noch schlimmer. Ich drehte mich nach ihm um, um einen letzten Blick auf ihn zu werfen. Dann trat ich auf die Straße hinaus. Das Zittern hatte noch immer nicht nachgelassen.

Aber es gab natürlich eine Möglichkeit, dieses Zittern – sowohl das innere wie das äußere – abzustellen. Für dieses Leiden kannte ich ein todsicheres Heil- mittel.

Von der anderen Straßenseite blinkte mir in rotem Neonlicht das Wort BAR entgegen.

Kapitel 21

Allerdings ging ich nicht über die Straße. Der junge Bursche mit dem verdellten Gesicht und den gebrochenen Beinen war mit Sicherheit nicht der einzige Straßenräuber in dieser Gegend, und ich hatte nicht die geringste Lust auf eine zweite solche Auseinandersetzung, vor allem nicht in alkoholisiertem Zustand.

Nein, ich musste mich erst in heimatlichere Gefilde zurückziehen, bevor ich mir einen, vielleicht auch zwei Drinks genehmigte, wobei ich nicht garantieren konnte, dass es dabei bleiben würde. Ich wusste auch nicht, welche Wirkung diese paar Drinks auf mich ausüben würden.

Das sicherste wäre gewesen, mir in einer Bar in der Nähe meines Hotels zwei Whisky zu genehmigen und dann noch ein paar Bier aufs Zimmer mitzunehmen.

Das Problem war nur, dass es für mich grundsätzlich nicht mehr ungefährlich war, etwas zu trinken. Hatte ich mir das nicht schon zur Genüge bewiesen? Und wie oft wollte ich es noch unter Beweis stellen, bis ich es endlich glaubte?

Was sollte ich also tun? So lange zittern, bis ich schließlich auseinanderfiel? Ohne einen kräftigen Schluck würde ich bestimmt nicht schlafen können. Ich würde es noch nicht mal schaffen, länger als eine Sekunde stillzusitzen.

Scheiß drauf. Ich würde mir auf jeden Fall ein Glas genehmigen. Das war in diesem Zustand die beste Medizin für mich, die mir auch jeder halbwegs vernünftige Arzt verschrieben hätte.

Jeder Arzt? Was hätte wohl der Internist im Roosevelt-Krankenhaus dazu gesagt? Ich konnte seine Hand genau an der Stelle meiner Schulter spüren, wo mich eben dieser Dreckskerl in den Hinterhof gezerrt hatte. *»Können Sie die Wahrheit nicht ertragen? Sehen Sie mich gefälligst an und hören Sie mir vor allem gut zu! Sie sind Alkoholiker, und wenn Sie weiter trinken, sind Sie in kürzester Zeit ein toter Mann!«*

Sterben würde ich sowieso – auf eine von acht Millionen Arten. Aber wenn mir schon eine Wahl blieb, dann biss ich lieber in heimatlicheren Gefilden ins Gras.

Als ein Taxi die Straße herunterkam, winkte ich es an den Randstein. Die Fahrerin, eine spanisch aussehende Frau mittleren Alters mit einer Schildmütze auf dem struppigen roten Haar, taxierte mich kurz, um mich schließlich einsteigen zu lassen. Ich nahm auf dem Rücksitz Platz und sagte ihr, sie sollte mich in die Fifty-eight fahren.

Die Fahrt schien kein Ende zu nehmen. Meine Hände zitterten zwar nicht mehr ganz so schlimm wie zuvor, aber in meinem Innern sah es genauso übel aus wie eh und je. Schließlich fragte die Frau mich aber doch, wo genau ich aussteigen wollte. Ich dirigierte sie vors Armstrong's. Als sie vor der Bar hielt, blieb ich jedoch reglos sitzen, sodass sie sich nach mir umwandte, um zu sehen, was mit mir los war.

Mir war nämlich gerade eingefallen, dass ich im Armstrong's nichts zu trinken bekommen würde. Vielleicht galt dieses Verbot inzwischen schon nicht mehr, aber ich hatte trotzdem keine Lust, reinzugehen und mir dann sagen zu lassen, ich würde in dieser Bar nicht bedient. Sollten sie mich doch am Arsch lecken. Mich würden sie da drinnen heute Abend jedenfalls nicht zu Gesicht bekommen.

Wohin also dann? Das Polly's Cage war schon zu. Das Farrell's?

Dort hatte ich nach Kims Tod mein erstes Glas getrunken. Bevor ich dieses Glas angerührt hatte, hatte ich es auf acht nüchterne Tage gebracht. Ich konnte mich noch genau an diesen Drink erinnern; es war ein Early Times gewesen.

Komisch, dass ich immer noch genau wusste, welche Marke ich getrunken hatte. Es ist zwar alles derselbe Fusel, aber so etwas bleibt einem immer im Gedächtnis haften.

Das hatte vor einiger Zeit jemand im Verlauf eines Treffens bemerkt.

Wie viele Tage war ich eigentlich schon wieder trocken? Vier? Ich konnte natürlich auch auf mein Zimmer gehen und mich zwingen, dort zu bleiben, und wenn ich dann wieder aufwachte, hatte ich den fünften Tag vor mir.

Nur würde ich die ganze Nacht kein Auge zudrücken können. Ich würde es auch nicht in meinem Zimmer aushalten. Auch wenn ich es versuchte, würde ich es nicht schaffen – nicht in meinem jetzigen Zustand. Wenn ich jetzt nicht gleich etwas trank, dann eben in einer Stunde.

»Mister? Haben Sie was?«

Ich blinzelte die Frau an, um schließlich meine Brieftasche hervorzuholen und einen Zwanziger herauszunehmen. »Ich möchte mal eben schnell telefonieren«, erklärte ich ihr. »Von der Zelle dort drüben an der Ecke. Nehmen Sie schon mal das Geld und warten Sie auf mich. Einverstanden?«

Vielleicht würde sie einfach mit meinem Zwanziger davonfahren. Allerdings wäre mir das im Augenblick ziemlich egal gewesen. Ich öffnete die Tür der Telefonzelle, warf eine Münze ein und wartete auf das Freizeichen.

Eigentlich war es viel zu spät, um noch anzurufen. Wie spät hatten wir es überhaupt? Zwei vorbei. Ein bisschen spät für einen kleinen Plausch.

Verdammt, ich konnte doch auf mein Zimmer gehen. Und dort brauchte ich es nur eine Stunde auszuhalten, um aus dem Schneider zu sein. Um drei würden alle Bars schließen.

Na und? Da gab es doch noch diesen Stehimbiss, wo ich ein Bier bekommen konnte. Und in der Fifty-first war eine Bar, die länger aufhatte.

Außerdem stand in Kim Dakkinens Wohnzimmerschrank eine Flasche Wild Turkey, und ich hatte den Wohnungsschlüssel eingesteckt.

Das machte mir Angst. Es war nicht das geringste Problem, an etwas Alkoholisches heranzukommen, und wenn ich einmal anfing, würde es bestimmt nicht bei einem oder zwei Gläsern bleiben.

Also wählte ich doch die Nummer.

Sie hatte bereits geschlafen. Ich konnte es ihrer Stimme anhören, als sie den Hörer abhob.

»Ich bin's, Matt. Tut mir leid, dass ich so spät noch anrufe.«

»Schon gut. Wie spät ist es denn schon? Mein Gott, schon zwei vorbei.«

»Tut mir wirklich leid.«

»Aber das macht doch nichts. Alles in Ordnung, Matthew?«

»Nein.«

»Hast du wieder getrunken?«

»Nein.«

»Dann ist doch alles in Ordnung.«

»Es geht mir hundsbeschissen. Ich habe dich nur deshalb angerufen, weil ich sonst keinen Ausweg gewusst hätte, als mich volllaufen zu lassen.«

»Das war eine gute Idee.«

»Könnte ich kurz bei dir vorbeikommen?«

Darauf entstand eine kleine Pause. Ist ja schon gut, dachte ich. Vergiss es. Noch rasch einen Drink im Farrell's, bevor sie dort dichtmachten, und dann zurück ins Hotel. Ich hätte sie erst gar nicht anrufen sollen.

»Ich weiß nicht, ob das unbedingt eine so gute Idee ist, Matthew. Versuche einfach nur, eine Stunde über die Runden zu bringen – wenn's sein muss, auch eine Minute – und falls du es nicht mehr aushältst, ruf mich ruhig an. Es macht mir nichts aus, wenn du mich weckst, aber...«

»Vor einer Stunde hätte mich so ein Kerl um ein Haar umgebracht.« Ich konnte mich nun nicht mehr länger zurückhalten. »Ein junger Bursche. Ich habe ihn ganz schön zusammengeschlagen und ihm dann auch noch die Beine gebrochen. Ich zittere am ganzen Körper, wie ich noch nie zuvor in meinem Leben gezittert habe. Das einzige, was mich im Augenblick wieder einigermaßen auf die Beine bringen könnte, ist ein anständiger Drink, aber ich habe Angst davor, etwas zu trinken, und gleichzeitig fürchte ich, dass ich mich früher oder später sowieso nicht mehr beherrschen kann. Deshalb dachte ich, es wäre vielleicht leichter, wenn ich mit jemandem sprechen könnte, aber vermutlich ist das alles nur Blödsinn, und ich hätte dich auf keinen Fall damit behelligen sollen. Schließlich bist du nicht für mich verantwortlich. Entschuldige bitte.«

»Halt! Warte doch!«

»Ich bin noch hier.«

»Im St. Mark's Place gibt es einen Treffpunkt, wo sie an Wochenenden die ganze Nacht durch zusammenkommen. Ich kann mal im Verzeichnis nachsehen.«

»Meinetwegen.«

»Du wirst also nicht hingehen?«

»Ich kann bei diesen Treffen nicht reden, Jan. Bitte, vergiss das Ganze. Ich werde es schon schaffen.«

»Wo bist du jetzt?«

»In der Fifty-eighth, Ecke Ninth.«

»Wie lange brauchst du ungefähr, um hierherzukommen?«

Ich warf einen kurzen Blick hinter mich. Das Taxi stand immer noch da. »Ein Taxi wartet auf mich.«

»Weißt du noch, wie du hierherkommst?«

»Klar weiß ich das noch.«

*   *   *

Das Taxi hielt vor dem sechsstöckigen Loft-Gebäude, in dem Jan wohnte. Der Fahrpreis betrug inzwischen fast zwanzig Dollar. Ich gab der Frau noch einmal zwanzig dazu. Das war zwar eindeutig zu viel, aber in meinem Gefühl der Dankbarkeit konnte ich mir eine gewisse Großzügigkeit leisten.

Ich drückte auf Jans Klingel – zweimal lang und dreimal kurz – und trat dann wieder auf den Gehsteig zurück, damit sie mir den Schlüssel runterwerfen konnte. Darauf fuhr ich mit dem Lastenaufzug in ihr Loft hoch.

»Das ging aber schnell«, begrüßte sie mich. »Hat also tatsächlich ein Taxi auf dich gewartet.«

Sie hatte sich in der Zwischenzeit angezogen und trug alte Jeans mit einem schwarz-rot karierten Flanellhemd. Jan war eine attraktive Frau von mittlerer Größe und nicht ohne eine gewisse Fülle. Ihr herzförmiges Gesicht war von schulterlangem, braunem Haar eingerahmt, das bereits einige graue Strähnen aufwies. Das herausstechendste Merkmal in ihrem ungeschminkten Gesicht waren die großen, grauen Augen.

»Ich habe Kaffee aufgesetzt. Du trinkst ihn doch ohne alles?«

»Gegen ein Schuss Bourbon hätte ich nichts einzuwenden«, bemerkte ich.

»Lass deine dummen Witze«, wies sie mich zurecht. »Setz dich erstmal. Dann hole ich den Kaffee.«

Als sie aus der Küche zurückkam, stand ich vor ihrem Medusenhaupt und fuhr mit einem Finger ein Schlangenhaar entlang. »Das Haar dieses Mädchens hat mich irgendwie an deinen Kopf da erinnert«, erklärte ich dazu. »Sie hatte ihre blonden Zöpfe in einer Art um den Kopf geschlungen, die mich irgendwie an deine Medusa erinnert hat.«

»Was für ein Mädchen?«

»Ein Mädchen, das umgebracht wurde. Ich weiß nicht recht, wo ich anfangen soll.«

»Einfach irgendwo.«

Ich sprach sehr lange, wobei ich oft sehr sprunghaft zwischen den einzelnen Ereignissen der letzten Tage und Stunden hin und her wechselte. Hin und wieder stand Jan auf, um frischen Kaffee zu holen, und wenn sie zurückkam, griff ich meine Erzählung genau an dem Punkt wieder auf, an dem ich sie abgebrochen hatte. Oder ich setzte irgendwo anders ein. Aber das schien nicht weiter etwas auszumachen.

»Ich wusste wirklich nicht, was ich mit ihm machen sollte. Ich konnte ihn nicht verhaften lassen, und gleichzeitig konnte ich auch die Vorstellung nicht ertragen, ihn einfach laufen zu lassen. Ich wollte ihn schon erschießen, brachte es dann aber doch nicht über mich. Warum, weiß ich auch nicht. Wenn ich ihn noch ein paarmal mehr mit dem Kopf gegen die Wand gerammt hätte, hätte ich ihn sowieso umgebracht. Aber während er bewusstlos vor mir auf dem Boden lag, konnte ich ihn einfach nicht erschießen.«

»Natürlich nicht.«

»Aber ich wollte ihn auch nicht einfach liegen lassen, dass er weiter die Straßen unsicher gemacht hätte. Er hätte sich nur einen neuen Revolver besorgt und wieder von vorn damit angefangen. Deshalb habe ich ihm die Beine gebrochen. Die werden selbstverständlich auch mal wieder heil werden, aber bis dahin kann er jedenfalls keinen Schaden mehr anrichten.« Ich zuckte mit den Schultern. »Im Grunde war das natürlich völlig widersinnig, aber mir ist einfach nichts Besseres eingefallen.«

»Hauptsache, du hast nichts getrunken.«

»Glaubst du wirklich, das ist so wichtig?«

»Allerdings.«

»Um ein Haar hätte ich mich ja auch schon volllaufen lassen. Wenn ich nicht gerade in Harlem gewesen wäre oder wenn ich dich nicht erreicht hätte. Mein Gott, wie habe ich nach einem ordentlichen Schluck gegiert. Ehrlich gesagt, kann ich mich auch jetzt noch kaum beherrschen, nichts zu trinken.«

»Keine Angst, du wirst schon nichts trinken.«

»Nein, natürlich nicht.«

»Hast du eigentlich einen Tutor, Matthew?«

»Nein.«

»Du solltest dir aber einen zulegen. Das ist eine große Hilfe.«

»So?«

»Ein Tutor ist jemand, den du jederzeit anrufen kannst, dem du alles erzählen kannst.«

»Hast du denn einen?«

Sie nickte. »Ich habe meine Tutorin angerufen, nachdem ich mit dir gesprochen hatte.«

»Warum?«

»Weil ich ziemlich aus dem Häuschen war. Und wenn ich mit ihr spreche, übt das in der Regel eine beruhigende Wirkung auf mich aus. Außerdem wollte ich gern hören, was sie davon hält.«

»Und was hat sie gemeint?«

»Dass ich dich nicht hierher hätte kommen lassen sollen.« Sie lachte. »Zum Glück warst du schon unterwegs.«

»Was hat sie sonst noch gesagt?«

Ihre großen, grauen Augen wichen meinem Blick aus. »Dass ich nicht mit dir schlafen sollte.«

»Wieso hat sie das gesagt?«

»Weil es nicht gut ist, während des ersten Jahres eine Beziehung einzugehen. Und weil es vor allem nicht gut ist, sich auf jemanden einzulassen, der eben erst seinen Entzug hinter sich hat.«

»Meine Güte«, stöhnte ich. »Ich bin zu dir gekommen, weil ich halb am Durchdrehen war, nicht weil ich mit dir ins Bett wollte.«

»Ich weiß.«

»Machst du eigentlich alles, was deine Tutorin dir sagt?«

»Ich versuche es zumindest.«

»Wer ist diese Frau eigentlich, dass sie sich einbildet, über dich und deine Entscheidungen bestimmen zu können?«

»Eine ganz gewöhnliche Frau, etwa in meinem Alter. Sie ist sogar eineinhalb Jahre jünger als ich. Allerdings trinkt sie schon seit sechs Jahren nicht mehr.«

»Ganz schön lange.«

»Ja, finde ich auch.« Sie griff nach ihrer Tasse, und als sie sah, dass sie leer war, stellte sie sie wieder ab. »Gibt es denn niemanden, den du fragen könntest, ob er sich deiner als Tutor annehmen möchte?«

»Geht das denn so? Man fragt einfach jemanden?«

»Ja.«

»Angenommen, ich würde dich fragen?«

Jan schüttelte den Kopf. »Erstens einmal solltest du dich nach einem männlichen Tutor umsehen. Zweitens habe ich meinen Entzug noch nicht lange genug hinter mir. Und drittens kommt noch dazu, dass wir befreundet sind.«

»Sollte man denn mit einem Tutor nicht befreundet sein?«

»Zumindest nicht so wie wir beide. Aber es kann durchaus jemand sein, mit dem du dich bei den Treffen der Anonymen Alkoholiker angefreundet hast. Viertens sollte es sich um eine Person aus deiner Stammgruppe handeln, mit der du regelmäßigen Kontakt hast.«

Ich musste unwillkürlich an Jim denken. »Es gibt einen Mann in meiner Gruppe, mit dem ich mich manchmal unterhalte.«

»Es ist wichtig, dass du dir jemanden aussuchst, mit dem du reden kannst.«

»Ich weiß nicht, ob ich gut mit ihm reden könnte. Aber ich glaube schon.«

»Respektierst du seine Nüchternheit?«

»Wie soll ich das nun wieder verstehen?«

»Ich meine, findest du...«

»Heute Abend habe ich ihm zum Beispiel erzählt, dass es mich immer ganz schön aufwühlt, wenn ich die Zeitung lese. Ständig diese Verbrechensmeldungen, was die Leute sich täglich gegenseitig an Schmerz und Leid zufügen. Manchmal macht mich das völlig fertig, Jan.«

»Das kann ich mir gut vorstellen.«

»Und er hat mir geraten, ich sollte einfach keine Zeitung mehr lesen. Warum lachst du?«

»Den Spruch kenn ich zur Genüge.«

»Was die Leute auf diesen Treffen oft für einen Mist daherreden. ›Ich habe meine Stellung verloren, und meine Mutter stirbt an Krebs, und ich muss mir die Nase amputieren lassen, aber es geht mir trotzdem blendend, weil ich nämlich heute keinen Tropfen Alkohol angerührt habe.‹«

»Ja, ja, ich weiß. Das bekommt man wirklich Tag für Tag in unzähligen Variationen zu hören.«

»Allerdings. Doch was soll daran so komisch sein?«

»›Ich muss mir die Nase amputieren lassen.‹ Eine *Nase* amputieren?«

»Das ist kein Grund zum Lachen«, rügte ich sie. »Sowas soll schon vorgekommen sein.«

Bei dieser Gelegenheit erzählte mir Jan von einem Mitglied ihrer Stammgruppe, dessen Sohn bei einem Verkehrsunfall ums Leben gekommen war. Der Schuldige hatte Fahrerflucht begangen. Der Mann hatte anlässlich eines Treffens von diesem Schicksalsschlag erzählt und war daraufhin von seiner Gruppe derart nachhaltig gestützt worden, dass er trotz allem nicht wieder zu trinken begonnen hatte. In nüchternem Zustand sah er sich auch in der Lage, diesen schweren Schlag zu verdauen und sogar seiner Frau dabei zu helfen, darüber hinwegzukommen, während er sich gleichzeitig voll seinem Schmerz über den Verlust seines Sohnes stellte.

Ich fragte mich, was wohl so toll daran sein sollte, seinen Schmerz zu spüren und erleben zu können. Doch schon im nächsten Augenblick wurde mir bewusst, dass ich mich in Gedanken damit beschäftigte, was wohl vor ein paar Jahren passiert wäre, wenn ich nicht zu trinken angefangen hätte, nachdem ein von mir abgefeuerter Querschläger ein sechsjähriges Mädchen namens Estrellita Rivera tödlich verletzt hatte. Meine Methode, mich mit den daraus resultierenden Schuldgefühlen auseinanderzusetzen, hatte darin bestanden, sie mit Bourbon zu ersäufen. Damals war mir dies auch als eine hervorragende Idee erschienen.

Möglicherweise war das nicht so gewesen. Vielleicht gab es in solchen Fällen keine Abkürzungen, keine patenten Schnelllösungen. Vielleicht musste man durch solch eine unangenehme Erfahrung tatsächlich voll durch.

Am Horizont begann es bereits zu dämmern, als wir schließlich schlafen gingen. Ich machte es mir auf der Couch bequem. Zwar dachte ich erst, ich könnte unmöglich schlafen, aber dann trug mich meine Müdigkeit wie eine gewaltige Woge mit sich davon. Ich ließ mich einfach von ihr mitreißen, wohin auch immer sie mich schwemmen mochte.

Allerdings könnte ich nicht sagen, wohin sie mich trug, da ich fest und traumlos schlief wie ein Toter. Als ich schließlich aufwachte, stieg mir der Duft von frisch aufgebrühtem Kaffee und gebratenem Frühstücksspeck in die Nase. Nachdem ich mich geduscht, mit einem Einwegrasierer, den Jan für mich bereitgelegt hatte, rasiert und dann angekleidet hatte, gesellte ich mich zu ihr an den Kiefernholztisch in der Küche. Ich trank Orangensaft und Kaffee und aß dazu Rühreier mit gebratenem Speck und Vollkorn-Muffins mit Pfirsichen aus der Dose. Und ich konnte mich nicht erinnern, dass ich je mit solchem Appetit gefrühstückt hatte.

Jan erzählte mir von einem Treffen, das jeden Sonntagnachmittag nur ein paar Häuserblocks von ihrem Loft abgehalten wurde. Sie besuchte es ziemlich regelmäßig. Ob ich Lust hätte, mitzukommen?

»Ich habe eigentlich zu tun«, wimmelte ich ab.

»Am Sonntag?«

»Was heißt für mich schon Sonntag?«

»Glaubst du wirklich, am Sonntagnachmittag etwas erreichen zu können?«

Eigentlich hatte ich noch nicht das Geringste erreicht, seit ich diesen Fall übernommen hatte. Hätte ich also wirklich so viel versäumt, wenn ich an diesem Tag mal eine kleine Pause einlegte?

Ich holte mein Notizbuch heraus und wählte Sunnys Nummer. Allerdings ging niemand an den Apparat. Darauf rief ich in meinem Hotel an. Auch dort keine Nachricht von Sunny, und ebenso wenig von Danny Boy Bell oder sonst jemandem, mit dem ich am Abend zuvor gesprochen hatte. Andererseits schlief Danny Boy um diese Tageszeit vermutlich noch, und es war anzunehmen, dass dies auch auf den Rest zutraf.

Nur Chance hatte mir ausrichten lassen, ich sollte ihn zurückrufen. Ich begann bereits, seine Nummer zu wählen, legte dann aber unvermittelt den Hörer wieder auf die Gabel zurück. Falls Jan zu dem Treffen ging, hatte ich keine Lust, allein in ihrer Wohnung herumzusitzen und auf Chances Anruf zu warten. Ihre Tutorin hätte sicher etwas dagegen gehabt.

Das Treffen fand im ersten Stock einer Synagoge in der Forsythe Street statt. Man durfte dort nicht rauchen. Für mich war es ein eigenartiges Gefühl, an einem Treffen der Anonymen Alkoholiker teilzunehmen, bei dem die Luft vom Zigarettenrauch nicht zum Schneiden war.

Jan schien fast alle der etwa fünfzig anwesenden Personen zu kennen. Sie stellte mich auch einigen vor. Ihre Namen vergaß ich jedoch sofort wieder. Ich fühlte mich nicht recht wohl in meiner Haut, zumal man mich mit ungewohnter Aufmerksamkeit bedachte. Und mein Aufzug trug auch nicht gerade dazu bei, mein Selbstbewusstsein zu stärken. Meine Kleider sahen aus, als hätte ich in ihnen geschlafen, obwohl das nicht der Fall gewesen war. Zudem wiesen sie unübersehbare Spuren des Kampfes von gestern Abend auf.

Darüber hinaus verspürte ich die Nachwirkungen meines gestrigen Erlebnisses auch am eigenen Leib, wenn ich auch erst beim Verlassen von Jans Loft merkte, dass ich an allen Ecken und Enden Schmerzen hatte. Unmittelbar nach dem Kampf hatte ich nicht das Geringste gespürt, doch nun machten sich die Folgen umso nachhaltiger bemerkbar.

Ich holte mir Kaffee und ein paar Kekse und suchte mir einen Stuhl. Nach einem kurzen Vortrag blieb das gesamte Treffen der Diskussion vorbehalten. Man musste die Hand heben, wenn man zu Wort kommen wollte.

Fünfzehn Minuten vor Schluss hob Jan ihre Hand und erklärte, wie froh sie sei, nicht mehr zu trinken, und welch wichtige Rolle dabei ihre Tutorin spielte, die ihr immer mit Rat und Tat zur Seite stand, wenn sie einmal nicht wusste, was sie tun sollte. Ausführlicher äußerte sie sich zu diesem Thema dann zwar nicht mehr, aber ich glaubte doch zu ahnen, worauf sie damit hinauswollte.

Ich war von dieser Idee allerdings nicht sehr begeistert. Nach dem Treffen verabredete sie sich mit ein paar Leuten in ein Café und fragte mich, ob ich mitkommen wollte. Fürs erste wollte ich jedoch keinen Kaffee mehr und auch keine Gesellschaft. Deshalb lehnte ich unter einem Vorwand ab.

Bevor wir uns trennten, fragte Jan mich noch, wie es mir ginge. Ich antwortete: »Ganz gut.«

»Verspürst du immer noch den Drang, etwas zu trinken?«

»Nein.«

»Ich finde es schön, dass du gestern Nacht angerufen hast.«

»Ich bin auch froh.«

»Du kannst mich jederzeit anrufen, Matthew. Wenn es sein muss, auch mitten in der Nacht.«

»Hoffen wir lieber mal, dass sich das so schnell nicht wieder als nötig erweist.«

»Wenn trotzdem etwas sein sollte, kannst du mich jederzeit aus dem Bett holen. Versprichst du mir das?«

»Natürlich.«

»Und noch etwas, Matthew.«

»Ja?«

»Ruf mich in jedem Fall erst an, bevor du wieder etwas trinkst.«

»Ich werde heute nichts trinken.«

»Ich weiß. Aber falls dich in nächster Zeit wieder mal derartige Gelüste überkommen sollten, ruf mich in jedem Fall vorher an. Versprichst du mir das?«

»Also gut, wenn du meinst.«

Als ich dann mit der U-Bahn nach Hause fuhr, kam ich mir etwas dämlich vor, Jan dieses Versprechen gegeben zu haben. Zumindest hatte sie sich darüber gefreut. Und was konnte schon groß falsch daran sein, ihr eine Freude zu machen?

Chance hatte inzwischen ein zweites Mal versucht, mich zu erreichen. Deshalb rief ich sofort seinen Auftragsdienst an und ließ ihm mitteilen, dass ich wieder zurück in meinem Hotel sei. Ich kaufte mir eine Zeitung, um die Zeit bis zu Chances Anruf totzuschlagen.

Von dem jungen Burschen, dem ich am Abend zuvor die Beine gebrochen hatte, war noch nichts zu lesen. Schließlich hatte sich die Sonntagsausgabe auch schon im Druck befunden, als wir beide aneinander geraten waren. Die Wahrscheinlichkeit, dass morgen etwas über ihn in der Zeitung stehen würde, war jedoch auch nicht sonderlich hoch. Wenn ich ihn umgebracht hätte, wäre er vielleicht für eine kurze Notiz gut gewesen, aber wen interessierte schon ein junger Schwarzer mit gebrochenen Beinen?

Während ich mir zu diesem Punkt noch meine Gedanken machte, klopfte es an meine Tür.

Komisch. Die Zimmermädchen hatten doch sonntags frei, und die wenigen Besucher, die hin und wieder bis auf mein Zimmer vordrangen, meldeten sich in der Regel vorher von unten telefonisch an. Ich nahm meine Jacke vom Stuhl und zog die 32er aus der Tasche. Ich hatte das Ding, ebenso wie die zwei Messer meines jungen Freundes, die ganze Zeit mit mir herumgeschleppt. Dann trat ich mit gezogener Waffe an die Tür und fragte, wer da sei.

»Chance.«

Ich ließ die Pistole in meine Jackentasche zurückgleiten und öffnete die Tür. »Die meisten Leute rufen vorher an, wenn sie mich besuchen kommen«, erklärte ich in tadelndem Ton.

»Der Portier war so in seine Lektüre vertieft, dass ich ihn nicht stören wollte.«

»Wie rücksichtsvoll.«

»Tja, so bin ich nun mal.« Er sah mich kurz prüfend an und ließ dann seine Blicke über die Einrichtung meines Zimmers wandern. »Nett haben Sie es hier«, bemerkte er schließlich.

Diese Worte waren reinste Ironie, auch wenn sein Tonfall durch nichts darauf hingedeutet hätte. Ich schloss die Tür und deutete auf einen Stuhl. Chance blieb jedoch stehen. »Jedenfalls ist es eine Behausung, die zu mir passt«, entgegnete ich.

»Das stimmt. Spartanisch und geradlinig.«

Er trug einen marineblauen Blazer und eine graue Flanellhose. Keinen Mantel. Na ja, es war ja auch wieder etwas wärmer geworden, und außerdem hatte er einen Wagen.

Er trat ans Fenster und warf einen kurzen Blick nach draußen. »Ich habe Sie schon gestern Abend ständig zu erreichen versucht.«

»Ich weiß.«

»Warum haben Sie dann nicht zurückgerufen?«

»Ich habe Ihre Nachricht erst vor kurzem erhalten, und zu diesem Zeitpunkt war ich telefonisch nicht erreichbar.«

»Haben Sie letzte Nacht nicht hier geschlafen?«

»Nein.«

Er nickte. Erst jetzt wandte er sich wieder mir zu. Sein Gesichtsausdruck war schwer zu deuten. Jedenfalls hatte ich ihn noch nie mit dieser Miene gesehen.

Schließlich fragte er: »Haben Sie schon mit allen meinen Mädchen gesprochen?«

»Mit allen außer Sunny.«

»Aha. Sie haben sich also noch nicht mit ihr getroffen?«

»Nein. Ich habe sie zwar gestern Abend und heute Mittag verschiedentlich zu erreichen versucht, aber sie ist nie ans Telefon gegangen.«

»Hat sie auch nicht versucht, Sie anzurufen?«

»Doch. Sie hat gestern Abend mal hier angerufen, aber als ich dann zurückrief, hat sich niemand gemeldet.«

»Sie hat Sie also gestern Abend angerufen.«

»Ja.«

»Wann war das?«

Ich dachte kurz nach. »Ich bin gegen acht aus dem Hotel und war kurz nach zehn wieder zurück. Sie muss irgendwann zwischen acht und zehn angerufen haben, da mir der Portier den Zettel mit ihrer Nachricht gab, als ich ins Hotel zurückkkam. Wann genau sie allerdings angerufen hat, könnte ich nicht sagen. Eigentlich sollten sie unten immer den genauen Zeitpunkt eines Anrufs vermerken, aber Sie können sich ja denken, dass es damit niemand so genau nimmt. Außerdem habe ich den Zettel mit ihrer Nachricht vermutlich schon längst weggeworfen.«

»Na ja, so wichtig ist die Sache ja auch nicht.«

»Wieso wollten Sie dann überhaupt wissen, wann sie angerufen hat?«

Er sah mich lange an, sodass mir wieder die goldenen Sprenkel in seinen tiefbraunen Augen auffielen. Schließlich sagte er: »Scheiße, ich weiß wirklich nicht, was ich tun soll. So etwas passiert mir wirklich nur ganz selten. Sonst denke ich zumindest, ich wüsste, was ich zu tun habe.«

Als ich darauf nichts erwiderte, fuhr er fort:

»Sie stehen auf meiner Seite, weil Sie für mich arbeiten. Aber ich bin mir keineswegs so sicher, welchen Stellenwert ich dieser Tatsache beimessen soll.«

»Könnten Sie sich vielleicht etwas klarer ausdrücken?«

»Ganz schön verzwickt, diese Situation«, begann er schließlich nachdenklich. »Die Frage ist nämlich: Wie weit kann ich Ihnen trauen? Am Ende läuft es jedoch immer auf dasselbe hinaus – dass ich Ihnen nämlich vertraue, und zwar ganz gleich, ob das nun angebracht sein mag oder nicht. Immerhin habe ich Ihnen sogar mein Haus gezeigt – mein Haus, das außer Ihnen noch niemand betreten hat. Warum habe ich das wohl getan?«

»Das dürfen Sie mich nicht fragen.«

»Wollte ich damit vielleicht ein bisschen angeben? Wollte ich Ihnen damit etwas beweisen, wie: Sehen Sie mal, dieser hergelaufene Nigger hat echt Stil? Oder wollte ich Sie einen Blick ins Innerste meiner Seele werfen lassen? Jedenfalls gelange ich mehr und mehr zu der Überzeugung, dass ich Ihnen offensichtlich traue, ob ich das nun will oder nicht. Die Frage ist nur, ob das auch richtig ist.«

»Diese Entscheidung muss ich leider Ihnen überlassen.«

»Allerdings.« Er nahm sein Kinn zwischen Daumen und Zeigefinger. »Ich habe sie – ich meine Sunny – gestern Abend mehrere Male zu erreichen versucht. Wie bei Ihnen ist sie jedoch nicht ans Telefon gegangen. Ich meine, das ist noch nicht weiter ein Grund, sich Sorgen zu machen. Zwar hatte sie ihren Anrufbeantworter nicht angestellt, aber das wäre nicht das erste Mal gewesen, dass sie es einfach vergessen hat. Ich habe also immer wieder angerufen, bis es mir so gegen eins, halb zwei zu bunt wurde. Ich bin zu ihrer Wohnung gefahren. Einen Schlüssel dafür habe ich natürlich. Schließlich habe ich die Wohnung gemietet. Weshalb sollte ich also keinen Schlüssel dafür haben?«

Ich wusste bereits, welches Ende seine Geschichte nehmen würde. Trotzdem ließ ich sie ihn in Ruhe zu Ende erzählen.

»Tja, und sie war zu Hause«, fuhr er schließlich fort. »Sie ist immer noch da. Allerdings ist sie tot.«

Kapitel 22

Und ob sie tot war. Sie lag auf dem Rücken, nackt, ihr kastanienbraunes Haar in einem weiten Kreis um ihren Kopf verteilt, der zur Seite gesackt war. Von ihrem sorgfältig geschminkten Mund breitete sich auf dem elfenbeinfarbenen Teppich eine Lache von Erbrochenem aus, und zwischen ihren kräftigen, blassen Schenkeln war der Boden von Urin verdunkelt.

Sie wies mehrere Schrammen auf – im Gesicht, auf der Stirn und an ihrer Schulter. Automatisch tastete ich nach ihrem Handgelenk, um ihr den Puls zu fühlen, aber ihre Haut war eindeutig zu kalt.

Ich wollte ihr schon die offenen Augen schließen, besann mich aber dann doch eines Besseren.

»Haben Sie ihre Lage irgendwie verändert?«, fragte ich schließlich Chance.

»Wo denken Sie hin. Ich habe nichts angerührt.«

»Machen Sie mir doch nichts vor. In Kims Wohnung haben Sie sich auch ein wenig umgesehen, nachdem sie ermordet worden ist. Sicher haben Sie auch hier ein bisschen herumgeschnüffelt.«

»Na ja, ich habe in ein paar Schubladen gekramt. Aber weggenommen habe ich nichts.«

»Und nach was haben Sie gesucht?«

»Woher soll ich das wissen, Mann. Hätte doch sein können, dass ich auf etwas Interessantes gestoßen wäre. Unter anderem habe ich etwas Geld gefunden, ein paar hundert Dollar; allerdings habe ich es nicht angerührt. Das gleiche gilt übrigens auch für ihr Sparbuch.«

»Wie viel hatte sie denn auf der Bank?«

»Nicht mal tausend Dollar. Allerdings habe ich bei der Gelegenheit festgestellt, dass sie hier tonnenweise Tabletten gestapelt hat. Und auf diese Weise hat sie sich wohl auch um die Ecke gebracht.«

Er deutete auf einen Schminktisch, der neben dem Bett an der Wand stand.

Und darauf standen neben unzähligen Fläschchen und Töpfen mit Parfüm und Make-up zwei leere Tablettendosen. Auf der einen stand Valium, auf der anderen Seconal.

»Ich habe natürlich hin und wieder in ihrem Medizinschränkchen im Bad nachgesehen, wenn ich in der Wohnung war. Allerdings ist mir dabei nie etwas Besonderes aufgefallen. Und dann entdeckte ich gestern Abend in dieser Schublade eine regelrechte Apotheke. Lauter verschreibungspflichtiges Zeug.«

»Was für Zeug?«

»So genau habe ich mir die einzelnen Packungen auch nicht angesehen, da ich keine Fingerabdrücke hinterlassen wollte. Außerdem muss man heute ja schon ein Arzt sein, um sich mit diesem Tablettenzeug auszukennen. Jedenfalls hatte sie, soweit ich das sehen konnte, hauptsächlich Beruhigungsmittel auf Lager – Valium, Librium, Elavil und wie das Zeug alles heißt.«

»Haben Sie denn nicht gewusst, dass sie Tabletten nahm?«, fragte ich darauf.

»Nicht einmal einen Verdacht hatte ich.« Chance schüttelte fassungslos den Kopf. »Kommen Sie. Sehen Sie sich das mal an.« Vorsichtig zog er die Schublade einer Kommode heraus, um keine Fingerabdrücke zu hinterlassen. »Sehen Sie.« Er deutete auf ein gutes Dutzend Tablettenröhrchen, die neben ein paar Pullovern gestapelt waren.

»Sunny muss dieses Zeug pfundweise geschluckt haben, und ich habe nicht das geringste gemerkt.« Nachdenklich schüttelte Chance den Kopf. »Das gibt mir wirklich zu denken, Matt. Haben Sie diesen Brief schon gelesen?«

Beschwert von einer Flasche Norell-Cologne, lag der Brief auf dem Schminktisch. Vorsichtig schob ich das Fläschchen mit dem Handrücken beiseite und trat mit dem Blatt Papier ans Fenster. Er war mit brauner Tinte auf beigem Papier geschrieben, weshalb ich lieber bei gutem Licht lesen wollte.

Kim, du hast Glück gehabt. Du hast jemand gefunden, der es für dich getan hat. Aber ich muss es allein machen.

Wenn ich den Mut dazu hätte, würde ich aus dem Fenster springen. Vielleicht würde ich es mir auf halbem Weg noch einmal anders überlegen; dann hätte ich das restliche Stück wenigstens etwas zu lachen. Aber ich bringe einfach nicht den Mut dazu auf und mit der Rasierklinge hat es leider nicht geklappt.

Ich hoffe, dass ich diesmal genügend genommen habe.

Es hat keinen Sinn mehr. Die guten Zeiten sind vorbei. Es tut mir leid, Chance. Mit dir habe ich so manche glückliche Stunde verbracht; aber damit ist es nun endgültig vorbei. Die Zuschauer sind schon in der achten Runde gegangen. Der Applaus ist verhallt. Kein Mensch interessiert sich noch für den Stand des Kampfs.

Es gibt kein Aussteigen aus diesem Karussell. Sie hat nach dem Messingring gegriffen, und er hat ihren Finger grün gefärbt.

Niemand wird mir Smaragde kaufen. Niemand wird mir ein Kind machen. Niemand wird mir das Leben retten.

Ich habe es satt, zu lächeln. Ich bin es über, mich abzumühen. Die guten Zeiten sind ein für alle Mal vorbei.

Ich sah aus dem Fenster auf die Silhouette von Jersey hinaus, unter mir der Hudson. Sunny war im zweiunddreißigsten Stockwerk eines hohen Wohnblocks namens Lincoln View Gardens gestorben.

»Dort drüben ist das Lincoln Center«, sagte Chance.

Ich nickte. »Hat sie das eigentlich vorher schon mal gemacht?«, fragte ich Chance schließlich.

»Was? Sich umgebracht?«

»Zumindest versucht? Sie hat doch geschrieben: ›Ich hoffe, dass ich diesmal genügend genommen habe.‹ Hat sie denn schon mal einen Selbstmordversuch unternommen, bei dem sie nicht genügend Tabletten geschluckt hat?«

»Nicht, seit ich sie kenne. Und das sind schon einige Jahre.«

»Was könnte sie damit gemeint haben? ›Mit der Rasierklinge hat es nicht geklappt?‹«

»Keine Ahnung.«

Darauf trat ich wieder auf die Leiche zu, die vor dem ungemachten Bett auf dem Teppichboden lag, und untersuchte ihre Handgelenke. Beide wiesen jeweils eine deutlich erkennbare, horizontal verlaufende Narbe auf. Ich stand auf, um den Abschiedsbrief erneut zu lesen.

»Und was nun weiter?«, wollte Chance wissen.

Ich zog mein Notizbuch aus der Tasche und schrieb mir ihren Brief Wort für Wort ab. Dann entfernte ich mit einem Kleenex mögliche Fingerabdrücke, legte den Brief an seinen alten Platz zurück und beschwerte ihn wieder mit dem Fläschchen Cologne.

»Erzählen Sie mir nochmal, was Sie gestern Abend gemacht haben?« Ich wandte mich wieder Chance zu.

»Na, was ich Ihnen vorhin schon erzählt habe. Ich habe sie angerufen, und irgendwie überkam mich so ein Gefühl – ich weiß auch nicht –, jedenfalls bin ich dann hierhergefahren.«

»Wann war das?«

»Irgendwann nach zwei Uhr. An die genaue Uhrzeit kann ich mich nicht mehr erinnern.«

»Sind Sie sofort nach oben gegangen?«

»Ja.«

»Hat Sie der Türsteher gesehen?«

»Wir haben uns kurz zugenickt. Der Mann kennt mich; er denkt, ich wohne hier.«

»Wird er sich an Sie erinnern?«

»Mann, woher soll ich wissen, woran der Kerl sich erinnert und was er vergisst?«

»Hatte er nur am Wochenende Dienst oder auch schon am Freitag?«

»Ich weiß nicht. Wieso?«

»Falls er täglich hier arbeitet, erinnert er sich vielleicht, dass er Sie gesehen hat, aber nicht wann. Falls er allerdings nur samstags arbeitet...«

»Ach so, jetzt verstehe ich.«

In der engen Kochnische stand eine Flasche Wodka auf der Anrichte; sie war noch etwa zwei Fingerbreit voll. Daneben lag ein leerer Pappkarton Orangensaft. In der Spüle stand ein Glas, dessen Bodenstand ein Gemisch aus den beiden Getränken zu sein schien. Und da Sunnys Erbrochenes leicht nach Orangen gerochen hatte, bedurfte es nicht allzu großer detektivischer Fähigkeiten, um zwei und zwei zusammenzureimen. Sie hatte die Tabletten mit ein paar Screwdrivers hinuntergespült, wobei die Wirkung der Beruhigungsmittel durch den Alkohol noch verstärkt worden war.

Ich hoffe, dass ich diesmal genügend genommen habe.

Ich musste gegen den Impuls ankämpfen, den letzten Rest Wodka in die Spüle zu kippen.

»Wie lange waren Sie ungefähr in der Wohnung, Chance?«

»Ich weiß nicht. Ich habe nicht auf die Zeit geachtet.«

»Haben Sie mit dem Türsteher gesprochen, als Sie wieder gegangen sind?«

Er schüttelte den Kopf. »Ich bin mit dem Lift in den Keller runtergefahren und durch die Garage nach draußen.«

»Demnach hat er Sie also nicht gesehen.«

»Niemand hat mich gesehen.«

»Und während Sie hier waren…«

»Habe ich mich ein wenig in den Schränken und Schubladen umgesehen. Das habe ich Ihnen doch schon gesagt. Ich habe kaum etwas angefasst und nichts verrückt.«

»Haben Sie den Brief gelesen?«

»Natürlich. Aber ich habe ihn dabei nicht angefasst.«

»Haben Sie von hier aus telefoniert?«

»Ja, mit meinem Auftragsdienst. Außerdem habe ich Sie zu erreichen versucht. Aber Sie waren nicht zu Hause.«

»Jedenfalls keine Ferngespräche?«

»Nein, nur diese beiden Anrufe. Oder nennen Sie das ein Ferngespräch? Von hier zu Ihrem Hotel rüber ist es doch nur ein Katzensprung.«

Das stimmte allerdings. Ich hätte gestern Abend nach dem Treffen problemlos einen kleinen Spaziergang hierher machen können, nachdem Sunny nicht ans Telefon gegangen war. Ich stellte mir das Mädchen vor, wie sie auf dem Bett gelegen hatte und darauf wartete, dass die Tabletten ihre Wirkung taten, während das Telefon klingelte und klingelte. Ob sie wohl die Türglocke auch ignoriert hätte?

Vielleicht war sie zu diesem Zeitpunkt schon bewusstlos gewesen; aber es hätte ja sein können, dass ich Lunte gerochen und die Tür eingetreten hätte – oder sonst etwas.

Klar, vielleicht hätte ich sogar Kleopatra noch diese blöde Natter entreißen können, wenn ich nicht etwas zu spät auf die Welt gekommen wäre.

»Haben Sie auch für diese Wohnung einen Schlüssel?«, fragte ich Chance.

»Ich habe für alle Wohnungen einen Schlüssel.«

»Sie haben also selbst aufgeschlossen?«

Er schüttelte den Kopf. »Sie hatte die Kette vorgelegt. Ab dem Punkt war mir klar, dass irgendetwas nicht stimmte. Ich habe die Tür aufgedrückt. Vermutlich habe ich damals schon geahnt, was ich in der Wohnung vorfinden würde.«

»Sie hätten doch auch wieder nach Hause gehen können, ohne die Kette zu sprengen.«

»Daran habe ich auch gedacht.« Als er mich nun voll ansah, war sein Gesicht wehrloser und durchsichtiger denn je. »Aber als ich sah, dass die Kette vorgelegt war, hatte ich eigentlich nur den einen Gedanken, dass sie sich selbst umgebracht hatte. Deshalb habe ich die Tür eingedrückt. Hätte ja sein können, dass sie noch am Leben war.« Er zuckte mit den Schultern. »Aber leider kam ich zu spät.«

Ich ging zur Tür und sah mir die Kette genauer an. Sie war nicht gerissen; nur ihre Befestigung am Türstock hatte sich gelöst und baumelte nun an der Kette von der Tür. Beim Betreten der Wohnung war mir das gesprengte Schloss gar nicht aufgefallen.

»Und Sie haben das also gemacht, als Sie sich Zutritt zur Wohnung verschafft haben?«

»Wann denn sonst?«

»Die Kette hätte nicht unbedingt vorgelegt sein müssen, als Sie in die Wohnung kamen. Sie könnten sie erst nachträglich vorgelegt und von innen gesprengt haben.«

»Und warum hätte ich das tun sollen?«

»Um den Anschein zu erwecken, dass die Wohnung von innen verschlossen war, als Sie hier auftauchten.«

»Aber so war es doch.«

»Haben Sie sich in der Wohnung genau umgesehen? War außer Sunny wirklich niemand da?«

»Wenn sonst noch jemand in der Wohnung gewesen wäre, hätte sich der Betreffende schon im Toaster verstecken müssen.«

Es handelte sich also eindeutig um Selbstmord. Das einzige Problem war, dass Chance zwölf Stunden von Sunnys Tod gewusst hatte, ohne ihn zu melden.

Ich dachte kurz nach. Da wir uns hier nördlich der Sixtieth Street befanden, fielen wir in den Zuständigkeitsbereich des Zwanzigsten Reviers und somit außerhalb von Durkins Zugriff. Der Fall würde als Selbstmord zu den Akten gelegt werden, wenn nicht gerade der Obduktionsbefund etwas Gegenteiliges ergab, und in diesem Fall würde Chances erster Besuch in der Wohnung notgedrungen an den Tag kommen.

Schließlich schlug ich vor: »Wir haben mehrere Möglichkeiten. Zum Beispiel könnten wir erklären, dass Sie sie die ganze Nacht vergeblich zu erreichen versucht haben und sich deshalb schließlich Sorgen machten. Sie haben mir heute Nachmittag davon erzählt, worauf wir gemeinsam hierhergekommen sind. Sie haben die Tür aufgeschlossen, die Tote gefunden und die Polizei verständigt.«

»Klingt nicht übel.«

»Die Sache hat nur einen Haken. Diese blöde Türkette. Wer soll sie gesprengt haben, wenn Sie nicht schon zu einem früheren Zeitpunkt in der Wohnung waren? Und wenn jemand anderer es war, was hatte er dann hier gesucht?«

»Wir könnten doch sagen, dass wir die Kette gesprengt haben, als wir uns Zutritt zu der Wohnung verschafft haben.«

Ich schüttelte den Kopf. »Die brauchen nur irgendein Indiz zu finden, dass Sie schon gestern Abend hier waren, dann bin ich wegen Meineids geliefert. Nein, ich werde auf jeden Fall aussagen müssen, dass die Kette schon gesprengt war, als wir hier angekommen sind.«

»Sie könnte doch schon seit ein paar Wochen kaputt gewesen sein.«

»Nur sieht jedes Kind, dass die Bruchstelle ganz frisch ist. Nein, auf derlei plumpe Lügen dürfen wir uns keinesfalls einlassen. Wissen Sie, was Sie tun müssen?«

»Nein. Was?«

»Sie erzählen der Polizei einfach, wie es wirklich war. Dass Sie hierhergekommen sind, die Tür eingetreten haben und dann wieder gegangen sind, nachdem Sie sich vergewissert hatten, dass sie tot war. Sie sind eine Weile durch die Gegend gefahren, um sich von dem Schock zu erholen und zu überlegen, was Sie als nächstes tun sollten. Sie wollten nichts unternehmen, bevor Sie nicht mich um Rat gefragt hatten. Da ich die ganze Nacht nicht zu erreichen war, sind Sie erst jetzt nochmal mit mir hierhergefahren, um den Vorfall schließlich der Polizei zu melden.«

»Und das halten Sie für die beste Möglichkeit?«

»Jedenfalls sehe ich im Augenblick keine bessere.«

»Und das alles nur wegen dieser blöden Türkette?«

»Das ist zumindest der offensichtlichste Haken an der ganzen Geschichte. Aber auch ohne die Kette wären Sie besser beraten, die Wahrheit zu sagen. Sehen Sie doch, Chance, Sie haben sie nicht umgebracht. Sie hat Selbstmord begangen.«

»Na und?«

»Nachdem Sie Sunny nicht auf dem Gewissen haben, ist es für Sie das Beste, bei der Wahrheit zu bleiben. Sollte dem allerdings nicht so sein, würde ich mich an Ihrer Stelle mit einem Anwalt in Verbindung setzen und kein

Sterbenswörtchen mehr von mir geben. Aber falls Sie unschuldig sind, sagen Sie nichts als die Wahrheit. Im Endeffekt ersparen Sie sich dadurch eine Menge Scherereien, auch wenn es im Augenblick als die unbequemste Lösung erscheint. Sie können mir glauben, die Jungs von der Polizei hassen nichts mehr als diese ständigen Lügen, die ihnen tagein tagaus aufgetischt werden. Und wenn sie einen dann mal einer offensichtlichen Lüge überführen können, lassen sie nicht mehr locker, und man hat am Ende zehnmal so viel Scherereien, als man sich anfänglich mit einer kleinen Notlüge ersparen wollte.«

Chance ließ sich das kurz durch den Kopf gehen. »Aber sie werden mich fragen, warum ich sie nicht sofort verständigt habe«, seufzte er schließlich.

»Und warum haben Sie nicht gleich angerufen?«

»Na, weil ich nicht wusste, was ich tun sollte, Mann. Ich hatte keine Ahnung, ob ich erst in die Hose machen oder in Ohnmacht fallen sollte.«

»Dann erzählen Sie ihnen doch das.«

»Tja, vielleicht haben Sie recht.«

»Was haben Sie übrigens gemacht, nachdem Sie gestern Abend die Wohnung wieder verlassen haben?«

»Gestern Abend? Na, wie Sie schon gesagt haben – ich bin einfach eine Weile durch die Stadt gefahren. Und dann habe ich Mary Lau besucht. Zum Glück musste ich bei ihr nicht die Kette sprengen, nachdem ich aufgeschlossen hatte. Sie hat geschlafen. Ich bin zu ihr ins Bett gekrochen und habe mich eine Weile mit ihr unterhalten. Dann bin ich nach Hause gefahren.«

»Sie meinen, zu Ihrem Haus?«

»Ja. Aber von meinem Haus werde ich denen nichts erzählen.«

»Das ist auch gar nicht nötig. Sie haben eben bei Mary Lau geschlafen.«

»Ich kann nicht schlafen, wenn eine andere Person um mich herum ist. Aber das brauchen sie ja auch nicht zu erfahren.«

»Nein.«

»Jeden falls war ich eine Weile zu Hause und bin dann wieder in die Stadt gefahren, um nach Ihnen zu sehen.«

»Was haben Sie zu Hause gemacht?«

»Ein bisschen geschlafen. Ich brauche nicht viel Schlaf, wissen Sie.«

»Mhm.«

Darauf trat er an die Wand und nahm eine der afrikanischen Masken herunter, um mir über ihre Entstehungsgeschichte und ihre Bedeutung zu erzählen, ohne dass ich mit großem Interesse zugehört hätte. »Jetzt habe ich natürlich

Fingerabdrücke auf dem Ding hinterlassen«, sagte er schließlich. »Aber Sie können ihnen ja bestätigen, dass ich die Maske von der Wand genommen habe, während wir hier gewartet haben. Vielleicht sollte ich doch besser die Wahrheit sagen.« Er grinste mich an. »Warum greifen Sie nicht schon mal zum Telefon, Matt?«

Kapitel 23

Entsprechend harmlos lief das Ganze dann auch ab. Wir wurden erst an Ort und Stelle verhört und dann auf die Wache in der West Eighty-second gebracht, wo wir unsere Aussagen zu Protokoll gaben. Wenige Stunden später konnten wir dann wieder nach Hause gehen.

Ich begab mich in mein Hotel, wo ich mir gerade frische Sachen angezogen hatte, als Joe Durkin anrief und mir vorschlug, ich sollte ihn zum Abendessen einladen, bevor noch alle Mädchen meines Klienten das Zeitliche segneten und mein Spesenkonto drastisch beschnitten würde.

Als wir dann in einem Steakhouse in der Tenth Avenμe saßen, hatte er sich zu seinem Grillteller schon mehrere Carlsberg bestellt, während ich mich damit begnügen musste, meine Mahlzeit mit schwarzem Kaffee hinunterzuspülen. Unsere Unterhaltung drehte sich natürlich vor allem um Sunnys Selbstmord. Jedenfalls schien für Durkin außer Zweifel zu stehen, dass es sich dabei um Selbstmord handelte. Nachdem wir auf diese Weise eine ganze Reihe von Beweispunkten durchgegangen waren, die alle eindeutig auf Selbstmord hindeuteten, wechselte Durkin mit einem Mal das Thema.

»Ich habe veranlasst, sämtliche Anmeldungen im Galaxy Downtowner seit dem ersten Januar dieses Jahres überprüfen zu lassen. Keines der mit Druckschrift ausgefüllten Formulare ließ sich mit diesem Jones in Zusammenhang bringen.«

»Und in den anderen Hotels?«

»Ebenfalls Fehlanzeige. Es hat selbstverständlich nicht an Eintragungen auf den Namen Jones gefehlt – der Name ist schließlich häufig genug –, aber in keinem Fall hat sich irgendetwas Auffälliges gezeigt. Das Ganze war also reine Zeitverschwendung.«

»Schade. Das tut mir natürlich leid.«

»Ach was. Neunzig Prozent von dem, was ich tue, ist reine Zeitverschwendung. Und wie sieht's bei Ihnen aus?«

»Was soll bei mir sein?«

»Sind Sie mit diesem Dakkinen-Fall weitergekommen?«

Ich musste kurz nachdenken. »Nein«, erwiderte ich schließlich.

»Tja, mir ist da neulich was aufgestoßen, als ich die Akte zu dem Fall noch einmal durchgesehen habe. Und wissen Sie was?«

»Nee.«

»Der Portier.«

»Der, mit dem ich gesprochen habe?«

»Nein, nicht der, das war doch so eine Art halber Geschäftsführer. Nein, ich meine den, der die Buchung des Mörders entgegengenommen hat. Da kommt also ein Kerl an, unterschreibt in Druckschrift und zahlt bar im Voraus. Das sind doch gleich zwei etwas ungewöhnliche Verhaltensweisen auf einmal. Ich meine, wer bezahlt heute sein Hotelzimmer schon in bar – in einem anständigen Hotel natürlich, wo die Nacht gut und gern ihre achtzig bis hundert Dollar kostet. So was läuft doch heutzutage alles über Kreditkarte. Der Mörder hat also bar bezahlt, und dieser Portier kann sich nicht an ihn erinnern.«

»Sind Sie der Sache denn nachgegangen?«

Durkin nickte. »Ja, gestern Abend habe ich mit dem Mann gesprochen – ein Südamerikaner. Und ich kann Ihnen sagen, der Kerl war bis oben hin zugedröhnt. Vermutlich war er auch bekifft, als der Mörder sich für das Zimmer eingetragen hat. Sie wissen schon, einer von den Kerlen, die ohne was zu rauchen oder zu schnupfen nicht mehr über die Runden kommen.«

»Tja, von denen gibt es in New York mehr als genug.«

»Wem erzählen Sie das. Nehmen Sie doch zum Beispiel auch dieses Mädchen, das sich umgebracht hat. Tablettensüchtig.« Er seufzte und schüttelte den Kopf. »Ich werde mir jedenfalls zum Nachtisch einen Brandy genehmigen, falls Ihr Klient sich das noch leisten kann.«

Ich schaffte es gerade noch rechtzeitig zum Treffen in St. Paul's, um die letzten zehn Minuten mitzuerleben. Ich holte mir Kaffee und ein paar Kekse und hörte kaum zu. Nicht einmal meinen Namen musste ich nennen, und während des abschließenden Gebets schlich ich mich dann aus dem Raum.

Zurück im Hotel, teilte mir der Portier mit, dass mehrere Anrufe für mich eingegangen seien, ohne dass einer der Anrufer eine Nachricht hinterlassen hätte. Als ich dann nach oben ging, versuchte ich mir über meine Gefühle bezüglich Sunnys Selbstmord Klarheit zu verschaffen. Weit kam ich dabei allerdings nicht, außer dass ich mich in die Vorstellung zu verbeißen drohte, ich hätte von ihr vielleicht etwas Wissenswertes in Erfahrung bringen können, wenn ich mir das Gespräch mit ihr nicht bis zuletzt aufgespart hätte. Und dazu kam natürlich noch mein Wahn, sie vielleicht von ihren Selbstmordabsichten abbringen zu können. Aber was diesen Punkt betraf, hatte ich mich bereits während der letzten Stunden ausgiebig in allen möglichen Wenn und Abers ergangen.

Wo ein Wille ist, da ist auch ein Weg.

Am nächsten Morgen schaffte ich es nach einem leichten Frühstück endlich auf die Bank, um meine nicht unbeträchtliche Barschaft endlich in den sicheren Gewahrsam eines Bankkassierers zu übergeben. Etwas Bargeld behielt ich jedoch für meinen persönlichen Bedarf zurück, und außerdem ging ich anschließend aufs nächste Postamt, um meiner Frau Anita etwas Geld zu überweisen. Mickeys Zahnkorrektur würde sie davon allerdings nicht bezahlen können.

Dann suchte ich St. Paul's auf und zündete für Sonya Hendryx eine Kerze an. Ich ließ mich in einer Kirchenbank nieder und dachte ein paar Minuten an das tote Mädchen. Allerdings wusste ich so gut wie nichts über Sunny, da wir uns nur ganz flüchtig kennengelernt hatten. Nicht einmal an ihr Aussehen konnte ich mich noch erinnern, da sich über mein Bild von der lebenden Sunny unweigerlich die Erinnerung schob, wie sie im Tod ausgesehen hatte.

Bei dieser Gelegenheit fiel mir ein, dass ich der Kirche noch Geld schuldete. Zehn Prozent von Chances Honorar hätten sich auf zweihundertfünfzig Dollar belaufen, und dazu kam noch der Anteil an den dreihundert und noch was Dollar, die ich diesem kleinen Ganoven abgenommen hatte, der mich so gern ins Jenseits befördert hätte. Ich schuldete der Kirche also etwa zweihundertfünfundachtzig Dollar.

Dummerweise hatte ich mein ganzes Geld schon eingezahlt. Zwar hatte ich noch ein paar hundert Dollar eingesteckt, aber die würde ich während der nächsten Tage selbst brauchen. Während ich nun überlegte, ob ich noch einmal auf die Bank gehen sollte, überkam mich plötzlich der fundamentale Wahnsinn meines kleinen Spendenzaubers.

Was dachte ich mir bei diesem Blödsinn eigentlich? Wie kam ich überhaupt auf die Idee, ich könnte jemandem Geld schulden – und noch dazu der Kirche?

Bis dahin hatte ich diese Angewohnheit einfach als einen exzentrischen Spleen abgetan, ohne seinen tieferliegenden Ursachen und Beweggründen je genauer nachzugehen. Ich hatte auch nicht das Gefühl, dass ich so genau wissen sollte, was hinter dem Ganzen eigentlich steckte. Jedenfalls fiel mir bei dieser Gelegenheit wieder ein, dass mir an jenem Abend, als es mit diesem Jüngelchen in diesem Hinterhof in Harlem auf der Kippe gestanden hatte, kurz der Gedanke durch den Kopf geschossen war, dass dieser Bubi mich umlegen würde, weil ich meinen Zehnten nicht entrichtet hatte. Nicht dass ich an so etwas geglaubt hätte, aber es war doch erstaunlich, dass mir dieser Gedanke überhaupt gekommen war.

Nach einigem Hin und Her zog ich schließlich meine Brieftasche heraus und zählte zweihundertfünfundachtzig Dollar ab. Nachdem ich eine Weile mit dem Geld in meiner Hand dagesessen hatte, steckte ich es bis auf einen Dollar wieder in meine Brieftasche zurück.

Für die Kerze konnte ich zumindest bezahlen.

Am Nachmittag machte ich einen Spaziergang zu dem Haus, in dem Kim gewohnt hatte. Das Wetter war ganz gut, und außerdem hatte ich nichts Wichtigeres zu tun. Ich ging am Türsteher vorbei und fuhr im Lift nach oben.

In ihrer Wohnung kippte ich dann als erstes die Flasche Wild Turkey in den Abfluss.

Mir war nicht recht klar, welchen Sinn das hätte haben sollen, da ansonsten noch genügend Alkoholisches in der Wohnung herumstand. Aber diese Flasche Wild Turkey hatte in der Zwischenzeit regelrechten Symbolcharakter für mich angenommen. Jedes Mal wenn ich daran dachte, Kims Wohnung aufzusuchen, schoss mir unwillkürlich diese Flasche durch den Kopf, begleitet von extrem detaillierten Vorstellungen hinsichtlich des Geschmacks und des Geruchs ihres Inhalts. Jedenfalls war mir erst wieder wohl in meiner Haut, als ich das letzte Tröpfchen Whisky in den Abfluss geleert hatte.

Darauf trat ich an den Kleiderschrank, um mir den Pelzmantel noch einmal näher unter die Lupe zu nehmen. Ein am Futter befestigtes Etikett klärte mich darüber auf, dass es sich beim Obermaterial um gefärbten Kaninchenpelz handelte.

Genau, was Chance gesagt hatte.

*   *   *

Auf dem Heimweg ging mir ständig der Gedanke durch den Kopf, mir ein Bier zu genehmigen. Ich könnte nicht einmal sagen, wodurch dieses Bedürfnis in mir geweckt worden war. Jedenfalls ertappte ich mich von da an immer wieder bei der Vorstellung, ich stünde am Tresen einer urigen Kneipe mit Sägemehl auf dem Boden, ein Fuß auf die Messingstange gestützt und einen Krug mit einem kühlen Blonden in meiner Rechten.

Meine Lust auf ein Bier wurde allerdings nie so stark, dass ich im Ernst daran gedacht hätte, meinem Bedürfnis nachzugeben, zumal mir bei dieser Gelegenheit auch mein Versprechen an Jan wieder einfiel. Da ich nicht vorhatte, etwas zu trinken, bestand kein Anlass, sie anzurufen. Aber ich hatte einfach Lust, mit ihr zu sprechen. Also rief ich sie von einer Zelle aus an.

Da wir beide Mühe hatten, den Verkehrslärm im Hintergrund zu übertönen, fassten wir uns kurz, sodass ich gar nicht erst an den Punkt kam, wo ich ihr von Sunnys Selbstmord und der Flasche Wild Turkey erzählt hätte, die ich in den Ausguss gekippt hatte.

Beim Mittagessen las ich die Post. In der *News* war Sunnys Selbstmord lediglich mit ein paar Sätzen gewürdigt worden, was im Übrigen der Tragweite des Falls durchaus entsprach, während die *Post* natürlich alles ausschlachtete, womit sich die Auflag irgendwie in die Höhe treiben ließ. Und so kündigte dieses Blatt auch groß an, dass Sunny für denselben Zuhälter gearbeitet hatte wie Kim, die vor zwei Wochen in einem Hotel zerstückelt worden war. Da wohl niemand ein Foto von Sunny hatte auftreiben können, musste eben noch einmal ein Schnappschuss von Kim herhalten.

Der Bericht konnte allerdings die in der Schlagzeile geschürten Erwartungen keineswegs erfüllen. Es hieß darin lediglich, dass es sich um einen eindeutigen Selbstmord handelte, der möglicherweise in Zusammenhang mit irgendwelchen nebulösen Kenntnissen Sunnys bezüglich der näheren Umstände von Kims Tod gestanden hatte.

Der junge Schwarze mit den gebrochenen Beinen fand mit keinem Wort Erwähnung, wenn es auch sonst nicht an den üblichen Meldungen von Tod und Gewalt fehlte. Ich musste unwillkürlich an das denken, was Jim Faber über die Zeitungen gesagt hatte, und stellte zum ersten Mal fest, dass es mich möglicherweise gar keine sonderliche Überwindung kosten würde, auf diesen ganzen Kram zu verzichten.

Nach dem Mittagessen holte ich an der Rezeption meine Post ab, um sie jedoch unverzüglich in den Papierkorb wandern zu lassen. Außerdem hatte Chance angerufen. Ich verständigte seinen Auftragsdienst, worauf er wenig später zurückrief, um sich nach dem neuesten Stand der Dinge zu erkundigen. Ich musste ihm allerdings mitteilen, dass ich mit keinerlei Neuigkeiten aufzuwarten hatte, worauf er wissen wollte, ob ich es denn überhaupt noch für sinnvoll hielte, die Sache weiter zu verfolgen.

»Eine Weile schon noch«, erklärte ich. »Vielleicht führt das Ganze ja doch noch zu einem Ergebnis.«

Chance erzählte mir, dass die Polizei ihn nicht weiter behelligt hätte. Er hatte den Tag damit verbracht, alles Nötige für Sunnys Begräbnis zu erledigen. Im Gegensatz zu Kim, die in ihre Heimat in Wisconsin überführt worden war, hatte Sunny keinerlei Angehörige. Da noch nicht eindeutig geklärt war, wann Sunnys Leiche freigegeben würde, hatte er eine kleine Trauerfeier arrangiert. Er gab mir die Adresse des Bestattungsinstituts und teilte mir den Zeitpunkt, Donnerstag vierzehn Uhr, mit.

»Eigentlich hätte ich das schon bei Kim machen sollen«, meinte er. »Aber dummerweise habe ich nicht daran gedacht. Ich mache das natürlich vor allem wegen der Mädchen. Sie können sich bestimmt vorstellen, wie denen im Augenblick zumute ist.«

»Allerdings.«

»Sie fragen sich jetzt natürlich alle, welche von ihnen wohl als nächste an der Reihe ist.«

Als ich an diesem Abend das Treffen aufsuchte, fiel mir plötzlich ein, dass ich erst vor einer Woche durch die Stadt gestreift war, ohne dass ich in meinem Vollsuff auch nur annäherungsweise mitbekommen hatte, was ich eigentlich tat.

»Mein Name ist Matt«, sagte ich, als ich an die Reihe kam. »Ich möchte heute Abend lieber nur zuhören. Danke.«

Nach dem Treffen folgte mir ein Mann nach draußen. Auf dem Gehsteig holte er mich mit ein paar raschen Schritten ein. Er war an die Dreißig und trug eine Holzfällerjacke mit einer Schirmmütze. Ich konnte mich nicht erinnern, ihn je zuvor gesehen zu haben.

»Sie heißen also Matt?«, sprach er mich an.

Ich musste ihm das wohl oder übel bestätigen.

»Wie hat Ihnen diese Geschichte vorhin gefallen?«

»Mhm, ganz interessant.«

»Soll ich Ihnen mal eine interessante Geschichte erzählen? Ich habe da von einem jungen Schwarzen in Harlem gehört, dem jemand beide Beine gebrochen und die Fresse ordentlich verdengelt hat. Die Geschichte kann sich wirklich hören lassen, Mann.«

Mir lief ein eisiger Schauer den Rücken hinunter. Die Knarre lag in der Schublade meines Kleiderschranks, eingewickelt in einem Paar Socken. Die Messer hatte ich am selben Ort verstaut.

»Sie trauen sich aber was, Mann«, fuhr mein Begleiter fort. »Sie haben wirklich *cojones*, wenn Sie wissen, was ich meine.« Wie ein Baseballspieler, der seinen Unterleibsschützer zurechtrückt, legte er seine Hand an die Stelle zwischen den Beinen. »Na ja, Sie wollen jedenfalls nicht etwa weitere Scherereien?«

»Was reden Sie da eigentlich?«

Er breitete die Hände aus. »Woher soll ich das wissen, Mann? Ich bin nur die Post. Ich übermittle Nachrichten – mehr nicht. Wenn so'n Mädel in einem Hotel kaltgemacht wird, ist das eine Sache; aber wer ihre Freunde sind, ist 'ne andere. Jedenfalls ist das in diesem Zusammenhang nicht von Interesse, klar?«

»Von wem ist diese Nachricht also?«

Er sah mich nur an.

»Woher wussten Sie, dass Sie mich bei dem Treffen finden würden?«

»Ganz einfach. Ich bin Ihnen rein gefolgt und dann wieder raus.« Er kicherte. »Dieser *maricon* mit den gebrochenen Beinen – das war echt 'n Ding, Mann. Das war echt 'n Ding.«

Kapitel 24

Am darauffolgenden Dienstag befasste ich mich ausgiebigst mit dem Thema Pelze.

Seinen Anfang nahm das Ganze in einem Zwischenstadium von Traum und Wachzustand. Ich war aus einem Traum erwacht, um jedoch sofort wieder einzudösen. Und bei dieser Gelegenheit stellte ich fest, dass ich vor meinem geistigen Auge sozusagen ein Videotape meines ersten Treffens mit Kim ablaufen ließ. Der Film begann allerdings mit einer Rückblende auf den New Yorker Busbahnhof, wo sie, in der einen Hand einen billigen Pappkoffer, in der anderen eine knappe Jeansjacke, aus dem Bus stieg. Dann erst kam die Szene, in der sie, ihre Hand behutsam gegen ihren Hals gelegt, mir gegenüber an dem Tisch im Armstrong's saß. Das Licht brach sich in ihrem Ring, als sie nachdenklich mit dem Verschluss ihrer Pelzjacke spielte. Dabei erzählte sie mir, es wäre ein echter Nerz, den sie jedoch jederzeit gegen ihre alte Jeansjacke einzutauschen bereit wäre.

Nachdem diese Szene zu Ende war, wanderten meine Gedanken weiter. Ich befand mich plötzlich wieder in diesem Hinterhof in Harlem; allerdings hatte der junge Schwarze Verstärkung bekommen. Er wurde von meinem alten Informanten Royal Waldron und dem Boten vom Vorabend begleitet. Irgendein Teil meines Wachbewusstseins versuchte, die beiden aus meinem Traum zu verscheuchen, damit die Chancen nicht ganz so ungleich standen, als mir plötzlich ein Gedanke durch den Kopf zuckte, der mich, plötzlich hellwach, aus dem Bett hochfahren ließ, während meine Traumbilder sich eilends in eine hintere Ecke meines Bewusstseins verdrückten, wo sie auch hingehörten.

Es war eine andere Pelzjacke gewesen.

Nachdem ich geduscht und mich rasiert hatte, machte ich mich unverzüglich auf den Weg. Zuerst fuhr ich mit dem Taxi zu Kims Wohnung, um mir noch einmal ihren Kleiderschrank anzusehen. Die Kaninchenfelljacke, die dort hing und die sie von Chance bekommen hatte, war nicht das Kleidungsstück, das sie bei unserem ersten Treffen getragen hatte; sie war länger, dicker und wurde am Hals nicht von einer Schnalle zusammengehalten. Das war eindeutig nicht die Jacke, die sie damals getragen hatte, die sie als echten Nerz bezeichnet hatte und die sie liebend gern gegen ihre alte Jeansjacke eingetauscht hätte.

Die Jacke, die sie meines Wissens damals im Armstrong's getragen hatte, war nirgendwo in der ganzen Wohnung zu finden.

Darauf nahm ich mir ein Taxi nach Midtown North, wo Durkin allerdings gerade nicht im Dienst war. Nachdem ich einen seiner Kollegen dazu gebracht hatte, Durkin zu Hause anzurufen, erhielt ich schließlich – höchst inoffiziell, versteht sich – Zugang zur Akte Dakkinen, wo unter den in dem Hotelzimmer registrierten Gegenständen tatsächlich auch eine Pelzjacke aufgeführt war. Als ich mir darauf die zugehörigen Fotos vom Tatort ansah, war besagte Pelzjacke auf keinem zu erkennen.

Als nächstes fuhr ich mit der U-Bahn ins Polizeipräsidium, wo ich erst mit mehreren zuständigen Herren sprechen und entsprechend lange warten muss-te, bis mein Antrag über die entsprechenden Kanäle an die maßgebliche Stelle vorgedrungen war. Als ich mich dann endlich am Ziel meiner Reise durch den Dschungel der Bürokratie glaubte, war das fragliche Büro unbesetzt – sein Inha-ber machte gerade Mittagspause. Ich hatte das Verzeichnis mit den AA-Treffen eingesteckt und entnahm ihm, dass sie einen Block weiter in der St. Andrew's Church täglich Mittagstreffen abhielten. Also schlug ich dort eine Stunde tot. Danach genehmigte ich mir in einem Stehimbiss ein Sandwich und ging ins Präsidium zurück.

Dort konnte ich dann endlich die Pelzjacke in Augenschein nehmen, die Kim zum Zeitpunkt ihres Todes bei sich gehabt hatte. Zwar hätte ich nicht schwören können, dass es dieselbe war, die sie damals im Armstrong's getragen hatte, aber sie kam doch dem Kleidungsstück in meiner Erinnerung sehr nahe. Behutsam strich ich mit den Fingern über den dichten Pelz und versuchte, noch einmal das Videotape von heute Morgen abzuspielen. Die Jacke hatte die richti-ge Länge, die richtige Färbung, und nicht zuletzt verfügte sie über eine Spange am Hals, an der ihre sorgfältig manikürten Finger gespielt hatten.

Das Etikett verriet mir, dass es sich bei dem Material um echten Nerz handel-te, der von einem Kürschner namens Arvin Tannenbaum verarbeitet worden war.

Die Firma Tannenbaum befand sich im dritten Stock eines Loft-Gebäudes in der West Twenty-ninth, mitten im Herzen des Pelzviertels. Es hätte die Sache natürlich wesentlich vereinfacht, wenn ich Kims Jacke hätte mitnehmen können, aber wie gesagt, der Kooperationsbereitschaft der New Yorker Polizei waren gewisse Grenzen gesetzt. Ich konnte also nur mit einer ausführlichen Beschreibung der Jacke aufwarten, und als mich das nicht groß weiterbrachte, versuchte ich es mit einer Personenbeschreibung von Kim. Eine Überprüfung der Lieferlisten ergab dann, dass eine Kim Dakkinen vor sechs Wochen eine Nerzjacke erstanden hatte. Diese Eintragung führte uns auch zu dem Verkäufer, der das Geschäft abgewickelt hatte, und er konnte sich an Kim erinnern.

Der Mann hatte ein rundes Gesicht und schütteres Haar und sah mich unter einer dicken Brille aus wässrig blauen Augen hervor an. »Ja, ja, ein auffallend großes Mädchen – und sehr hübsch. Als ich neulich ihren Namen in der Zeitung las, kam er mir irgendwie bekannt vor; aber denken Sie, ich wäre darauf gekommen, dass ich ihr vor einiger Zeit diese Jacke verkauft habe? Wirklich jammerschade um das Mädchen. So ein hübsches Ding.«

Sie hatte sich in Begleitung eines Herrn befunden, erinnerte er sich dann, und besagter Herr hatte auch die Rechnung beglichen. In bar. Nein, nein, so etwas war keineswegs ungewöhnlich – jedenfalls nicht im Pelzgeschäft, versicherte er mir. Schließlich bekamen mehr Geliebte als Ehefrauen einen Pelz geschenkt, und in diesem Fall zogen es die großzügigen Spender sinnvollerweise vor, wenn keinerlei schriftliche Vermerke über den Kauf in ihren Bankauszügen auftauchten. Miss Dakkinens Verehrer hatte also in bar bezahlt und die Quittung auf ihren Namen ausstellen lassen.

Die Kaufsumme hatte sich auf knapp unter zweitausendfünfhundert Dollar belaufen – kein alltäglicher Betrag, aber selbst ich war vor wenigen Tagen mit einem kaum geringeren Betrag durch die halbe Stadt gelaufen.

Ob er mir den Herrn in Miss Dakkinens Begleitung vielleicht beschreiben könnte? Der Verkäufer mit dem Vollmondgesicht seufzte. Die Dame zu beschreiben, wäre wesentlich einfacher gewesen. Er konnte sich inzwischen wieder genau an sie erinnern, die goldblonden, um den Kopf geschlungenen Zöpfe, die durchdringenden blauen Augen. Sie hatte mehrere Jacken anprobiert; sie sah sehr elegant darin aus; aber ihr Begleiter...

Ende Dreißig, Anfang Vierzig, schätzte er. Eher groß, wenn auch nicht auf eine so auffallende Weise wie das Mädchen.

»Tut mir leid«, erklärte er schließlich. »Ich kann mir den Mann zwar noch irgendwie vorstellen, aber ich kann ihn nicht beschreiben. Wenn er einen Pelz getragen hätte, könnte ich Ihnen darüber sicher mehr erzählen, als Sie wissen möchten, aber...«

»Was hatte er denn an?«

»Einen Anzug, nehme ich an, aber mit Sicherheit könnte ich das keineswegs behaupten. Er war jedenfalls die Art Mann, die Anzüge tragen. Allerdings weiß ich nicht mehr, was er tatsächlich anhatte.«

»Würden Sie den Mann wiedererkennen, wenn Sie ihn irgendwo sehen würden?«

»Ich glaube kaum, dass er mir bekannt vorkäme, falls ich ihm zufällig irgendwo auf der Straße begegnen sollte.«

»Und wenn man Sie ausdrücklich auf ihn aufmerksam machen würde?«

»In diesem Fall würde ich ihn, glaube ich, schon wieder erkennen. Sie meinen, in einer Gegenüberstellung?«

Ich bestärkte ihn darin, dass er sich vermutlich an mehr erinnern konnte, als er selbst dachte. Dann fragte ich ihn nach dem Beruf des Mannes.

»Woher sollte ich seinen Beruf wissen? Ich kenne doch nicht einmal seinen Namen.«

»Einfach nur Ihren Eindruck«, ermutigte ich ihn. »Würden Sie ihn für einen Automechaniker halten? Einen Börsenmakler? Einen Rodeoreiter?«

»Ach so«, sagte der Verkäufer und überlegte eine Weile. »Vielleicht ein Buchhalter.«

»Ein Buchhalter?«

»Ja, etwas in der Richtung. Ein Steuerberater... Ich meine, Sie haben doch selbst gesagt, ich sollte einfach drauflos raten.«

»Natürlich. Welche Nationalität?«

»Amerikaner. Oder wie meinen Sie das?«

»Engländer, Ire, Italiener...«

»Ach so. Langsam beginne ich zu verstehen, wie dieses Spiel läuft. Ich würde sagen Jude – oder Italiener; jedenfalls ein dunkelhäutiger Typ. Sie war ja so blond – wirklich auffallend dieser Gegensatz, wissen Sie? Eigentlich könnte ich nicht mehr sagen, dass er ein eher dunkler Typ war. Aber an diesen Kontrast kann ich mich noch erinnern. Er könnte auch griechischer oder spanischer Herkunft gewesen sein.«

»Akademiker?«

»Er hat mir sein Diplom nicht gezeigt.«

»Aber Sie haben ihn doch sicher sprechen gehört. Hatte er eine eher kultivierte Aussprache, oder redete er wie jemand von der Straße?«

»Nein, nein, er hatte durchaus etwas Feines an sich – ein Gentleman, und ich würde auch sagen, gebildet.«

»Verheiratet?«

»Nicht mit dem Mädchen.«

»Mit sonst jemandem?«

»Sind sie das nicht immer? Wenn man nicht verheiratet ist, braucht man seiner Freundin keinen Nerz zu schenken. Vermutlich hat er seiner Frau auch einen gekauft, um sie bei Laune zu halten.«

»Trug er einen Ehering?«

»Daran kann ich mich nicht erinnern.« Er fasste an sein eigenes Symbol ehelicher Treue. »Kann sein, kann auch nicht sein. Ich weiß es nicht mehr.«

Er konnte sich wirklich nicht mehr an sehr viel erinnern, und auf die Eindrücke, die ich ihm entlockt hatte, war nicht unbedingt sonderlich viel Verlass. Möglicherweise entsprachen sie sogar den Tatsachen, aber unter Umständen entsprangen sie auch nur einem unbewussten Bedürfnis, mir behilflich zu sein. Jedenfalls hätte ich endlos so weitermachen können. »*Gut, Sie erinnern sich also nicht mehr an seine Schuhe. Aber welche Art Schuhe hätte der Mann tragen können? Cowboystiefel? Sandalen? Turnschuhe? Ballys? Oder was sonst?*« Mir war jedenfalls klargeworden, dass ich auf diese Weise nicht weiterkommen würde. Deshalb verabschiedete ich mich und ging.

Im Parterre des Gebäudes befand sich ein Café, wo ich mich an der langen Theke auf einen Barhocker setzte und einen Kaffee bestellte, um mir noch einmal die Informationen durch den Kopf gehen zu lassen, über die ich verfügte.

Sie hatte also einen Freund gehabt. Ohne Frage. Irgendein Kerl hatte eine hübsche Anzahl von Hundertern auf den Tisch geblättert und ihr diese Jacke geschenkt, ohne dass sein Name an irgendeinem Punkt der Transaktion in Erscheinung getreten war.

Hatte ihr Freund möglicherweise eine Machete bei sich getragen? Das war eine Frage, die ich dem Verkäufer ganz zu stellen vergessen hatte. »*Lassen Sie Ihrer Fantasie einfach mal freien Lauf. Stellen Sie sich diesen Kerl zusammen mit einer aufregenden Blondine in einem Hotelzimmer vor, und dann gehen Sie mal davon aus, dass er das Mädchen zerstückeln will. Womit könnte er das am ehesten tun? Mit einer Axt? Einem Säbel? Einer Machete?«*

Mir fiel ein, dass ihr Begleiter ein Buchhaltertyp gewesen war. Er hätte sich dazu sicher eines Füllfederhalters bedient, in seinen Händen eine Waffe von der tödlichen Treffsicherheit eines Samuraischwerts.

Der Kaffee war nicht sonderlich gut. Trotzdem bestellte ich mir eine zweite Tasse. Ich verschränkte meine Finger ineinander und betrachtete sie nachdenklich. Komisch, meine Finger fügten sich problemlos ineinander, was man von allem anderen kaum hätte behaupten können. Wer hatte schon mal von einem Buchhalter gehört, der mit einer Machete in der Hand durchdrehte? Zugegeben, so abwegig war diese Vorstellung nicht einmal. Andererseits hatte der Täter für einen Mord im plötzlichen Blutrausch das Ganze verdammt gründlich vorbereitet, wie er danach auch jegliche Spuren nachhaltigst beseitigt hatte, die seine Identität hätten preisgeben können.

Sah das nach dem Kerl aus, der ihr die Pelzjacke gekauft hatte?

Nach einem Schluck Kaffee gelangte ich zu dem Schluss: nein. Genauso wenig passte der Eindruck, den ich eben von Kims Verehrer gewonnen hatte, zu der Nachricht, die mir am Abend zuvor nach dem AA-Treffen übermittelt worden war. Der Bursche in der Holzfällerjacke war reinste Muskeln gewesen, ganz schlicht und einfach, auch wenn er keinen weiteren Auftrag gehabt hatte, als mit seinen Muskeln nur etwas zu spielen. Gebot ein harmloser Buchhalter über derlei Muskeln?

Höchst unwahrscheinlich.

Handelte es sich bei diesem Verehrer und Charles Owen Jones um ein und dieselbe Person? Und wozu dieser reichlich komplizierte Deckname? Wenn man einen falschen Namen angab, nannte man sich in der Regel Joe oder Charly Jones. Aber Charles Owen Jones?

Vielleicht hieß der Mann Charles Owens. Möglicherweise hatte er bereits angefangen, sich mit seinem richtigen Namen einzutragen, um es sich dann gerade noch rechtzeitig einfallen zu lassen, das S wegzulassen und einen zweiten Vornamen daraus zu machen. Ergab das irgendeinen Sinn?

Ich musste zugeben: eigentlich nicht.

Dieser blöde Portier. Er war nicht einmal ordentlich verhört worden. Durkin hatte erzählt, dass er bekifft war, und als Südamerikaner hatte er wahrscheinlich auch etwas Sprachschwierigkeiten. Andererseits hätte er des Englischen einigermaßen mächtig sein müssen, da er wohl sonst in diesem Hotel kaum eine Stelle als Portier bekommen hätte. Das Problem lag also nur darin, dass dem Burschen bisher niemand wirklich auf den Zahn gefühlt hatte. Wenn er zum Beispiel so befragt worden wäre, wie ich mir eben diesen Pelzverkäufer vorgenommen hatte, hätte er sicher mit dem einen oder anderen brauchbaren Hinweis aufwarten können. Zeugen wissen immer mehr, als sie selbst denken.

Der Portier, der die Anmeldung von Charles Owen Jones entgegengenommen hatte, hieß Octavio Calderón. Allerdings hatte er letzten Samstag zum letzten Mal Dienst getan. Er hatte sich am Sonntag krank gemeldet und würde die Arbeit womöglich erst in ein paar Tagen wieder aufnehmen, teilte mir ein Geschäftsführer mit, den ich über besagten Octavio Calderón ausquetschte.

Als ich mich erkundigte, was ihm denn fehlte, schüttelte der Geschäftsführer seufzend den Kopf. »Das dürfen Sie mich nicht fragen. Wenn man von diesen Leuten einmal eine persönlichere Auskunft will, schwinden ihre Englischkenntnisse mit einem Mal rapide dahin, sodass sie plötzlich nur noch Nix verstehen herausbringen.«

»Wollen Sie damit etwa sagen, dass Sie hier Portiers einstellen, die kein Englisch können?«

»Nein, nein, natürlich nicht. Calderón spricht fließend Englisch. Jemand anderer hat für ihn angerufen.« Er schüttelte neuerlich den Kopf. »Octavio ist ein fürchterlich schüchterner Kerl. Vermutlich hatte er Angst, ich würde ihm ordentlich die Hölle heiß machen, wenn er selbst anrief; deshalb hat er einen Bekannten anrufen lassen, obwohl der Grund dafür wohl sein sollte, zu zeigen, dass er so krank ist, dass er es nicht einmal ans Telefon schafft. Ich nehme an, dass er in irgendeiner Pension mit Telefon im Flur wohnt, vermutlich zusammen mit mehreren anderen Südamerikanern. Der Mann, der für ihn angerufen hat, hatte einen wesentlich stärkeren südamerikanischen Akzent als Octavio.«

»Könnten Sie mir vielleicht mal seine Telefonnummer geben?«

»Das Telefon ist im Flur. Ich bezweifle, dass er an den Apparat kommen wird.«

»Trotzdem wäre ich Ihnen sehr dankbar, wenn ich die Nummer haben könnte.«

Der Geschäftsführer verschwand kurz in einem Büro, um nach kurzer Zeit mit einem Zettel wieder aufzutauchen, auf dem neben der Telefonnummer auch eine Adresse in der Barnett Avenue in Queens stand. Da mir die Straße nicht bekannt war, fragte ich den Geschäftsführer, ob er wüsste, in welchem Teil von Queens Calderón lebte.

»Leider kenne ich mich in Queens nicht aus«, gab er mir zur Antwort, um dann sofort hinzuzufügen: »Sie wollen doch nicht etwa dorthin fahren?« Das sagte er in einem Ton, als müsste ich mir dafür erst ein Visum sowie Wasser- und Lebensmittelvorräte zulegen. »Octavio wird nämlich sicher in ein paar Tagen wieder zur Arbeit erscheinen.«

»Woher wollen Sie das so sicher wissen?«

»Weil er seinen Job verliert, wenn er nicht bald wieder zu arbeiten anfängt. Und ich glaube, dass Octavio sehr daran interessiert ist, seine Stelle zu behalten.«

»Fehlt er denn sonst nur sehr selten?«

»Eigentlich nie, weshalb ich auch annehme, dass er ernstlich krank ist. Vermutlich hat er irgendeinen Virus aufgeschnappt; zur Zeit grassiert doch wieder so eine Grippewelle.«

Ich rief gleich von einer Telefonzelle im Foyer des Galaxy Downtowner unter Octavio Calderóns Nummer an. Ich ließ es mindestens neun bis zehn Mal klingeln, bis endlich eine Spanisch sprechende Frau abnahm. Ich erkundigte mich nach Octavio Calderón.

»*No está aquí*«, gab sie mir darauf zu verstehen.

Ich stopselte ein paar spanische Fragen zusammen. *Es enfermo*? Ist er krank? Ich weiß nicht, ob ich mich der Frau verständlich machen konnte. Jedenfalls sprach sie ein Spanisch, das kaum etwas mit dem puerto-ricanischen Idiom zu tun hatte, wie man es in New York vor allem zu hören bekommt. Und als sie dann auf Englisch umzuschalten versuchte, war ihre Aussprache so gut wie unverständlich und ihr Wortschatz äußerst begrenzt. *No está aquí*, wiederholte sie nur immer wieder, und das war auch das einzige, was ich ohne Schwierigkeiten verstehen konnte. *No está aquí*. Er ist nicht hier.

Darauf begab ich mich ins Hotel zurück. Auf meinem Zimmer hatte ich einen Stadtplan von New York, auf dem ich die Barnett Avenue in Queens suchte. Sie lag in Woodside. Verwundert fragte ich mich, was eine von Südamerikanern frequentierte Pension in einem irischen Viertel sollte.

Die Barnett Avenue erstreckte sich nur über zehn bis zwölf Häuserblocks, und zwar von der Forty-third Street bis zur Woodside Avenue. Nun war die

Frage, ob ich entweder den E oder F Train auf der Independent Line oder die IRT Flushing Line nehmen sollte.

Vorausgesetzt, ich wollte überhaupt nach Queens rausfahren.

Also versuchte ich es noch einmal von meinem Zimmer aus. Das Telefon läutete wieder sehr oft, bis sich diesmal eine Männerstimme meldete. »Octavio Calderón, por favor«, trug ich mein Begehren vor.

»Moment«, antwortete der Mann am anderen Ende der Leitung, und dann hörte ich ein dumpfes Klopfen, als schlüge der Hörer, an der Strippe herabhängend, gegen die Wand. Und als auch dieses Geräusch verstummt war, war es still – bis auf das leise Quäken eines Radios im Hintergrund, aus dem lateinamerikanische Musik drang. Ich stand kurz davor, wieder einzuhängen, als der Mann doch noch zurückkam.

»*No está aquí*«, teilte er mir mit, und bevor ich etwas erwidern konnte, hatte er eingehängt.

Ich studierte noch einmal meinen Stadtplan und überlegte, wie ich mir den Weg nach Woodside ersparen könnte. Inzwischen hatte der Feierabendverkehr schon eingesetzt, sodass ich sicher die ganze Fahrt über stehen musste. Und was würde die Mühe schon viel nützen? Ich würde mich eine Stunde lang, eingequetscht wie eine Sardine, von der U-Bahn durchschaukeln lassen, damit mir irgendein Südamerikaner *No está aquí* ins Gesicht schleudern konnte. Wozu also dieser Aufwand? Entweder hatte der Bursche drogenbedingten Urlaub genommen, oder er war wirklich krank, wobei in beiden Fällen die Chancen ziemlich schlecht standen, dass ich etwas aus ihm herausbekommen würde. Falls ich diesen Calderón wirklich aufspüren sollte, würde ich zur Abwechslung nicht mit einem *No está aquí* belohnt werden, sondern mit einem *No lo se*. Das weiß ich nicht. Er ist nicht hier, das weiß ich nicht, er ist nicht hier...

Scheiße.

Joe Durkin hatte diesen Calderón also am Samstagabend einer nachträglichen Vernehmung unterzogen. Um etwa dieselbe Zeit hatte ich mich in der halben Stadt nach dem mutmaßlichen Verehrer von Kim Dakkinen erkundigt. Und in derselben Nacht hatte ich einem miesen, kleinen Ganoven die Beine gebrochen, und Sunny Hendryx hatte eine Ladung Schlaftabletten mit Wodka und Orangensaft hinuntergespült.

Am darauffolgenden Tag hatte sich Calderón krank gemeldet. Und wieder einen Tag später war mir ein Mann in einer Holzfällerjacke zu einem AA-Treffen gefolgt, um mir davon abzuraten, meine Nase weiter in den Fall Dakkinen zu stecken.

Das Telefon klingelte. Es war Chance. Obwohl er bereits eine Nachricht hinterlassen hatte, ich sollte zurückrufen, hatte er diesmal nicht gewartet, bis ich ihn zu erreichen versuchte.

»Ich wollte nur hören, ob Sie weitergekommen sind«, erkundigte er sich.

»Es scheint ganz so, als würde ich Fortschritte machen«, berichtete ich ihm. »Gestern Abend habe ich mir eine kleine Verwarnung eingeheimst.«

»Eine Verwarnung?«

»Ja, ein Kerl hat mir zu verstehen gegeben, ich sollte aufpassen, dass ich nicht unversehens in Scherereien gerate.«

»Sind Sie sicher, dass sich dieser Hinweis auf Kim bezog?«

»Ganz sicher.«

»Kennen Sie den Mann?«

»Nein.«

»Und was werden Sie jetzt machen?«

Ich lachte. »Ich werde zusehen, dass ich in Scherereien gerate. In Woodside.«

»In Woodside?«

»Das ist ein Viertel in Queens.«

»Ich weiß, wo Woodside ist, Mann. Und was soll in Woodside sein?«

Ich hatte keine Lust, ihm des Langen und Breiten die ganze Geschichte zu erzählen. »Ach, wahrscheinlich nichts. Mir wäre es lieber, ich könnte mir die Fahrt da raus sparen. Aber das wird wohl nicht gehen. Kim hatte übrigens tatsächlich einen Verehrer.«

»In Woodside?«

»Nein, das mit Woodside ist was anderes. Aber ich bin inzwischen sicher, dass sie einen Freund hatte. Er hat ihr einen Nerz gekauft.«

»Ich habe Ihnen doch schon ein paarmal gesagt, Matt«, seufzte Chance, »es ist gefärbtes Kaninchenfell.«

»Ich weiß, ich weiß. Die Jacke, die Sie ihr gekauft haben, hängt in ihrem Schrank – gefärbtes Kaninchen.«

»Also?«

»Sie hatte aber noch so eine Jacke. Die war allerdings aus echtem Nerz. Sie trug sie, als ich mich zum ersten Mal mit ihr traf. Und sie trug die Jacke auch, als sie ins Galaxy Downtowner ging, um sich dort umbringen zu lassen. Sie befindet sich in einem Schließfach im Polizeipräsidium.«

»Was hat das Ding denn dort zu suchen?«

»Es dient als Beweismaterial.«

»Wofür?«

»Das weiß bis jetzt noch niemand. Ich habe mir die Jacke angesehen und konnte feststellen, woher sie stammt. Ich habe mit dem Verkäufer gesprochen, der sie Kim verkauft hat. Er konnte sich erinnern, dass sie von einem Herrn begleitet wurde, der die Jacke bezahlt hat – in bar.«

»Wieviel hat er dafür denn hingelegt?«

»Zwo-fünf.«

Chance überlegte kurz. »Vielleicht hat sie Geld zurückbehalten. Sie hätte zum Beispiel problemlos pro Woche ein paar Hunderter abzweigen können, ohne dass ich es gemerkt hätte.«

»Aber bezahlt hat die Jacke doch ihr Begleiter, Chance.«

»Vielleicht hat sie ihm das Geld gegeben, damit er für sie bezahlen konnte. Wie eine Frau manchmal einem Mann Geld für die Rechnung in einem Restaurant zusteckt, damit es keiner merkt.«

»Wieso wollen Sie eigentlich nicht wahrhaben, dass Kim einen Freund hatte?«

»Blödsinn«, schnaubte Chance. »Das ist mir doch völlig egal. Soll sie doch einen Freund gehabt haben. Ich kann es mir nur einfach nicht vorstellen, das ist alles.«

Darauf ließ ich es vorerst beruhen.

»Vielleicht war es auch nur ein Freier – kein Freund. Es gibt nicht selten Freier, die sich gern als spezielle Freunde sehen würden, die nichts zahlen müssen und sich stattdessen mit großzügigen Geschenken erkenntlich zeigen. Vielleicht war der Kerl tatsächlich nur ein Freier, der eben in Nerz bezahlt hat anstatt in bar.«

»Möglich.«

»Sie glauben also auf jeden Fall, dass der Mann ihr Freund war?«

»Ja, davon bin ich eigentlich überzeugt.«

»Und der gleiche Kerl soll sie umgebracht haben?«

»Wer Kim umgebracht hat, weiß ich nicht.«

»Jedenfalls will die Person, die sie umgebracht hat, dass Sie Ihre Finger von dem Fall lassen.«

»Das lässt sich ebenfalls nicht mit Sicherheit sagen«, entgegnete ich. »Vielleicht hatte der Mord nicht das Geringste mit diesem Freund zu tun. Vielleicht hat sie irgendein Irrer umgebracht, wie es die Polizei gern sehen möchte, und der Freund wollte nur nicht in die Ermittlungen verwickelt werden.«

»Wollen Sie damit sagen, er hatte nichts mit der Sache zu tun und wollte auch nachträglich nicht hineingezogen werden?«

»Etwas in der Art.«

»Also ich weiß nicht, Mann. Vielleicht sollten Sie tatsächlich besser Ihre Finger von der Sache lassen.«

»Das Ganze einfach auf sich beruhen lassen?«

»Tja, vielleicht wäre das wirklich besser. Man hat Sie doch schließlich ausdrücklich gewarnt, oder nicht? Oder wollen Sie sich unbedingt ins Jenseits befördern lassen?«

»Nein«, erwiderte ich. »Beileibe nicht.«

»Was wollen Sie dann also tun?«

»Eben gleich mal nach Queens rausfahren.«

»Nach Woodside.«

»Richtig.«

»Soll ich Sie mit meinem Wagen rausfahren?«

»Ich habe nichts gegen U-Bahnfahren.«

»Mit dem Wagen wären Sie allerdings schneller. Ich könnte ja meine Chauffeurmütze aufsetzen, und Sie könnten es sich auf dem Rücksitz bequem machen.«

»Ein andermal vielleicht.«

»Wie Sie wollen. Aber rufen Sie mich danach gleich an, ja?«

»Gut.«

Ich fuhr mit der Flushing Line bis zur Roosevelt Avenue. Fast hätte ich die Station übersehen, da die Schilder mit den Namen der Haltestellen so mit Graffitis vollgesprüht waren, dass die ursprüngliche Aufschrift nicht mehr zu entziffern war.

Nach Verlassen der Station machte ich mich anhand meines kleinen Taschenatlas auf die Suche nach der Barnett Avenue, wobei mir ziemlich schnell klar wurde, was eine von Südamerikanern bevölkerte Pension in Woodside zu suchen hatte. Das Viertel war nämlich keineswegs mehr irisch. Es gab zwar noch ein paar Bars mit Namen wie Emerald Tavern oder Shamrock, aber die meisten Aufschriften waren Spanisch, und an jeder Straßenecke befand sich eine Bodega. Im Schaufenster eines Reisebüros, an dem ich vorbeikam, wurden Charterflüge nach Bogota und Caracas angeboten.

Octavio Calderóns Pension war ein dunkler, zweistöckiger Holzbau mit einer Veranda, auf der fünf oder sechs Gartenstühle aus Plastik aufgereiht standen. Eine alte Orangenkiste diente als Zeitschriftenablage. Die Stühle waren nicht besetzt, was nicht weiter verwunderlich war, da es etwas zu kühl war, um auf der Veranda zu sitzen.

Ich klingelte, worauf jedoch nichts geschah, obwohl ich aus dem Innern Stimmen und mehrere Radios hören konnte. Ich klingelte also noch einmal, worauf eine kleine und sehr stämmige Frau mittleren Alters an die Tür kam. »Si«, begrüßte sie mich erwartungsvoll.

»Octavio Calderón«, verlangte ich wieder einmal.

»*No está aquí.*«

Was für eine Überraschung.

Möglicherweise war die Frau vor mir dieselbe, die mir diese Information zum ersten Mal telefonisch übermittelt hatte. Allerdings hätte ich dies keineswegs beschwören können. Außerdem war es mir ziemlich egal. Ich unterhielt mich also mit der Frau durch das Fliegengitter der Tür und versuchte, mich mit einem Kauderwelsch aus spanischen und englischen Brocken verständlich zu machen, bis sie nach einer Weile im Haus verschwand und mit einem großgewachsenen Mann mit eingefallenen Wangen und einem exakt gestutzten Schnurrbart zurückkehrte. Er sprach Englisch, worauf ich ihm zu verstehen gab, dass ich gern Calderóns Zimmer gesehen hätte.

Aber Calderón ist nicht da, versicherte er mir.

»*No me importa*«, sagte ich. Ich wollte sein Zimmer trotzdem sehen. Aber es gäbe dort nichts zu sehen, meinte der Mann verwundert. Calderón war nicht zu Hause. Was wollte ich dann in seinem Zimmer?

Sie zeigten sich keineswegs unwillig, mir zu helfen. Sie schienen einfach nur nicht begreifen zu können, was ich in Calderóns Zimmer wollte. Und als ihnen schließlich klar wurde, dass die einzige oder zumindest die einfachste Möglichkeit, mich loszuwerden, war, mir Calderóns Zimmer zu zeigen, taten sie das auch. Ich folgte der Frau durch den Flur, an einer Küche vorbei, zu einer Treppe. Wir stiegen in den ersten Stock hinauf und gingen einen zweiten Flur entlang, worauf sie, ohne zu klopfen, eine Tür öffnete, um dann zur Seite zu treten, damit ich eintreten konnte.

Den Boden zierte ein Stück Linoleum, die Matratze auf dem alten eisernen Bettgestell war nicht bezogen. Ansonsten war das einzige Mobiliar eine Kommode aus hellem Ahornholz, ein kleiner Schreibtisch mit einem Klappstuhl davor und ein Sessel mit einem Blumenmusterüberwurf, der am Fenster stand. Auf der Kommode stand noch eine Tischlampe mit einem Schirm aus bedrucktem Papier, und von der Decke baumelten zwei nackte Glühbirnen.

Und das war dann auch schon die ganze Einrichtung.

»Entiende usted ahora? No está aquí.«

Mechanisch durchsuchte ich den Raum, der kaum leerer hätte sein können. Der kleine Wandschrank enthielt nichts außer ein paar Drahtkleiderbügeln. Die Schubladen der Kommode und des kleinen Tischchens waren vollkommen leer. Allerdings waren sie bis in die Ecken sauber ausgewischt.

Mit Hilfe des hohlwangigen Mannes schaffte ich es schließlich, ein paar Fragen an die Frau zu richten. Allerdings war sie in keiner Sprache eine sonderlich üppige Informationsquelle. Sie wusste nicht, wann Calderón das Zimmer verlassen hatte. Sonntag oder Montag, glaubte sie. Jedenfalls war sie montags in das Zimmer gekommen, um sauberzumachen, und hatte bei dieser Gelegenheit festgestellt, dass Calderón seine gesamten Habseligkeiten aus dem Raum entfernt hatte. Verständlicherweise schloss sie daraus, dass er ausgezogen war. Wie alle anderen Mieter hatte auch Calderón die Miete wöchentlich bezahlt, und da er noch ein paar Tage gut hatte, fand sie an seinem überstürzten Auszug nichts auszusetzen. So etwas kam hier öfter vor, wenn ein Mieter plötzlich eine neue Bleibe gefunden hatte. Zusammen mit ihrer Tochter hatte die Frau das Zimmer gründlich saubergemacht, sodass es wieder vermietet werden konnte. Es würde sicher nicht lange unbewohnt bleiben. Sie hatte noch nie Probleme gehabt, ihre Zimmer an den Mann zu bringen.

Ob Calderón ein anständiger Mieter gewesen war? Si, er hatte nie auch nur den geringsten Grund zu Beanstandungen gegeben. Aber andererseits hatte sie nie Probleme mit ihren Mietern. Sie vermietete nur an Kolumbianer, Panamaer und Ecuadorianer, und sie hatte nie Schwierigkeiten mit ihnen gehabt; nur hin und wieder mussten sie überstürzt ausziehen – wegen der Einwanderungsbehörde. Vielleicht war dies auch der Grund für Calderóns überstürzten Auszug gewesen. Aber das war schließlich nicht ihre Sache.

Calderón, war mir klar, hatte mit Sicherheit keine Probleme mit der

Einwanderungsbehörde gehabt. Er hielt sich bestimmt nicht illegal im Land auf, da er sonst nicht diese Stelle im Galaxy Downtowner bekommen hätte.

Er musste einen anderen Grund gehabt haben, sein Zimmer so plötzlich zu räumen.

Ich verbrachte noch eine weitere Stunde damit, mit den anderen Mietern zu sprechen. Der Eindruck, den ich dadurch von Calderón gewann, brachte mich keinen Deut weiter. Offensichtlich war er ein ruhiger junger Mann, der zurückgezogen lebte und allem Anschein nach keine Freundin hatte. Während der acht Monate, die er in der Pension gewohnt hatte, hatte er weder Besuch bekommen, noch war er häufig angerufen worden. Er hatte schon anderswo in New York gewohnt, bevor er hier eingezogen war; allerdings wusste niemand seine frühere Adresse.

Hatte er Drogen genommen? Jeder, dem ich diese Frage stellte, schien darüber sichtlich schockiert. Mir war an diesem Punkt längst klargeworden, dass die Inhaberin der Pension ein strenges Regiment führte. Alle Mieter machten einen anständigen Eindruck und hatten feste Arbeit. Falls Calderón Marihuana geraucht haben sollte, dann bestimmt nicht auf seinem Zimmer, versicherte mir einer der Mieter. Die Inhaberin hätte das nämlich bestimmt sofort gerochen und ihm prompt gekündigt.

»Vielleicht hat er einfach nur Heimweh bekommen«, meinte ein dunkeläugiger junger Mann. »Vielleicht ist er zurück nach Cartagena geflogen.«

»Kam er denn von dort?«

»Er war Kolumbianer, und ich glaube, er kam aus Cartagena.«

Das war also das Ergebnis meiner Fragestunde: Octavio Calderón stammte aus Cartagena. Und auch dessen war sich niemand so ganz sicher.

Kapitel 25

Ich rief Durkin von einem Café in der Woodside Avenue an, um ihm von meinen neuesten Erkenntnissen zu berichten.

»Ich kann den Burschen steckbrieflich suchen lassen«, schlug der Detective vor. »Octavio Calderón, südamerikanischer Herkunft, Anfang Zwanzig. Wie groß etwa? Eins siebzig? Was meinen Sie?«

»Ich habe ihn leider nie zu Gesicht bekommen.«

»Ach so, natürlich nicht. Obwohl, im Hotel könnten sie mir sicher eine brauchbare Personenbeschreibung geben. Sind Sie auch sicher, Scudder, dass der Kerl abgehauen ist? Immerhin habe ich erst vor ein paar Tagen mit ihm gesprochen.«

»Ja, Samstagabend.«

»Richtig. Das war vor diesem Selbstmord.«

»Ist das immer noch ein Selbstmord?«

»Wieso? Sollte es inzwischen etwas anderes sein?«

»Nicht, dass ich wüsste. Sie haben also Samstagabend mit diesem Calderón gesprochen, und seitdem hat niemand mehr etwas von dem Burschen gesehen.«

»Diese Wirkung hatte ich schon auf eine ganze Reihe von Leuten.«

»Irgendetwas hat ihm jedenfalls Angst gemacht. Glauben Sie, das waren Sie?«

Er sagte etwas, das ich jedoch wegen des Lärms in dem Café nicht verstehen konnte. Deshalb bat ich ihn, den letzten Satz noch einmal zu wiederholen.

»Ich habe gesagt, er schien mir keinerlei besondere Beachtung zu schenken. Ich dachte, er wäre bekifft.«

»Seine Zimmernachbarn haben mir ihn allerdings als einen sehr anständigen jungen Mann geschildert.«

»Ja, ja, ein ruhiger, netter Junge. Genau der Typ, der plötzlich durchdreht und seine ganze Familie auslöscht. Von wo rufen Sie eigentlich an? Bei dem Krach versteht man ja kaum ein Wort.«

»Ich bin in einem Café in der Woodside Avenue.«

»Hätten Sie doch gleich aus einer Disco angerufen. Was glauben Sie? Ist Calderon tot?«

»Er hat alle Sachen zusammengepackt, bevor er sein Zimmer verlassen hat. Außerdem hat er jemanden im Hotel anrufen und sich krank melden lassen. Finden Sie, das sieht nach einem Toten aus?«

»Mit diesen Anrufen, er wäre krank, wollte er sich wohl einen kleinen Vorsprung verschaffen, bevor sie die Bluthunde auf ihn hetzen.«

»Genau das habe ich mir auch gedacht.«

»Vielleicht ist er tatsächlich in seine Heimat zurück«, fuhr Durkin fort. »Heutzutage fliegen sie ja alle kurz mal wieder nach Hause zurück. Tja, die Zeiten ändern sich eben. Als meine Großeltern hier ankamen, haben sie Irland mit Ausnahme der Kalenderfotos der Treaty Stone-Weinhandlung nie wieder gesehen. Und diese Wichser fliegen einmal im Monat übers Wochenende auf eine dieser Scheißinseln zurück, um mit zwei Hühnern und einem Verwandten im Gepäck wieder hier aufzutauchen. Meine Großeltern haben natürlich gearbeitet; das ist vielleicht der Unterschied. Sie konnten nicht auf Kosten der Wohlfahrt auf Weltreise gehen.«

»Calderón hat auch gearbeitet.«

»Umso besser. Vielleicht sollte ich mir mal die Passagierlisten der letzten drei Tage vornehmen. Wo war dieser Heini doch gleich wieder her?«

»Irgendjemand hat gemeint, aus Cartagena.«

»Ist das eine Stadt oder eine von diesen Inseln?«

»Ich glaube, es ist eine Stadt; und sie muss entweder in Panama, Kolumbien oder Ecuador liegen, sonst hätte er in der Pension kein Zimmer bekommen. Ich glaube übrigens, sie liegt in Kolumbien.«

»Die Perle des Ozeans. Die Tatsache, dass er jemanden im Hotel für sich anrufen lassen, deutet darauf hin, dass er vermutlich nach Hause geflogen ist, aber wieder zurückzukehren gedenkt. Welches Interesse hätte er sonst, seinen Job zu halten? Und er würde wohl kaum von Cartagena aus im Hotel anrufen, um sich zu entschuldigen.«

»Warum sollte er dann sein Zimmer aufgegeben haben?«

»Vielleicht hat es ihm nicht mehr gefallen. Vielleicht hat ihm der

Kammerjäger einen Besuch abgestattet und seine Lieblingswanze ins Jenseits befördert. Oder er war einfach nur mit der Miete in Rückstand.«

»Die Inhaberin der Pension hat mir erzählt, er hätte noch ein paar Tage gutgehabt.«

Darauf fiel Durkin eine Weile in Schweigen, bis er schließlich widerstrebend brummte: »Irgendjemand hat ihm einen kleinen Schreck eingejagt, und er hat sich aus dem Staub gemacht.«

»Na also, was sage ich denn die ganze Zeit?«

»Tja, Sie scheinen tatsächlich recht zu haben. Ich glaube übrigens auch nicht, dass er die Stadt verlassen hat. Vermutlich hat er sich nur eine U-Bahnstation weiter ein Zimmer genommen. Angesichts der Tatsache, dass es in der Stadt mindestens eine halbe Million illegale Einwanderer gibt, müsste er nicht unbedingt Harry Houdini sein, um für eine Weile vom Erdboden zu verschwinden.«

»Vielleicht haben Sie trotzdem Glück.«

»Natürlich. Ausgeschlossen ist so was nie. Jedenfalls werde ich erstmal bei sämtlichen Leichenschauhäusern anfragen und dann bei den Fluglinien. Unsere Aussichten stünden doch eindeutig am besten, wenn er tot wäre oder das Land verlassen hätte.« Als Durkin darauf lachte, fragte ich ihn, was daran so komisch wäre. »Ist doch ganz klar«, erklärte er mir. »Wenn er tot oder außer Landes ist, werden wir wohl kaum viel mit ihm anfangen können.«

Der U-Bahnwaggon, in dem ich nach Manhattan zurückfuhr, war der am schlimmsten zugerichtete, den ich je zu Gesicht bekommen hatte. Ich hatte mich in eine Ecke gedrückt und kämpfte gegen eine Woge der Niedergeschlagenheit an. Mein Leben glich einer Eisscholle, die auf dem offenen Meer auseinandergebrochen war und deren einzelne Bestandteile nun in alle Richtungen davontrieben. Nichts würde sich je wieder zusammenfügen, und das galt nicht nur für diesen idiotischen Fall, sondern für mein Leben überhaupt. Alles war sinnlos, zwecklos und hoffnungslos.

Niemand wird mir Smaragde kaufen. Niemand wird mir ein Kind machen. Niemand wird mir das Leben retten.

Die guten Zeiten sind ein für alle Mal vorbei.

Acht Millionen Möglichkeiten zu sterben, und unter denen wiederum ein vielfältiges Angebot für den Do-it-yourselfer aus Überzeugung. Was auch immer man an den U-Bahnzügen beanstanden wollte, verfehlten sie doch nie ihren Zweck, wenn man sich vor sie warf. Und dazu hatte die Stadt auch noch mit einem reichhaltigen Angebot an Brücken, hohen Gebäuden und Läden aufzuwarten, von denen letztere rund um die Uhr Rasierklingen, Wäscheleinen und Schlaftabletten verkauften.

Ich hatte eine 32er in einer Schublade meiner Kommode, und auch mein Fenster lag hoch genug über der Straße. Trotzdem hatte ich nie im Ernst diese Möglichkeit in Erwägung gezogen. Entweder bin ich für so etwas zu ängstlich oder zu hartnäckig, oder trotz aller Verzweiflung und trotz allen Überdrusses ist doch immer noch etwas in mir vorhanden, das mich weitermachen lässt.

Falls ich allerdings wieder zu trinken anfing, ließ sich dafür nicht mehr garantieren. Bei einem der Treffen hatte ein Mann erzählt, wie er im Suff plötzlich auf der Brooklyn Bridge wieder zu sich kam. Und zwar war er bereits über das Geländer geklettert und hatte einen Fuß über dem Abgrund, um ihn jedoch schleunigst wieder zurückzuziehen, über das Geländer zu klettern und sich aus dem Staub zu machen.

Angenommen, er wäre eine Sekunde später wieder zu sich gekommen – mit beiden Beinen in der Luft?

Wenn ich etwas trinken würde, ginge es mir sicher gleich wieder besser.

Dieser Gedanke wollte mir einfach nicht aus dem Kopf, wobei das Schlimmste daran war, dass ich wusste, dass dem tatsächlich so sein würde. Ich fühlte mich zum Kotzen, und ich wusste, dass ein Drink meine Stimmung deutlich heben würde. Auf lange Sicht würde ich meinen Rückfall natürlich bedauern und mich sogar noch schlechter fühlen, aber was soll's? Auf lange Sicht landen wir sowieso alle im Grab.

Dabei fiel mir ein, was eine Frau im Lauf eines der Treffen in St. Paul's einmal gesagt hatte.

»Für mich kam es einer Art Erleuchtung gleich, als mir eines Tages bewusst wurde, dass es mir gar nicht ständig gut zu gehen brauchte. Nirgendwo steht geschrieben, dass es einem gut gehen muss. Aber ich hatte immer das Gefühl, es dürfte mir unter keinen Umständen mal schlecht gehen. Dabei ist das völliger Blödsinn. Noch niemand ist daran gestorben, weil es ihm mal nicht so gut ging. An Alkohol sind schon eine Menge Leute gestorben – aber nicht, weil es ihnen mal nicht so gut ging. «

Die U-Bahn fuhr inzwischen in die Columbus-Circle-Station ein. Ich stieg aus. Oben auf der Straße angelangt, hatte ich immer noch Lust auf einen Drink. Ich kam auf dem Weg zum Treffen an ein paar Bars vorbei.

An diesem Abend sprach ein großer, stämmiger Ire, der aussah wie ein Polizist, von seinen Erfahrungen mit dem Alkohol. Wie sich herausstellte, war er tatsächlich bei der Polizei gewesen und arbeitete nun als Sicherheitsbeamter, um seine Pension etwas aufzubessern.

Sein Vortrag wurde mehrmals durch einen Betrunkenen gestört. Der Mann war gut gekleidet und schien kein Aufsehen erregen zu wollen. Er konnte nur einfach nicht stillsitzen und zuhören, sodass er schließlich nach der fünften oder sechsten Unterbrechung von anderen Teilnehmern nach draußen eskortiert wurde.

Dieser kleine Zwischenfall rief unwillkürlich die Frage in mir wach, wie ich mich wohl damals in meinem Suff aufgeführt hatte.

Von da an konnte ich mich nicht mehr auf den Sprecher konzentrieren. Ich musste an Octavio Calderón und an Sunny Hendryx denken, und dass ich immer ein paar Tage oder Stunden zu spät kam. Dabei traf dies nicht nur auf diesen Fall zu, sondern im Grunde genommen auf mein ganzes Leben.

Nachdem der Sprecher fertig war, wurde im Lauf der anschließenden Diskussion einer Frau Beifall gespendet; sie hatte erzählt, dass dies der Tag ihres zweijährigen Jubiläums war. Auch ich applaudierte ihr, und als der Beifall langsam verebbte, rechnete ich nach, wie viele Tage ich inzwischen geschafft hatte. Wenn ich mich an diesem Abend nüchtern zu Bett legte, waren es ganze sieben Tage.

Wie viele hatte ich vor meinem letzten Rückfall geschafft? Acht Tage?

Vielleicht würde ich ja diesmal meinen eigenen Rekord brechen. Jedenfalls hatte ich das Gefühl, dass ich an diesem Abend nichts mehr trinken würde. Den Grund hierfür hätte ich allerdings nicht sagen können. Jedenfalls wusste ich, dass ich für den Rest des Tages in Sicherheit war.

Kapitel 26

Im Hotel wartete eine Nachricht auf mich, dass ich Danny Boy Bell anrufen sollte. Ich wählte die auf dem Zettel angegebene Nummer, worauf sich am anderen Ende eine Männerstimme mit »Poogan's Pub« meldete. Ich fragte nach Danny Boy und wartete kurz, bis er an den Apparat kam. »Tag, Matt«, meldete er sich schließlich. »Ich glaube, du solltest mal kurz hier vorbeikommen und dich von mir auf ein Ginger Ale einladen lassen.«

»Jetzt gleich?«

»Wann denn sonst?«

Ich war schon halb aus der Tür, als ich noch einmal kehrtmachte und die 32er aus meiner Kommode holte. Ich konnte mir zwar nicht vorstellen, dass Danny Boy mich in einen Hinterhalt locken würde, aber meine Hand hätte ich dafür auch nicht unbedingt ins Feuer gehalten. Außerdem konnte man nie wissen, wer sich sonst noch im Poogan's herumtrieb.

Immerhin war ich am Abend zuvor nachdrücklich gewarnt worden, und ich hatte die letzten Stunden damit verbracht, diese Warnung in den Wind zu schlagen. Zudem hatte mir der Portier von einer Reihe anderer Anrufer erzählt, die jedoch ihre Namen nicht genannt hatten. Vielleicht handelte es sich dabei um Freunde des Kerls in der Holzfällerjacke, die mich zur Mäßigung mahnen wollten.

Ich schob die Knarre in meine Jackentasche, verließ das Hotel und winkte ein Taxi an den Straßenrand.

Danny Boy bestand darauf, für die Getränke zu zahlen. Wodka für ihn, Ginger Ale für mich. Er wirkte wieder wie aus dem Ei gepellt. Zudem schien er kürzlich beim Friseur gewesen zu sein. Seine blütenweißen Löckchen wirkten etwas kürzer als beim letzten Mal, und seine manikürten Fingernägel wiesen einen unverkennbaren Schimmer von durchsichtigem Lack auf.

»Ich habe zweierlei Dinge für dich«, kam er nach dem üblichen Vorgeplänkel zum Thema. »Eine Nachricht und einen guten Rat.«

»Aha?«

»Zuerst zu der Nachricht. Es handelt sich dabei um eine Warnung.«

»Das habe ich mir fast gedacht.«

»Du sollst die Sache mit dieser Kim Dakkinen lieber bleiben lassen.«

»Sonst?«

»Was sonst? Na ja, sonst blüht dir vielleicht ähnliches, wie ihr widerfahren ist. Etwas in der Art, nehme ich an. Oder hättest du diesbezüglich gern etwas spezifischere Angaben, um abwägen zu können, ob die Sache das Risiko wert ist?«

»Von wem kommt diese Warnung, Danny?«

»Das weiß ich nicht.«

»Wer hat sie dir dann übermittelt? Ein brennender Dornbusch etwa?«

Danny Boy nahm einen Schluck von seinem Wodka. »Jemand hat mit jemand gesprochen, der wieder mit jemand gesprochen hat, der sich schließlich an mich gewandt hat.«

»Ganz schön kompliziert, findest du nicht auch?«

»Tja? Ich könnte dir selbstverständlich die Person nennen, mit der ich gesprochen habe, aber so etwas tue ich aus Prinzip nicht. Und selbst wenn ich es täte, würde es dir vermutlich nichts nützen, weil du den Betreffenden kaum aufspüren könntest; und wenn doch, würde er nicht mit dir reden. Außerdem hätte dich bis dahin längst jemand anderer beiseite geräumt. Möchtest du noch ein Ginger Ale?«

»Mein Glas ist doch noch fast voll.«

»Jedenfalls weiß ich wirklich nicht, Matt, von wem die Warnung kommt. Dem Überbringer der Nachricht nach zu schließen, muss es sich jedoch um jemanden handeln, mit dem nicht zu spaßen ist. Was in diesem Zusammenhang übrigens höchst interessant scheint, ist der Umstand, dass ich niemanden auftreiben konnte, der diese Kim Dakkinen je mit einem anderen Mann gesehen hat als mit deinem Freund Chance. Nachdem sie nun aber einen Verehrer dieses Kalibers gehabt zu haben scheint, mutet es doch etwas eigenartig an, dass der sich nicht hin und wieder mit ihr in der Öffentlichkeit gezeigt hat. Findest du das nicht auch etwas seltsam?«

Ich nickte. Und weshalb hätte sie in diesem Zusammenhang auch ausgerechnet meine Dienste in Anspruch nehmen sollen, um sich von Chance loszueisen?

»Jedenfalls«, fuhr Danny Boy fort, »das ist die Nachricht, die ich dir zu übermitteln habe. Möchtest du auch noch den guten Rat hören?«

»Klar.«

»Ich finde, du solltest dir diese Warnung zu Herzen nehmen. Entweder werde ich langsam alt, oder der Umgangston in dieser Stadt hat sich noch einmal merklich verschlechtert. Die Leute haben in letzter Zeit ihren Finger verdammt schnell am Abzug, wenn du weißt, was ich meine.«

Ich nickte.

»Es bedarf heute keines besonderen Anlasses mehr, jemanden um die Ecke zu bringen. Es genügt schon, dass du heute irgendeinem Irren versehentlich mal im Weg stehst, und schon wirst du weggeputzt, damit dir das nicht noch einmal passiert. Ich kann dir sagen, Matt, das macht mir manchmal ganz schön Angst.«

»Da bist du nicht der Einzige, Danny Boy.«

»Du hast dir vor ein paar Tagen in Harlem ein starkes Stück geleistet, habe ich gehört. Oder hat da irgendjemand nur Märchen erzählt?«

»Was genau hast du gehört?«

»Ein junger Schwarzer soll dich in einem Hinterhof überfallen haben, was ihm allerdings außer einer Reihe von Knochenbrüchen nichts eingetragen hat.«

»Kaum zu glauben, wie schnell sich so was rumspricht.«

»So ist das nun mal, Matt. Aber es gibt natürlich Gefährlicheres als ein junges Bürschchen, vollgepumpt mit Koks.«

»Der Kerl war bekokst?«

»Sind sie das denn nicht alle? Aber, ehrlich gesagt, ich weiß nicht, womit er sich Mut gemacht hat. Ich bleibe lieber bei Altvertrautem.« Und zur Unterstreichung des Gesagten nahm Danny Boy einen kräftigen Schluck aus seinem Glas. »Um noch einmal auf Kim Dakkinen zurückzukommen«, fuhr er dann fort. »Ich könnte der anderen Seite eine Antwort zukommen lassen.«

»Welche Art von Antwort?«

»Dass du deine Finger von der Sache lässt.«

»Das könnte vielleicht nicht ganz der Wahrheit entsprechen, Danny Boy.«

»Matt...«

»Kannst du dich noch an Jack Benny erinnern?«

»Na, und ob ich mich noch an den guten, alten Jack erinnern kann! Was für eine Frage.«

»Dann kennst du sicher auch die Geschichte, als er mal von so einem Kerl überfallen wurde. ›Geld oder Leben‹, hat ihm dieser Bursche zugerufen und ihm seine Knarre unter die Nase gehalten, worauf Benny erstmal eine Weile nichts sagte, und dann: ›Das muss ich mir erst noch überlegen.‹«

»Soll das auch deine Antwort sein? Du willst es dir erst noch mal überlegen?«

»Ganz richtig, genauso habe ich es gemeint.«

Wieder draußen auf der Straße, stellte ich mich in den Eingang eines Schreibwarengeschäftes, um zu sehen, ob mir jemand aus Poogan's Pub folgen würde. Ich stand etwa fünf Minuten in diesem Eingang und ließ mir durch den Kopf gehen, was Danny Boy gesagt hatte. Zwar kamen während dieser Zeit mehrere Leute aus der Bar, aber keiner machte den Eindruck, als hätte ich von ihm etwas zu befürchten.

Ich wollte mir schon ein Taxi heranwinken, als ich beschloss, dass das Stück zum Columbus zu Fuß zurückzulegen war, und als ich erst einmal dort angelangt war, war ich sogar zu der Überzeugung gelangt, dass es ein schöner Abend war und ein kleiner Spaziergang nie schaden konnte. Ich überquerte die Straße und machte mich auf den Weg zurück zu meinem Hotel. Ich hatte noch keinen Häuserblock zurückgelegt, als mir bewusst wurde, dass meine Rechte sich in der Jackentasche um den Griff meiner 32er krampfte.

Komisch. Mir war doch niemand gefolgt. Wovor hatte ich also Angst?

Es lag einfach nur etwas in der Luft.

Im Weitergehen bewies ich nun meine Kenntnisse, wie man sich nachts auf den Straßen richtig verhielt, die ich an besagtem Samstagabend so sträflich vernachlässigt hatte. Ich ging immer ganz dicht am Straßenrand entlang und schlug vor allem um dunkle Hauseingänge einen weiten Bogen. Ich sah nach links und rechts und drehte mich auch hin und wieder um, ob sich nicht jemand von hinten an mich heranschlich. Und meine Rechte krümmte sich weiterhin um den Revolver in meiner Jackentasche.

Ich hatte den Broadway überquert und befand mich gerade in einem dunklen Stück zwischen Sixtieth und Sixty-first, als ich den Wagen hinter mir hörte und herumwirbelte. Er schleuderte über die breite Straße genau auf mich zu.

Ich warf mich zu Boden und rollte mich auf das nächste Gebäude zu, weg von der Straße. Meine Rechte schoss mit der 32er aus meiner Tasche hervor. Der Wagen befand sich inzwischen auf gleicher Höhe mit mir. Seine Fenster waren offen. Jemand beugte sich aus dem hinteren Seitenfenster; er sah in meine Richtung und hatte etwas in der Hand...

Die Ellbogen auf dem Gehsteigpflaster aufgestützt, hatte ich meine 32er genau auf ihn gerichtet, den Finger am Abzug.

Der Kerl, der sich aus dem Fenster beugte, warf etwas nach mir. Meine Fresse, eine Bombe, dachte ich unwillkürlich und spürte den Abzug an meinem Finger, der zitterte, als wäre er plötzlich zu eigenem Leben erwacht. Und ich war wie erstarrt – einfach nicht imstande, diesen Scheißabzug zu drücken.

Die Zeit blieb stehen, als würde ein Fernsehbild angehalten, und acht oder zehn Meter neben mir krachte eine Flasche gegen die Häuserwand. Auf das Klirren des Glases folgte jedoch keine Explosion. Die Flasche war leer gewesen.

Und auch der Wagen war nur ein ganz stinknormaler Wagen. Ich sah ihm hinterher, als er mit quietschenden Reifen weiter die Ninth Avenue hinunterjagte, mit sechs betrunkenen jungen Burschen in seinem Innern, die besoffen genug waren, um jemanden umzubringen. Jedenfalls waren sie keine professionellen Killer, unterwegs mit dem Auftrag, mich umzulegen. Einfach nur eine Gruppe Jugendlicher, die dem Alkohol etwas zu sehr zugesprochen hatten, um noch zu wissen, was sie taten. Vielleicht würden sie einen Passanten überfahren, vielleicht schafften sie es aber auch nur mit einem verbeulten Kotflügel nach Hause.

Während ich mich langsam aus dem Dreck erhob, sah ich auf die Schusswaffe in meiner Hand. Gott sei Dank hatte ich sie nicht abgefeuert. Ich hätte einen von ihnen töten können.

Aber ich war nicht dazu in der Lage gewesen. Wenn es tatsächlich Profis gewesen wären, hätten sie mich abgeknallt, und ich wäre mit einem Revolver in meiner Hand gestorben, ohne einen einzigen Schuss daraus abgefeuert zu haben.

Mein Gott!

Ich schob den nutzlosen Revolver in meine Tasche zurück. Als ich darauf meine Hand von mir streckte, stellte ich zu meiner Verwunderung fest, dass sie nicht zitterte. Auch innerlich fühlte ich mich nicht sonderlich durcheinander, auch wenn ich beim besten Willen nicht hätte sagen können, warum.

Ich schritt auf die Überreste der Flasche auf dem Gehsteig zu, um mich zu vergewissern, dass sie tatsächlich leer gewesen war und nicht nur aufgrund eines glücklichen Zufalls nicht explodiert war. Aber ich entdeckte nirgendwo eine stinkende Benzinlache. Lediglich leichter Whiskygeruch stieg mir in die Nase, wenn auch nicht auszuschließen war, dass ich mir das nur einbildete. Unter den Scherben aus grünem Glas, in denen sich das Licht der Straßenbeleuchtung brach, war auch eine mit dem Etikett, demzufolge die Flasche 0,7 Liter J&B Scotch enthalten hatte.

Ich bückte mich und hob ein kleines Glasstückchen auf. Dann legte ich es in meine Handfläche und starrte es an wie eine Zigeunerin ihre Kristallkugel. Ich musste an Donnas Gedicht und Sunnys Abschiedsbrief denken.

Und dann begann ich zu gehen. Das war das Einzige, was mich daran hindern konnte, nicht Hals über Kopf davonzustürzen.

Kapitel 27

»Ich müsste mich dringend mal rasieren«, brummte Durkin. Er hatte gerade die letzten Überreste einer Zigarette in den letzten Überresten seines Kaffees ausgedrückt und fuhr sich nun mit der Hand über sein stoppliges Kinn. »Ich müsste mich mal rasieren, ich müsste mal duschen, ich müsste mal was trinken – wenn auch nicht unbedingt in dieser Reihenfolge. Ich habe Ihren kleinen kolumbianischen Freund inzwischen steckbrieflich suchen lassen. Octavio Calderón y La Barra. Der Name ist länger als der ganze Kerl. Im Leichenschauhaus habe ich bereits angerufen. Dort haben sie ihn jedenfalls nicht in einer ihrer Schubladen – *noch* nicht.«

Darauf zog Durkin seine Schreibtischschublade heraus und holte einen kleinen Spiegel und einen Batterierasierer hervor. Nachdem er den Spiegel gegen seine Kaffeetasse gelehnt hatte, hielt er sein Gesicht davor und begann sich zu rasieren. Über das Summen des Rasierers hinweg fuhr er fort: »Ich habe übrigens in ihrer Akte nichts von einem Ring entdeckt.«

»Was dagegen, wenn ich nochmal nachschaue?«

»Bitte, bedienen Sie sich.«

Auf der Liste der registrierten Gegenstände stand natürlich kein Ring. Trotzdem überflog ich sie kurz. Dann nahm ich mir die Fotos vor, wobei ich mir Mühe gab, nur auf die Hände zu sehen. Ich hatte jede Aufnahme sorgfältig studiert, doch ich konnte keinen Hinweis entdecken, dass sie einen Ring getragen haben könnte.

Genau das sagte ich Durkin, worauf dieser seinen Rasierer abschaltete und beiseite legte, um sich die Fotos noch einmal gründlich anzusehen. »Manchmal kann man ja kaum mehr die Hände erkennen«, bemerkte er angewidert. »Na ja, an dieser Hand trägt sie jedenfalls mit Sicherheit keinen Ring. Was ist das hier? Die linke Hand? Kein Ring zu sehen. Und auf dieser Aufnahme ist ebenfalls keiner zu erkennen. Scheiße, das ist schon wieder die linke Hand.

Auf dem Foto ist das nicht so ganz klar. Aber hier. Das ist eindeutig die rechte Hand. Ebenfalls kein Ring zu sehen.« Er sammelte die Fotos wie einen Satz Spielkarten ein und klopfte sie auf dem Tisch gerade. »Nirgendwo ein Ring zu sehen. Was hat das zu bedeuten?«

»Als ich mich mit ihr getroffen habe, trug sie einen Ring. Und zwar beide Male.«

»Und?«

»Er ist verschwunden. Jedenfalls habe ich ihn in ihrer Wohnung nicht entdeckt. In ihrer Schmuckschatulle lagen zwar ein paar Ringe, aber nicht der, den sie damals trug.«

»Vielleicht spielt Ihnen nur Ihr Gedächtnis einen Streich.«

Ich schüttelte den Kopf. »Ich bin vorher extra noch einmal in ihre Wohnung gegangen, um mir die Ringe anzusehen. Und sie hat eindeutig nichts von dem billigen Krempel getragen, als sie in diesem Nerz vor mir saß.«

»Na ja, wenn Sie es sagen.«

Ich war nicht der einzige, der das behauptete. Nach meiner plötzlichen Erleuchtung, hervorgerufen durch den grünen Glassplitter, hatte ich sofort Kims Wohnung aufgesucht, um dann dort Donna Campion anzurufen. »Matt Scudder am Apparat«, meldete ich mich. »Tut mir leid, dass ich Sie so spät noch störe, aber ich wollte Sie noch wegen einer Zeile in Ihrem Gedicht fragen.«

»Welche Zeile? In welchem Gedicht?«

»In Ihrem Gedicht über Kim. Sie haben mir doch eine Abschrift davon gegeben.«

»Ach so, natürlich. Wenn Sie mir vielleicht nur etwas Zeit lassen, damit ich richtig aufwachen kann.«

»Es tut mir wirklich leid, Sie so spät noch...«

»Schon gut. Das ist nicht so schlimm. Was für eine Zeile war das also?«

»Zerschmettere / Weinflaschen zu ihren Füßen, lass grünes Glas / auf ihrer Hand funkeln.‹«

»*Funkeln* ist falsch.«

»Ich habe das Gedicht aber hier, und da steht...«

»Natürlich weiß ich, was ich geschrieben habe«, klärte sie mich auf, »aber es ist trotzdem irgendwie nicht richtig. Ich werde es ändern müssen. Und was soll mit dieser Zeile sein?«

»Woher haben Sie das grüne Glas?«

»Von den zerbrochenen Weinflaschen.«

»Und warum grünes Glas auf ihrer Hand? Worauf bezieht sich das?«

»Ach so, jetzt verstehe ich, was Sie meinen. Ihren Ring natürlich.«

»Sie hatte doch einen Ring mit einem grünen Stein, stimmt's?«

»Ja.«

»Wie lange etwa hatte sie den schon?«

»Das weiß ich nicht.« Sie überlegte kurz. »Als ich sie zum ersten Mal damit sah, habe ich wenig später das Gedicht geschrieben.«

»Sind Sie sich auch ganz sicher?«

»Zumindest muss es das erste Mal gewesen sein, dass mir der Ring aufgefallen ist. Er nimmt übrigens innerhalb des Gedichts eine Schlüsselstellung ein – wegen des Kontrasts zwischen dem Blau ihrer Augen und dem Grün des Rings, obwohl das Blau dann irgendwann beim Schreiben herausgefallen ist.«

Mir fiel ein, dass sie mir bereits etwas in der Art erzählt hatte, als sie mir das Gedicht zum ersten Mal gezeigt hatte. Damals hatte ich nicht verstanden, was sie damit gemeint hatte.

Sie hatte allerdings Schwierigkeiten, den Zeitpunkt näher zu bestimmen, zu dem sie mit der Arbeit an dem Gedicht begonnen hatte. Einen Monat vor Kims Tod? Oder zwei?

»Ich weiß es wirklich nicht«, meinte sie dazu. »Wissen Sie, ich habe immer Schwierigkeiten, bestimmte Ereignisse zeitlich einzuordnen.«

»Aber Kim hatte jedenfalls einen Ring mit einem grünen Stein.«

»Natürlich. Ich kann ihn mir noch genau vorstellen.«

»Wissen Sie, von wem sie den Ring hatte?«

»Das weiß ich nicht. Vielleicht...«

»Ja?«

»Vielleicht hat sie eine Weinflasche zerbrochen.«

»Eine Freundin von Kim hat ein Gedicht über sie geschrieben, in dem sie den Ring erwähnt hat. Und hier ist Sunny Hendryx' Abschiedsbrief.« Ich zog mein Notizbuch aus der Tasche und begann Durkin vorzulesen: »›Es gibt kein Aussteigen aus diesem Karussell. Sie hat nach dem Messingring gegriffen, und er hat ihren Finger grün gefärbt. Niemand wird mir Smaragde kaufen.‹«

Durkin nahm mir das Notizbuch aus der Hand. »Mit sie war wohl Kim Dakkinen gemeint. Und da ist ja noch was. ›Niemand wird mir ein Kind machen. Niemand wird mir das Leben retten.‹ Weder diese Kim Dakkinen noch Sunny

Hendryx waren schwanger. Was soll also dieser Quatsch mit dem Kinderkriegen? Und das Leben wurde den beiden schon gar nicht gerettet.« Er klappte das Büchlein wieder zu und reichte es mir über den Schreibtisch hinweg. »Ich weiß nicht recht, was Sie damit anfangen wollen«, brummte er kopfschüttelnd. »Auf der Bank werden Sie damit jedenfalls keinen Kredit bekommen. Wer weiß, wann dieses Mädchen das überhaupt geschrieben hat? Vielleicht erst, als die Tabletten und der Wodka schon zu wirken begonnen hatten?«

Ich griff noch einmal nach dem obersten Foto von dem Stapel und betrachtete Kim Dakkinens zerstückelten Körper. Durkin schaltete seinen Rasierer wieder ein und rasierte sich zu Ende.

»Was ich nicht recht verstehe«, fuhr er dann fort, »worauf Sie sich eigentlich bei Ihrem Vorgehen stützen. Sie gehen also davon aus, dass sie einen Freund hatte, der ihr wiederum diesen Ring geschenkt hat. Na schön. Sie gehen des Weiteren davon aus, dass sie einen Freund hatte, der ihr den Nerz geschenkt hat. Dem sind Sie nachgegangen, worauf sich herausgestellt hat, dass sie die Jacke tatsächlich geschenkt bekommen hatte, wenn sich auch nicht feststellen ließ, wer der großzügige Spender war. Wenn Sie diesem mysteriösen Freund also schon nicht mit dem Nerz auf die Spur gekommen sind, wie wollen Sie das anhand eines Ringes schaffen, von dem wir nur wissen, dass er verschwunden ist? Verstehen Sie, was ich damit sagen will?«

»Natürlich.«

»Das ist doch diese typische Sherlock Holmes-Geschichte mit dem Hund, der nicht gebellt hat. Nur haben Sie in diesem Fall einen Ring, der verschwunden ist. Was beweist das schon?«

»Dass er verschwunden ist.«

»Richtig.«

»Und wohin ist der Ring verschwunden?«

»Was weiß ich? Vielleicht ist er ihr in den Ausguss gefallen. Schließlich gibt es unzählige Möglichkeiten, einen Ring loszuwerden.«

»Er ist jedenfalls verschwunden.«

»Na und? Er hat sich entweder in Luft aufgelöst, oder jemand hat ihn an sich genommen.«

»Und wer?«

»Woher soll ich das wissen?«

»Gehen wir mal davon aus, sie trug ihn noch, als sie das Hotelzimmer aufsuchte, in dem sie den Tod fand.«

»Das wissen wir doch gar nicht.«

»Ich habe ja auch nur gesagt: gehen wir mal davon aus.«

»Also gut. Und was dann?«

»Wer hat den Ring an sich genommen? Vielleicht ein Polizist, der ihn ihr vom Finger gezogen hat?«

»Ausgeschlossen.« Durkin schüttelte den Kopf. »So verrückt wäre doch niemand. Es soll zwar schon vorgekommen sein, dass sich der eine oder andere Herr von der Polizei ein paar herumliegende Geldscheine eingesteckt hat, aber einem Mordopfer den Ring vom Finger ziehen?« Er schüttelte neuerlich den Kopf. »Abgesehen davon, war doch sicher niemand allein mit der Leiche. Und wer würde so etwas schon tun, während die anderen zusehen?«

»Was ist mit dem Zimmermädchen, das die Leiche entdeckt hat?«

»Ebenfalls ausgeschlossen. Ich habe mit der armen Frau gesprochen. Sie hat einen einzigen Blick auf die Leiche geworfen, und vermutlich würde sie jetzt noch kreischen, wenn sie noch Luft in den Lungen hätte.«

»Wer hat also dann den Ring an sich genommen?«

»Immer davon ausgehend, dass sie ihn überhaupt getragen hat, als sie ins Hotel kam.«

»Natürlich.«

»Also kann nur der Killer den Ring genommen haben.«

»Warum?«

»Vielleicht hatte er was für Schmuck übrig. Und Grün war seine Lieblingsfarbe.«

»Machen Sie ruhig weiter.«

»Vielleicht war der Ring auch einiges wert.«

»Aber die paar hundert Dollar in ihrer Handtasche haben ihn nicht interessiert, Joe.«

»Vielleicht hatte er nicht die Zeit, in ihrer Handtasche nachzusehen.«

»Aber duschen konnte er schon noch! Tatsache ist jedenfalls, dass er das Geld nicht genommen hat.«

»Na und?«

»Aber den Ring hat er schon genommen. Dafür hatte er Zeit – ihre blutige Hand zu nehmen und ihr den Ring abzustreifen.«

»Vielleicht ging er ganz leicht ab.«

»Wieso ist er überhaupt auf die Idee gekommen, ihr den Ring abzunehmen?«

»Vielleicht wollte er ihn seiner Schwester schenken?«

»Haben Sie dafür vielleicht auch noch ein paar triftigere Gründe auf Lager?«

»Nein.« Durkin hieb mit der Faust auf die Schreibtischplatte. »Ich habe keine triftigeren Gründe. Worauf wollen Sie eigentlich hinaus? Dass er den Ring an sich genommen hat, weil er uns auf seine Spur hätte lenken können?«

»Warum nicht?«

»Warum hat er dann den Pelz nicht mitgenommen? Wir wissen inzwischen, dass ihr ein Verehrer den Nerz gekauft hat. Er hat zwar seinen Namen aus dem Geschäft herausgehalten, aber woher konnte er so sicher sein, dass sich der Verkäufer nicht an ihn erinnern würde? Der Kerl hat sogar die Handtücher eingepackt und kein einziges Schamhaar zurückgelassen, aber der Nerz hat ihn nicht im Geringsten interessiert. Und jetzt kommen Sie damit daher, dass er diesen Ring weggenommen hat. Wo kommt dieser blöde Scheißring überhaupt so plötzlich her? Wieso höre ich von diesem Ring heute nach zweieinhalb Wochen zum ersten Mal?«

Als ich darauf nichts erwiderte, griff er nach seinen Zigaretten und bot auch mir eine an. Ich schüttelte jedoch nur den Kopf, worauf er sich eine ansteckte, und nachdem er sich mit der flachen Hand sein dunkles Haar noch fester gegen seinen Schädel gepresst hatte, fuhr er fort:

»Vielleicht war in den Ring irgendetwas eingraviert. Irgend so ein Blödsinn wie: Für Kim von Freddie. So was gibt es doch öfter. War das vielleicht der Grund?«

»Ich weiß nicht.«

»Haben Sie denn überhaupt schon eine Theorie?«

Ich musste an das denken, was Danny Boy gesagt hatte. Wenn dieser Freund über so gute Beziehungen verfügte, warum hatte er sich dann mit dem Mädchen nicht in der Öffentlichkeit gezeigt? Und wenn es sich bei der Person, die mir mit ihren guten Beziehungen einen gut gemeinten Rat hatte zukommen lassen, um jemanden anderen handelte, welcher Art war dann das Verhältnis zwischen Kims Freund und diesem einflussreichen Herrn? Wer war dieser Buchhaltertyp, der Kim den Nerz gekauft hatte, und warum war ich nicht schon längst irgendwo auf seine Fährte gestoßen?

Und warum hatte der Mörder den Ring an sich genommen?

Ich griff in meine Tasche, wo meine Finger an dem kühlen Metall der 32er vorbei nach dem kleinen, grünen Glassplitter tasteten, der diese Gedankengänge ausgelöst hatte. Ich nahm ihn heraus und betrachtete ihn nachdenklich.

»Was haben Sie denn da?«, wollte Durkin wissen.

»Grünes Glas«, antwortete ich.

»Wie der Ring.«

Ich nickte. Durkin nahm den Splitter, hielt ihn prüfend gegen das Licht und legte ihn wieder in meine Handfläche zurück. »Wir wissen nicht, ob sie den Ring im Hotel getragen hat«, rief er mir ins Gedächtnis zurück. »Wir sind bei unseren Überlegungen nur mal von dieser Annahme ausgegangen.«

»Ich weiß.«

»Vielleicht hat sie ihn in ihrer Wohnung zurückgelassen, und irgendjemand hat ihn von dort mitgenommen.«

»Wer?«

»Ihr Freund. Nehmen wir mal an, er hat sie nicht umgebracht, und es war ein Verrückter, wie ich anfänglich vermutet habe. Das Mädchen wird also ermordet, und ihr Freund möchte nicht in die Sache hineingezogen werden. Er geht in ihre Wohnung – einen Schlüssel hatte er wohl – und nimmt den Ring an sich. Vielleicht hat er bei dieser Gelegenheit auch noch die anderen Geschenke mitgehen lassen, die er ihr im Lauf der Zeit gemacht hat. Möglicherweise hätte er auch den Nerz gern verschwinden lassen, wenn der nicht im Hotel gewesen wäre. Wieso ist diese Theorie nicht mindestens genauso stichhaltig wie die, dass ihr der Mörder den Ring vom Finger gezogen hat?«

Weil es kein Irrer war, dachte ich. Weil ein Irrer keine Männer in Holzfällerjacken ausschickte und Danny Boy Bell keine Nachrichten zukommen ließ, um mich zu warnen. Und weil ein Irrer sich kaum wegen seiner Unterschrift und der Handtücher und irgendwelcher Spuren Gedanken gemacht hätte.

Dieser Ring musste also eine ganz besondere Bedeutung gehabt haben. Ich ließ den Glassplitter in meine Tasche zurückgleiten. Mit diesem Ring musste es irgendeine besondere Bewandtnis haben.

Das Telefon auf Durkins Schreibtisch klingelte. Er hob ab und meldete sich: »Joe Durkin.« Er hörte eine Weile zu, um nur hin und wieder irgendetwas Zustimmendes zu brummen und gezielte Blicke in meine Richtung zu werfen. Gleichzeitig machte er sich verschiedene Notizen.

Währenddessen trat ich an den Kaffeeautomaten, um uns etwas Kaffee zu holen. Als ich mit zwei Bechern an Durkins Schreibtisch zurückkehrte, telefonierte er immer noch. Er nickte mir zum Dank für den Kaffee kurz zu und steckte sich dazu eine Zigarette an, worauf ich mir noch einmal Kims Akte vornahm. Dabei fiel mir mein Telefongespräch mit Donna ein. Was stimmte mit

Funkeln nicht? Hatte der Ring denn nicht gefunkelt? Ich konnte mich doch noch genau erinnern, wie das Licht darin aufgeblitzt war. Oder bildete ich mir das alles nur ein?

»Ganz schön beschissen. Das kann man wohl sagen. Bleiben Sie an Ort und Stelle, ja? Ich komme gleich vorbei«, hörte ich Durkin dann ins Telefon sagen.

Nach diesen Worten legte er auf und sah mich an. In seiner Miene mischte sich Selbstzufriedenheit mit etwas, das man am ehesten als Mitgefühl hätte bezeichnen können.

»Kennen Sie das Powhattan Motel am Rego Park, eines von diesen Stundenhotels, in denen ein Zimmer pro Nacht zum Teil an die fünf, sechs Mal die Besetzung wechselt?«

»Ja.«

»Vor ein paar Stunden hat dort ein Kerl ein Zimmer gemietet. Na ja, in dieser Branche werden die Zimmer sofort saubergemacht, sobald es der Gast verlässt. Als der Geschäftsführer sieht, dass sein Wagen nicht mehr auf dem Parkplatz steht, geht er nachsehen. An der Türklinke des Zimmers hängt ein Schild Bitte nicht stören. Er klopft. Keine Antwort. Er klopft noch einmal. Nichts rührt sich. Als er dann die Tür öffnet, was, glauben Sie, hat er wohl vorgefunden?«

Ich sah Durkin nur stumm an.

»Dem Polizisten, der auf seinen Anruf dann ins Motel gekommen ist, fiel sofort die Ähnlichkeit mit dem Fall im Galaxy Downtowner auf. Mit ihm habe ich übrigens gerade telefoniert. Sieht ganz so aus, als ob der Mörder von Kim Dakkinen ein zweites Mal zugeschlagen hätte. Er hat sogar wieder eine Dusche genommen, um sich nach dem Blutbad zu reinigen. Und die Handtücher hat er auch wieder mitgenommen.«

»War es...«

»War es wer?«

Nein, es konnte nicht Donna gewesen sein, da ich eben erst mit ihr gesprochen hatte. Fran, Ruby, Mary Lou...

»War es eine von Chances Mädchen?«

»Woher soll ich wissen, wer Chances Mädchen sind«, brummte Durkin.

»Wer war es, verdammt nochmal? Sagen Sie doch schon endlich!«

»Jedenfalls nicht irgendjemandes Mädchen«, antwortete der Detective und drückte seine Zigarette aus. Er machte sich daran, sich eine frische anzuzünden, besann sich jedoch eines Besseren und steckte die Packung wieder in seine Tasche zurück. »Es war überhaupt keine Frau«, fügte er schließlich hinzu.

»War es...«

»War es wer?«

»War es Calderón? Octavio Calderón?«

Durkin lachte schallend los. »Meine Fresse, Sie und Ihr Streben nach sinnvollen Zusammenhängen. Nein, mein Lieber, das Opfer war weder eine Frau noch unser junger Freund Octavio Calderón, sondern eine transsexuelle Prostituierte – oder sollte man besser Prostituierter sagen? Jedenfalls hatte der Kerl richtige Titten – Silikon –, aber gleichzeitig war unten noch alles dran... Ich meine, seine – ihre? – männlichen Geschlechtsorgane. Meine Fresse, was für eine verrückte Welt. Möglicherweise ist er erst heute Abend operiert worden – mit einer Machete.«

Unfähig, etwas zu erwidern, saß ich wie betäubt auf meinem Stuhl. Durkin stand auf und legte mir eine Hand auf die Schulter. »Mein Wagen steht unten. Ich werde mir diese Sauerei gleich mal anschauen. Wollen Sie mitkommen?«

Kapitel 28

Die Leiche lag in voller Länge auf dem Doppelbett ausgestreckt. Von dem Blutverlust schimmerte die Haut im ätherischen Weiß sehr feinen, alten Porzellans. Lediglich aufgrund der Geschlechtsorgane ließ sich das Opfer als männliches Wesen identifizieren. Das Gesicht war das einer Frau. Und dasselbe galt für die glatte, unbehaarte Haut sowie für den schlanken Körper mit den unübersehbaren weiblichen Rundungen.

Und überall Blut. Sogar die Luft in dem Motelzimmer war vom Geruch frischen, eben vergossenen Blutes erfüllt.

»Was für ein Glück, dass ich sie erkannt habe«, erklärte uns der Polizist, der als erster an den Schauplatz des Verbrechens gerufen worden war. Er hieß Garfein. »Ich wusste, dass sie eine Prostituierte war, und deshalb kam mir auch gleich ihr Fall von neulich in den Sinn, Joe. War die Leiche damals auch so übel zugerichtet wie diese hier?«

»Ja.« Durkin nickte.

»Sie haben sie erkannt?«, wandte ich mich an den Polizisten.

»Sofort. Immerhin habe ich sie schon mindestens dreimal verhaftet.«

»Wissen Sie auch ihren Namen?«

»Das kommt darauf an, welchen Sie wissen wollen. Ich kannte sie unter dem Namen Cookie. Den Angaben ihrer Polizeiakte zufolge hieß sie aber auch mal Sara und Mark Blaustein.«

»Mark Blaustein?«

»Tja, sie war eben früher mal ein schnuckeliger kleiner Judenbengel.«

Ich schüttelte den Kopf.

»Aus Mark Blaustein wurde eines Tages Sara Blaustein«, fuhr Garfein fort. »Und von da ging es über Sara Bluestone weiter zu Sara Blue und schließlich Cookie. Sehen Sie mal die Hände und Füße. Etwas groß für ein Mädchen. Daran kann man die Transsexuellen meistens erkennen. Aber sonst käme kein

Mensch auf die Idee, die Frau, die hier vor Ihnen liegt, könnte mal ein Mann gewesen sein.«

Ich nickte betreten.

Während sich Garfein und Durkin noch eine Weile über die Einzelheiten der verschiedenen operativen Eingriffe und Transplantationen ergingen, die aus Mark Blaustein Sara Bluestone hatten werden lassen, machten sich um uns herum die Fotografen und Fingerabdruckspezialisten an die Arbeit. Um ihnen nicht unnötig im Weg zu stehen, gingen wir auf den Parkplatz des Motels hinaus.

»Haben Sie schon irgendetwas aus den anderen Gästen herausbekommen?«, wandte sich Durkin an Garfein. »Dieses Gemetzel muss doch mit einem Heidenlärm einhergegangen sein.«

»Fehlanzeige. Kein Schwein hat irgendwas gesehen oder gehört, und natürlich hatten sie alle plötzlich eine furchtbar wichtige Verabredung. Und selbst wenn jemand Schreie gehört haben sollte, hat er vermutlich gedacht, das wäre eine neue Art sich zu verlustieren, wenn er nicht gerade sowieso gerade viel zu sehr mit etwas anderem beschäftigt war, um darauf zu achten.«

»Erst nimmt er sich ein Zimmer in einem vornehmen Hotel in der Innenstadt und lässt sich ein schickes Callgirl kommen. Dann schleppt er ein Mädchen vom Straßenstrich in ein einschlägiges Stundenhotel. Was meinen Sie, ob er wohl sehr geschockt war, als er entdeckt hat, was seine Eroberung unten noch dran hatte?«

Garfein zuckte mit den Schultern. »Kann schon sein. Andererseits waren die Hälfte der registrierten Strichmädchen früher mal Männer. Wenn der Kerl sich also in dem Milieu etwas ausgekannt hat, dürfte er nicht allzu überrascht gewesen sein.«

»Glauben Sie denn, er hatte Sex mit ihr?«

»Schwer zu sagen, wenn wir nicht gerade Spermaspuren auf dem Laken finden. Er war nämlich sicher nicht ihr erster Freier an diesem Abend.«

»Hat er hinterher geduscht?«

Garfein zuckte mit dem Achseln. »Der Geschäftsführer sagt, zwei Badetücher fehlen.«

»Aus dem Galaxy hat der Mörder auch zwei Handtücher mitgenommen.«

»Dann hat er sie vermutlich auch hier mitgehen lassen. Aber in einer Absteige wie dieser hier kann man nie wissen. Ich bin nicht sicher, ob sie hier die

Zimmer wirklich nach jedem Gast wieder richtig saubermachen. Das gilt zum Beispiel auch für die Dusche.«

»Vielleicht finden wir trotzdem irgendwelche Spuren.«

»Hoffen wir mal.«

»Hatte sie irgendwelche Hautfetzen unter den Fingernägeln?«

»Soviel ich mit bloßem Auge sehen konnte, nein. Aber vielleicht können unsere Laborleute etwas feststellen.« Ein Muskel an Garfeins Kiefer zuckte. »Manchmal sind die Jungs wirklich nicht zu beneiden.«

»Das kann man wohl sagen«, stimmte ihm Durkin zu.

»Vielleicht hat sie jemand in seinen Wagen steigen sehen, als er sie auf der Straße aufgegabelt hat«, warf ich ein.

»Ich habe bereits ein paar meiner Leute losgeschickt, um sich etwas umzuhören. Vielleicht machen sie ein paar interessante Entdeckungen«, erklärte Garfein.

»Na ja, mal sehen«, brummte Durkin wenig zuversichtlich.

»Der Geschäftsführer muss den Kerl doch zu Gesicht bekommen haben«, erklärte ich. »Woran kann er sich noch erinnern?«

»An nicht gerade viel. Kommen Sie. Wir können ihm ja gemeinsam noch etwas auf den Zahn fühlen.«

Der Geschäftsführer trug die fahlen Gesichtszüge und die rotgeränderten Augen eines Nachtarbeiters. Obwohl er eine ordentliche Fahne hatte, machte er nicht den Eindruck, als wäre dies bei ihm die Regel, sodass ich annahm, dass er auf diese Weise lediglich sein psychisches Gleichgewicht wiederherzustellen versuchte, nachdem er die Leiche entdeckt hatte. Allerdings hatte dies nun zur Folge, dass mit seinen Auskünften nicht gerade viel anzufangen war. »Das ist ein anständiges Etablissement«, betonte er – eine Behauptung von derart offensichtlicher Absurdität, dass niemand weiter darauf einging. Vielleicht wollte er damit auch nur sagen, dass in seinem Motel nicht jeden Tag ein Mord geschah.

Er hatte Cookie noch nie zuvor gesehen. Der Mann, der sie vermutlich ermordet hatte, war allein ins Motel gekommen und hatte das Zimmer in bar bezahlt. Das war nicht weiter ungewöhnlich, da die Mädchen meistens im Wagen warteten, während der Freier die Sache mit dem Zimmer regelte. Da der Wagen des mutmaßlichen Täters nicht direkt vor dem Büro geparkt gewesen war, hatte der Geschäftsführer den Mann nicht gesehen, als er das Zimmer anmietete. Überhaupt hatte er seinen Wagen nicht zu Gesicht bekommen.

»Wie wollen Sie dann bemerkt haben, dass er plötzlich nicht mehr da war?«, hakte Garfein an diesem Punkt nach. »Daraus hatten Sie doch Ihren eigenen Aussagen zufolge geschlossen, dass das Zimmer leer sein musste.«

»Es war doch gar nicht leer. Als ich die Tür öffnete...«

»Sie dachten doch, es wäre leer, weil der Wagen weg war. Woher wussten Sie, dass er weg war, wenn Sie ihn doch gar nicht gesehen haben?«

»Weil der Parkplatz leer war. Zu jedem Zimmer gehört ein nummerierter Parkplatz. Und als ich mal nach draußen sah, stand sein Wagen nicht mehr da. Das hieß, dass er bereits weg sein musste.«

»Stellen Ihre Gäste ihre Autos denn immer auf dem richtigen Parkplatz ab?«

»Zumindest sind sie dazu verpflichtet.«

»Es gibt viele Dinge, zu denen Leute verpflichtet sind – zum Beispiel, ihre Steuern zu zahlen, nicht auf die Straße zu spucken und nicht bei Rot über die Kreuzung zu gehen. Haben Sie den Wagen näher gesehen?«

»Ich...«

»Sie sehen vermutlich in regelmäßigen Abständen nach draußen auf den Parkplatz. Der Parkplatz, der zu diesem Zimmer gehört, war besetzt. Und irgendwann haben sie festgestellt, dass dort kein Wagen mehr stand. So war es doch, oder?«

»Ja, so könnte man es sagen.«

»Versuchen Sie mal, uns den Wagen zu beschreiben.«

»So genau habe ich ihn mir nicht angesehen. Ich habe nur geschaut, ob er noch dastand.«

»Was für eine Farbe hatte er?«

»Dunkel.«

»Großartig. Zwei- oder viertürig?«

»Darauf habe ich nicht geachtet.«

»Neu? Alt? Fabrikat?«

»Es war ein neuer Wagen. Irgendein amerikanisches Modell, kein ausländisches. Aber welches nun genau?« Der Mann zuckte hilflos mit den Schultern.

»War es eine Limousine? Ein Kombi?«, fragte Durkin unbeirrt weiter.

»Ehrlich gestanden«, erwiderte der Geschäftsführer in fast flehentlichem Tonfall. »Ich kann nur sagen, dass ein Wagen vor dem Zimmer stand. Fabrikat, Baujahr und Nummer stehen außerdem auf der Karte.«

»Meinen Sie damit das Anmeldeformular?«

»Ja, das muss jeder Gast ausfüllen.«

Von einer durchsichtigen Plastikhülle umgeben, um etwaige Fingerabdrücke nicht zu zerstören, lag das Anmeldeformular auf dem Schreibtisch im Büro. *Name: Martin Albert Ricone; Adresse: 211 Gilford Way; Wohnort: Fort Smith, Arkansas; Kraftfahrzeugtyp: Chevrolet Limousine; Baujahr: 1980; Farbe: schwarz; Kennzeichen: LJK-914. Unterschrift: M.A. Ricone.*

»Sieht nach derselben Handschrift aus«, sagte ich zu Durkin. »Andererseits lässt sich das bei Druckschrift schlecht feststellen.«

»Och, unsere Experten können das schon. Und das gilt im Übrigen auch für die Art, in der er die Machete gehandhabt hat. Ist Ihnen eigentlich aufgefallen, dass dieser Kerl eine Schwäche für Forts zu haben scheint? Fort Wayne, Indiana, und Fort Smith, Arkansas.«

»Langsam zeigen sich gewisse Übereinstimmungen«, bemerkte Garfein dazu.

»Ricone«, fuhr Durkin fort. »Klingt italienisch.«

»M.A. Ricone klingt fast wie der Kerl, der das Radio erfunden hat.«

»Das war Marconi«, verbesserte Durkin seinen Kollegen.

»Klingt ja fast wie Macaroni.«

»Martin Albert Ricone«, murmelte Durkin mehr zu sich selbst. »Klingt richtig beeindruckend. Wie hat er sich das letzte Mal genannt?«

»Charles Owen Jones«, kam ich ihm zu Hilfe.

»Ach ja, er hat wohl ein Faible für doppelte Vornamen. Ein richtig feiner Herr.«

»Das kann man wohl sagen.«

»Haben Sie das Wagenkennzeichen überprüfen lassen«, wandte Durkin sich an Garfein.

»Natürlich, aber ich glaube nicht, dass dabei etwas herauskommt. In einer Absteige wie dieser hier gibt doch jeder eine falsche Autonummer an, zumal der Geschäftsführer sicher nicht jedes Mal nach draußen auf den Parkplatz geht, um zu überprüfen, ob die Angaben auf dem Anmeldeformular auch tatsächlich richtig sind.«

»Dazu bin ich auch nicht verpflichtet«, warf der Geschäftsführer zu seiner Verteidigung ein.

»Die meisten Gäste tragen sich selbstverständlich auch unter falschem Namen ein«, fuhr Durkin fort. »Komisch, unser Freund hat sich im Galaxy Jones genannt und hier Ricone. In dieser Absteige muss doch mindestens jeder zweite Gast Jones heißen – oder Smith oder Brown. Wie viele Smiths haben Sie denn hier im Schnitt?«, wandte sich der Detective wieder an den Geschäftsführer.

»Ich bin nicht verpflichtet, mir einen Ausweis vorlegen zu lassen«, brachte dieser zu seiner Rechtfertigung vor.

»Vielleicht heißt Ricone auf Italienisch irgendwas Bestimmtes«, schaltete sich nun Garfein wieder ein.

»Sie fangen ja langsam sogar zu denken an«, lobte ihn Durkin, um dann den Geschäftsführer zu fragen, ob er ein Italienisch-Lexikon hätte. Als dieser ihn nur verdutzt ansah, meinte der Detective kopfschüttelnd: »Und so was nennt sich ein Motel. Wahrscheinlich gibt es hier auf den Zimmern auch keine Bibeln.«

»Doch, doch«, versicherte ihm der Geschäftsführer. »Jedes Zimmer ist ordnungsgemäß mit einer Ausgabe der Bibel ausgestattet.«

»Nicht zu fassen! Tatsächlich? Griffbereit neben dem Wasserbett und gleich neben der Fernbedienung für die Porno-Videos?«

»Wir haben nur zwei Zimmer mit Wasserbetten.« Der arme Teufel gab wirklich genauestens Auskunft. »Dafür verlangen wir einen Extrazuschlag.«

»Nur gut, dass unser Mr. Ricone für derlei Schnickschnack nichts übrig hatte«, warf Garfein ein. »Sonst müssten wir Cookie jetzt von Tauchern bergen lassen.«

»Versuchen Sie doch noch mal, mir diesen Mann zu beschreiben«, forderte Durkin den Geschäftsführer auf.

»Ich habe Ihnen doch schon gesagt...«

»Versuchen Sie's trotzdem. Wie groß war er?«

»Groß.«

»Meine Größe? Größer? Kleiner?«

»Ich...«

»Was hatte er an? Trug er einen Hut? Eine Krawatte?«

»Das weiß ich nicht mehr.«

»Er kommt also hier rein und fragt nach einem Zimmer. Dann füllt er das Anmeldeformular aus, bezahlt in bar. Rein interessehalber, wieviel kostet hier eigentlich ein Zimmer?«

»Achtundzwanzig Dollar.«

»Nicht schlecht. Und für die Pornovideos muss man sicher noch extra bezahlen?«

»Die Geräte funktionieren nur auf Münzeinwurf.«

»Nicht übel. Achtundzwanzig Dollar die Nacht lässt sich sehen, und Sie kommen auch nicht schlecht weg bei diesem Geschäft, wenn Sie ein Zimmer pro Nacht gleich mehrere Male vermieten können. Wie hat er sie bezahlt?«

»Das habe ich Ihnen doch schon gesagt. In bar.«

»Nein, ich meine, was für Scheine hat er Ihnen gegeben. Zwei Fünfzehner zum Beispiel?«

»Zwei...«

»Hat er Ihnen einen Zwanziger und einen Zehner gegeben?«

»Nein, ich glaube, es waren zwei Zwanziger.«

»Und Sie haben ihm zwölf Dollar zurückgegeben? Moment mal, wie steht es eigentlich mit der Steuer?«

»Mit Steuer sind es genau neunundzwanzig Dollar und vierzig Cents.«

»Und der Mann hat Ihnen also vierzig Dollar gegeben, worauf Sie ihm den Rest herausgegeben haben?«

In diesem Augenblick erhellte sich die Miene des Geschäftsführers plötzlich. »Halt, jetzt fällt es mir wieder ein; er hat mir zwei Zwanziger und vierzig Cents gegeben, sodass ich ihm nur elf Dollar herauszugeben brauchte.«

»Sehen Sie, Sie können sich also doch noch an das Geschäft erinnern.«

»Na ja, in gewisser Weise.«

»Aber wieder zurück zu dem Mann. Wie hat er ausgesehen. War es ein Weißer?«

»Ja, natürlich.«

»Dick? Dünn?«

»Eher dünn, aber nicht besonders.«

»Bart?«

»Nein.«

»Schnurrbart?«

»Möglich, aber das weiß ich nicht mehr.«

»Aber da muss doch etwas gewesen sein, was Ihnen an dem Mann aufgefallen ist, was Ihnen im Gedächtnis haften geblieben ist?«

»Was soll das gewesen sein?«

»Das versuchen wir gerade herauszubekommen, John. So nennen Sie hier doch die meisten, oder nicht? John?«

»Nein, die meisten sagen Jack.«

»Also gut, Jack. Langsam machen wir sogar Fortschritte. Was war mit seinem Haar?«

»Auf sein Haar habe ich nicht geachtet.«

»Aber sicher haben Sie das. Als er sich gebückt hat, um das Anmeldeformular auszufüllen, haben Sie doch bestimmt die Oberseite seines Kopfes gesehen.«

»Ich kann mich wirklich nicht mehr...«

»Hatte er volles Haar?«

»Ich...«

»Jetzt werden sie diesen Tropf mit einem unserer Zeichner zusammensetzen, damit er ein Phantombild von dem Kerl anfertigt«, wandte Durkin sich kurz mir zu. Wir fuhren in seinem Wagen nach einer langen Nacht in die Stadt zurück, über der sich am Horizont bereits der Himmel lichtete. »Und wenn wir diesen verrückten Schlachter dann eines Tages tatsächlich schnappen, dann weist er mit diesem Kunstwerk sicher genauso viel Ähnlichkeit auf wie ich mit dieser Sara Blaustein. Der Kerl hat doch wirklich wie eine Frau ausgesehen, finden Sie nicht auch?«

»Ich würde sagen, dass er vor allem tot ausgesehen hat.«

»Das allerdings. Würde mich mal interessieren, was das für ein Gefühl sein muss.«

»Was?«

»Wenn man jemanden abschleppt, der so aussieht. Ich meine, aus einer Bar oder einfach von der Straße. Dann verzieht man sich irgendwohin, und wenn sie dann die Kleider auszieht, hängt da unten plötzlich noch was dran. Würde mich wirklich interessieren, wie man in so einem Fall reagiert.«

»Keine Ahnung.«

»Wenn der Typ da schon operiert wäre, würde man überhaupt nichts merken. Die Hände von dieser Cookie sahen übrigens gar nicht so arg groß aus. Es gibt doch auch Frauen mit großen Händen und Männer mit kleinen, was das betrifft.«

»Mhm.«

»Ach, weil wir gerade von ihren Händen sprechen, sie hatte mehrere Ringe an den Fingern. Haben Sie das auch bemerkt?«

»Ja.«

»Sie hatte an jeder Hand einen.«

»Na und?«

»Er hat sie ihr also nicht abgenommen.«

»Weshalb hätte er ihre Ringe an sich nehmen sollen?«

»Aber Sie haben doch selbst behauptet, dass er Kim Dakkinens Ring hat mitgehen lassen.«

Als ich darauf nichts erwiderte, sprach Durkin behutsam weiter: »Matt, Sieglauben doch nicht etwa immer noch, dass Kim Dakkinen aus irgendeinem ganz bestimmten Grund getötet wurde?«

Ich spürte eine unglaubliche Wut in mir aufsteigen, die ich nur mit Mühe im Zaum zu halten vermochte.

»Und kommen Sie mir nicht mit diesen Handtüchern, Matt. Wir haben es hier eben mit einem Irren zu tun, der seine Morde sorgfältig plant. Sowas soll ja bekanntlich auch vorkommen.«

»Man hat mich gewarnt, meine Finger von diesem Fall zu lassen, Joe. Und zwar mit Nachdruck.«

»Na und? Auch wenn sie von einem Irren um die Ecke gebracht worden ist, könnte sie unabhängig davon in etwas verwickelt gewesen sein, das irgendwelche Freunde des Mädchens lieber nicht ans Tageslicht gelangen lassen wollen. Vielleicht war ihr Freund verheiratet, wie Sie ja schon selbst angedeutet haben, und selbst wenn sie an Heuschnupfen gestorben wäre, hätte er was dagegen, wenn sie in ihrer Asche herumstochern würden.«

Ich hielt es für besser, darauf nichts zu antworten, aber plötzlich konnte ich mich doch nicht mehr zurückhalten zu sagen: »Vielleicht sollte Cookie nur eine kleine Rauchbombe sein.«

»Wie soll ich das verstehen?«

Ich sprach gegen meinen Willen weiter. »Vielleicht wollte uns der Täter dadurch nur verwirren und von der richtigen Spur abbringen. Er hat versucht, den Anschein zu erwecken, als handelte es sich dabei um zwei Morde ein und desselben Irren, um auf diese Weise die wahren Motive für den Mord an Kim Dakkinen zu verschleiern.«

»Sie sind wirklich ganz schön hartnäckig, Scudder, das muss man Ihnen lassen.«

»Kann schon sein.«

»Ihr Problem ist einfach, dass Sie immer nur einen Fall gleichzeitig bearbeiten. Auf diese Weise sind Ihrer Fantasie keine Grenzen gesetzt. Dagegen habe ich so viel Scheißkram auf meinem Schreibtisch herumliegen, dass ich lediglich erleichtert aufatme, wenn ich einen Fall zu den Akten legen kann. Bei Ihnen ist allerdings genau das Gegenteil der Fall. Wenn Sie mal Blut geleckt haben, verbeißen Sie sich regelrecht in die Sache.«

»Wenn Sie meinen.«

»Abgesehen davon«, Durkin nahm eine Hand vom Steuer und tippte damit leicht gegen meinen Unterarm. »So unrecht haben Sie damit vielleicht nicht einmal, zumal Sie bisher wirklich gute Arbeit geleistet haben.«

»Finden Sie?«

»Keine Frage. Sie haben uns auf ein paar wichtige Punkte aufmerksam gemacht, die wir sonst übersehen hätten. Vielleicht können wir uns aufgrund dessen diesen Irren sogar eines Tages schnappen. Wer weiß?«

Darauf fuhren wir schweigend weiter, bis Durkin schließlich vor meinem Hotel hielt und sagte: »Um noch mal auf das zurückzukommen, was Garfein gesagt hat – vielleicht bedeutet Ricone auf Italienisch irgendwas.«

»Das dürfte nicht allzu schwer zu überprüfen sein.«

»Natürlich nicht. Wenn nur alles so einfach wäre. Ich kann Ihnen aber, glaube ich, jetzt schon sagen, was dabei herauskommen wird. Vermutlich bedeutet Ricone auf Italienisch nichts anderes als Jones.«

Ich ging auf mein Zimmer, zog mich aus und legte mich ins Bett. Zehn Minuten später stand ich wieder auf. Ich fühlte mich schmutzig, und meine Kopfhaut juckte. Deshalb duschte ich extrem heiß. Ich sagte mir zwar, dass es keinen Sinn hatte, mich vor dem Schlafengehen zu rasieren, was mich aber nicht daran hinderte, es trotzdem zu tun. Dann zog ich meinen Bademantel an und setzte mich auf die Bettkante, um nach einer Weile zu einem der Sessel überzuwechseln.

Seltsamerweise verspürte ich keinerlei Gelüste nach etwas Alkoholischem.

Ich holte die 32er aus meiner Jackentasche und wollte sie eben an ihren Platz in der Kommode zurücklegen, als ich es mir anders überlegte und mich wieder in den Sessel setzte. Ich drehte und wendete den Revolver in meinen Händen.

Wann hatte ich zum letzten Mal einen Schuss aus so einem Ding abgefeuert?

Ich musste nicht sonderlich lange überlegen. Es war in jener Nacht gewesen, als ich zwei Räuber auf offener Straße verfolgt und beschossen und dabei dieses kleine Mädchen getötet hatte. Während der Zeit, die ich danach noch bei der Polizei geblieben war, hatte sich keine Gelegenheit mehr geboten, bei der ich meine Dienstwaffe ziehen oder gar abfeuern hätte müssen.

Und als dieser betrunkene junge Bursche aus dem fahrenden Auto eine leere Whiskyflasche nach mir geworfen hatte, war ich absolut unfähig gewesen, den Abzug zu drücken und einen Schuss abzufeuern, obwohl ich in diesem Moment fest davon überzeugt gewesen war, dass es sich bei dem Kerl um einen Auftragskiller handelte, der mich aus dem Weg räumen sollte. Trotzdem war mein rechter Zeigefinger am Abzug wie gelähmt gewesen.

Ich nahm die Patronen aus der Trommel, richtete die entladene Waffe auf den Papierkorb in der Ecke und drückte ein paarmal den Abzug. Das Klicken des Hahns hallte überraschend laut von den Wänden meines Zimmers.

Ich zielte auf den Spiegel über der Kommode. Klick!

Aber das bewies gar nichts. Schließlich wusste ich, dass die Waffe nicht geladen war.

Es machte mir ziemlich zu schaffen, dass ich unfähig gewesen war, die Waffe abzufeuern. Andererseits war ich natürlich auch froh über mein Versagen, da ich sonst noch einen unschuldigen jungen Burschen mehr auf dem Gewissen gehabt hätte.

Nachdem ich mich noch eine Weile mit endlosen Gedanken zu diesem Thema abgeplagt hatte, stand ich schließlich auf, zog den Bademantel aus und legte mich ins Bett. Als sich das Karussell in meinem Kopf jedoch auch dadurch nicht anhalten ließ, stand ich erneut auf, um mich diesmal richtig anzukleiden. Dann nahm ich den Revolver mit dem hinteren Ende meiner Nagelfeile als Schraubenzieher auseinander und steckte die einzelnen Teile in die eine Tasche, während ich in der anderen die vier Patronen und die zwei Messer verstaute, die ich dem jungen Schwarzen abgenommen hatte.

Draußen war es inzwischen hell geworden. Die Sonne schien. Ich ging die Ninth Avenue zur Fifty-eighth Street runter, wo ich die beiden Messer in einem Abflussloch am Straßenrand verschwinden ließ. Ich überquerte die Straße und näherte mich einem zweiten Gully, um dann jedoch, die Hände in den Hosentaschen, unschlüssig stehen zu bleiben. Die Finger meiner linken Hand befühlten die vier Patronen, die meiner rechten die Teile des zerlegten Revolvers.

Warum sollte ich eine Knarre mit mir herumschleppen, mit der ich sowieso nicht schießen konnte?

Auf dem Weg zurück ins Hotel machte ich in einem Lebensmittelgeschäft Halt. Der Kunde, der in der Schlange an der Kasse vor mir stand, kaufte sich zwei Sechserpacks Old English 800 Malt Liquor. Ich hatte mich für vier Schokoriegel entschieden, von denen ich einen im Gehen und die restlichen drei auf meinem Zimmer aß. Dann fischte ich die Revolverteile aus meiner Tasche, um sie wieder zusammenzusetzen. Nachdem ich die vier Patronen in die Trommel geschoben hatte, verstaute ich den Revolver wieder in der Kommode.

Dann legte ich mich ins Bett und nahm mir vor, dort liegenzubleiben, ob ich nun schlafen konnte oder nicht. Dieser Gedanke brachte mich zum Lächeln, während ich bereits wegdämmerte.

Kapitel 29

Als das Telefon klingelte, musste ich mich erst wie ein Taucher aus der Tiefe an die Oberfläche hochkämpfen. Blinzelnd setzte ich mich schließlich im Bett auf. Das Telefon klingelte immer noch, und ich versuchte verzweifelt, mir Klarheit darüber zu verschaffen, woher dieses entsetzliche Geräusch kam. Und als ich dann endlich wieder ganz da war, nahm ich den Hörer ab.

Es war Chance. »Ich habe gerade Zeitung gelesen. Was glauben Sie? War es derselbe Kerl, der auch Kim auf dem Gewissen hat?«

»Lassen Sie mir erst mal eine Minute Zeit, um wach zu werden«, murmelte ich in den Hörer.

»Haben Sie geschlafen?«

»Inzwischen bin ich jedenfalls wach.«

»Dann wissen Sie ja gar nicht, wovon ich rede. Es hat nämlich wieder so einen Mord gegeben, diesmal in Queens; ein transsexuelles Strichmädchen, das bestialisch zerstückelt worden ist.«

»Ich weiß.«

»Woher wissen Sie das bereits, wenn Sie eben noch geschlafen haben?«

»Ich war gestern Nacht draußen am Tatort.«

»In Queens?« Chance klang sichtlich beeindruckt.

»Ja, im Queens Boulevard«, bestätigte ich ihm. »Mit ein paar Leuten von der Polizei. Es war derselbe Täter.«

»Sind Sie ganz sicher?«

»Die Leute vom Labor hatten zwar gestern Abend noch keine Ergebnisse vorliegen, aber das, was ich gesehen habe, genügt, um sicher zu sein.«

Chance schwieg einen Moment. »Dann hat Kim wohl nur Pech gehabt«, meinte er schließlich. »Sie war einfach zur falschen Zeit am falschen Ort.«

»Kann schon sein.«

»Sie klingen ja, als wären Sie davon nicht unbedingt überzeugt.«

Ich griff nach meiner Uhr auf dem Nachttisch. Es war fast Mittag. »Es gibt da ein paar Details, die nicht so recht zusammenpassen wollen. Zumindest scheint mir das so. Na ja, ein Detective hat mir gestern gesagt, ich wäre einfach zu hartnäckig. Da ich nur diesen einen Fall habe, will ich ihn unter keinen Umständen fallenlassen.«

»Ja und?«

»Vielleicht hat er recht. Allerdings lösen sich damit die Punkte, die nicht zusammenstimmen, noch lange nicht in Luft auf. Was ist eigentlich aus Kims Ring geworden?«

»Aus welchem Ring?«

»Sie hatte doch einen Ring mit einem grünen Stein.«

Chance dachte kurz nach. »Mal überlegen. War es Kim, die so einen Ring hatte? Muss wohl sie gewesen sein.«

»Was ist aus dem Ring geworden?«

»War er denn nicht in ihrer Schmuckschatulle?«

»Dort lag nur ihr alter Abschlussring aus dem College.«

»Ach ja, stimmt. Ich weiß jetzt, welchen Ring Sie meinen. Er hatte einen großen, grünen Stein. Gefärbtes Glas, oder etwas in der Art.«

»Woher hatte sie den Ring?«

»Vermutlich aus einem Kaugummiautomaten. Soviel ich mich erinnern kann, hat sie erzählt, sie hätte ihn selbst gekauft. Das Ding war wirklich billigster Schund, Mann. Vergoldetes Blech mit einem Klunker aus grünem Glas.«

Zerschmettre Weinflaschen zu ihren Füßen.

»War der Stein kein Smaragd?«

»Sie haben sie wohl nicht alle, Mann? Wissen Sie eigentlich, was ein Smaragd kostet?«

»Nein.«

»Die Dinger sind teurer als Diamanten. Aber wieso ist dieser Ring so wichtig?«

»Vielleicht ist er das ja gar nicht.«

»Was haben Sie jetzt als nächstes vor?«

»Ich weiß noch nicht«, antwortete ich. »Falls Kim tatsächlich von einem Irren umgebracht worden ist, der einfach nur wahllos zuschlägt, wüsste ich wirklich nicht, was ich tun könnte, was die Polizei nicht mindestens genauso gut könnte. Andererseits ist da jemand, der will, dass ich meine Nase nicht weiter in diesen Fall stecke. Außerdem gibt es noch einen Hotelportier, der immerhin so viel Bammel gekriegt hat, dass er aus seinem Zimmer ausgezogen ist, um unterzutauchen, und schließlich ist da auch noch ein fehlender Ring.«

»Das muss noch lange nichts bedeuten.«

»Klar.«

»Stand nicht auch in Sunnys Abschiedsbrief etwas von einem Ring, der jemandes Finger grün färbte? Vielleicht war es ein billiger Ring, von dem Kims Finger grün wurde, sodass sie ihn einfach weggeworfen hat.«

»Ich kann mir nicht vorstellen, dass Sunny das gemeint hat.«

»Und was soll sie dann damit gemeint haben?«

»Das weiß ich auch nicht.« Ich seufzte. »Ich würde gern einen Zusammenhang zwischen Cookie Blue und Kim Dakkinen herstellen. Wenn mir das gelingen sollte, könnte ich vermutlich auch den Mann finden, der die beiden ermordet hat.«

»Na ja, schon möglich. Kommen Sie morgen zu Sunnys Trauerfeier?«

»Ja.«

»Dann also bis morgen. Vielleicht können wir uns danach noch etwas unterhalten.«

»Gut.«

»Tja«, nahm Chance das Gespräch noch einmal auf, anstatt einzuhängen. »Kim und Cookie. Was könnten die beiden gemeinsam gehabt haben?«

»Hat Kim nicht auch mal in Long Island City auf dem Straßenstrich gearbeitet? Das war nämlich das Revier dieser Cookie, hat einer der Detectives gestern erzählt.«

»Das liegt aber schon einige Jährchen zurück.«

»Sie hatte doch einen gewissen Duffy als Zuhälter. Ob Cookie wohl auch einen Zuhälter hatte?«

»Schon möglich. Die meisten Transsexuellen haben zwar keinen, aber ein paar gibt es trotzdem immer wieder. Ich könnte mich ja mal ein wenig umhören.«

»Das wäre vielleicht nicht schlecht.«

»Ich habe Duffy schon seit Monaten nicht mehr gesehen. Wenn ich mich nicht täusche, habe ich sogar gehört, dass er tot sein soll. Aber ich werde mich trotzdem mal umhören. Allerdings kann ich mir kaum vorstellen, dass Kim etwas mit einer jüdischen Tunte von Long Island City zu tun gehabt haben sollte.«

*   *   *

Ich hatte Lust auf ein kräftiges Frühstück. Doch nachdem ich das Hotel verlassen hatte, kaufte ich mir erst einmal eine Zeitung. Ein Blick genügte allerdings, um zu wissen, dass sich ihre Lektüre nicht unbedingt als förderlich für meinen Appetit erweisen würde. Wie zu erwarten, hatte der Mord vom Abend zuvor Schlagzeilen gemacht.

Nachdem ich die Zeitung wieder zusammengefaltet und mir unter den Arm geklemmt hatte, war ich erst unschlüssig, was ich nun als nächstes tun sollte – die Zeitung lesen oder frühstücken. Doch während ich noch lange überlegte, hatten bereits meine Beine eine Wahl für mich getroffen. Sie hatten mich zwei Häuserblocks in Richtung Sixty-third getragen, bevor mir bewusst wurde, wohin ich eigentlich ging. Ich würde gerade noch rechtzeitig zum Halb-ein-Uhr-Treffen im dortigen YMCA kommen. Was soll's, dachte ich. Der Kaffee dort ist auch nicht schlechter als anderswo.

Als das Treffen eine Stunde später zu Ende war, frühstückte ich bei einem Griechen gleich um die Ecke. Dort las ich die Zeitung. Komischerweise schien mir das plötzlich nichts mehr auszumachen.

Der Bericht enthielt kaum etwas, was ich nicht schon wusste. Ein Reporter hatte Nachforschungen über Cookies Vorgeschichte angestellt. Sie war in Floral Park aufgewachsen, und nachdem beide Eltern bei einem Flugzeugabsturz ums Leben gekommen waren, blieb als Mark / Sara / Cookies einziger Verwandter ein Bruder übrig, der Juwelenhändler Adrian Blaustein, der sich im Augenblick auf Geschäftsreise im Ausland befand, sodass er vom Tod seines Bruders noch nicht in Kenntnis gesetzt worden war.

Vom Tod seines Bruders? Oder seiner Schwester? Was war es wohl für ein Gefühl, einen nahen Verwandten zu haben, der sich einer Geschlechtsumwandlung unterzogen hatte? Was hielt dieser angesehene Geschäftsmann wohl von seinem plötzlich zur Schwester gewordenen Bruder, der sich auf dem Straßenstrich seinen Lebensunterhalt verdiente?

Ich bestellte mir noch einen Kaffee und vertiefte mich weiter in die Lektüre der Zeitung.

Am Abend schlich ich gegen zwanzig vor neun in den Keller einer Kirche in der Prince Street, wo ich mir eine Tasse Kaffee holte, um mich dann nach Jan umzusehen. Sie saß ziemlich weit vorn rechts. Ich ließ mich weiter hinten in der Nähe des Kaffees nieder.

In der Pause trat ich dann auf Jan zu, als sie sich eine Tasse Kaffee holen wollte. Sie schien erfreut, mich zu sehen. »Ich war gerade in der Gegend«, erklärte ich ihr, »und da hier gerade ein Treffen war, dachte ich, schaue ich mal rein. Ich hatte natürlich gehofft, dich vielleicht zu treffen.«

»Ja, das hier ist eins meiner regelmäßigen Treffen. Hast du Lust, nachher noch auf einen Kaffee mitzukommen, Matt?«

»Klar.«

Nach dem Treffen fanden sich etwa ein Dutzend von uns in einer Cafeteria am West Broadway ein. Weder trug ich viel zu der Unterhaltung bei, noch zeigte ich sonderliches Interesse daran. Als die Gesellschaft schließlich aufbrach, machten Jan und ich uns auf den Weg zu ihrer Wohnung.

»Ich war übrigens nicht rein zufällig in der Gegend«, gestand ich Jan.

»Na so was?«

»Ich wollte mit dir sprechen. Ich weiß nicht, ob du die Zeitung liest...«

»Wegen des Mords in Queens?«

»Ich war mit einem Detective am Tatort. Und jetzt bin ich ganz schön geschafft und würde gern ein bisschen darüber sprechen.«

Oben in ihrem Loft kochte sie erst einmal eine Kanne Kaffee. Ich saß vor meiner Tasse am Küchentisch, und als ich endlich mit dem Reden fertig war und einen Schluck Kaffee nehmen wollte, war er schon kalt. Ich erzählte Jan von meinen jüngsten Nachforschungen und Entdeckungen und von den zwielichtigen Bars, die ich im Lauf des Nachmittags in Cookies Revier abgeklappert hatte, um – allerdings vergeblich – etwas Wissenswertes über den ermordeten Transsexuellen in Erfahrung zu bringen.

Gegen Abend hatte ich dann Joe Durkin angerufen, der inzwischen über die Laborbefunde verfügte.

»Der Mord ist von derselben Person begangen worden«, erzählte ich Jan. »Und auch die Mordwaffe war dieselbe. Der Kerl muss ziemlich groß und kräftig sein, und seine Machete ist immer extrem scharf geschliffen.«

Wie erwartet, hatte die Überprüfung der Adresse in Fort Smith und der Autonummer nichts ergeben.

»Die Wagennummer war allerdings nicht ganz erfunden. Irgendjemand hat daran gedacht, die Liste mit gestohlenen Wagen zu überprüfen, und stieß dabei auf einen dunkelblauen Impala, der kurz vor Cookies Ermordung in Jackson

Heights geklaut worden war. Bis auf zwei Ziffern, die vertauscht waren, stimmte die Nummer genau mit der überein, die in dem Anmeldeformular stand. Und der Wagen war natürlich in New York zugelassen und nicht in Arkansas.

Die etwas vage Beschreibung, die uns der Geschäftsführer des Motels vom Auto des Täters gegeben hat, trifft auf diesen Impala durchaus zu, und das gleiche gilt für die Angaben einiger Prostituierten, die zu dem Zeitpunkt, zu dem Cookie zu ihrem Mörder in den Wagen gestiegen sein muss, unterwegs waren. Die Mädchen haben ausgesagt, dass ein solcher Wagen in ihrem Revier mehrere Male auf und ab gefahren ist, bis sein Fahrer sich endlich für Cookie entschlossen hat.

Der Wagen ist zwar bislang noch nicht aufgetaucht, aber das hat keineswegs zu besagen, dass der Mörder immer noch damit durch die Gegend fährt. Vermutlich hat er ihn irgendwo abgestellt, wo ihn niemand so schnell findet.«

»Solltest du das Ganze nicht lieber bleibenlassen, Matt?«

»Du meinst, den ganzen Fall?«

Jan nickte. »Was jetzt weiter zu tun ist, ist doch ausschließlich Sache der Polizei.«

»Kann schon sein.«

»Und es ist auch nicht mehr anzunehmen, dass sie den Fall einfach zu den Akten legen werden, wie du das nach Kims Ermordung befürchtet hast. Allein die Presse würde das nicht zulassen.«

»Das stimmt.«

»Welchen Grund sollte es also noch geben, dich weiter in dieser Angelegenheit zu engagieren? Du hast doch für dein Geld längst mehr als genug getan.«

»Findest du?«

»Na, jedenfalls hast du für dein Geld härter gearbeitet als dein Klient.«

»Damit dürftest du allerdings recht haben.«

»Was hält dich also noch? Du kannst doch in dieser Angelegenheit nichts mehr unternehmen, was die Polizei nicht wesentlich besser könnte.«

Letztere Bemerkung unterzog ich reiflicher Überlegung, bis ich schließlich antwortete: »Aber es muss ein Zusammenhang bestehen.«

»Was für ein Zusammenhang?«

»Zwischen Kim und Cookie. Sonst ergibt das Ganze keinerlei Sinn. Auch den Handlungen eines verrückten Killers liegt ein sinnvolles Schema zugrunde, selbst wenn dies nur für ihn selbst erkennbar ist. Um Himmels willen, Kim und Cookie hatten doch so gut wie gar nichts miteinander gemein. Chance versucht im Augenblick gerade herauszufinden, ob Cookie vielleicht einen Zuhälter hatte, von dem niemand gewusst hat, wenn ich das auch für höchst unwahrscheinlich halte.«

Ich nahm einen Schluck von dem kalten Kaffee. »Und dieser Kerl hatte es doch eindeutig auf Cookie abgesehen«, fuhr ich fort. »Er ließ sich Zeit. Er fuhr ein paarmal die Straße rauf und runter, um schließlich Cookie aufzugabeln. Wo könnte die Verbindung zwischen den beiden sein? Jedenfalls kann es nicht eine Frage des Typs gewesen sein. Kim war rein äußerlich ein völlig anderer Typ als Cookie.«

»Vielleicht irgendetwas aus ihrem Privatleben?«

»Möglich. Cookies Privatleben liegt allerdings ziemlich im Dunkeln. Sie hat im East Village gewohnt und ist in Long Island City auf den Strich gegangen. Ich konnte niemanden auftreiben, der sie näher kannte. Ihr einziger Verwandter ist ihr Bruder, und der weiß noch nicht einmal, dass sie tot ist.«

Im Verlauf des Gespräches kamen wir dann auch auf den Namen *Ricone* zu sprechen. Ich hatte mehrere Telefonbücher gewälzt, ohne auf einen einzigen Träger dieses Namens zu stoßen. Und es war auch kein italienisches Wort.

Nach einer Weile setzte Jan frischen Kaffee auf, und wir saßen eine Weile am Küchentisch, ohne ein Wort zu sprechen. Schließlich sagte ich: »Danke.«

»Für den Kaffee?«

»Nein, dass du mir zugehört hast. Allmählich geht es mir wieder besser.«

»Es ist immer gut, sich die Dinge vom Herzen zu reden.«

»Kann schon sein.«

»Bei den Treffen sagst du aber nie was, oder?«

»Über so etwas könnte ich doch dort nicht reden.«

»Aber du könntest doch erzählen, wie es dir geht und was dich gerade beschäftigt. Das würde dir vielleicht mehr helfen, als du denkst, Matt.«

»Na, ich weiß nicht. Mensch, ich bringe doch nicht mal heraus, dass ich Alkoholiker bin. ›Mein Name ist Matt, und ich möchte im Augenblick lieber nichts sagen‹, ist doch alles, was ich bei den Treffen über die Lippen bringe.«

»Das wird sich vielleicht auch ändern.«

»Vielleicht.«

»Wie lange hast du eigentlich schon nichts mehr getrunken, Matt?«

Ich musste kurz nachdenken. »Acht Tage.«

»Toll!« Es war immer dasselbe. Ganz gleich, ob man acht Tage oder acht Jahre keinen Tropfen Alkohol mehr angerührt hatte, waren immer alle begeistert.

Jan musste meine verdrießliche Miene bemerkt haben, denn sie fragte mich:

»Was machst du denn plötzlich für ein Gesicht?«

»Ach nichts.« Ich lenkte das Gespräch auf ein anderes Thema. »Mir ist nur eben eingefallen, dass morgen Nachmittag die Trauerfeier für Sunny stattfindet.«

»Nimmst du daran teil?«

»Ich habe zumindest zugesagt.«

»Ist dir bei dem Gedanken daran nicht ganz wohl in deiner Haut?«

»Wieso?«

»Ist es dir ein bisschen unangenehm?«

»Jedenfalls freue ich mich nicht gerade darauf.« Ich sah in ihre großen, grauen Augen, wandte dann aber den Blick ab. »Länger als acht Tage habe ich noch nie durchgehalten.« Ich bemühte mich, einen möglichst beiläufigen Ton anzuschlagen. »Letztes Mal habe ich nach acht Tagen wieder zu trinken angefangen.«

»Das heißt noch lange nicht, dass du morgen etwas trinken musst.«

»Das weiß ich selber. Und ich werde morgen auch nichts trinken.«

»Nimm doch jemanden mit.«

»Wohin?«

»Zu der Trauerfeier. Frag jemanden von deinem regulären Treffen, ob er dich begleiten will.«

»Wen sollte ich um so etwas bitten? Abgesehen davon…«

»Ja?«

»Komm du doch mit.«

»Gut. Einverstanden.«

»Im Ernst?«

»Wieso nicht? Es sei denn, es macht dir etwas aus, dich zusammen mit mir zu zeigen – ich meine, unter all diesen gutaussehenden Nutten.«

»Oh, ich glaube, du musst dich neben den Mädchen keineswegs verstecken.«

»Nein?«

»Nein, nicht im Geringsten.«

Ich legte meine Finger behutsam an ihr Kinn und schmeckte ihre Lippen mit meinen. Ich strich ihr zärtlich übers Haar. Es war dunkel, grau meliert. Und das Grau passte zu ihren Augen.

»Genau davor hatte ich Angst«, flüsterte Jan. »Und gleichzeitig hatte ich Angst, dass es nicht dazu kommen würde.«

»Und jetzt?«

»Jetzt habe ich nur noch Angst.«

»Möchtest du, dass ich gehe?«

»Nein, ich möchte nicht, dass du gehst. Ich möchte, dass du mich nochmal küsst.«

Und das tat ich. Sie legte ihre Arme um mich und zog mich an sich, sodass ich die Wärme ihres Körpers durch ihr Kleid hindurch spüren konnte.

»Ach, Liebling«, seufzte sie.

Als ich danach in ihrem Bett lag und meinem Herzschlag lauschte, überkam mich plötzlich ein Gefühl tiefer Verlassenheit. Doch es verflog sofort, als ich meine Hand auf Jans Seite legte.

»Na?« Ich lächelte sie an.

»Na?«

»Woran denkst du gerade?«

Jan lachte. »Ich habe nur überlegt, was meine Tutorin wohl dazu sagen wird.«

»Musst du ihr denn davon erzählen?«

»Eigentlich bin ich nicht dazu verpflichtet, aber vermutlich werde ich es ihr trotzdem sagen. ›Ach, ich bin übrigens mit einem Kerl ins Bett gegangen, der gerade acht Tage nüchtern ist.‹«

»Das kommt wohl der Sünde wider den Heiligen Geist gleich, wie?«

»Sagen wir, zumindest einer mittleren Todsünde.«

»Und was wird sie dir als Buße auferlegen? Sechs Vaterunser?«

Sie lachte erneut. Ihr volles, herzhaftes Lachen hatte mir schon immer gefallen.

Auf diese Weise witzelten wir dann noch eine Weile weiter, bis Jan plötzlich aufstand und in ihren Morgenmantel schlüpfte.

»Wo willst du denn jetzt hin?«, fragte ich erstaunt.

»Telefonieren.«

»Doch nicht etwa mit deiner Tutorin?«

Jan schüttelte den Kopf und ging zum Telefon, um kurz in ihrem Adressbuch zu blättern und dann eine Nummer zu wählen. »Hallo, ich bin's, Jan«, sprach sie nach kurzem Warten in den Hörer. »Ich hoffe, du hast noch nicht geschlafen. Sagt dir das Wort Ricone was?« Sie buchstabierte den Namen. »Ich dachte, es wäre vielleicht irgendein unanständiges Wort, das in keinem Wörterbuch steht. Mhm.« Darauf hörte sie eine Weile zu und sagte schließlich: »Nein, nein. Ich löse gerade ein Kreuzworträtsel auf Sizilianisch, nichts weiter. Das mache ich öfter, wenn ich nachts nicht schlafen kann. Trotzdem vielen Dank für die Auskunft und gute Nacht.«

Darauf legte sie den Hörer auf die Gabel zurück und kroch wieder zu mir unter die Decke.

»Na, an welchen unanständigen Ausdruck hast du denn in diesem Zusammenhang gedacht?«, nahm ich sie spöttisch in Empfang.

»Das geht dich gar nichts an, du Klugscheißer.«

»Mach mir nichts vor. Du wirst ja richtig rot.«

»Na und? Das hat man also davon, wenn man einem Freund helfen will, einen Mordfall zu lösen.«

»Die Menschen sind nun mal eben grausam und undankbar.«

»So scheint es tatsächlich zu sein. Doch Spaß beiseite – Martin Albert Ricone und Charles Otis Jones? Das waren doch die Namen, die er verwendet hat?«

»Owen. Charles Owen Jones.«

»Und du glaubst also, sie bedeuten irgendwas?«

»Ja. Die Namen sind einfach zu ungewöhnlich und zu kompliziert, als dass sie nichts bedeuten könnten.«

»Vielleicht hat er einfach angefangen, Rico zu schreiben.«

»Daran habe ich auch schon gedacht. Ricos gibt es im Telefonbuch schließlich jede Menge. Oder vielleicht war der Kerl auch aus Puerto Rico.«

Plötzlich schoss ich kerzengerade aus dem Bett hoch, sodass Jan verwundert fragte: »Was ist denn mit dir los?«

»Ich hab's«, platzte ich heraus. »Dieser Kerl war wohl ein echter Witzbold. Er hat sich über uns lustig gemacht.«

»Wovon redest du überhaupt?«

»Von den Namen, unter denen sich der Mörder eingetragen hat. C.O. Jones und M.A. Ricone. Und ich dachte immer, das wären richtige Namen.«

»Sind sie das denn nicht?«

»Cojones. Maricon.«

»Das ist doch Spanisch.«

»Ganz richtig.«

»Cojones heißt Hoden und zugleich soviel wie Mut oder Courage.«

»Und *maricon* heißt ›Schwuler‹. Soviel ich weiß, wird es allerdings ohne E am Schluss geschrieben.«.

»Vielleicht bedeutet es mit einem E am Schluss was besonders Gemeines.«

»Oder der Kerl war nur schlecht in Rechtschreibung.«

»Na ja«, erwiderte Jan darauf. »Niemand ist vollkommen.«

Kapitel 30

Am nächsten Vormittag fuhr ich ins Hotel zurück, um zu duschen und mich zu rasieren. Dann schlüpfte ich in meinen besten Anzug und traf mich nach einem Mittagstreffen mit Jan. Sie trug für die Trauerfeier ein graues Strickkleid mit schwarzem Muster. Ich hatte sie noch nie in einem Kleid gesehen, das ihr so gut stand.

Darauf suchten wir das Bestattungsinstitut auf, wo uns ein professionell mitfühlender junger Mann in Schwarz in Empfang nahm und einen langen Gang entlang bis vor eine Tür führte, auf deren Türschild der Name HENDRYX stand. In dem dahinterliegenden Raum war vor mehreren Stuhlreihen mit einem Durchgang in der Mitte ein Sarg aufgebahrt. Ich hatte noch am Vormittag Blumen für die Trauerfeier bestellt, obwohl ich mir das wirklich hätte sparen können. Das Podest, auf dem der Sarg lag, war von einer Blumenpracht umhüllt, die an das letzte Geleit eines Gangsterbosses aus der Zeit der Prohibition erinnerte.

In der vordersten Reihe saßen neben Chance noch Donna Campion, Fran Schecter und Mary Lou Barcker. Wie Chance waren auch die Mädchen alle in Schwarz erschienen, und ich konnte mich nicht ganz des Eindrucks erwehren, dass Chance wohl am Tag zuvor noch Einkaufen mit ihnen gewesen sein musste.

Bei unserem Eintreten erhob er sich von seinem Platz und kam Jan und mir entgegen. Nachdem ich Jan vorgestellt und wir ein paar verlegene Worte gewechselt hatten, fragte Chance, ob er mich kurz unter vier Augen sprechen könnte.

Jan drückte mir darauf mit einem flüchtigen Lächeln kurz die Hand und nahm auf einem der Stühle Platz, während Chance und ich zur Seite traten.

»Die Mädchen sehen wirklich gut aus«, bemerkte ich anerkennend.

»Ja.« Chance nickte. »Richtig gediegen.« Und nach kurzem Zögern fügte er hinzu: »Ruby ist nicht gekommen.«

»Das habe ich bereits bemerkt.«

»Sie glaubt nicht an solchen Kram wie Begräbnisse. Sie wissen ja, andere Länder, andere Sitten. Außerdem war sie schon immer sehr zurückgezogen, und sie kannte Sunny auch kaum.«

Als ich darauf nichts erwiderte, fuhr er fort: »Ich werde die Mädchen nach Hause bringen, wenn alles vorbei ist. Vielleicht können wir uns dann noch ein bisschen unterhalten?«

»Gut.«

»Kennen Sie das Auktionshaus Parke Bernet in der Madison Avenue? Morgen findet dort eine Auktion statt, und ich wollte mir vorher noch ein paar Stücke ansehen, die ich möglicherweise ersteigern werde. Könnten wir uns dort vielleicht treffen?«

»Um wieviel Uhr?«

»Lange kann das hier ja nicht dauern – vielleicht bis drei. Sagen wir also um halb fünf?«

»Gut.«

»Übrigens, Matt.«

Ich hatte mich bereits zum Gehen gewandt, drehte mich nun aber noch einmal um.

»Ich finde es schön, dass Sie gekommen sind.«

Bis zum Beginn der Trauerfeier hatte sich der Raum zur Hälfte gefüllt, und als der Geistliche dann vor die versammelte Menge trat, glitten auch noch Joe Durkin und ein anderer Detective durch die Tür auf zwei Plätze in der hintersten Reihe.

Der Geistliche hielt eine kurze Ansprache über Gottes unerforschliche Ratschlüsse und wandte sich dann an die Trauergäste mit der Frage, ob jemand ein paar Worte sprechen wollte.

Darauf trat Donna Campion vor und las zwei Gedichte, von denen ich anfänglich glaubte, dass sie von ihr waren. Später sollte ich jedoch erfahren, dass sie von Sylvia Plath und Anne Sexton stammten, zwei Lyrikerinnen, die beide freiwillig aus dem Leben geschieden waren. Dann stand Fran Schecter auf und erzählte davon, wie viel ihr Sunnys Freundschaft bedeutet hatte. Sie hatte die kurze Ansprache auf ihre typische unbekümmerte, übersprudelnde Art begonnen, um jedoch am Schluss haltlos in Tränen auszubrechen, sodass der Geistliche sie auf ihren Platz zurückführen musste. Darauf sprach Mary Lou Barcker noch ein paar Sätze; sie hätte Sunny gern besser gekannt und wünschte ihr, dass sie nun in Frieden ruhe.

Als dann niemand mehr vortrat, sprach der Geistliche noch ein paar kurze Worte, und dann wurde zum Abschluss »Amazing Grace«, gesungen von Judy Collins, gespielt.

Nach der Feier gingen Jan und ich eine Weile schweigend dahin, bis ich schließlich sagte: »Danke, dass du gekommen bist.«

»Danke, dass du mich darum gebeten hast.« Sie fischte ein Taschentuch aus ihrer Handtasche, um sich damit die Augen zu betupfen und die Nase zu putzen. »Ich bin wirklich froh, dass du nicht allein hingegangen bist.«

»Ich auch.«

»Und ich bin auch froh, dass ich dabei war. Es war so traurig und irgendwie auch schön und ergreifend. Wer war eigentlich der Mann, der mit dir gesprochen hat, bevor wir gegangen sind?«

»Das war Durkin.«

»Tatsächlich? Was hat er denn hier gemacht?«

»Vielleicht hat er sich irgendwelche interessanten Aufschlüsse erwartet. Man weiß nie, wer nicht alles zu so einer Trauerfeier erscheint.«

»Viele Leute waren ja nicht gerade da.«

»Nein.«

»Deshalb bin ich doppelt froh, dass wir hingegangen sind.«

»Mhm.«

Nachdem wir noch gemeinsam eine Tasse Kaffee getrunken hatten, brachte ich Jan zum Taxi. Sie wollte zwar die U-Bahn nehmen, aber ich schob sie einfach in das Taxi und gab ihr zehn Dollar für die Fahrt.

Bei Parke Bernet führte mich ein Angestellter in den Raum im ersten Stock, wo die afrikanischen und ozeanischen Kunstgegenstände für die Freitagsauktion ausgestellt waren. Ich fand Chance vor einer Vitrine mit etwa zwanzig kleinen Goldfigurinen.

»Das sind Ashanti-Goldgewichte«, erklärte er mir. »Aus dem heutigen Ghana.«

»Wollen Sie sie denn kaufen?«

Er schüttelte den Kopf. »Sie sprechen mich nicht an. Und ich kaufe nur Dinge, die ich wirklich mag. Kommen Sie, ich zeige Ihnen was.«

Wir traten auf den Bronzekopf einer Frau zu, der auf einem vierfüßigen Sockel ruhte. Sie hatte eine breite, flache Nase und vorspringende Backenknochen. Ihren Hals zierten unzählige Bronzeringe, sodass der Kopf nach oben hin spitz zuzulaufen schien.

»Eine Bronzeskulptur aus dem untergegangenen Königreich von Benin«, führte Chance dazu aus. »Der Kopf einer Königin. Man kann ihren Rang an der Zahl der Halsringe ablesen. Ich weiß nicht, ob Sie dieses Stück anspricht, Matt. Mir sagt es jedenfalls sehr viel.«

Ich las in den bronzenen Gesichtszügen kalte Strenge und einen unbeugsamen Willen.

»Also mir sagt diese Skulptur: ›Warum stierst du mich so an, du Nigger? Du weißt sehr wohl, dass du nicht das Geld hast, um mich nach Hause tragen zu können.‹« Chance musste lachen. »Sie haben recht, Matt. Der Wert des Stückes wird auf vierzig- bis sechzigtausend Dollar geschätzt.«

»Sie werden also nicht mitbieten?«

»Ich glaube kaum, aber es macht mir einfach Spaß, an einer Auktion teilzunehmen – genauso, wie ich manchmal zum Pferderennen gehe, ohne zu wetten. Ich bin jedenfalls für heute fertig hier. Können wir gehen?«

Sein Wagen stand in einer Parkgarage in der Seventy-eighth Street. Wir fuhren nach Long Island City. Hin und wieder standen ein paar Prostituierte, vereinzelt und in kleinen Gruppen, am Straßenrand.

»Nicht gerade viel Betrieb heute Abend«, bemerkte Chance. »Vermutlich fühlen sie sich nach Einbruch der Dunkelheit nicht mehr so ganz sicher.«

»Waren Sie gestern Abend schon hier?«

»Ja, ich bin einfach ein bisschen durch die Gegend gefahren. Er hat Cookie hier aufgegabelt und dann den Queens Boulevard genommen. Oder glauben Sie, er ist über den Expressway gefahren? Aber vermutlich dürfte das auch ziemlich egal sein.«

»Allerdings.«

Wir fuhren über den Queens Boulevard. »Ich wollte Ihnen nochmal danken, dass Sie zu der Trauerfeier gekommen sind«, begann Chance nach längerem Schweigen.

»Es war mir ein Bedürfnis, dabei zu sein.«

»Eine gutaussehende Frau, Ihre Begleiterin.«

»Danke.«

»Sie heißt doch Jan, haben Sie gesagt.«

»Ja.«

»Sind Sie mit ihr zusammen oder…«

»Wir sind befreundet.«

»Mhm.« Er hielt an einer Ampel. »Ruby ist nicht gekommen.«

»Das habe ich bemerkt.«

»Diesen Quatsch, den ich Ihnen erzählt habe, weshalb sie der Trauerfeier ferngeblieben ist, können Sie übrigens vergessen. Ich wollte Ihnen den wahren Sachverhalt nur nicht erzählen, solange die anderen Mädchen dabei waren. Ruby ist ausgestiegen; sie hat ihre Sachen gepackt und ist abgehauen.«

»Wann war das?«

»Irgendwann im Lauf des gestrigen Tages, nehme ich an. Jedenfalls hat sie gestern eine Nachricht bei meinem Auftragsdienst hinterlassen, ich sollte sie unter einer bestimmten Nummer mit der Vorwahl von San Francisco anrufen. Hoppla, dachte ich mir, und als ich sie dann anrief, erzählte sie mir, sie hätte sich entschlossen, umzuziehen. Erst dachte ich noch, das wäre ein Witz, aber als ich dann in ihrer Wohnung nachsah, waren tatsächlich alle ihre Sachen weg. Damit habe ich im Moment drei leerstehende Wohnungen. Verrückt, finden Sie nicht auch? Bei der Wohnungsknappheit?«

»Sind Sie auch sicher, dass die Stimme am Telefon Ruby gehört hat?«

»Absolut.«

»Und sie war in San Francisco?«

»Offensichtlich. Jedenfalls habe ich die Vorwahl von San Francisco gewählt. Demnach muss sie dort irgendwo wohnen.«

»Hat sie gesagt, weshalb sie New York verlassen hat?«

»Sie hat natürlich wieder mal ganz auf undurchschaubare fernöstliche Schönheit gemacht. Das einzige, was aus ihr herauszukriegen war, bestand in etwa darin, dass es wieder mal Zeit gewesen wäre, den Wohnort zu wechseln.«

»Glauben Sie, sie hatte Angst, ebenfalls Opfer eines Mordes zu werden?«

»Hier, das Powhattan Motel.« Chance deutete durch die Windschutzscheibe. »Das ist es doch?«

»Ja.«

»Hat die Leiche wirklich so schlimm ausgesehen, wie es in den Zeitungen stand?«

»Das kann man wohl sagen.«

»Jedenfalls hat diese Cookie keinen Zuhälter gehabt.«

»Das behauptet auch die Polizei.«

»Sie hätte natürlich einen Kerl haben können, von dem niemand wusste, aber ich habe mich mit ein paar Leuten unterhalten, die sich mit so etwas wirklich auskennen, und die haben mir bestätigt, dass sie allein gearbeitet hat. Und falls sie diesen Duffy Green tatsächlich gekannt haben sollte, wusste niemand etwas davon.« An der nächsten Kreuzung bog er rechts ab. »Fahren wir zu mir nach Hause, einverstanden?«

»Gut.«

»Ich mache uns Kaffee. Letztes Mal hat Ihnen doch mein Kaffee geschmeckt, oder?«

»Ja, ganz hervorragend.«

»Dann genehmigen wir uns gleich noch mal ein Tässchen.«

Die Straße, die zu seinem Haus führte, war so verlassen wie eh und je. Wir fuhren in die Garage, und nachdem sich das Tor wieder hinter uns geschlossen hatte, betraten wir das Haus. Ich sah mir noch einmal seine Sammlung afrikanischer Kunst an, während er in der Küche verschwand, um Kaffee zu kochen. Als er wenig später mit zwei Tassen auftauchte, machten wir es uns auf der Sitzgruppe im Wohnzimmer bequem.

»Wissen Sie was, Matt?«, begann Chance schließlich. »Als Zuhälter gebe ich langsam eine ganz schön miese Figur ab.«

»Also, ich finde, Sie können sich wirklich sehen lassen.«

»Ich hatte ursprünglich sechs Mädchen, und jetzt sind es nur noch drei. Außerdem will Mary Lou auch bald aussteigen.«

»Wie kommen Sie darauf?«

»Sie wissen ja vermutlich, wie sie überhaupt zu diesem Job gekommen ist. Jedenfalls scheinen ihr in letzter Zeit verschiedene Dinge klargeworden zu sein.«

»Wie zum Beispiel?«

»Na, dass sie dieser Job unter Umständen auch das Leben kosten kann – auf die eine oder andere Weise, wenn Sie verstehen, was ich meine.«

Ich nickte.

Darauf saßen wir eine Weile schweigend da und starrten in unsere Kaffee-
tassen.

»Soll ich Ihnen mal was sagen?«, begann Chance schließlich wieder. »Ich
habe das Gefühl, ich werde diesen Job auch nicht mehr lange machen.«

Kapitel 31

Als Chance mich dann ins Hotel zurückbrachte, nahm ich vorerst auf dem Rücksitz Platz, und Chance hatte seine Chauffeurmütze aus dem Handschuhfach geholt, wo er sie allerdings ein paar Blocks weiter wieder verstaute. Bei dieser Gelegenheit setzte ich mich auch vorne neben ihn. Während der Fahrt nach Manhattan sprach keiner von uns mehr als ein paar Worte.

Im Hotel hatte niemand eine Nachricht für mich hinterlassen. Ich ging auf mein Zimmer und zog mich um. Als ich mich wieder zum Gehen wandte, machte ich an der Tür noch einmal kehrt und holte die 32er aus der Kommode. Was sollte ich mit einem Revolver, aus dem ich doch keinen Schuss abzufeuern in der Lage schien? Ohne dass ich eine Antwort auf diese Frage gewusst hätte, steckte ich die Waffe trotzdem ein.

Unten auf der Straße kaufte ich mir als Erstes eine Zeitung, um mich dann jedoch plötzlich an einem Tisch im Armstrong's gleich um die Ecke wiederzufinden, und zwar an meinem alten Stammplatz in der hinteren Ecke. Trina kam an meinen Tisch, um mir zu erzählen, dass sie mich schon lange nicht mehr gesehen hätte, und um meine Bestellung – einen Cheeseburger mit Salat und eine Tasse Kaffee – entgegenzunehmen.

Als sie sich dann auf den Weg in die Küche machte, schloss plötzlich eine Vision von einem Martini durch meinen Kopf – sehr trocken, eiskalt und in einem Stielglas. Ich konnte den Drink vor mir stehen sehen, konnte den Wacholdergeruch und den Hauch von Zitrone riechen. Und ich spürte das leichte Brennen in meinem Magen, als die Flüssigkeit auf dem Weg durch die Speiseröhre dort ankam.

Meine Güte, dachte ich.

Das Bedürfnis, etwas zu trinken, verflog jedoch ebenso rasch, wie es aufgekommen war, sodass ich zu der Überzeugung gelangte, das Ganze sei nur ein Reflex auf die vertraute Atmosphäre im Armstrong's gewesen. Ich hatte hier so viele Drinks in mich hineingeschüttet, dass ich mir einen Aufenthalt in dieser Bar ohne einen kräftigen Schluck gar nicht mehr vorstellen konnte. Allerdings besagte das nicht, dass ich deswegen unbedingt etwas hätte trinken müssen.

Nach dem Essen bestellte ich mir noch eine Tasse Kaffee. Dann vertiefte ich mich in meine Zeitung, um schließlich zu bezahlen. Zeit, zum Treffen in St. Paul's rüberzugehen.

Dort hatte ich Schwierigkeiten, den Ausführungen des Sprechers, eine der üblichen Geschichten von den Wechselfällen des Lebens, zu folgen. Ich musste an Sunnys Begräbnis und an meine letzte Unterhaltung mit Chance denken, während ich zwischendurch immer wieder versuchte, die einzelnen Details dieses vertrackten Falls zu einem sinnvollen Ganzen zusammenzufügen.

Verdammt nochmal. Es lag alles vor mir. Ich musste die einzelnen Elemente nur aus dem richtigen Blickwinkel betrachten, damit sie sich zu einem sinnvollen Ganzen zusammenfügten.

Da ich mich nicht konzentrieren konnte, verließ ich das Treffen schon während der Diskussion. Ich ging ins Hotel zurück, wobei ich kurz gegen das Bedürfnis anzukämpfen hatte, vorher noch einen Zwischenstopp im Armstrong's einzulegen.

Stattdessen rief ich Durkin an. Er war jedoch unterwegs. Ohne eine Nachricht zu hinterlassen, drückte ich auf die Gabel, um gleich anschließend Jans Nummer zu wählen.

Sie ging nicht ans Telefon. Vermutlich war sie noch beim Treffen. Und danach traf sie sich vielleicht noch mit ein paar Leuten auf einen Kaffee. Wahrscheinlich würde sie vor elf nicht nach Hause kommen.

Ich hätte mich natürlich so lange zu den Leuten aus meiner Gruppe gesellen können, von denen ich wusste, dass sie sich nach den Treffen regelmäßig im Cobb's Corner trafen.

Nach einigem Hin und Her gelangte ich aber zu der Überzeugung, dass ich keine Lust hatte, dorthin zu gehen.

Ich versuchte zu lesen, konnte mich aber nicht auf die Sätze konzentrieren, sodass ich das Buch schließlich wütend auf den Tisch knallte und aufstand, um mich auszukleiden und die Dusche anzustellen. Aber ich hatte doch erst heute früh geduscht. Wozu jetzt schon wieder eine Dusche?

Ich drehte das Wasser ab und zog mich wieder an.

Ich fühlte mich wie ein Panther hinter den Gitterstäben seines Käfigs. Ich griff nach dem Telefon. Wenn man diesen Scheißkerl nur so einfach hätte anrufen können, hätte ich Chances Nummer gewählt. Aber man musste ja immer erst seinen Auftragsdienst verständigen und warten, dass er zurückrief. Und dazu hatte ich im Augenblick keine Lust. Ich versuchte es also noch einmal bei Jan, aber sie war offensichtlich immer noch aus. Im Falle Durkins hatte ich ebenso wenig Erfolg. Er war außer Haus, und ich hinterließ auch diesmal keine Nachricht.

Vielleicht trieb er sich in dieser Bar in der Tenth Avenue herum, um sich bei ein paar Bierchen zu entspannen. Ich dachte schon daran, dort vorbeizuschauen und nach ihm zu suchen, als mir plötzlich bewusst wurde, dass es mir nicht im Geringste um Durkin ging, sondern dass ich nur nach einem Vorwand suchte, meinen Fuß über die Schwelle dieser Kneipe setzen zu können.

Ich schloss die Augen und versuchte, mir das Innere der Bar vorzustellen. Und sofort schoss alles in meiner Erinnerung hoch – der Geruch von verschütttetem Schnaps und abgestandenem Bier und Urin, der rauchige Kneipenmief, der mir so vertraut war, dass er heimatliche Gefühle in mir weckte.

Ich dachte: Jetzt hast du neun Tage durchgehalten, und du warst an diesem Tag bei zwei Treffen – eines mittags und eines abends – und doch warst du nie näher daran, etwas zu trinken. Was ist eigentlich los mit dir?

Wenn ich in Durkins Stammkneipe ging, würde ich etwas trinken. Wenn ich ins Farrell's oder ins Polly's oder ins Armstrong's ging, würde ich etwas trinken. Wenn ich auf meinem Zimmer blieb, würde ich verrückt werden, und wenn ich schließlich verrückt genug geworden war, um aus diesen bedrückenden vier Wänden zu fliehen – was würde ich dann tun? Ich würde losziehen und in irgendeine Bar gehen. Und dann würde ich zu trinken anfangen.

Ich zwang mich, auf meinem Zimmer zu bleiben. Ich hatte es acht Tage lang geschafft. Weshalb sollte ich es dann nicht auch neun schaffen? Ich saß einfach nur da und sah immer wieder auf die Uhr. Manchmal war zwischen zwei Blicken eine ganze Minute verstrichen. Als der Zeiger schließlich auf elf Uhr stand, ging ich nach unten und winkte einem Taxi.

Ich wusste von einem Mitternachtstreffen in einer Kirche an der Lexington, Ecke Thirtieth, wo sie schon eine Stunde vor Beginn geöffnet hatten. Ich fuhr also dorthin und nahm auf einem Stuhl Platz.

Als das Treffen begann, achtete ich kaum auf das, was gesagt wurde. Ich saß einfach nur da und wog mich in Sicherheit. Unter den Anwesenden befanden sich viele, die erst kürzlich zu trinken aufgehört und sichtlich Probleme damit hatten. Weshalb hätten sie sich auch sonst um diese Zeit an solch einem Ort eingefunden?

Es waren auch einige darunter, die noch nicht zu trinken aufgehört hatten. Einen davon mussten sie hinauswerfen, aber die anderen fielen nicht weiter unangenehm auf. Also einfach nur ein Raum voller Menschen, die die nächste Stunde hinter sich zu bringen versuchten.

Als die Stunde um war, half ich, die Stühle zusammenzustellen und die Aschenbecher zu leeren. Dabei stellte sich mir ein anderer Helfer als Kevin vor und fragte mich, wie lange ich schon nüchtern sei. Ich sagte ihm, es sei mein neunter Tag.

»Toll«, lobte er mich. »Kommen Sie doch wieder.«

Immer die gleichen Sprüche.

Draußen auf der Straße winkte ich einem vorbeifahrenden Taxi. Doch als es auf die Stelle zusteuerte, wo ich stand, überlegte ich es mir plötzlich anders und winkte es weiter.

Ich hatte keine Lust, zurück ins Hotel zu fahren.

Stattdessen ging ich zu Fuß zu dem Haus, in dem Kim gewohnt hatte. Ich schlich mich am Türsteher vorbei und ging in ihre Wohnung. Zwar wusste ich, dass es dort einen ganzen Schrank voller Schnaps gab, aber das interessierte mich im Augenblick herzlich wenig. Ich verspürte nicht einmal das Bedürfnis, die Flaschen in den Ausguss zu leeren, wie ich das mit dem Wild Turkey getan hatte.

Ich sah mir noch einmal ihren Schmuck an, wobei ich nicht wirklich nach dem Ring mit dem grünen Stein suchte. Ich öffnete den Verschluss des Elfenbeinarmreifs und versuchte, ihn um mein Handgelenk zu legen. Dazu war er allerdings zu klein. Darauf holte ich mir aus der Küche ein paar Papierhandtücher, in die ich den Armreif sorgfältig einwickelte, um ihn dann in meine Tasche zu stecken.

Vielleicht gefiel er Jan. Ich hatte mir den Elfenbeinarmreif schon mehrere Male an ihrem Handgelenk vorgestellt – in ihrem Loft und bei der Trauerfeier für Sunny.

Und wenn er ihr nicht gefiel, brauchte sie ihn ja nicht zu tragen.

Dann trat ich ans Telefon und hob den Hörer ab. Der Anschluss war noch nicht abgemeldet. Allerdings legte ich gleich wieder auf, ohne jemanden anzurufen. Irgendwann gegen drei Uhr zog ich mich dann aus und legte mich in ihrem Bett schlafen. Ich wechselte das Bettzeug nicht, und es schien mir, als hinge ihr Geruch, wenn auch nur ganz schwach wahrnehmbar, immer noch im Raum.

Das hielt mich jedenfalls nicht lange wach. Ich schlief auf der Stelle ein.

Als ich am nächsten Morgen schweißgebadet aufwachte, hatte ich das untrügliche Gefühl, im Traum die Lösung des Falls gefunden, sie dann aber wieder vergessen zu haben. Nachdem ich geduscht und mich angekleidet hatte, verließ ich die Wohnung.

Im Hotel warteten bereits mehrere Nachrichten auf mich. Sie kamen ausnahmslos von Mary Lou Barcker. Sie hatte seit dem gestrigen Abend, kurz nachdem ich das Hotel verlassen hatte, mehrere Male angerufen.

»Ich habe schon die ganze Zeit versucht, Sie zu erreichen«, erzählte sie mir, als ich sie anrief. »Ich hätte auch versucht, Sie bei Ihrer Freundin anzurufen, wenn ich mich noch an ihren Nachnamen hätte erinnern können.«

»Ihre Nummer steht nicht im Telefonbuch.« Außerdem war ich nicht bei ihr gewesen, wenn ich es auch nicht für nötig hielt, Mary Lou dies mitzuteilen.

»Ich kann Chance nicht erreichen«, fuhr sie fort. »Ich dachte, Sie hätten vielleicht von ihm gehört.«

»Ich habe ihn gestern Abend gegen sieben zum letzten Mal gesehen.«

»Ich kann ihn einfach nicht erreichen. Ich habe seinen Auftragsdienst angerufen, aber er hat sich daraufhin nicht gemeldet. Und sonst weiß ich keine Möglichkeit, wie...«

»Das ist die einzige Möglichkeit, die auch ich weiß.«

»Er hat also auch Ihnen keine spezielle Nummer gegeben?«

»Nein, nur die seines Auftragsdienstes.«

»Dort habe ich schon, weiß Gott, wie viele Male angerufen, aber er hat sich bis jetzt nicht gemeldet, obwohl er sonst eigentlich immer sofort zurückruft. Wie spät ist es jetzt? Elf Uhr? Das sind mehr als siebzehn Stunden.«

Ich dachte an den letzten Nachmittag, den wir gemeinsam verbracht hatten, und an das Gespräch bei ihm zu Hause. Hatte er während dieser Zeit seinen Auftragsdienst angerufen? Soviel ich mich erinnern konnte, kein einziges Mal.

Dagegen hatte er sich bei anderen Gelegenheiten, bei denen wir länger zusammen gewesen waren, jede halbe Stunde dort gemeldet.

»Und so geht es übrigens nicht nur mir«, fuhr Mary Lau indessen fort. »Auch bei Fran hat er sich nicht gemeldet. Ich habe mit ihr darüber gesprochen, und sie hat ihn ebenfalls zu erreichen versucht, ohne dass er sich gemeldet hätte.«

»Und was ist mit Donna?«

»Sie ist bei mir. Wir wollten beide nicht allein sein. Wo Ruby sich herumtreibt, weiß ich allerdings nicht. Unter ihrer Nummer hat sich niemand gemeldet.«

»Sie ist in San Francisco.«

»Wie bitte?«

Ich weihte sie kurz in die ganze Geschichte ein und hörte dann, wie Mary Lou diese Neuigkeit Donna erzählte. »Donna zitiert Yeats«, wandte sich Mary Lou dann wieder mir zu. »›Die Dinge fallen auseinander; die Mitte vermag sie nicht mehr zu halten.‹ Das entgeht nicht einmal mir. Im Augenblick ist tatsächlich alles in Auflösung begriffen.«

»Ich werde versuchen, Chance zu erreichen«, versicherte ich Mary Lou.

»Rufen Sie mich an, sobald Sie ihn erreicht haben?«

»Ja.«

»Donna wird so lange bei mir bleiben. Wir werden nicht an die Tür gehen und auch keine Freier in die Wohnung lassen. Dem Türsteher habe ich bereits Bescheid gegeben, er soll niemanden herauflassen.«

»Gut.«

»Ich habe auch Fran angeboten, herzukommen, aber sie wollte nicht. Sie hat sich ziemlich bekifft angehört. Ich werde sie gleich nochmal anrufen. Und ich werde ihr ins Gewissen reden, unbedingt herzukommen.«

»Gute Idee.«

»Donna meint, wir wären wie die drei kleinen Schweinchen, die sich in ihrem Haus eingeschlossen haben und darauf warten, dass der böse Wolf durch den Kamin kommt. Mir wäre es lieber, sie würde weiter Yeats zitieren.«

Chances Auftragsdienst war keine große Hilfe. Man notierte meine Nachricht und versicherte mir, dass man jeden Augenblick mit Chances Anruf rechne. Allerdings ließ sich nicht feststellen, wann Chance zum letzten Mal angerufen hatte.

Darauf erkundigte ich mich bei der Auskunft nach der Nummer seines

Hauses in Greenpoint. Obwohl ich wusste, dass er die Klingeln sämtlicher Telefone abgeklemmt hatte, wollte ich es trotzdem auf einen Versuch ankommen lassen – allerdings ohne Erfolg.

Dann rief ich bei Parke Bernet an. Die Auktion war für vierzehn Uhr angesetzt.

Schließlich duschte und rasierte ich mich, um mich dann bei einem Brötchen und einer Tasse Kaffee in die Zeitung zu vertiefen. Die *Post* schaffte es – wenn auch unter einigen Mühen –, die Titelseite weiterhin mit dem Motelschlächter zu füllen.

Um halb eins suchte ich ein Mittagstreffen auf, und danach machte ich mich auf den Weg zu Parke Bernet, wo ich kurz nach zwei Uhr eintraf. Die Auktion fand in einem anderen Raum als dem statt, in dem die einzelnen Stücke ausgestellt gewesen waren. Um dazu jedoch Zutritt zu erhalten, brauchte man einen Katalog, und so ein Ding kostete fünf Dollar. Ich erklärte den beiden Herren am Eingang, ich würde nur nach einem Bekannten suchen, und ließ währenddessen meine Blicke über die Anwesenden schweifen. Chance war nicht unter ihnen.

Die beiden Aufseher wurden langsam etwas ungeduldig, und um mich nicht auf eine längere Diskussion mit ihnen einlassen zu müssen, kaufte ich doch einen Katalog.

Und dann saß ich fast zwei Stunden in diesem Raum, während ein Stück nach dem anderen unter den Hammer kam. Obwohl mir bereits gegen halb drei klargeworden war, dass Chance nicht mehr auftauchen würde, blieb ich trotzdem sitzen, da ich nicht wusste, was ich sonst hätte tun sollen. Ich schenkte den Vorgängen um mich herum kaum Beachtung und sah mich alle Augenblicke nach Chance um. Zwanzig vor vier wechselte schließlich die Beninbronze für 65000 Dollar den Besitzer. Diese Summe überstieg sogar die optimistischsten Schätzungen. Offensichtlich war der Bronzekopf die Hauptattraktion der Auktion, da nach seiner Versteigerung eine Reihe von Teilnehmern ging. Ich blieb trotzdem noch eine Weile sitzen und befasste mich in Gedanken mit meinem Lieblingsproblem, mit dem ich mich nun schon seit Tagen abplagte.

Es schien mir, als lägen bereits alle Einzelteile in meiner Hand. Es. ging nur noch darum, sie richtig zusammenzufügen.

Kim. Kims Ring und Kims Nerzjacke. Cojones. Maricon. Die Handtücher. Die Warnung. Calderón. Cookie Blue.

Ich stand auf und ging. Beim Durchqueren der Eingangshalle fiel mein

Blick auf einen Tisch mit Katalogen vergangener Auktionen. Ich ergriff den Katalog einer Schmuckversteigerung, die im Frühjahr abgehalten worden war, und blätterte ihn durch. Da ich jedoch nichts damit anfangen konnte, legte ich den Katalog wieder zurück und fragte einen der Angestellten, ob es in den Geschäftsräumen einen Experten für Schmuck und Steine gäbe. »Wenden Sie sich am besten an Mr. Hillquist«, sagte der Mann und zeigte mir den Weg zu seinem Büro.

Mr. Hillquist saß hinter seinem aufgeräumten Schreibtisch, als hätte er den ganzen Tag nur auf meinen Besuch gewartet. Ich stellte mich vor und erklärte ihm, dass ich gern ein paar Informationen über den ungefähren Wert eines Smaragds eingeholt hätte. Als er mich fragte, ob er den Stein sehen könnte, musste ich ihm mitteilen, dass ich ihn leider nicht bei mir hatte.

»Ich muss mir den Stein auf jeden Fall ansehen«, erklärte er mir. »Der Wert eines Edelsteins hängt von vielen Faktoren ab. Größe, Verarbeitung, Farbe, Leuchtkraft...«

Ich steckte meine Hand in die Tasche und tastete an meinem Revolver vorbei nach dem Stückchen grünem Glas. »Der Stein hatte in etwa diese Größe.« Und damit streckte ich ihm den Splitter entgegen. Mr. Hillquist klemmte sich eine Lupe ins Auge und nahm das Stück Glas aus meiner Hand. Er sah es kurz an – mir entging nicht, wie er abrupt erstarrte – und wandte sich dann argwöhnisch wieder mir zu.

»Das ist kein Smaragd«, begann er vorsichtig, als hätte er ein kleines Kind vor sich – oder einen Irren.

»Ich weiß. Das ist nur ein Stück grünes Glas.«

Er nickte.

»Es hat nur in etwa die Größe des Steins, von dem ich spreche. Ich bin Detektiv und versuche mir einen ungefähren Eindruck vom Wert eines Rings zu verschaffen, der plötzlich verschwunden ist und...«

»Ach so«, seufzte Hillquist erleichtert. »Ich dachte schon...«

»Ich weiß, was Sie gedacht haben.«

Er nahm die Lupe wieder aus seinem Auge und stellte sie vor sich auf seinen Schreibtisch. »Hinter diesem Schreibtisch«, erklärte er mir, »ist man der Öffentlichkeit auf Gedeih und Verderb ausgeliefert. Sie glauben nicht, womit die Leute hier täglich ankommen, was sie mir zeigen, welche Fragen sie mir stellen.«

»Das kann ich mir durchaus vorstellen.«

»Nein, ich glaube nicht, dass Sie das können.« Er griff noch einmal nach dem Glassplitter und betrachtete ihn kopfschüttelnd. »Trotzdem kann ich Ihnen nichts über den Wert des fraglichen Smaragds sagen. Die Größe ist nur einer von mehreren wichtigen Punkten, wie zum Beispiel Farbe, Klarheit und Leuchtkraft. Sind Sie überhaupt sicher, dass es sich bei dem Stein um einen Smaragd handelt? Haben Sie ihn auf seine Härte überprüft?«

»Nein.«

»Demnach könnte es also ohne weiteres ein Stück gefärbtes Glas gewesen sein – wie dieses Kleinod, das Sie mir eben gezeigt haben.«

»Was könnte dieses Stückchen Glas wert sein, wenn es ein Smaragd wäre?«

»Langsam glaube ich zu begreifen, worauf es Ihnen ankommt.« Stirnrunzelnd senkte er seinen Blick wieder auf das Stück Glas in seiner Hand. »Sie werden hoffentlich verstehen, wenn ich es möglichst vermeide, irgendwelche Zahlen zu nennen. Denn selbst angenommen, es handelt sich bei dem fraglichen Stein tatsächlich um einen Smaragd, könnte sein Wert erheblichen Schwankungen unterworfen sein. Er könnte extrem wertvoll wie nahezu wertlos sein. Zum Beispiel, wenn er irgendeinen beträchtlichen Fehler aufwiese. Oder es könnte sich auch einfach um einen Stein minderer Qualität handeln. Es gibt Versandfirmen, die Smaragde zu absoluten Schleuderpreisen anbieten, und trotzdem zieht man bei so einem Geschäft den Kürzeren. Es handelt sich dabei zwar durchaus um echte Smaragde, aber als Schmuckstücke sind sie praktisch wertlos.«

»Mhm.«

»Selbst Steine von guter Qualität variieren stark im Wert. Sie könnten zum Beispiel einen Stein dieser Größe«, er wog das Stück Glas in seiner Hand, »für ein paar tausend Dollar erstehen, und Sie hätten damit ein gutes Stück in Ihren Besitz gebracht. Andererseits könnte ein Stein der obersten Güteklasse mit optimaler Tönung und Brillanz gut und gern seine fünfzig- oder sechzigtausend Dollar bringen. Steine dieser Qualität finden Sie allerdings heute nicht einmal mehr in Peru, sondern nur noch in Kolumbien. Aber selbst diese Schätzung ist natürlich sehr unpräzise und ungefähr.«

Er hatte mir noch einiges mehr zu diesem Thema zu erzählen, doch ich achtete kaum mehr auf seine Ausführungen. Zwar hatte er mir nichts wirklich Neues mitteilen oder meinem Puzzle einen neuen Stein hinzufügen können, aber er hatte doch meine bisherige Sammlung an einzelnen Teilchen kräftig durchgemischt, sodass sie plötzlich ein halbwegs erkennbares Bild ergaben. Langsam begann ich, die Dinge in ihrem richtigen Zusammenhang zu sehen.

Ich vergaß nicht, mein Stückchen grünes Glas einzustecken, als ich mich bei Mr. Hillquist für seine Auskünfte bedankte und ging.

Kapitel 32

Gegen halb elf Uhr abends ging ich im Poogan's Pub in der West Seventy-second Street, um es jedoch gleich wieder zu verlassen. Etwa eine Stunde vorher hatte es leicht zu regnen begonnen. Die meisten Passanten trugen Regenschirme, während ich nur einen Hut hatte. Ich blieb kurz auf dem Gehsteig stehen, um ihn etwas zurechtzurücken.

Bei dieser Gelegenheit sah ich eine Mercury-Limousine, die mit laufendem Motor auf der anderen Straßenseite wartete.

Ich wandte mich in Richtung Top Knot, wo ich schon vom Eingang aus Danny Boy an einem Tisch im hinteren Teil des Lokals entdeckte. Trotzdem fragte ich am Tresen nach ihm. Ich muss dabei ziemlich laut gesprochen haben, da sich mehrere Gäste nach mir umdrehten. Der Barkeeper deutete nach hinten, worauf ich an Danny Boys Tisch trat.

Danny Boy befand sich bereits in Begleitung. An seinem Tisch saß ein schlankes, wieselgesichtiges Mädchen, dessen Haar genauso weiß war wie das von Danny Boy, wenn auch aus anderen Gründen. Ihre Augenbrauen hatte sie sich bis auf einen hauchdünnen Rest ausgezupft. Danny Boy stellte sie mir mit Bryna vor. »Das reimt sich auf Angina«, erklärte er dazu. »Und noch auf einiges andere.« Als das Mädchen lächelte, kamen spitze kleine Hundezähne zum Vorschein.

»Danny Boy«, begann ich, »du kannst ab sofort in Umlauf setzen, dass ich alles über Kim Dakkinens Freund weiß. Und ich weiß auch, wer sie umgebracht hat und aus welchen Gründen.«

»Bist du sicher, dir fehlt nichts, Matt?«

»Keine Sorge, Danny Boy, ich fühle mich blendend. Weißt du, warum ich nicht auf eine einzige Spur von Kims Freund gestoßen bin? Weil er kein Mann ist, der großen Wert darauf legt, sich in der Öffentlichkeit zu zeigen. Er geht nicht aus, spielt nicht, hat keine Stammkneipen. Und er hat auch keinerlei Verbindungen zur Unterwelt.«

»Hast du wieder zu trinken angefangen, Matt?«

»Wer bist du eigentlich? Etwa die spanische Inquisition? Was kümmert es dich, ob ich was getrunken habe oder nicht?«

»Ich dachte nur. Du redest nämlich ziemlich laut, sonst nichts.«

»Na, ich versuche dir doch auch diese Geschichte mit Kims Freund zu erzählen«, fuhr ich fort. »Er ist im Schmuckgeschäft tätig. Nicht, dass er den dicken Reibach gemacht hätte, aber er kam ganz gut über die Runden.«

»Bryna«, wandte sich Danny Boy an seine Begleiterin. »Könntest du dir vielleicht mal kurz dein hübsches Näschen pudern?«

»Ach, sie kann ruhig bleiben«, fiel ich ihm ins Wort. »Ihre Nase glänzt doch noch gar nicht.«

»Matt...«

»Was ich dir hier erzähle, ist kein Geheimnis, Danny Boy.«

»Wie du meinst.«

»Dieser Juwelier«, redete ich weiter, »hat Kim wohl zunächst als Freier aufgesucht. Aber dann ist es passiert; irgendwann hat er sich in sie verknallt.«

»Das soll hin und wieder vorkommen.«

»Allerdings. Er hat sich also in Kim verliebt. Gleichzeitig setzen sich gewisse Leute mit ihm in Verbindung. Sie befinden sich im Besitz kostbarer Edelsteine, die nie durch die Hände des Zolls gewandert sind und für die sie auch keine Quittungen vorlegen können. Smaragde. Kolumbianische Smaragde. Absolut hochwertige Ware.«

»Könntest du mir vielleicht sagen, Matt, warum du mir das alles erzählst?«

»Findest du meine Geschichte denn nicht interessant?«

»Begreifst du denn nicht, was du tust? Bei deiner Lautstärke kann doch die ganze Bar mithören.«

Ich sah ihn kurz und eindringlich an.

»Also gut«, seufzte Danny Boy darauf, um sich noch einmal seiner Begleiterin zuzuwenden. »Pass gut auf, Bryna. Dieser Verrückte will uns einen Vortrag über Smaragde halten.«

»Kims Freund sollte als Mittelsmann fungieren; er sollte die Smaragde, die besagte Leute illegal eingeführt hatten, für sie verkaufen. Auf diese Weise verdiente er sich also ein paar Dollar dazu. Doch dann verliebte er sich eines Tages in diese anspruchsvolle Dame. Damit stieg mit einem Mal sein Spesenkonto abrupt in die Höhe, und um für diese neu erwachsenen Kosten aufkommen zu können, dachte er sich etwas aus.«

»Und was soll das gewesen sein?«

»Mit Sicherheit kann ich das noch nicht sagen. Vielleicht hat er ein paar Steine vertauscht. Vielleicht hat er ein paar zurückbehalten. Vielleicht hat er sich auch eine ganze Sendung unter den Nagel gerissen und sich damit aus dem Staub gemacht. Außerdem muss er Kim überredet haben, ihren Job an den Nagel zu hängen. Wenn du mich fragst, hat ihr Freund dann eine Ladung Diamanten vertauscht und sich mit seiner kostbaren Beute abgesetzt. Gleichzeitig reicht Kim bei ihrem Zuhälter den Abschied ein, um nach der Rückkehr ihres Sugardaddys bis an ihr Lebensende glücklich und zufrieden mit ihm zusammenzuleben. Allerdings ist er nie zurückgekommen.«

»Wenn er nicht zurückgekommen ist, wer hat sie dann umgebracht?«

»Die Leute, die er gelinkt hat. Sie haben Kim in das Galaxy Downtowner gelockt. Vermutlich dachte sie sogar, sie würde dort ihren Geliebten treffen. Sie hatte ihren Job inzwischen an den Nagel gehängt und wäre wohl kaum in das Hotel gegangen, um sich dort mit einem Freier zu treffen. Zudem hat sie auch zuvor nur in den seltensten Fällen einen Freier in einem Hotel aufgesucht. Aber jetzt stell dir vor, sie bekommt einen Anruf von jemandem, der sich als ein Freund ihres Freunds ausgibt und ihr erzählt, ihr Freund hätte Angst, in ihre Wohnung zu kommen, da er beschattet würde, und ob sie sich nicht in dem Hotel mit ihm treffen könnte?«

»Und daraufhin ist sie in das Hotel gegangen?«

»Natürlich. Sie hat sich extra für ihn zurechtgemacht; sie trug die teure Nerzjacke und den Smaragdring – beides Geschenke von ihm. Die Jacke war nicht gerade ein Vermögen wert, da ihr Geliebter nicht gerade im Geld schwamm, aber was den Smaragd an ihrem Ring betraf, hatte er sich nicht lumpen lassen, da ihn Smaragde nichts kosteten. Es war für ihn sicherlich kein Problem gewesen, einen schönen Stein aus einer der Lieferungen abzuzweigen und ihn fassen zu lassen.«

»Sie ist also ins Hotel gekommen und dort ermordet worden?«

»Genau.«

Danny Boy nahm einen Schluck von seinem obligatorischen Wodka. »Aber wieso? Glaubst du, sie haben das Mädchen umgebracht, um sich den Ring zurückzuholen?«

»Nein. Sie haben sie umgebracht, um sie umzubringen.«

»Wie soll ich das verstehen?«

»Na, das ist bei diesen Kolumbianern so üblich – ihre Art von Blutrache. Wenn ihnen jemand dumm kommt, muss das seine gesamte Familie ausbaden. Man liest solche Geschichten immer wieder in der Zeitung. Da rottet ein Typ eine ganze Sippe aus, bloß weil er sich von einem Mitglied dieser Familie hintergangen fühlt.«

»Wieder ein Beispiel dieser Eskalation der Gewalt, von der wir erst kürzlich gesprochen haben.«

»Ganz genau. Vermutlich denken sie, so etwas hätte eine abschreckende Wirkung«, fuhr ich fort. »Erst kürzlich stand in der Zeitung ein Bericht, dass in Miami ein Kolumbianer die gesamte Familie eines Kerls ausgelöscht hat, der ihn bei einem Kokain-Deal hintergangen hat. Und wie gesagt, in Kolumbien gibt es nun einmal den besten Kaffee, das beste Marihuana und das beste Kokain.«

»Und die besten Smaragde?«

»Auch die. Kims Juwelier war nicht verheiratet, aber ich bin die ganze Zeit vom genauen Gegenteil ausgegangen. Deshalb war es auch so schwer, ihn aufzuspüren. Aber er war nie verheiratet. Vielleicht war Kim seine erste große Liebe, weshalb er auch plötzlich bereit war, sein Leben drastisch zu ändern. Jedenfalls war er Junggeselle. Keine Frau – auch keine geschiedene –, keine Kinder, keine Eltern, die noch am Leben waren. Und nun willst du die Familie von so einem Kerl auslöschen? Was wäre in diesem Fall naheliegender, als seine Freundin ins Jenseits zu befördern?«

Brynas Gesicht war inzwischen so weiß wie ihr Haar. Ihr gefielen keine Geschichten, in denen jemandes Freundinnen umgebracht wurden.

»Der Mörder ging im Übrigen höchst professionell vor, was die Beseitigung von Spuren betrifft«, fuhr ich fort. »Er hat wirklich keinerlei Spuren am Tatort hinterlassen. Aber irgendetwas hat ihn dazu veranlasst, mit einer Machete oder etwas ähnlichem ein regelrechtes Schlachtfest zu veranstalten, anstatt auf eine schallgedämpfte Handfeuerwaffe zurückzugreifen. Vielleicht hatte er was gegen Prostituierte – oder auch gegen Frauen im Allgemeinen. Wie dem auch sei, er hat sich an Kim gehörig abreagiert.

Anschließend hat er schön saubergemacht und auch nicht vergessen, die benutzten Handtücher einzupacken, bevor er sich mit seiner Machete aus dem Staub gemacht hat. Er hat den Nerz und das Geld in ihrer Handtasche nicht angerührt, aber den Ring hat er mitgenommen.«

»Weil er so viel wert war?«

»Vermutlich. Was den Ring betrifft, haben wir keine eindeutigen Beweise, und unter Umständen hat es sich dabei lediglich um geschliffenes grünes Glas ohne jeden Wert gehandelt. Aber es könnte auch ein echter Smaragd gewesen sein, wofür ihn der Mörder eindeutig gehalten haben muss. Es ist eine Sache, ein paar hundert Dollar in der Handtasche einer Leiche zurückzulassen, um zu demonstrieren, dass man keine Toten beraubt. Eine andere Sache ist es allerdings, einen Smaragd zurückzulassen, der gut und gern seine fünfzigtausend Dollar wert sein könnte, zumal er ihm ursprünglich vielleicht sogar selbst gehört hat.«

»Langsam fange ich an, dir zu folgen, Matt.«

»Der Portier im Galaxy Downtowner war ein Kolumbianer, ein junger Bursche namens Octavio Calderón. Vielleicht war das reiner Zufall. Heutzutage gibt es in New York massenhaft Kolumbianer. Möglicherweise fiel die Wahl des Mörders aber ganz bewusst auf das Galaxy Downtowner, weil er dort einen Portier kannte. Aber das ist nicht weiter von Bedeutung. Calderón hat den Mörder vermutlich erkannt; oder zumindest wusste er genug über ihn, um seinen Mund zu halten. Als dann noch einmal jemand von der Polizei auftauchte, um Calderón auf den Zahn zu fühlen, ist er spurlos verschwunden. Entweder haben ihm Freunde des Mörders angeraten, sich aus dem Staub zu machen, oder Calderón kam von selbst auf die Idee, dass er für eine Weile an einem anderen Ort besser aufgehoben wäre. Zum Beispiel zu Hause in Cartagena oder auch nur in einer anderen Pension in Queens.«

Oder vielleicht wurde er auch ein für alle Mal zum Schweigen gebracht, dachte ich. Auch diese Möglichkeit war nicht auszuschließen, wenn ich sie auch für eher unwahrscheinlich hielt. Wenn diese Leute jemanden umbrachten, dann sorgten sie in der Regel dafür, dass die Leiche möglichst allen als warnendes Beispiel diente.

»Da war doch noch eine Prostituierte, die ermordet wurde.«

»Sunny Hendryx.« Ich nickte. »Das war allerdings Selbstmord. Möglicherweise durch Kims Tod ausgelöst; aber in diesem Fall handelt es sich eindeutig um einen Selbstmord.«

»Ich meinte eigentlich diesen Transsexuellen vom Straßenstrich.«

»Ach so, Cookie Blue.«

»Genau, die meine ich. Warum wurde sie um die Ecke gebracht? Um dich auf eine falsche Fährte zu lenken, beziehungsweise um dich von deiner bisherigen Fährte abzubringen?«

»Nein.«

»Warum dann? Glaubst du, der Mörder hat plötzlich Blut geleckt und konnte nicht mehr aufhören zu morden?«

»Ich würde sagen, daran ist zum Teil etwas Wahres. Niemand würde jemanden ein zweites Mal auf derart brutale Art und Weise zerstückeln, wenn es ihm nicht beim ersten Mal ein bisschen Spaß gemacht hätte. Ich weiß nicht, ob er mit einem der Opfer Sexualverkehr hatte, aber ganz sicher müssen diese bestialischen Morde für ihn mit einem gewissen sexuellen Reiz verbunden gewesen sein.«

»Demnach hätte er sich Cookie einfach nur auf gut Glück ausgesucht?«

Bryna erbleichte neuerlich. Es war schon schlimm genug, mit anhören zu müssen, wie ein Mädchen ermordet wurde, weil es zufällig mit dem falschen Mann befreundet war. Doch dann auch noch die Vorstellung, aus reiner Willkür umgebracht zu werden.

»Nein«, erklärte ich. »Cookie wurde aus einem ganz bestimmten Grund ermordet. Der Mörder hat ausdrücklich nach ihr gesucht und ein paar andere Strichmädchen stehen gelassen, bis er schließlich Cookie aufgespürt hatte. Cookie gehörte zur Familie.«

»Zur Familie? Zu wessen Familie?«

»Zu der von Kims Freund.«

»Hatte dieser Juwelier gleich zwei Freundinnen? Ein Callgirl und eine transsexuelle Nutte vom Straßenstrich?«

»Cookie war nicht seine Freundin. Cookie war sein Bruder.«

»Sein was?«

»Cookie Blue hieß früher mal Mark Blaustein. Und dieser Mark hatte einen älteren Bruder namens Adrian, der Juwelier war. Adrian Blaustein wiederum hatte eine Freundin namens Kim Dakkinen und ein paar Geschäftsfreunde aus Kolumbien.«

»Darin ist also die Verbindung zwischen Kim und Cookie zu sehen?«

»Natürlich. Und ich war mir von Anfang an sicher, dass es einen solchen Zusammenhang geben muss, auch wenn ich nicht glaube, dass Mark und Adrian in letzter Zeit Kontakt miteinander hatten. Das würde auch erklären, weshalb der Mörder so lange gebraucht hat, um Cookie ausfindig zu machen. Aber mir war schon sehr bald klar, dass es irgendeine Verbindung zwischen den beiden Morden geben musste.«

Danny Boy ließ sich das Gesagte kurz durch den Kopf gehen und forderte schließlich Bryna auf, uns ein paar Minuten allein zu lassen. Diesmal hielt ich ihn allerdings nicht zurück. Das Mädchen verließ unseren Tisch, worauf Danny Boy der Bedienung winkte. Er bestellte für sich einen Wodka und fragte mich, was ich wollte.

»Danke, im Augenblick nichts«, antwortete ich.

Als sie den Wodka an unseren Tisch gebracht hatte, nahm Danny Boy einen vorsichtigen Schluck und stellte das Glas behutsam auf den Tisch. »Du warst sicher schon bei der Polizei.«

»Nein.«

»Warum nicht?«

»Weil ich noch nicht dazu gekommen bin.«

»Stattdessen hast du mich hier aufgesucht.«

»Ganz richtig.«

»Ich kann bekanntlich meinen Mund halten, Matt, aber Bryna, die Vagina, ist zu so etwas wohl kaum in der Lage. Sie ist der festen Oberzeugung, dass die Gedanken, die sie nicht zum Ausdruck bringt, sich irgendwann einmal so weit in ihrem hübschen Schädel anstauen, bis sie zum Explodieren kommen, und das möchte sie auf keinen Fall riskieren. Abgesehen davon hast du laut genug gesprochen, um das halbe Lokal an unserer Unterhaltung teilhaben zu lassen.«

»Das ist mir durchaus bewusst.«

»Das habe ich mir auch fast gedacht. Und was hast du nun vor?«

»Ich möchte, dass der Mörder erfährt, dass ich Bescheid weiß.«

»Das dürfte nicht allzu lange dauern.«

»Ich möchte auch, dass du das Ganze weiterleitest, Danny Boy. Ich gehe jetzt in mein Hotel zurück. Vorher werde ich mich noch ein paar Stunden im Armstrong's, gleich um die Ecke, aufhalten. Und dann werde ich auf mein Zimmer gehen.«

»Das kann dich das Leben kosten, Matt.«

»Dieser Scheißkerl bringt nur Mädchen um.«

»Vergiss nicht, dass Cookie nur zur Hälfte ein Mädchen war. Möglicherweise arbeitet er sich langsam bis zu Männern hoch.«

»Möglich.«

»Du möchtest ihn also provozieren, dass er etwas gegen dich unternimmt?«

»Sieht doch ganz so aus, oder etwa nicht?«

»Mir sieht das Ganze eher danach aus, als wärst du komplett verrückt geworden, Matt. Hast du nicht gemerkt, dass ich dich von Anfang an zu bremsen versucht habe, als du hier angerauscht kamst?«

»Natürlich ist mir das nicht entgangen.«

»Inzwischen dürfte es dafür vermutlich zu spät sein.«

»Es wäre auch vor meinem Auftritt hier schon zu spät gewesen, weil ich nämlich, bevor ich hierher kam, mit einem gewissen Royal Waldron gesprochen habe. Schon mal was von dem Kerl gehört?«

»Natürlich weiß ich, wer Royal Waldron ist.«

»Tja, und bekanntlich wickelt Royal hin und wieder mit ein paar Kolumbianern gewisse Geschäfte ab.«

»In seiner Branche ist das nicht weiter verwunderlich.« Danny Boy nickte bedächtig.

»Demzufolge wissen sie also bereits Bescheid. Sicherheitshalber könntest aber auch du die Neuigkeit noch in Umlauf bringen.«

»Sicherheitshalber«, bemerkte Danny Boy verächtlich. »Ist dir eigentlich klar, Matt, dass diese Kerle vielleicht schon draußen auf dich warten?«

»Ich halte es zumindest nicht für ausgeschlossen.«

»Warum rufst du nicht lieber gleich mal bei der Polizei an? Sie könnten dich mit einem Wagen abholen, damit du eine Aussage machen kannst. Sollen diese Heinis gefälligst mal was für ihr Geld tun.«

»Ich möchte mir den Mörder schnappen«, beharrte ich. »Und zwar einer gegen einen.«

»Was soll plötzlich dieses Macho-Gehabe? Du bist meines Wissens doch kein Südamerikaner.«

»Bring einfach nur die Neuigkeit in Umlauf, Danny Boy; das ist alles, worum ich dich im Augenblick bitten möchte.«

»Jetzt warte doch noch einen Augenblick.« Danny Boy neigte sich zu mir vor und senkte seine Stimme zu einem eindringlichen Flüstern. »Du wirst doch nicht etwa ohne eine Knarre hier rausgehen? Warte noch einen Moment, und ich besorge dir eine.«

»Ich brauche keine Kanone.«

»Nein, natürlich nicht. Wer bräuchte so was schon? Du wirst ihm einfach seine Machete abnehmen und ihn zwingen, sie vor deinen Augen aufzufressen. Und dann wirst du ihm beide Beine brechen und ihn in einem dunklen Hinterhof liegenlassen.«

»Etwas in der Art.«

»Soll ich dir nicht doch eine Knarre besorgen?« Seine Augen betrachteten mich forschend. »Du hast schon eine«, fuhr er schließlich fort. »Stimmt's?«

»Ich brauche keine Knarre.«

Und ob ich keine brauchte. Als ich das Top Knot verließ, ließ ich meine Hand in meine Tasche gleiten und befühlte damit Lauf und Griff der handlichen 32er. Wer brauchte schon so ein Ding? Vor allem so eine lächerliche Spielzeugpistole, die nicht gerade eine umwerfende Durchschlagskraft besaß.

Und dann noch in der Hand eines Mannes, der es nicht fertigbrachte, den Abzug zu drücken.

Draußen hatte es inzwischen stärker zu regnen begonnen. Ich drückte mir meinen Hut fester auf den Kopf und blickte mich ausgiebig um.

Auf der anderen Straßenseite war wieder dieser Mercury geparkt. Ich erkannte ihn an seinen verbeulten Kotflügeln. Während ich noch vor dem Eingang des Lokals stand und mich umsah, ließ sein Fahrer den Motor an.

Ich ging in Richtung Columbus Avenue los. Als ich an einer Fußgängerampel wartete, sah ich, dass der Mercury gewendet hatte und sich mir näherte. Die Ampel schaltete auf Grün, und ich überquerte die Straße.

Ich hatte den Revolver in der Hand und die Hand in der Tasche. Mein Zeigefinger krümmte sich um den Abzug. Ich musste daran denken, wie der Abzug erst kürzlich unter meinem Finger gezittert hatte.

Das war in derselben Straße gewesen.

Ich ging weiter in Richtung Downtown. Hin und wieder sah ich mich über meine Schulter um. Der Mercury folgte mir im Abstand von etwa einem Häuserblock.

Richtig wohl in meiner Haut fühlte ich mich den ganzen Weg nicht, aber als ich den Block erreichte, wo ich neulich den Revolver gezogen hatte, wuchs meine innere Anspannung ins Unerträgliche. Ich musste mich plötzlich umblicken – in Erwartung eines Wagens mit offenen Fenstern, der auf mich zuraste. Ein paar Schritte weiter ließ mich das Quietschen von Bremsen abrupt herumwirbeln, und es dauerte eine Weile, bis mir klar wurde, dass das Geräusch aus mehreren hundert Metern Entfernung gekommen war.

Meine Nerven waren zum Zerreißen gespannt.

Ich kam an der Stelle vorbei, wo ich mich zu Boden geworfen hatte. Meine Augen suchten nach den Überresten der zerbrochenen Flasche. Tatsächlich lagen an der Stelle noch ein paar Glassplitter auf dem Boden, obwohl ich nicht sicher war, dass sie noch von besagter Flasche herrührten. Schließlich gingen täglich jede Menge Flaschen zu Bruch.

Ich ging die ganze Strecke bis zum Armstrong's zu Fuß. Ich suchte mir einen Tisch im hinteren Teil des Lokals und bestellte eine Pastete und eine Tasse Kaffee. Meine rechte Hand hatte ich weiterhin in meiner Hosentasche, während meine Augen keine Sekunde vom Eingang wichen. Nachdem ich die Pastete gegessen hatte, steckte ich meine Rechte wieder in die Tasche zurück und trank meinen Kaffee linkshändig.

Nach einer Weile bestellte ich noch eine Tasse.

Das Telefon klingelte. Trina nahm ab und trat dann auf einen stämmigen Mann mit dunkelblondem Haar zu, der an der Bar saß. Sie wechselte ein paar Worte mit ihm, worauf er ans Telefon ging. Er sprach ein paar Minuten, und nachdem er aufgelegt hatte, sah er sich im Lokal um und trat an meinen Tisch. Seine Hände baumelten gut sichtbar an seinen Seiten herab.

»Sind Sie Scudder?«, sprach er mich an. »Ich bin George Lightner. Ich glaube nicht, dass wir uns kennen.« Er zog einen Stuhl heraus und setzte sich. »Draußen ist bis jetzt noch alles ruhig. Da sind die zwei Männer in dem Mercury und die beiden Scharfschützen in einer Wohnung im ersten Stock auf der anderen Straßenseite.«

»Gut.«

»Ich bin mit noch zwei Männern hier. Sie sitzen an dem Tisch dort vorn. Vermutlich sind sie Ihnen schon aufgefallen, als sie hereingekommen sind.«

»Allerdings.« Ich nickte. »In Ihrem Fall war mir sofort klar, dass Sie entweder der Killer oder von der Polizei sind.«

»Beruhigende Vorstellung. Gemütlich ist es hier übrigens. Ist das Ihre Stammkneipe?«

»In letzter Zeit halte ich mich hier nicht mehr so häufig auf, wie das schon mal der Fall war.«

»Mir gefällt es hier jedenfalls. Ich hätte Lust, auch privat mal herzukommen, wenn ich nicht nur mit Kaffee vorliebnehmen muss. Heute Abend verkaufen sie hier jedenfalls einiges an Kaffee. Da sind Sie, ich und noch die zwei Männer an dem Tisch am Fenster.«

»Der Kaffee hier ist ja auch hervorragend.«

»Ja, nicht übel. Jedenfalls um einiges besser als die Brühe auf der Wache.« Er steckte sich mit einem Einwegfeuerzeug eine Zigarette an. »Joe sagt, dass auch sonst alles ruhig ist. Zwei unserer Leute überwachen die Wohnung Ihrer Freundin. Das gleiche gilt für die drei Nutten in dem Apartment in der East Side.« Er grinste. »Schade, dass ich nicht damit beauftragt worden bin. Aber man kann eben nicht ständig Glück haben.«

»Wahrscheinlich nicht.«

»Wie lange wollen Sie noch hierbleiben? Joe geht davon aus, dass der Kerl bereits irgendwo auf der Lauer liegt, oder er wird heute Abend gar nichts mehr unternehmen. Wir können Sie von hier bis zum Hotel Schritt für Schritt überwachen. Natürlich könnten wir nichts gegen einen Heckenschützen unternehmen, der sich auf einem Dach oder hinter einem Fenster in einem der oberen Stockwerke versteckt hält. Wir haben zwar sämtliche Dächer in der Umgebung abgesucht, aber ganz sicher kann man in so einem Fall nie sein.«

»Ich glaube nicht, dass er es aus größerer Entfernung versuchen wird.«

»Na, dann stehen wir ja ziemlich gut da. Außerdem tragen Sie eine kugelsichere Weste.«

»Ja.«

»So ein Ding bietet optimalen Schutz. Eine scharfe Klinge hält es natürlich nicht unbedingt ab, aber andererseits werden wir schon dafür sorgen, dass er Ihnen nicht so nahe kommt. Wenn er wirklich irgendwo da draußen ist, ist anzunehmen, dass er zuschlagen wird, wenn Sie von hier zu Ihrem Hotel gehen.«

»Das nehme ich auch an.«

»Wann wollen Sie Ihren Spießrutenlauf absolvieren?«

»In ein paar Minuten. Erst möchte ich noch meinen Kaffee austrinken.«

»Na, dann lassen Sie ihn sich schmecken.« Er grinste und stand auf.

Dann kehrte er an seinen Platz an der Bar zurück. Ich trank meinen Kaffee aus, stand auf und ging zur Toilette. Dort überprüfte ich noch einmal meine 32er und vergewisserte mich, dass eine Patrone in der Kammer war und dahinter drei weitere parat waren. Ich hätte Durkin um zusätzliche Munition bitten können, damit ich wenigstens einen vollen Clip gehabt hätte. Wahrscheinlich hätte er mir dann aber eine größere Waffe aufgeschwatzt. Allerdings wusste er gar nicht, dass ich eine 32er trug, und ich hatte auch keine Lust gehabt, ihm etwas davon zu erzählen. Wie die Dinge standen, würde ich niemanden erschießen müssen. Der Mörder würde direkt in unsere Arme laufen.

Nur kam dann alles ganz anders.

Ich bezahlte die Rechnung und gab Trina ein Trinkgeld. Ich spürte, dass es nicht so ablaufen würde, wie wir uns das gedacht hatten. Dieser Dreckskerl war nicht da draußen.

Ich verließ das Lokal. Der Regen hatte etwas nachgelassen. Ich ließ meine Blicke an dem Mercury vorbei über die Häuser auf der anderen Straßenseite gleiten. Hinter welchem Fenster waren wohl die Scharfschützen der Polizei versteckt? Aber eigentlich war das egal. Sie würden heute Nacht nicht zum Einsatz kommen. Unser Mann hatte nicht angebissen.

Auf dem Weg zur Fifty-seventh Street blieb ich für den Fall, dass er sich doch in irgendeinem dunklen Eingang versteckt hielt, immer dicht am Straßenrand. Ich ging langsam und hoffte, dass ich mich nicht in meiner Annahme täuschte, dass er mich nicht aus der Ferne abknallen würde. Denn eine kugelsichere Weste hält nicht jede Kugel ab, und gegen einen Kopfschuss ist sie vollkommen machtlos.

Aber darum ging es jetzt nicht. Er war nämlich nicht da. Ich spürte ganz deutlich, dass er nicht da war.

Trotzdem atmete ich erleichtert auf, sobald sich die Eingangstür des Hotels hinter mir geschlossen hatte. Vielleicht war ich auch enttäuscht, aber mit Sicherheit war ich auch unendlich erleichtert.

In der Eingangshalle empfingen mich drei Polizisten in Zivil, die sich sofort auswiesen. Ich stand noch ein paar Minuten mit ihnen herum, und dann kam Durkin von der Straße herein. Er flüsterte kurz mit einem der Männer und trat dann auf mich zu.

»Er ist uns durch die Lappen gegangen«, brummte er.

»Sieht ganz so aus.«

»Scheiße. Dabei hatten wir doch alles so gut eingefädelt. Vielleicht hat er doch irgendwie Lunte gerochen. Oder er ist gestern nach Hause in dieses Scheißbogota geflogen, und wir lauern hier einem Kerl auf, der sich in den Tropen einen schönen Lenz macht.«

»Das ist keineswegs ausgeschlossen.«

»Sie können sich jetzt gern schlafen legen, wenn Sie nicht noch zu überdreht sind. Ansonsten kippen Sie sich einen kräftigen Schlaftrunk hinter die Binde. So was wirkt meistens todsicher.«

»Gute Idee.«

»Meine Leute haben das Hotel schon den ganzen Abend im Auge. Keine Besucher, keine neuen Gäste. Trotzdem werde ich hier unten einen meiner Leute die ganze Nacht lang Wache halten lassen.«

»Glauben Sie, das ist nötig?«

»Es kann zumindest nicht schaden.«

»Na gut, wenn Sie meinen.«

»Wir haben jedenfalls unser Bestes versucht, Matt. Und es war die Sache durchaus wert. Wie sollen wir uns diesen Kerl sonst schnappen? Manchmal hat man eben Glück und manchmal nicht.«

»Tja.«

»Früher oder später werden wir uns diesen Burschen schon greifen.«

»Sicher.«

»Also gut.« Er verlagerte sein Gewicht von einem Fuß auf den andern. »Dann versuchen Sie jetzt mal, ein wenig zu schlafen, ja?«

»Ich werd's versuchen.«

Als ich im Lift nach oben fuhr, dachte ich, er ist nicht in Südamerika. Mir war absolut klar, dass er nicht in Südamerika war. Er war irgendwo in New York, und er würde wieder morden, weil er inzwischen Geschmack daran gefunden hatte.

Es war nicht einmal auszuschließen, dass er nicht schon vor Kim einen oder sogar mehrere Morde begangen hatte. Jedenfalls hatte ihm dieses Gemetzel mit seiner Machete so viel Spaß gemacht, dass er bei seinem zweiten Mord auf dieselbe Methode zurückgegriffen hatte. Und beim nächsten würde er nicht einmal mehr einen speziellen Anlass brauchen. Ein Opfer in einem Hotelzimmer und seine Machete würden vollauf genügen.

Kippen Sie sich einen kräftigen Schlaftrunk hinter die Binde, hatte mir Durkin geraten.

Ich hatte nicht die geringste Lust auf einen Drink.

Zehn Tage, dachte ich. Du brauchst nur nüchtern zu Bett zu gehen, und du hast zehn Tage.

Ich holte den Revolver aus meiner Tasche und legte ihn auf die Kommode. In meiner anderen Tasche trug ich immer noch Kims Elfenbeinarmreif mit mir herum. Ich nahm ihn ebenfalls heraus und legte ihn neben den Revolver. Nachdem ich meine Hose und Jacke ausgezogen und in den Schrank gehängt hatte, knöpfte ich mein Hemd auf.

Als nächstes schälte ich mich mühsam aus meiner kugelsicheren Weste und legte sie neben den Revolver und den Armreif auf die Kommode. Kugelsichere Westen sind nicht nur schwer und unbequem, sondern auch warm, sodass ich ziemlich stark schwitzte; mein Unterhemd hatte sich unter den Achselhöhlen dunkel verfärbt. Als ich meine Unterwäsche und die Socken ausgezogen hatte, ertönte ein leises Klicken, und ich wirbelte, plötzlich hellwach, zur Badezimmertür herum, die ruckartig aufflog.

Und dann schoss er auf mich zu, ein großer, kräftiger Mann mit dunkler Haut und wilden Augen. Er war genauso splitternackt wie ich, nur blitzte in seiner Hand eine Machete mit einer mindestens dreißig Zentimeter langen Klinge auf.

Ich schleuderte ihm die kugelsichere Weste entgegen, die er mit seiner Machete beiseite stieß. Dann griff ich nach dem Revolver auf der Kommode und wich seinem Schlag aus. Die Klinge sauste ganz dicht an mir vorbei, und dann hob sich sein Arm bereits wieder. Bevor er jedoch erneut niedersausen konnte, schoss ich ihm viermal in die Brust.

Kapitel 33

Ich fuhr mit der U-Bahn zur North Seventh Street und ging erst eine Weile in der Gegend herum, bis ich schließlich sein Haus fand.

Ich blieb vor der massiven Eingangstür stehen und drückte auf den Klingelknopf. Nichts rührte sich. Allerdings konnte ich im Innern des Hauses auch keine Türglocke hören. Hatte Chance nicht erzählt, dass er auch die Türglocke abgeklemmt hatte? Trotzdem drückte ich noch einmal auf den Knopf.

Als sich auch diesmal nichts tat, betätigte ich den Messingtürklopfer. Und als auch das nichts nützte, legte ich meine Hände an den Mund und schrie: »Chance, machen Sie auf! Ich bin's, Scudder.« Darauf hieb ich noch einmal mit den Fäusten und mit dem Türklopfer auf die Tür ein.

Die Tür machte einen verdammt soliden Eindruck. Nachdem ich mich versuchsweise mit der Schulter dagegen gestemmt hatte, gelangte ich zu der Überzeugung, dass es nicht ganz einfach würde, sie einzudrücken. Ich hätte natürlich ein Fenster einschlagen können, aber in Greenpoint hätte sicher sofort ein Nachbar die Polizei verständigt, wenn er nicht sogar selbst gleich mit einer Flinte nachsehen gekommen wäre.

Also hieb ich weiter auf die Tür ein, bis ich plötzlich das Geräusch eines Elektromotors hörte und das Garagentor aufzugehen begann.

»Kommen Sie rein«, hörte ich Chances Stimme, »bevor Sie mir noch die Tür zertrümmern.«

Ich ging durch das offene Garagentor und drückte auf einen Knopf, um es wieder zu schließen. »Meine Haustür lässt sich nicht öffnen«, begrüßte mich Chance. »Habe ich Ihnen nicht erzählt, dass sie von innen festgeschraubt und was weiß ich noch alles ist?«

»Na, dann viel Spaß, wenn es mal zu brennen anfängt.«

»Dafür gibt es immer noch die Fenster. Wann haben Sie außerdem schon mal von einem alten Feuerwehrhaus gehört, das abgebrannt ist? Haben Sie Lust auf einen Kaffee? Ich habe grade welchen aufgesetzt.«

»Gern.«

Ich folgte ihm in die Küche. »In letzter Zeit waren Sie wirklich nicht gerade einfach zu erreichen«, erklärte ich mit einem leicht vorwurfsvollen Unterton.

»Ja, ich habe aufgehört, bei meinem Auftragsdienst anzurufen.«

»Das habe ich bereits gemerkt. Haben Sie eigentlich in letzter Zeit mal die Nachrichten gehört oder eine Zeitung gelesen?«

»Während der letzten Tage nicht mehr. Sie trinken Ihren Kaffee doch schwarz, stimmt's?«

Ich nickte. »Es ist alles vorbei, Chance«, sagte ich schließlich. Er sah mich an. »Wir haben den Kerl geschnappt.«

»Welchen Kerl? Den Mörder?«

»Ja. Ich dachte, ich schaue vielleicht noch mal kurz vorbei, um Ihnen alles zu erzählen.«

»Gute Idee«, sagte er und nickte. »Ich kann mir gut vorstellen, dass mich das interessieren könnte.«

Als ich ihm dann die ganze Geschichte in ziemlicher Ausführlichkeit erzählte, war sie mir bereits relativ vertraut. Nachdem ich Pedro Antonio Marquez kurz nach zwei Uhr früh in meinem Hotelzimmer vier Kugeln in die Brust gejagt hatte, hatte ich den Tathergang einer ganzen Reihe von Personen ausführlich geschildert, sodass ich meine Geschichte schon mehr oder weniger im Schlaf herunterbeten konnte.

»Sie haben ihn also umgebracht«, meinte Chance. »Wie ist Ihnen dabei zumute?«

»Das kann ich jetzt noch nicht sagen.«

Ich wusste allerdings, wie Durkin darüber dachte. Er hätte sich kaum mehr über den Tod Marquez' freuen können. »Wenn diese Kerle tot sind«, hatte er gesagt, »dann weiß man wenigstens, dass sie die Menschheit nicht weiter unsicher machen können. Und diese Bestie hatte regelrecht Gefallen am Morden gefunden. Dieser Dreckskerl hat wirklich Blut geleckt.«

»Gehen auch wirklich alle Morde auf sein Konto?«, wollte Chance darauf wissen.

»Das steht absolut außer Frage. Der Geschäftsführer des Powhattan Motel konnte den Mann identifizieren. Außerdem wurden seine Fingerabdrücke sowohl im Powhattan als auch im Galaxy Downtowner sichergestellt. Und die Machete erwies sich in beiden Fällen eindeutig als die Tatwaffe. Sie konnten sogar noch Blutspuren auf der Klinge nachweisen.«

»Wie ist er denn in Ihr Hotelzimmer gekommen?«

»Er ist einfach durch die Tür reingegangen und mit dem Lift nach oben gefahren.«

»Ich dachte, die Polizei hätte das Hotel überwacht.«

»Haben sie auch. Aber er ist einfach an ihnen vorbeistolziert, hat sich seinen Schlüssel geben lassen und ist dann auf sein Zimmer gegangen.«

»Und niemand hat ihn angehalten?«

»Wie auch? Sicherheitshalber hat er sich dort schon am Tag zuvor ein Zimmer genommen. Er hat alles sorgfältig geplant. Als er Wind davon bekommen hat, dass ich nach ihm suche, ist er ins Hotel gegangen. Und da die Türschlösser in dem alten Kasten nicht gerade schwer zu knacken sind, hat er sich Zugang zu meinem Zimmer verschafft. Und während er auf mich gewartet hat, hat er sich schon mal splitternackt ausgezogen und seine Machete gewetzt.«

»Und fast hätte er Sie ja auch erwischt.«

»Ja. Er hätte zum Beispiel nur hinter der Tür zu warten und mich von hinten niederzustechen gebraucht, und ich hätte nicht einmal gemerkt, wie mir geschieht. Oder er hätte ein paar Minuten länger im Bad bleiben können, bis ich mich ins Bett gelegt hätte. Aber er war einfach zu geil aufs Morden, und das ist ihm schließlich zum Verhängnis geworden. Einerseits wollte er, dass wir beide nackt waren, wenn er mich um die Ecke brachte; deshalb hat er im Bad gewartet. Andererseits konnte er es aber auch nicht mehr erwarten, dass ich mich ins Bett legte, weil er schon voll auf Touren war und sich kaum mehr beherrschen konnte. Und wenn ich den Revolver nicht griffbereit gehabt hätte, hätte er mich ja auch erledigt.«

»Aber er kann doch nicht ganz allein hinter dem Ganzen gesteckt haben.«

»Was die Morde betrifft, war das ganz allein seine Sache. Was seine Smaragdgeschäfte betrifft, hatte er sicher einen oder auch mehrere Partner. Kann sein, dass sich die Polizei nach diesen Leuten umsieht; das muss aber nicht sein, zumal ihnen schwerlich etwas anzuhängen sein dürfte.«

Chance nickte. »Was ist eigentlich aus dem Bruder geworden? Ich meine, Kims Freund, durch den alles ins Rollen kam.«

»Bis jetzt ist er noch nicht aufgetaucht. Möglicherweise ist er tot. Oder er befindet sich immer noch auf der Flucht vor seinen kolumbianischen Geschäftsfreunden.«

»Und dieser Hotelangestellte? Wie hieß er gleich wieder – Calderón?«

»Der wird sich wohl irgendwo in Queens verkrochen haben. Wenn er von der ganzen Geschichte in der Zeitung liest, kann er ja wieder seine Stelle im Galaxy antreten.«

Chance wollte etwas sagen, überlegte es sich dann aber anders und ging mit unseren Tassen in die Küche, um nachzuschenken. Als er wieder zurückkam und mir eine Tasse reichte, sagte er: »Für Sie ist es gestern Nacht sicher verdammt spät geworden?«

»Allerdings, ich war die ganze Nacht auf den Beinen.«

»Haben Sie noch gar nicht geschlafen?«

»Bis jetzt noch nicht.«

»Ich habe im Moment auch etwas Schlafschwierigkeiten. Hin und wieder nicke ich auf der Couch ein, aber sobald ich im Bett liege, ist an Schlaf nicht mehr zu denken. Ich kann kein Auge zudrücken.«

»Sie haben auch aufgehört, Ihren Auftragsdienst anzurufen.«

»Ja, und ich habe auch das Haus nicht mehr verlassen. Ich weiß einfach nicht, was mit mir los ist. Ich habe so ein Gefühl, als wären meine Tage als Zuhälter gezählt.«

»Tja, die Zeiten ändern sich«, sagte ich und dachte dabei an den Querschläger aus meinem Dienstrevolver, der ein kleines Mädchen namens Estrellita Rivera getötet und mein Leben von Grund auf verändert hatte. »Und ich finde, in so einem Fall sollte man den Dingen einfach ihren Lauf lassen.«

»Und können Sie mir vielleicht auch sagen, was ich tun soll, wenn mit der Zuhälterei mal Schluss ist?«

»Warum versuchen Sie nicht, aus Ihrem Hobby einen Beruf zu machen?«

Er blickte mich stirnrunzelnd an. »Sie meinen diese Sache mit der afrikanischen Kunst?«

»Genau. Sie sind doch inzwischen Experte auf diesem Gebiet. Warum versuchen Sie nicht, aus Ihrem Wissen Kapital zu schlagen?«

»Ehrlich gestanden, habe ich daran schon früher hin und wieder gedacht«, begann er nach einer kurzen Pause zögernd.

»Na also.«

»Ich weiß nicht recht. Ich glaube, ich müsste noch einiges lernen, um in diesem Geschäft zu bestehen.«

»Na und, die besten Voraussetzungen dafür haben Sie jedenfalls.«

Als er mich darauf eindringlich ansah, fielen mir wieder die goldenen Sprenkel in seinen braunen Augen auf. »Ich weiß wirklich nicht, weshalb ich Sie eigentlich mit der Aufklärung des Mordes an Kim beauftragt habe«, begann er schließlich. »Ganz ehrlich gestanden, ich weiß es wirklich nicht. Wenn ich jedenfalls geahnt hätte, wohin das alles führen würde...«

»Zumindest haben Sie auf diese Weise ein paar Menschen das Leben gerettet«, sagte ich. »Falls Ihnen das ein Trost ist.«

»Kim und Sunny und Cookie hat es jedenfalls nicht mehr viel genützt.«

»In ihrem Fall kam selbstverständlich jede Hilfe zu spät. Aber dieser Marquez hätte sicher noch weiter gemordet, wenn wir ihm nicht das Handwerk gelegt hätten. Er war richtig süchtig darauf. Er hatte eine Erektion, als er sich mit seiner Machete auf mich gestürzt hat.«

»Im Ernst?«

»Ja.«

»Er hatte einen Steifen?«

»Er war unübersehbar – trotz der Machete.«

»Natürlich. Auf die haben Sie in diesem Moment vermutlich etwas mehr geachtet.«

Er wollte mir noch einen Zuschuss zahlen. Das lehnte ich jedoch mit dem Hinweis ab, das vereinbarte Honorar sei ein durchaus angemessener Betrag für meine Bemühungen. Aber er bestand darauf, und wenn jemand meint, er müsste sein Geld unbedingt an mich loswerden, bin ich der Letzte, der ihn daran hindern würde. Als ich ihm erzählte, dass ich den Elfenbeinarmreif aus Kims Wohnung an mich genommen hatte, musste er lachen. Er versicherte mir, ich könnte ihn gern haben, und es würde ihn freuen, wenn er meiner Freundin gefiele. Der Armreif gehörte zu meiner Prämie; außerdem das Geld und ein Kilo von seinem Lieblingskaffee.

»Wenn Ihnen der Kaffee schmeckt«, sagte er, »kann ich Ihnen gern sagen, wo Sie ihn bekommen.«

Dann fuhr er mich in die Stadt zurück. Eigentlich wollte ich die U-Bahn nehmen, aber er hatte sowieso vorgehabt, mit Mary Lou, Donna und Fran zu reden, um alles weitere zu klären. »Ich will den Wagen lieber noch ausnutzen, solange es geht. Schließlich ist keineswegs auszuschließen, dass ich ihn verkaufen muss, um mir das nötige finanzielle Polster für meine künftigen Transaktionen in Sachen afrikanischer Kunst zu verschaffen. Vielleicht muss ich sogar das Haus verkaufen.« Er schüttelte den Kopf. »Das dürfte mir allerdings ziemlich schwer fallen. Ich lebe nämlich sehr gern in dieser Umgebung.«

»Besorgen Sie sich doch einen staatlichen Kredit für Jungunternehmer«, riet ich ihm.

»Das soll wohl ein Witz sein.«

»Keineswegs. Sie gehören einer Minderheit an. Es gibt bestimmt Dutzende von Ämtern, die nur darauf warten, Ihnen ein Darlehen zu gewähren.«

»Verrückte Vorstellung.«

Vor meinem Hotel sagte er: »Dieser Kolumbianer, wie hieß er doch gleich wieder? Ich kann mir seinen Namen einfach nicht merken.«

»Pedro Marquez.«

»Ach ja. Hat er sich eigentlich unter diesem Namen eingetragen, als er sich in Ihrem Hotel ein Zimmer genommen hat?«

»Nein, er stand in seinem Ausweis.«

»Das habe ich mir fast gedacht. Hat er sich nach C.O. Jones und M.A. Ricone auch für Sie noch einen schönen Namen ausgedacht?«

»Ja, er hat sich als Mr. Starudo eingetragen. Thomas Edward Starudo.«

»T.E. Starudo? *Testarudo*? Ist das auch ein spanisches Schimpfwort?«

»Kein Schimpfwort, nur ein ganz normales Wort.«

»Und was bedeutet es?«

»Stur«, antwortete ich. »Stur oder hartnäckig.«

»Na so was.« Chance lachte. »Den Namen hat er aber wirklich sehr treffend ausgewählt.«

Kapitel 34

Oben auf meinem Zimmer stellte ich erst einmal den Kaffee auf die Kommode, und dann vergewisserte ich mich, dass niemand sich im Bad versteckt hatte. Ich kam mir ein wenig lächerlich vor, wie eine alte Jungfer, die unter ihrem Bett nachsieht, aber andererseits konnte ich mir gut vorstellen, dass ich einige Zeit brauchen würde, um die ganze Geschichte zu verdauen. Zudem befand ich mich nicht mehr im Besitz einer Schusswaffe. Die 32er war eingezogen worden. Im Protokoll stand, dass sie mir von Durkin zu meinem Schutz ausgehändigt worden war. Jedenfalls hatte er nicht einmal gefragt, wie ich an das Ding gekommen war. Vermutlich interessierte es ihn auch nicht.

Schließlich setzte ich mich in meinen Sessel und starrte auf die Stelle, an der Marquez zu Boden gesunken war. Neben ein paar Blutspuren wies der Teppich auch noch einige Kreidereste von den Umrisslinien auf, die sie immer um die Opfer eines Mordes ziehen. Ich fragte mich, ob ich wohl in meinem Zimmer würde schlafen können. Selbstverständlich hätte ich in ein anderes umziehen können, aber da ich nun schon mehrere Jahre hier wohnte, hatte ich mich daran gewöhnt. Chance hatte gesagt, es würde zu mir passen, und vermutlich hatte er damit sogar recht.

Was war es für ein Gefühl, diesen Mann erschossen zu haben? Nachdem ich mir diese Frage eine Weile durch den Kopf hatte gehen lassen, merkte ich, dass mich meine Tat mit Genugtuung erfüllte. Eigentlich wusste ich kaum etwas über diesen Marquez. Verstehen bedeutet vergeben, heißt es. Und vielleicht hätte ich seine Mordlust verstanden, wenn ich seine ganze Geschichte gekannt hätte. Aber schließlich war es nicht meine Aufgabe, ihm zu vergeben. Das fiel schon in Gottes Ressort. Und ich hatte es geschafft, den Abzug zu drücken. Keine Querschläger, keine Fehlschüsse. Alle vier Kugeln hatten genau in seine Brust getroffen. Gute Detektivarbeit, gute Lockvogelarbeit und am Ende gute Arbeit an der Waffe. Nicht übel.

*   *   *

Nach einer Weile ging ich nach unten und um die Ecke zum Armstrong's. Ich warf jedoch nur einen kurzen Blick durchs Fenster und ging weiter zur Fifty-eighth ins Joe Farrell's, wo ich mir an der Bar einen Platz suchte.

Das Lokal war fast leer. Aus der Musikbox jammerte ein schmalztriefender Bariton mit einer Menge Streicher im Hintergrund.

»Einen doppelten Early Times«, bestellte ich. »Und Wasser extra.«

Ich stand einfach da, ohne an irgendetwas Bestimmtes zu denken, während der Barkeeper den Whisky und die Karaffe mit Wasser vor mich hinstellte. Ich hatte einen Zehndollarschein auf den Tresen gelegt, auf den er mir herausgab.

Ich betrachtete das Licht, das sich in dem Glas mit der bernsteinfarbenen Flüssigkeit brach. Als ich die Hand nach dem Glas ausstreckte, murmelte eine leise innere Stimme: *Willkommen zu Hause.*

Ich zog meine Hand zurück. Ohne das Glas anzurühren, nahm ich zehn Cents von meinem Wechselgeld und ging damit zum Telefon. Ich steckte die Münze in den Schlitz und wählte Jans Nummer.

Niemand zu Hause.

Na gut, dachte ich. Ich hatte mein Versprechen gehalten. Natürlich könnte ich mich verwählt haben, oder mit der Leitung war etwas nicht in Ordnung. Das kam bekanntlich hin und wieder vor.

Ich steckte die Münze also noch einmal in den Schlitz und wählte. Diesmal ließ ich es mindestens ein dutzendmal klingeln.

Jan nahm auch diesmal nicht ab.

Na gut. Ich steckte die Münze ein und kehrte an meinen Platz am Tresen zurück. Das Glas mit dem Bourbon und die Wasserkaraffe standen immer noch unangetastet an ihrem Platz.

Ich dachte, *warum?*

Der Fall war gelöst, geklärt, ein für alle Mal abgeschlossen. Der Mörder würde niemanden mehr ermorden. Ich hatte den Fall mit Erfolg zum Abschluss gebracht und fand, dass ich insgesamt eine gute Figur abgegeben hatte. Ich war weder nervös, noch fühlte ich mich unwohl, noch war ich deprimiert. Es ging mir sogar ausgesprochen gut, verdammt nochmal.

Und vor mir stand ein doppelter Bourbon auf dem Tresen. Ich hatte gar nichts trinken wollen; ich hatte nicht einmal daran gedacht, dass ich etwas trinken könnte, und doch stand ich nun mit einem Drink vor mir in einer Bar und war im Begriff, ihn hinunterzustürzen.

Warum eigentlich? Was zum Teufel war nur los mit mir?

Wenn ich das Glas vor mir trank, würde ich mindestens im Krankenhaus, wenn nicht sogar im Leichenschauhaus landen. Das konnte einen Tag, eine Woche oder einen Monat dauern, aber das Ende war in jedem Fall abzusehen. Und ich wollte weder im Leichenschauhaus noch in einer Klinik landen. Trotzdem stand ich in dieser Bar mit einem Glas Bourbon vor mir.

Weil... Weil was?

Weil...

Ich ließ den Drink zusammen mit dem Wechselgeld stehen und verließ fluchtartig das Lokal.

Um halb acht stieg ich die Stufen zum Versammlungsraum im Souterrain von St. Paul's hinunter. Ich holte mir eine Tasse Kaffee und ein paar Kekse und setzte mich.

Fast hätte ich wieder zu trinken angefangen, dachte ich. Ich war elf Tage nüchtern geblieben, und dann war ich plötzlich in eine Bar gegangen, in der ich absolut nichts zu suchen hatte, und hatte mir ohne ersichtlichen Grund einen doppelten Bourbon bestellt. Ich hatte meine Hand schon nach dem Glas ausgestreckt, um diese mühsam erkämpften elf Tage mit einem Schlag zunichte zu machen. Was war nur los mit mir?

Ich gab mir Mühe, mich auf den Bericht des Sprechers zu konzentrieren. Doch meine Gedanken wanderten immer wieder zu der platten Realität dieses Glases Bourbon zurück. Ich hatte kein Bedürfnis danach verspürt, ich hatte nicht einmal daran gedacht, und doch war ich wie von einem Magneten unwiderstehlich davon angezogen worden.

Ich dachte, mein Name ist Matt, und ich glaube, ich werde auf der Stelle verrückt.

Als der Sprecher zu Ende war, fiel ich mit in den Applaus ein. In der Pause suchte ich die Toilette auf. Der Grund hierfür war allerdings, dass ich möglichst mit niemandem sprechen wollte. Als ich mich wieder in den Versammlungsraum zurückwagte, holte ich mir noch einmal eine Tasse Kaffee, die ich jedoch weder wollte noch brauchte. Ich erwog bereits, den Kaffee stehenzulassen und in mein Hotel zurückzugehen. Verdammt noch mal, immerhin war ich seit zwei Tagen und einer Nacht ununterbrochen auf den Beinen, ohne auch nur ein Auge zugedrückt zu haben. Etwas Schlaf würde mir sicher mehr bringen als ein Treffen, auf das ich mich sowieso nicht konzentrieren konnte.

Trotzdem stellte ich den Kaffee nicht zurück, sondern nahm damit wieder auf meinem alten Stuhl Platz.

Ich saß einfach nur da und ließ die Worte wie Wellen über mich hinweg rollen, ohne dass ich irgendetwas verstanden hätte.

Und dann war ich an der Reihe.

Ich sagte: »Mein Name ist Matt.« Darauf machte ich eine kurze Pause, um noch einmal zu wiederholen: »Mein Name ist Matt.« Und dann fügte ich hinzu: »Und ich bin Alkoholiker.«

Und dann geschah etwas absolut Verrücktes. Ich begann zu weinen.

An meine deutschen Leser: Ich hoffe, dass Sie Gefallen an diesem Matthew-Scudder-Roman gefunden haben. Wenn Sie über zukünftige Veröffentlichungen meiner Bücher auf Deutsch informiert werden möchten, schicken Sie einfach eine E-Mail mit dem Betreff "German mailing list" an lawbloc@gmail.com. (Ich versende auch einen Newsletter auf Englisch und würde Sie mit Freude auch auf diese Liste setzen; falls gewünscht, fügen Sie einfach "English also" hinzu.)

Lawrence Block schreibt seit einem halben Jahrhundert preisgekrönte Kriminalromane und Spannungsliteratur. Sein neuestes Buch ist *In Sunlight or in Shadow*, eine Anthologie mit 17 neuen Kurzgeschichten, die jeweils von einem Gemälde von Edward Hopper inspiriert wurden; zu den vertretenen Autoren gehören Stephen King, Joyce Carol Oates, Lee Child, Megan Abbott, Michael Connelly, Jeffery Deaver und Joe Lansdale.

Blocks zuletzt erschienener Roman ist *The Girl with the Deep Blue Eyes*, von seinem Hollywood-Agenten als »James M. Cain auf Viagra« gerühmt. Zu seinen neueren Romanen zählen außerdem *The Burglar Who Counted the Spoons*, in dem Bernie Rhodenbarr im Mittelpunkt steht, *Hit Me* mit dem Briefmarkensammler und Auftragsmörder Keller sowie *A Drop of the Hard Stuff* mit Matthew Scudder. 2014 wurde Scudder von Liam Neeson in der Verfilmung von *Ruhet in Frieden – A Walk Among the Tombstones* brillant auf der Leinwand verkörpert. Auch andere Romane Blocks wurden verfilmt, allerdings mit geringerem Erfolg.

Block erhielt auch für seine Bücher für Autoren große Anerkennung, darunter Klassiker wie *Telling Lies for Fun & Profit* und *Write for Your Life*. Zuletzt hat er mit *The Crime of Our Lives* eine Sammlung von Aufsätzen über das Genre des Kriminalromans und dessen Vertreter veröffentlicht.

Neben seinen Prosawerken hat Block auch Drehbücher für die Fernsehserie *Tilt* und den Film *My Blueberry Nights* von Wong Kar-wai geschrieben. Block soll ein zurückhaltender und bescheidener Mann sein, auch wenn man das aufgrund dieser autobiographischen Skizze keinesfalls erwarten würde.

Email: lawbloc@gmail.com
Twitter: @LawrenceBlock
Facebook: lawrence.block
Homepage: lawrenceblock.com

Über den Übersetzer:

Sepp Leeb hat Amerikanistik und Germanistik studiert und lebt als Übersetzer in München. Neben Lawrence Block hat er auch Thomas Harris und Michael Connelly ins Deutsche übersetzt.

Die Matthew-Scudder-Romane:

#1 *Die Sünden der Väter* (The Sins of the Fathers)

#2 *Drei am Haken* (Time to Murder and Create)

#3 *Mitten im Tod* (In the Midst of Death)

#4 A Stab in the Dark

#5 *Acht Millionen Wege zu sterben* (Eight Million Ways to Die)

#6 *Nach der Spettstunde* (When the Sacred Ginmill Closes)

#7 Out on the Cutting Edge

#8 A Ticket to the Boneyard

#9 A Dance at the Slaughterhouse

#10 A Walk Among the Tombstones

#11 The Devil Knows You're Dead

#12 A Long Line of Dead Men

#13 Even the Wicked

#14 Everybody Dies

#15 Hope to Die

#16 All the Flowers are Dying

#17 A Drop of the Hard Stuff

#18 The Night and the Music (the complete short stories)

Auf Deutsch erschienene Matthew-Scudder-Kurzgeschichten:

#1 Aus dem Fenster (Out the Window)

#2 Eine Kerze für die Stadtstreicherin (A Candle for the Bag Lady)

#3 Im frühen Licht des Tages (By the Dawn's Early Light)

Weitere Bücher von Lawrence Block:

Mit leichtem Gepäck (Resume Speed)

www.ingramcontent.com/pod-product-compliance
Lightning Source LLC
Chambersburg PA
CBHW051527260626
47170CB00003B/826